HAYMON taschenbuch **280**

Sämtliche Personen in diesem Roman sind frei erfunden. Jede Ähnlichkeit mit lebenden Personen ist rein zufällig. Von den Schauplätzen des Romans sind einige der Fantasie der Autorin entsprungen, andere sind ganz real. Es bleibt den Lesern und Leserinnen überlassen, den Unterschied herauszufinden.

Auflage:
5   4   3   2
2023 2022 2021 2020

HAYMON tb **280**

Originalausgabe
© Haymon Taschenbuch, Innsbruck-Wien 2020
www.haymonverlag.at

Alle Rechte vorbehalten. Kein Teil des Werkes darf in irgendeiner Form (Druck, Fotokopie, Mikrofilm oder in einem anderen Verfahren) ohne schriftliche Genehmigung des Verlages reproduziert oder unter Verwendung elektronischer Systeme verarbeitet, vervielfältigt oder verbreitet werden.

ISBN 978-3-7099-7927-3

Buchinnengestaltung nach Entwürfen von himmel.
Studio für Design und Kommunikation, Innsbruck / Scheffau – www.himmel.co.at
Umschlag: Eisele Grafik · Design, München, unter Verwendung von: iStock by Getty Images, trabantos (Häuser); bigstock.com, daniilphotos (Himmel)
Satz: Da-TeX Gerd Blumenstein, Leipzig
Autorinnenfoto: fotohofer.at

Gedruckt auf umweltfreundlichem,
chlor- und säurefrei gebleichtem Papier.

Ingrid Walther
Madame Beaumarie und die Melodie des Todes

Ein Provence-Krimi

Ingrid Walther
**Madame Beaumarie und
die Melodie des Todes**

Ouvertüre und Lamento

1

Florence Beaumarie ließ sich ermattet auf die Bank vor dem großen roten Klavier fallen, dem Instrument, das jedem, der sich halbwegs mit der Bedienung der schwarzen und weißen Tasten auskannte, zur Verfügung stand. Es war die einzige freie Sitzgelegenheit in der Halle des Bahnhofs Gare de Lyon in Paris. Niemandem würde es in der nächsten halben Stunde gelingen, ihr diesen Platz streitig zu machen. Sie hatte im Laufe ihres Lebens mehr als genug Trainingsstunden im Sportstudio von Monsieur Atlas verbracht, um diesen Sitz erfolgreich verteidigen zu können.

Ihr Blick umfing die Menschenmassen, die wie ein vom Sturm gepeitschtes Meer um sie herum wogten. Abgekämpft und gereizt wirkte der Großteil der Leute, was keinesfalls verwunderlich war. Bestimmt war niemand ohne Komplikationen hierhergekommen. Wie so oft in Paris hatte auch heute ein Heer von Streikenden bereits am frühen Morgen die halbe Stadt lahmgelegt. Nur eine alteingesessene und dazu noch besonders krisenfeste Bewohnerin dieser Stadt, wie Florence es zweifellos war, hatte es so früh vor Abfahrt des Zuges bis hierher schaffen können.

Sie stützte sich auf ihren Regenschirm. Den hätte sie jetzt wirklich nicht gebraucht. Nach dem kurzen nächtlichen Gewitterregen war der Himmel über Paris wieder blau wie eine frisch erblühte Glockenblume und die von den Straßenpflastern aufsteigenden Dämpfe kündigten bereits die tropische Hitze an, die die Stadt heute noch heimsuchen würde. Unwillkürlich musste Florence bei der Betrachtung ihres Schirmes den Kopf schütteln. Schon verrückt, dass ihr noch immer so viel daran lag, dass jeder Teil ihrer Garderobe haargenau zum anderen passte. Nein, mit einem x-beliebigen Schirm würde sie sich beim Musikfestival in Avignon nicht blicken lassen. Der weiße Schirm mit seinen schwarzen und orangefarbenen Punkten war ohnedies schon ein Kompromiss und würde noch am ehesten zu ihrer Garderobe passen, die sie in den letzten Tagen genauso sorgfältig für diese Reise ausgewählt hatte, wie sie das am Vorabend eines jeden einzelnen Arbeitstages ihres langen Berufslebens getan hatte. Nur auf diese Weise hatte sie sich für den Ansturm all jener Schrecknisse und Abenteuer gerüstet gefühlt, die einem begegneten, wenn man im Kommissariat des 4. Arrondissements in Paris Zeit seines Lebens offiziell die Sekretärin des Chefs, inoffiziell aber jene Person war, die so manchen scheinbar unlösbaren Mordfall aufgeklärt und dafür über die Grenzen des Dienstortes hinaus Anerkennung gefunden hatte. Dass für diese Position nun, da sie in Pension gegangen war, rasch ein Ersatz gefunden werden konnte, war kaum anzunehmen. Immerhin hatte sie sich diese in vierzig Berufsjahren peu à peu erarbeitet. Ihr erster Chef, Kommissar Mordent, hatte in einer Zeit, in der die Stellung eines Kommissars noch ausschließlich Männern vorbehalten war, rasch ihre besonderen Fähigkeiten erkannt und sie nach Kräften gefördert. Jeder in ihrer Dienststelle wusste, dass es aussichtslos war, einen auch nur annähernd gleichwertigen Ersatz für sie zu finden. Würde der Eiffelturm auswandern, könnte man diesen schließlich auch nicht so mir nichts dir nichts ersetzen.

 Apropos Eiffelturm. Direkt vor ihr hatte sich soeben ein Mann aufgebaut, der sie an das berühmte Wahrzeichen ihrer Heimatstadt erinnerte, denn er überragte all die Menschen um sie herum um Haupteslänge. Obwohl sein weißer Anzug bei näherer Betrachtung ein wenig ramponiert wirkte, bot er mit seinem hageren, von feinen Falten durchzogenen Gesicht und seinem langen, silberweißen Haar, das er im Nacken zurückgebunden hatte, einen interessanten und eleganten Anblick.

Jetzt hob er seinen Zeigefinger und richtete ihn direkt auf Florence. „Dieser Platz ist einem Pianisten vorbehalten, Madame. Ich darf Sie bitten, ihn für mich frei zu machen."

Florence musste laut lachen. „Monsieur, Sie glauben doch nicht, dass hier im Augenblick irgendjemand an einer Beethoven-Sonate interessiert sein könnte. In fünfzehn Minuten muss ich zu meinem Zug und dann wird der Platz für Sie frei sein und Sie können den ganzen Tag hier sitzen und Ihr Talent demonstrieren."

„In fünfzehn Minuten, Madame, muss ich auch zum Zug, aber ich bin gerade durch halb Paris gerannt und muss mich sofort setzen, sonst klappe ich zusammen. Dieser verdammte Streik ..."

Florence unterdrückte das Mitleid, das sie beim Anblick der leicht schwankenden Gestalt erfasst hatte. „So wie Sie sich halten, Monsieur, werden Sie tatsächlich nicht lange stehen können. Also – Beine etwas weiter auseinander, Fersen und Zehenballen fest gegen den Boden drücken, Schultern zurück und ruhig aus- und einatmen!"

Ihre klare, dunkle Stimme, in der ein Hauch von Amüsement mitschwang, verfehlte die gewohnte Wirkung nicht. Es war, als hätte sie ihrem Gegenüber einen Anker zugeworfen, denn schon folgte er ihren Anweisungen und schien sogleich etwas fester und entspannter zu stehen. Florence öffnete ihre Tasche, nahm eine kleine Plastikdose heraus und überreichte ihm einen Riegel aus Trockenfrüchten, Haferflocken und Sesam. „Stärken Sie sich ein wenig, Monsieur! Das Zeug ist selbstgemacht und wird Ihnen guttun." Mit einem gemurmelten „Merci, Madame" nahm er die Gabe in Empfang, biss sofort hinein, und als er sich gleich darauf in Richtung Bahnsteig entfernte, lag tatsächlich ein kleines Lächeln auf seinen Lippen. Sie blickte ihm nach, bewunderte seinen teuer aussehenden Koffer aus rötlichem Leder und dachte sich, dass es doch gut gewesen sei, ihren Platz zu behaupten. Schließlich hatte sie schon eine umständliche Anreise hinter sich, war nicht mehr die Jüngste und eine Vertreterin des zarteren Geschlechts, auf das Männer nun einmal Rücksicht zu nehmen hatten.

Als sie eine gute halbe Stunde später im Schnellzug Richtung Avignon Platz genommen hatte und die Landschaft Frankreichs in verwischten Farbtönen an ihr vorbeiflitzte, konnte sie endlich entspannt aufatmen. Wie sehr hatte sich das Zugfahren doch seit ihrer Kindheit verändert! In den Fünfzigerjahren war sie jeden Sommer mit dem Zug zu ihrer Oma in das zu jener Zeit noch idyllische Montfermeil gefahren. Damals konnte man noch alle Fenster öffnen, um sich den Fahrtwind um die Nase wehen zu lassen. In nostalgische Kindheitserinnerungen versunken, nahm sie ihre Mitreisenden erst allmählich wahr. Eine langweilige Bande schien das zu sein. Fast jeder hatte Kopfhörer auf und die Augen auf irgendein elektronisches Gerät geheftet. Nur das junge Mädchen ihr direkt gegenüber, eine ganz reizende Elfe, las altmodisch in einem Buch. In ihrer schulterfreien Bluse würde sie sich bestimmt noch eine Erkältung holen, dachte sich Florence in einer Aufwallung mütterlicher Gefühle, denn die Klimaanlage lief auf höchsten Touren. Natürlich trug auch die Elfe Kopfhörer, vermutlich nur als Schutz vor dem störenden Geschwätz anderer Passagiere. Die Kopfhörer waren himmelblau und halb in die Stirn gerutscht, denn am Kopf thronte ein mit einem Gummiband zusammengehaltener Knoten aus widerspenstigen dunklen Locken.

Gerade jetzt schaute die Elfe von ihrem Buch auf und musterte Florence. Als diese ihren Blick erwiderte und lächelte, überzog sich das blasse Gesicht mit einem Hauch von Röte und sie nahm ihre Kopfhörer ab.

„Entschuldigen Sie, Madame" – ihre Stimme klang robuster als Florence es von einer Elfe erwartet hatte – „ich musste einfach Ihre Jacke bewundern. So etwas Elegantes habe ich auf einer Fahrt von Paris nach Avignon schon lange nicht mehr gesehen. Die meisten Reisenden hier tragen furchtbar langweilige Klamotten." Sie blickte an sich hinunter. „Ich ja auch, wie ich zugeben muss. Aber so wie Sie sich kleiden, das finde ich viel interessanter."

„Sie interessieren sich für Mode?" Florence schnappte nach dem ersten Gesprächshäppchen. „Habe ich vielleicht eine zukünftige Modeschöpferin vor mir?"

„Oh nein", die Elfe klang beinahe entrüstet, „dazu habe ich bestimmt kein Talent und, ehrlich gesagt, interessiere ich mich normalerweise auch nicht besonders für Mode." Florence vermeinte aus dieser Antwort ein wenig Enttäuschung herauszuhören und folgte dem Impuls, der jungen Dame etwas Freundliches zu sagen.

„Wenn ich in meiner Jugend so eine hübsche Mademoiselle wie Sie gewesen wäre, hätte ich es wohl auch nicht nötig gehabt, mir allzu viele Gedanken über meine Garderobe zu machen."

Jetzt errötete die Elfe gleich noch einmal. „Sehr freundlich von Ihnen, Madame, aber bei einer Musikstudentin kommt es weniger auf die Schönheit als auf den Fleiß und das Können an."

Florence folgte dem Blick der jungen Frau in Richtung Gepäckablage, wo ein großer, knallroter und seltsam geformter Koffer lag. „Meine Trompete", erklärte die Elfe, „ich habe gerade mein letztes Studienjahr am Pariser Konservatorium abgeschlossen."

Florence freute sich. Ihre allererste Reise zu einem Festival für klassische Musik hätte nicht besser beginnen können. Dass sie schon im Zug einer echten Musikerin begegnete, war ein gutes Omen für ein Unternehmen, das den Auftakt zu einer neuen Lebensphase bilden sollte. Eigentlich hatte ihre Begegnung mit diesem Möchtegern von Pianisten am Pariser Bahnhof auch schon ganz gut dazu gepasst.

Sie ließ ihrer Neugier freien Lauf und begann die junge Dame nach ihren Interessen und Lebensumständen auszufragen. Weil sie dabei jene superfreundliche Verhörtechnik anwandte, mit der sie im Kommissariat oft den verstocktesten Übeltätern ihre Geheimnisse entlockt hatte, dauerte es nicht lange, bis sie bald so ziemlich alles über die Trompete spielende Elfe wusste, die Chantal Florentin hieß und aus Avignon stammte.

2

Florence hatte nicht von ungefähr Avignon als Ziel ihrer Reise gewählt. Innerhalb der Landesgrenzen wollte sie schon allein deshalb bleiben, weil sie einer anderen Sprache als Französisch bedauerlicherweise nicht mächtig war, und von einer Reise in den Süden hatte sie schon immer geträumt. Ausschlaggebend war schließlich, dass gerade in diesem Jahr in Avignon erstmals ein kleines, feines Festival stattfinden sollte, das der Barockmusik gewidmet war. Der Initiator dieses Festivals war der berühmte und gefeierte Dirigent Stephan Lemercier. Es war ausgerechnet Lemercier, der vor einigen Jahren mit der konzertanten Aufführung von Händels Oper *Xerxes* im Pariser Théâtre des Champs-Élysées Florences Leidenschaft für die barocken Klänge geweckt hatte. Lemercier schien sich jedoch mit seinem Konzept eines Barockmusik-Festivals in Avignon bedauerlicherweise nicht nur Freunde geschaffen zu haben, wie Florence den Zeitungen entnommen hatte. Vor allem die Verantwortlichen des bekannten Theaterfestivals, das zur selben Zeit stattfinden sollte, schienen Lemercier als störenden Konkurrenten um die Aufmerksamkeit des Publikums zu betrachten und hatten lange, aber zum Glück vergeblich versucht, das Musikfestival zu verhindern.

Ihre neue Reisebekanntschaft hatte bereits im Zugabteil darauf bestanden, sie zu ihrem Ferienquartier zu begleiten und ihr davon abgeraten, mit dem Taxi zu fahren.

„Wir fahren zusammen mit dem Bus, Madame", hatte sie vorgeschlagen, „und dann begleite ich Sie das letzte Stück. Der Fußweg ist nicht lang und beginnt an der Stadtmauer, aber die Taxifahrer kurven gerne durch die halbe Stadt, um möglichst viel Geld aus den Touristen herauszuholen."

Als sie auf ihrem Weg an einer großen Plakatwand vorbeikamen, blieb Chantal Florentin, die ihren roten Instrumentenkoffer auf dem Rücken trug und einen großen, schwarzen Reisekoffer hinter sich herzog, plötzlich stehen.

„Was sagen Sie dazu, Madame? Hier ist kein einziges Plakat vom Barockmusikfestival zu sehen. Das gibt es doch gar nicht!"

Das Festival war mittlerweile zu ihrer gemeinsamen Angelegenheit geworden, denn noch während der Zugfahrt hatte Florence erfahren, dass Chantal für die Aufführung von Marc-Antoine Charpentiers selten aufgeführter Oper *Médée* nach dem Ausfall einer Trompete als Substitutin verpflichtet worden war. Gemeinsam musterten sie die großen Theaterplakate und entdeckten, dass unter einem ein kleiner Zipfel Rot und Gold hervorlugte. Florence streckte ihre Hand aus und löste ein Stück vom Theaterplakat ab, bis darunter tatsächlich ein rot-goldenes Konzertplakat zum Vorschein kam.

„Was fällt Ihnen ein! Das ist Vandalismus!"

Erschrocken drehten sich die beiden Frauen um. Die strenge Miene des noch recht jungen Polizisten, der unbemerkt hinter ihnen aufgetaucht war, hellte sich beim Anblick der Elfe wieder auf.

„Oh, du bist es, Chantal! Wieder mal zurück in der alten Heimat?"

„Wie du siehst, Pierre." Sie setzte eine empörte Miene auf. „Kannst du mir bitte erklären, warum die Plakate für das Barockmusikfestival, bei dem auch ich mitspielen werde, mit diesen Theaterplakaten überklebt wurden?"

Der Polizist errötete und schaute schuldbewusst. Chantals hübsches Gesicht hatte einen verkniffenen und herausfordernden Ausdruck angenommen und ihr Gegenüber beeilte sich mit der Antwort:

„Mit diesem Barockfestival gibt es nur Ärger. Es ist auch so schon genug los in der Stadt wegen des Theaterfestivals, aber diesen Lemercier stört nicht nur der Autolärm, sondern sogar das Geläute der Kirchenglocken während einer Aufführung. Großräumig absperren sollen wir den Platz vor der Kirche, damit eine adäquate Kulisse für die Konzerte geschaffen wird! Er ist eine Nervensäge. Ständig taucht er bei uns auf dem Revier auf und bringt eine Beschwerde vor. Nichts scheint ihm zu passen. Wir hätten sein Event wirklich nicht gebraucht!"

Während Florence sich der Betrachtung der kleinen Szene hingab, die sich vor ihr entfaltete, trat Chantal zur Verteidigung ihres Festivals an.

„Übertreib nicht, Pierre! Monsieur Lemercier ist ein supernetter Typ, aber in dieser Stadt werden ja jedem, der von außen kommt und der etwas anderes als das Gewohnte will, Prügel zwischen die Beine geworfen."

„Von wegen Prügel, Chantal. Gestern hat mir meine Maman, die als Statistin im Theater arbeitet, erzählt, dass sich Gabriel Perou, der Regisseur, der gerade ein Bühnenstück für das Theaterfestival in der Opera Grand Avignon vorbereitet, ständig über Lemercier beklagt. Beide proben gleichzeitig im Operntheater und müssen sich auf der Haupt- und Probebühne abwechseln. Dauernd gibt es Streit. Die Hauptschuld, sagt Maman, liegt aber bestimmt bei diesem Lemercier. Er bezeichnet die Arbeit von Perou als Mist und wirft ihm vor, dass er von wahrer Schönheit nichts verstehe."

Florence lauschte dem Wortgefecht gespannt. Es dauerte jedoch nicht lange bis der Polizeibeamte gegenüber der zunehmend erregteren Musikerin den Rückzug antrat.

„Nichts für ungut, Chantal. Ich finde es ganz toll, dass du bei der Oper spielen wirst. Vielleicht werde ich sie mir sogar ansehen. Du musst aber auch uns verstehen. Die Polizeistation von Avignon ist chronisch unterbesetzt und da können wir auf diese unnötigen Einsätze, die Lemercier verlangt, wirklich verzichten."

„Schon gut, Pierre. Ich glaube trotzdem, dass ihr Monsieur Lemercier Unrecht tut! Seine Ansprüche bestehen sicher zu Recht und seine Aufführungen sind einfach große Klasse! Nicht wahr, Madame Florence?"

Mit ihrer offenen Hand zeigte sie auf den Polizisten.

„Darf ich Ihnen Pierre Caspari vorstellen, Madame? Er ist – wie man hört und sieht – ein aufrechter Kämpfer für Recht und Gerechtigkeit. Wir sind miteinander in die Schule gegangen. Pierre, Madame Florence Beaumarie ist eine große Kunstkennerin aus Paris und extra wegen des Barockmusikfestivals angereist."

„Dann sind Sie wohl so etwas wie eine Musikkritikerin, Madame! Es tut mir leid wegen vorhin. Ich wusste noch nichts von den überklebten Plakaten."

„Wie herrlich!", dachte Florence amüsiert. Drei Wochen nach ihrer Abschiedsfeier war sie in den Augen eines jungen Polizisten bereits zur Pariser Musikkritikerin avanciert. Ihre neue Lebensphase ließ sich interessant an.

„Nein, Monsieur, Musikkritikerin bin ich nicht. Ich bin aber sehr an Musik interessiert. Was Monsieur Lemercier betrifft, muss ich Mademoiselle unbedingt recht geben. Er ist einer der größten französischen Dirigenten und überdies ein inspirierender Regisseur des barocken Musikdramas. Ich könnte mir vorstellen, dass seine Beschwerden gerechtfertigt sind."

Sie wandte sich an Chantal: „Kommen Sie, Chantal! Höchste Zeit, dass ich in meine Unterkunft komme. Wir dürfen den Arm des Gesetzes nicht weiter bei seiner Dienstausübung stören."

Mit einem „au revoir" trennte man sich, ohne dass eine polizeiliche Amtshandlung stattgefunden hätte.

Bald darauf standen Florence und Chantal vor dem blau gestrichenen Tor eines Hauses in der Rue des Trois Faucones, das als Teil einer Reihe alter Stadthäuser von außen weder als Hotel noch als Pension zu erkennen war.

„Sind Sie sicher, Madame, dass das die richtige Adresse ist? Gerade diese Ecke von Avignon ist in der Nacht etwas unsicher!"

„Keine Sorge. Ich habe mir das Haus bereits im Internet angesehen und erkenne dieses Tor. Ich kann schon auf mich aufpassen. Schauen Sie, was für ein schöner alter Türrahmen das ist!"

Florence beugte sich vor und inspizierte die drei kleinen Messingschilder neben den Klingelknöpfen.

„Ach – und hier steht es ja: B&B Ciel Bleu. Ich bin genau richtig! Sie können mich jetzt wirklich allein lassen, liebe Chantal. Ich sehe Sie ja übermorgen bei der Aufführung der *Médée*. Ich habe eine Karte in der dritten Reihe und werde Ihnen zuzwinkern."

„Nein Madame, nicht nur zwinkern. Treffen wir uns doch in der Pause vor dem Bühnenaufgang!"

„Aber gerne, Chantal. Das wird ja dann ein ganz besonderes Erlebnis für mich. Jetzt aber los. Sie haben schon viel zu viel Zeit für mich geopfert. Ihr Herr Papa wird sich Sorgen machen. Au revoir und bis bald!"

Mit einer Zuneigung, die sie selbst überraschte, blickte sie der fragil wirkenden Gestalt nach, die in einer engen Straße verschwand. Es hätte ihr gefallen, eine solche Tochter zu haben! Chantal hatte ihr erzählt, dass sie hier in Avignon bei ihrem Vater wohnen würde. Sie war sein einziges Kind. Ihre Mutter hatte sich schon vor vielen Jahren mit einem anderen Mann in Richtung Paris verabschiedet und Chantal war bei ihrem Vater geblieben.

Florence drückte den blauen Klingelknopf. Sofort ertönte von innen ein lautes Bellen. Sie zuckte zusammen. Hunde konnte sie nicht leiden. Eine Narbe auf ihrem Kinn zeugte bis heute von einem schrecklichen Erlebnis in ihrer Kindheit. Der Hund, der sie damals gebissen hatte, gehörte der Concierge in ihrem Wohnhaus und trotz der Beschwerde ihrer Maman hatte sie den Hund behalten dürfen – und die kleine Florence hatte sich noch jahrelang vor ihm gefürchtet.

Als sich das blaue Tor öffnete, trat Florence vorsichtshalber drei Schritte zurück. Eine kleine, weißhaarige Dame in einem geblümten Kleid und ein riesiger schwarzer Köter, der glücklicherweise an einer kurzen Leine gehalten wurde, standen vor ihr.

„Madame müssen Florence Beaumarie sein. Bitte haben Sie keine Angst, der Hund tut keinem etwas zuleide. Er ist wie ein Lamm. Ich weiß, alle Hundebesitzer behaupten das von ihrem eigenen Hund, aber bei meinem ist es wirklich so. Sie werde ihn mögen und Ihr Zimmer auch. Es hat ein großes Fenster in den blauen Himmel hinauf. Deshalb heißt mein Bed-and-Breakfast *Ciel bleu*. Sie wohnen im fünften Stock und es gibt sogar einen Lift. Ich wohne im Erdgeschoss und bin sozusagen die Concierge. Wenn Sie mögen, kann ich Ihnen das Frühstück hier im Hof servieren. Der Hund ist im Hof immer an der Leine. Ja und ich bin natürlich Madame Robert. Kommen Sie doch herein! Es wird Ihnen hier gefallen."

Florence hatte den Hund schon fast vergessen. Fasziniert blickte sie die kleine Dame an. Die Worte waren wie ein flinkes Bächlein aus ihrem Mund hervorgesprudelt und Florence ahnte, dass die Quelle dahinter unversiegbar war. Überwältigt reichte sie ihrer Vermieterin die Hand. Sie betraten einen kühlen Flur, Madame Robert schubste den Hund durch eine Tür mit der Aufschrift „Concierge" und gleich darauf schwebten sie in einem winzigen Lift nach oben.

Endlich allein, ließ Florence sich ermattet in einen blauen Ohrensessel fallen, der einladend mitten in ihrem Zimmer stand. Sie dachte sich, dass sie in den letzten Stunden eigentlich gar nicht viel gesprochen, aber sehr viel erfahren hatte. Waren die Leute hier im Süden gesprächiger als in Paris? Dort dauerte es oft lange, bis man mehr von den Menschen erfuhr, die einem täglich über den Weg liefen. Ihr war es immer recht so gewesen. Im Berufsalltag war dies ohnehin anders und am Abend hatte sie die Stille ihrer in einem idyllischen Hinterhof gelegenen Wohnung zu schätzen gewusst. Je älter sie wurde, desto mehr hatte es sie nach dem abendlichen Alleinsein verlangt. Das allerdings hätte im Kommissariat niemand von ihr gedacht, denn dort galt sie als Kommunikationsgenie. Eine Fähigkeit, die auch ihren Preis hatte. Je mehr sie sich während der Arbeit auf ihr jeweiliges Gegenüber einließ, desto mehr brauchte sie später ihre Ruhe. Außer mit ihrer Maman und mit ihrem Sohn Michel, der längst über alle Berge war, hatte sie nie mit jemand anderem zusammengelebt.

Mit ihrem Ferienquartier war sie jedenfalls zufrieden. Der Raum war groß und wunderbar altmodisch eingerichtet. Eine große Kommode mit fünf Laden, ein Schreibtisch samt einem mit Leder gepolsterten Sessel sowie zwei Lehnstühle, einer davon mit Fußschemel. Vom *ciel bleu*, der dem kleinen Hotel seinen Namen gab, war momentan allerdings nichts zu sehen. Die ebenfalls blauen Jalousien ließen nur wenig Licht herein. „Bitte lassen Sie die um diese Tageszeit unbedingt geschlossen", hatte Madame Robert gesagt, „sonst wird es furchtbar heiß im Zimmer."

Apropos Tageszeit! Wie spät mochte es eigentlich sein? Florence hatte normalerweise einen untrüglichen Zeitsinn und trug keine Uhr, aber auf dieser für sie ungewohnt langen Reise war ihr Zeitgefühl komplett durcheinandergeraten. Sie holte ihr Mobiltelefon aus der Umhängetasche. Schon fünf Uhr nachmittags! Kein Wunder, dass sie langsam wieder hungrig wurde. Einen Moment lang wusste sie nicht, was sie tun sollte: essen, duschen, Koffer auspacken oder schlafen? Sie musste ihre Gedanken ordnen. „Essen, duschen, essen, schlafen, essen, duschen", schwirrte es durch ihren Kopf. Es dauerte nicht lange und sie war in ihrem Lehnsessel eingeschlafen.

Als ihr Kopf von der Lehne rutschte und nach vorne fiel, schreckte sie hoch. Durch ihren Schlaf waren gerade noch unzählige Konzertplakate gewirbelt, die immer bedrohlichere Formen angenommen und sich wie eine riesige dunkle Wolke auf ihr niedergelassen hatten. Obwohl sie nicht abergläubisch war, konnte sie sich des Gefühls nicht erwehren, dass sie hier in dieser Stadt nicht nur Gutes erwartete. Wie versteinert blieb sie sitzen und schaffte es nicht, sich zu bewegen. Nach diesem Traum fühlte sie sich niedergeschlagen und lustlos.

„Ach was", sagte sie sich schließlich. „Du hast nur zu lange geschlafen." Endlich erhob sie sich und ging zum Fenster. Auf Knopfdruck fuhren die schmalen Lamellen der Jalousie nach oben und gaben ein Stück blauen Himmels frei. Florences Aussichtspunkt lag über den Dächern. Auf dem Platz unter ihr entdeckte sie ein Lokal, vor dem einige Leute an kleinen Tischen saßen.

Vielleicht konnte man da etwas essen. Sie schlüpfte in ein frisches T-Shirt und machte sich auf den Weg nach unten. Zu ihrer Erleichterung begegneten ihr am Weg hinaus weder der Hund noch seine Besitzerin. Das Lokal am Platz entpuppte sich als ein Bar, in der es nichts zu essen gab. In einer Seitenstraße entdeckte sie jedoch ein winziges marokkanisches Restaurant, in dem man ihr die beste Lamm-Tagine servierte, die sie jemals verspeist hatte. Als sie eineinhalb Stunden später beglückt von dieser wunderbaren Mahlzeit ihr Quartier betrat, war ihre Welt wieder in Ordnung.

3

Madame Robert hatte den Frühstückstisch im Innenhof gedeckt. Am Morgen war es dort noch einigermaßen kühl, eine hohe Platane spendete Schatten und das niedrige Holzpodest, auf dem die Tische standen, wurde von mehreren mit Lavendel und Rosen bepflanzten Blumenkästen gesäumt. Schon beim Aufstehen hatte Florence sich vorgenommen, die sprudelnde Quelle von Madame Roberts Wortreichtum durch ihre eigene morgendliche Schweigsamkeit einzudämmen. Es stellte sich jedoch heraus, dass Madame ohnedies mit den Frühstücksvorbereitungen beschäftigt war, die sie – wie es aussah – ohne zusätzliche Hilfe bewältigte. Florence war jedenfalls der erste Gast und durfte sich einen Platz aussuchen. Sie konnte es sich dennoch nicht verkneifen, ihrer quirligen und freundlichen Gastgeberin, die sie am Vorabend nicht mehr zu Gesicht bekommen hatte, eine Frage zu stellen.

„Wie viele Zimmer vermieten Sie denn eigentlich, Madame?"

„Gute Frage! Das hängt davon ab, ob gerade einer meiner fünf Söhne zu Besuch ist und von mir verwöhnt werden will. Wenn alle fünf da sind, kann ich natürlich nichts vermieten, aber meine Söhne wissen, dass sie mir das früh genug ankündigen müssen. Gleich nach Ihrer Abreise kommt Pascal, mein Jüngster, und dann ist Ihr schönes Dachzimmer schon mal weg. Sie müssen wissen, Madame, dass dieses Zimmer einmal ein Teil unserer großen Maisonnette war. Nach dem Tod meines Mannes habe ich alles umbauen lassen und bin in die Wohnung hinuntergezogen, in der es früher eine Concierge gab. Gott sei Dank hat mein Alain – Gott hab ihn selig – gut verdient und ich habe als pensionierte Lehrerin auch eine Rente. Ich habe schon immer von einem kleinen Hotel geträumt und diesen Traum habe ich mir mit meinem B&B erfüllt. Es ist doch schön geworden, nicht wahr?"

Florence beeilte sich, ihr zuzustimmen. Nun wollte sie wirklich in Ruhe ihren Kaffee trinken. Madame Robert, an diesem Morgen mit rüschenbesetzter Schürze, verschwand in Richtung Küche, war aber bald darauf wieder da. Sie schob einen Servierwagen vor sich her, der mit Köstlichkeiten geradezu überladen war. Als Erstes stellte sie ein Tablett auf den Tisch, auf dem sich eine ganze Kompanie kleiner Gläser mit Konfitüren versammelt hatte, die mit handgeschriebenen Etiketten versehen waren. Es folgten eine große Kanne Kaffee, ein Krug Milch, Brot, Butter, Schinken, Käse, frische Feigen und Aprikosen und schließlich ein großer Korb mit verführerisch duftendem Brot und Brötchen. All das wurde von einem weiteren Wortschwall Madames begleitet, die jede einzelne Marmelade und deren Herkunft erklärte. Einer ihrer Söhne besaß nämlich ein Landhaus in der Nähe von Lourmarin, und die Schwiegertochter, die in ihren Augen sonst nur über wenige Talente verfügte, hatte alles selbst hergestellt.

Glücklicherweise musste sie ihre Erklärungen abrupt abbrechen, weil ein weiteres Gästepaar erschienen war, das an einem der Nebentische Platz nahm.

Florence atmete auf. Sie war froh, dass sie den Tisch für sich alleine hatte und widmete sich dem Studium der ihr dargebotenen Delikatessen. Dieses Frühstück unterschied sich deutlich von dem, was sie sonst gewohnt war. Die Croissants, die sie in Paris alltäglich am Weg zur Arbeit im Café Deux Artistes samt einem Café au lait zu sich nahm, fehlten hier gänzlich. Das Frühstück war jedenfalls eine gute Gelegenheit, auch diesbezüglich etwas Neues auszuprobieren, denn schließlich hatte sie sich für ihr neues Dasein die größtmögliche persönliche Flexibilität verordnet.

Nach dem Frühstück machte sie sich unverzüglich auf den Weg in die Stadt. Es war noch früh und in den verwinkelten Gassen ging es ruhig zu. Die beiden berühmtesten Sehenswürdigkeiten von Avignon – den Papstpalast und die Brücke – ließ sie vorerst links liegen und strebte stattdessen dem Ort zu, an dem das erste ihrer Konzerte stattfinden sollte. Wie auch sonst in ihrem Leben musste sie sich zu allem und jedem ihren höchst persönlichen Zugang verschaffen. „Dieses Kind hat seinen ganz eigenen Kopf", hatte die Lehrerin schon nach dem zweiten Schultag zu Florences Mutter gesagt – und das war nicht wirklich freundlich gemeint gewesen. Sie war nur die Erste einer Reihe von Erziehungspersonen, die versucht hatten, den Kopf des ungewöhnlichen Kindes nach eigenen Vorstellungen zurechtzurücken. Erfolglos, wie sich herausstellte.

Dieser Kopf trug heute eine weiße Schirmkappe über widerspenstigen, rötlichbraunen Locken. Es war Juli und Florence musste sich vor der Sonne schützen. Schon gestern Abend hatte sie sich dazu das fliederfarbene Leinenkleid herausgesucht, das in einem gewissen Gegensatz zu der sportlichen Kopfbedeckung und ihren robusten Sandalen stand. Florence liebte Gegensätze, sie hatten etwas Erfrischendes und Anregendes.

Ausgerüstet mit einem guten Orientierungssinn und einem Stadtplan marschierte sie beschwingt in Richtung ihres ersten Zieles und schon nach fünfzehn angenehmen Gehminuten trat sie aus einer der kühlen und schattigen Gassen auf einen Platz, den das Sonnenlicht gerade frisch erobert hatte. Was für ein Anblick! Das musste das berühmte Licht des Südens sein! Es sah aus, als seien die Häuserfassaden, die Bäume und die Kirche mit einem Gespinst von allerfeinstem, leuchtendem Himmelsstaub überzogen.

Sie gab sich der Betrachtung dieser göttlichen Inszenierung hin und entdeckte bald ein rot-goldenes Plakat, das an der Kirchentür prangte. Hier hatte sich niemand getraut, es zu überkleben, denn hier sollte heute Abend das Eröffnungskonzert stattfinden. Ob man jetzt schon in die Kirche hineinkonnte? Nein, das Tor ließ sich nicht öffnen. Gerade als sie sich wieder abgewandt hatte, drehte sich knarrend ein Schlüssel. Neugierig wandte sie sich um. Die Tür war offen und vor ihr stand ein mittelgroßer Mann in einem kurzärmeligen, blauweiß-karierten Hemd und langen hellen Baumwollhosen. Ein dichter Haarkranz umgab eine kleine Glatze und auf seiner Nase saß eine sehr blaue und sehr modische Brille, durch die er Florence überrascht, aber freundlich anblickte.

„Bonjour, Madame! Kommen Sie schon zur Probe? Sind Sie ein Mitglied des Orchesters?"

Florence überlegte rasch. Die Gelegenheit, ihrem Lieblingsdirigenten beim Proben zuzuschauen, durfte sie sich nicht entgehen lassen. Als Orchester- oder Chormitglied konnte sie sich nicht ausgeben, aber ob sie als eine ganz gewöhnliche Besucherin zugelassen würde? Chantal fiel ihr ein und blitzartig entschloss sie sich zu einer Notlüge.

„Ich bin wohl ein wenig zu früh dran. Nein, Orchestermitglied bin ich nicht. Ich komme aus Paris und treffe hier eine meiner Musikschülerinnen. Sie spielt zum ersten Mal in diesem Orchester mit und hat mich zur Probe eingeladen."

Erst jetzt bemerkte Florence ein kleines Kreuz an der Brusttasche ihres Gegenübers. Dann gehörte er wohl nicht zu den Leuten vom Festival, sondern war ein Vertreter der Kirche.

„Aha! Sie wissen aber schon, dass Sie um einiges zu früh dran sind? Die Probe beginnt ja erst um zehn. Da haben Sie noch mehr als eine Stunde Zeit!"

„Ja, das weiß ich. Ich kenne mich in Avignon nicht aus, daher wollte ich erst meinen Weg hierher finden und dann noch in der Nähe einen Kaffee trinken, mein Frühstückskaffee war mehr als schwach. Könnten Sie mir vielleicht ein Lokal empfehlen?"

„In unmittelbarer Nähe leider nicht. Einen akzeptablen Kaffee bekommen Sie bei Patrick und der ist etwa zehn Gehminuten von hier entfernt. Sie können aber gerne auch in unserem kleinen Pfarrsaal einen trinken. Bei uns bekommen Sie einen ausgezeichneten Kaffee. Sie haben Glück: Ich bin nicht nur der Pfarrer dieser kleinen Gemeinde, ich bin auch Kaffeeliebhaber und als solcher habe ich eine Espressomaschine angeschafft. Ich lade Sie ein."

Florence hatte ein strategisches Problem. Dass sie dem Pfarrer eine Lüge aufgetischt hatte, war ihr bereits unangenehm. Wenn sie seine Einladung annahm, musste sie ihn weiterhin anlügen. Wenn sie aber jetzt wegging, würde sie womöglich nicht mehr zur Probe in die Kirche eingelassen werden. Nach einem kurzen Stoßgebet akzeptierte sie die Einladung des Pfarrers. Während sie an seiner Seite das prächtige Bauwerk umrundete, begann sie ein Gespräch, denn sie wollte ihn von weiteren Fragen zu ihrer Person abhalten.

„Die Kirche ist wunderschön", sagte sie, „und auch der Platz davor – so still und friedlich."

„Das ist er aber nur heute", antwortete der Pfarrer. „Monsieur Lemercier hat nämlich darauf bestanden, dass die ganze Umgebung für den Autoverkehr gesperrt wird. Wie er das bei der Stadtverwaltung durchgesetzt hat, ist mir ein Rätsel. Die Anrainer haben jedenfalls keine Freude, wenn sie nicht zufahren können. Der Platz ist allerdings viel schöner ohne Autos. Na ja, so lange neben dem Chauffeur des Dirigenten auch noch mir und meinem alten Saab die Zufahrt gestattet ist, soll es mir recht sein. Ich bin nämlich ein Saab-Fan, müssen Sie wissen."

Er deutete auf das türkisfarbene Prachtexemplar eines schon in die Jahre gekommenen Autos, das neben einem grauen Mercedes schräg gegenüber der Kirche geparkt war.

Florence schaute ihn verwundert an: „Eine recht ungewöhnliche Leidenschaft für einen geistlichen Herrn, wenn ich so sagen darf!"

„Da haben Sie schon recht, Madame. Ich habe den Wagen wirklich sehr günstig von meinem Bruder kaufen können. Der hat die Autowerkstatt unseres Herrn Papa geerbt. Der Chauffeur von Lemercier war von diesem Modell auch ganz angetan."

Florence nickte. „Das kann ich mir vorstellen. So einen bildschönen Wagen sieht man heute nur noch selten."

Sie waren kurz stehen geblieben und betrachteten das Auto. Als sie weiter gingen, kam Florence wieder auf den Dirigenten zu sprechen. „In einem Interview hat Lemercier einmal gesagt, dass er nicht nur die Musik, sondern auch die Stille sehr schätzt. Wahrscheinlich hat er sich deshalb eine autofreie Zone um die Kirche herum gewünscht. Bei ihm darf ja auch erst am Ende eines Konzertes und nicht zwischen den Stücken geklatscht werden. Ich habe schon einmal erlebt, dass er einen hustenden Mann im Publikum beschimpft hat."

„Das würde zu ihm passen." Der Pfarrer nickte zustimmend. „Von mir hat er verlangt, dass ich ihm für die Dauer der Konzerte die Sakristei samt Schlüssel zur Verfügung stelle, damit er sich in aller Stille auf jede Aufführung vorbereiten kann. Ich habe für die Zeit der Proben und der Aufführungen alle Messen in die Taufkapelle verlegen müssen. Ach ja, und die Burschen, die vor der Kirche gerne mit ihren Skateboards auf- und abfahren, hat er auch erfolgreich in die Flucht geschlagen."

Der Pfarrsaal befand sich hinter der Kirche. Der Zugang führte durch einen imposanten Innenhof samt Kreuzgang aus dem 14. Jahrhundert, der jetzt aber seltsam aus der Achse geraten wirkte. Wie der Pfarrer erklärte, habe einer seiner Vorgänger unmittelbar nach dem Zweiten Vatikanum diesen schönen Ort durch einige Zubauten, die dem Gemeindeleben nützlich waren, verschandelt. Monsieur Lemercier, ein Ästhet von echtem Schrot und Korn, habe ihn seit seiner Ankunft hier schon mehrmals aufgefordert, diese Bausünden wieder rückgängig zu machen. Er renne da bei ihm prinzipiell offene Türen ein, habe aber keine Ahnung, wie kostenintensiv und schwierig ein solches Unternehmen wäre.

All das erzählte der Pfarrer Florence, während er für sie an einer großen, sehr professionell wirkenden Espressomaschine ein Tässchen Kaffee zubereitete. Allein dessen Geruch ließ die Kaffeeliebhaberin in Verzückung geraten. Zuvor hatte der Pfarrer ihr gezeigt, welche von den beiden weiteren Türen vom Kreuzgang aus ins Kircheninnere und welche in die Sakristei führte. Der Dirigent, der sich schon seit einer Viertelstunde in der Sakristei aufhielte, dürfe dort keinesfalls gestört werden.

Florence trank in Ruhe ihren Kaffee und genoss die Situation. Alles hatte sie erwartet, nur nicht, dass sie gleich zu Beginn ihrer Reise Bekanntschaft mit einer Musikerin machen und dann vom Pfarrer der Kirche, in der das Eröffnungskonzert stattfinden sollte, mit Kaffee bewirtet werden würde.

Eine halbe Stunde später saß sie in Erwartung der Orchesterprobe in der Kirche. Sie hatte sich durch die vom Pfarrer bezeichnete Tür hineingeschlichen, sich hinter eine dicke Säule gesetzt und hoffte, dass man sie dort vom Altarraum aus nicht sehen würde. Bis zum Beginn der Probe waren es noch zehn Minuten und vor dem Altar, wo bereits alles für das Orchester bereitstand, begann ein geschäftiges Treiben. Lichter wurden ein- und ausgeschaltet, Instrumente ausgepackt, Notenpulte und Sessel hin- und hergerückt.

„Nein", überlegte Florence, „hier wird mich schon niemand bemerken. Hier sind alle viel zu sehr beschäftigt."

Kaum hatte sie das gedacht, hörte sie hinter sich eine ihr nun schon vertraute Stimme.

„Ich hatte erwartet, Madame, dass Sie heute als Allererstes unseren berühmten Papstpalast besichtigen würden – und nun treffe ich Sie hier in diesen heiligen Hallen an."

„Pssst", Florence drehte sich zu Chantal um, die unbemerkt und elfengleich hinter ihr aufgetaucht war. „Es ist wohl besser, wenn ich hier niemandem auffalle."

„Ach, die sind ohnedies alle mit sich selbst beschäftigt. Ich bin ja bei dieser Probe hauptsächlich auch nur Zuhörerin und werde mich in die erste Reihe setzen. Kommen Sie doch auch mit nach vorne!"

„Vielen Dank! Mir gefällt es hier sehr gut. Von hier aus habe ich einen schönen Überblick. Ich muss nicht unbedingt auffallen."

„Alles klar! Wir könnten uns aber nach der Probe vor dem Eingang der Kirche treffen und vielleicht zusammen ins Zentrum spazieren?"

„Wunderbar!" Florence freute sich über die Anhänglichkeit der jungen Frau und sah ihr zu, wie sie mit ihrem Instrumentenkoffer am Rücken der vordersten Reihe zustrebte.

4

Punkt zehn Uhr saßen die etwa zwanzig Mitglieder des Orchestre pour la Musique Anthemic kurz OhLaMusique mit bereits gestimmten Instrumenten und nur gelegentlich miteinander flüsternd auf ihren Plätzen. In der ersten Reihe hatten neben Chantal noch einige andere Leute Platz genommen. Florence mutmaßte, dass es sich dabei um Bekannte der Orchestermitglieder oder um Musiker handelte, die erst später zum Einsatz kommen würden.

Der Meister ließ jedoch auf sich warten, was höchst ungewöhnlich war, war er doch für seine Pünktlichkeit bekannt. Es dauerte auch nicht lange bis einige der Musikerinnen und Musiker unruhig wurden. Man wandte die Köpfe hin und her und auch Chantal drehte sich um und blickte stirnrunzelnd in Richtung Florence. Ehe jedoch dieses leise Lüftchen des Unmuts zu einem veritablen Sturm anschwellen konnte, flog eine Tür seitlich hinter dem Altar auf und der berühmte Dirigent Stephan Lemercier betrat den Raum. Ohne nach links und rechts zu blicken, strebte er dem Dirigentenpult zu, stieg die zwei Stufen hoch und blieb stumm und gesenkten Hauptes stehen. Auf der Stelle erstarben die Stimmen, die Instrumente wurden in Einsatzbereitschaft gebracht und alle Augen hefteten sich auf den Dirigenten. Hinter dem Altar schloss sich leise eine Tür und Florences Blick erhaschte gerade noch den Zipfel eines blau karierten Hemdes, das dem Pfarrer gehörte.

„Mesdames et Messieurs! Ich muss mich für meine Verspätung entschuldigen. Dies ist jetzt eine ganz wichtige Probe und soeben gab es noch einen unangenehmen Vorfall." Seine Stimme schwankte kurz, er hatte sich aber rasch wieder gefasst.

„Nein, nein! Das hat nichts mit Ihnen zu tun und braucht Sie nicht zu beschäftigen. Ich möchte Sie alle ganz herzlich begrüßen." Er wandte sich um und blickte in den Kirchenraum. Florence zog sich gänzlich hinter ihre Säule zurück. Sein Blick hatte aber nicht ihr, sondern den Zuhörern in der ersten Reihe gegolten.

„Die beiden Proben des heutigen Tages werden sich insofern etwas anders gestalten, als wir zusätzlich noch einige der anspruchsvollsten Stellen der Opernaufführung vom morgigen Tag mit unseren Substituten proben wollen. Ich danke Ihnen, dass Sie schon jetzt anwesend sind."

Wieder dem Orchester zugewandt, erhob er den Taktstock: „Mesdames et Messieurs! Johann Sebastian Bach – Ouvertüre zur Orchestersuite!"

Sogleich folgte das gesamte Orchester dem Taktstock mit einer Präzision, die keinen Zweifel daran ließ, wer hier das Sagen hatte. Binnen Minuten war der Kirchenraum von Klängen reinster Magie erfüllt und Florence dachte sich, dass die Akustik vermutlich selbst im berühmten „Goldenen Saal" der Stadt Wien nicht besser sein konnte.

Lemercier ließ die ganze Ouvertüre ohne Unterbrechung spielen und erhob dann erneut seine Stimme.

„Merci. Das war Gott sei Dank schon sehr schön. Die eine oder andere Stelle müssen wir uns noch genauer anschauen. Am Abend werde ich dann etwas schnellere Tempi geben. Wenn die Kirche voll mit Menschen ist, hallt es weniger und dann können wir uns das erlauben. Bitte noch einmal den Anfang ab dem Einsatz der Trompeten, jetzt aber die dritte Trompete bitte mit der richtigen Intonation!"

Fasziniert beobachtete Florence das Geschehen. Die Probe verging wie im Flug und sie konnte feststellen, dass der Meister mit dem Orchester äußerst zartfühlend und sogar recht humorvoll umging. Ein einziges Mal riss ihm jedoch der Geduldsfaden. Eine der Trompeten störte immer wieder die ansonsten ausnahmslos harmonischen Klänge.

„Luc, so geht das leider nicht!", rief Lemercier schließlich in Richtung Trompeten. „Ich kann mich einfach nicht mehr darauf verlassen, dass du richtig spielst." Dann drehte er sich um und blickte fragend in Richtung erste Reihe.

„Haben wir hier noch eine Ersatztrompete?"

Sofort schnellte Chantals Hand in die Höhe.

„Haben Sie den Trompetenpart dieses Stückes schon studiert? Können Sie auch den Händel spielen, der nachher kommt?"

Chantal nickte heftig, brachte aber vor Aufregung keinen Ton heraus.

„Dann, Mademoiselle, bitte ich Sie, sofort den Platz mit unserem Trompeter hier zu tauschen. Tut mir wirklich leid, Luc, so geht das nicht. Das bin ich dem hervorragenden Ruf unserer Truppe schuldig."

Während sich der Angesprochene betont langsam erhob und mit feuerrotem Kopf durch die Reihen seiner Kolleginnen und Kollegen ging, begannen diese leise miteinander zu tuscheln. Florence beobachtete, wie die Konzertmeisterin, eine ältere Frau mit einem akkurat geschnittenen schwarzen Pagenkopf, ihrem Dirigenten anerkennend zunickte und von diesem ein resigniertes Schulterzucken erntete.

Inzwischen war der Trompeter bis zum Dirigentenpult vorgedrungen. Es war offensichtlich, dass er sich nicht ohne Protest den Anweisungen seines Vorgesetzten fügen wollte. Mit halblauter Stimme, der die Wut anzuhören war, stieß er ein paar kurze Sätze hervor, die Florence trotz der großartigen Akustik des Raumes nicht verstehen konnte.

Die Worte von Monsieur Lemercier waren jedoch überdeutlich zu hören. „Dann mach, was du willst! Ich will dich in meinem Orchester nicht mehr sehen!"

Leise vor sich hin fluchend durchquerte der Gescholtene das Kirchenschiff in Richtung Hauptausgang. Kurz vor Verlassen der Kirche erhob er eine Faust gegen Lemercier und gleich darauf fiel die Tür mit lautem Knall ins Schloss.

Mittlerweile hatte Chantal den frei gewordenen Platz neben dem zweiten Trompeter eingenommen. Der Dirigent musste ab nun keine einzige Rüge mehr in Richtung Trompeten aussprechen. Für Florence war dies der Beweis, dass Chantal trotz ihres jugendlichen Alters bereits eine Musikerin von außergewöhnlichem Format war. Kurz vor dem Ende der Probe gab es noch eine weitere kleine Unterbrechung. Der Pfarrer schaute erneut bei der Tür des Altarraums herein und nickte dem Dirigenten bestätigend zu. Dieser wandte sich nun mit einer kleinen Rede an seine Musiker.

„Mesdames et Messieurs! Ich muss Ihnen jetzt noch eine Mitteilung machen, ersuche Sie aber schon im Vorhinein, Ruhe zu bewahren. Das, was ich zu sagen habe, wird unsere Zusammenarbeit und unser Festival in keinster Weise beeinträchtigen."

Die Spannung, die sich nun in der Kirche ausbreitete, war mit der Hand zu greifen.

„Ich wollte Sie mit dieser Information nicht beunruhigen, aber ich habe nun keine Wahl mehr. Den meisten von Ihnen wird es nicht entgangen sein, dass unser Festival in dieser Stadt nicht nur Freunde hat. Einige haben mich auch darauf aufmerksam gemacht, dass unsere Plakate mit Theaterplakaten überklebt worden sind. Ich habe mich bemüht, dem keine große Bedeutung beizumessen. Seit heute Morgen gibt es jedoch neue und etwas anders geartete Vorfälle. Es sind feindselige Plakate aufgetaucht, die ich leider nicht mehr ignorieren kann. Sie sind gelb und handgeschrieben. Das erste wurde schon heute Morgen im Foyer meines Hotels entdeckt, das zweite von meinem Chauffeur an meinem Wagen. Auch das dritte hat er entdeckt, es wurde wohl erst kurz vor der Probe über unser Plakat an der Kirchentüre geklebt."

Als auf diese Ansprache hin ein Sturm der Entrüstung loszubrechen drohte, hob er gebieterisch seine Hände.

„Bitte bewahren Sie Ruhe! Da Sie erfreulicherweise alle pünktlich zur Probe erschienen sind, hatte der Übeltäter leider das Glück, nicht auf frischer Tat ertappt zu werden. Meinem Chauffeur, Monsieur André, ist das Plakat aber sogleich aufgefallen und er hat mich und den Herrn Pfarrer umgehend informiert. Ich entschied mich daraufhin, die Polizei einzuschalten. Wie mir der Herr Pfarrer gerade zu verstehen gegeben hat, ist diese bereits eingetroffen. Ich gehe davon aus, dass die Beamten mir und eventuell auch einigen von Ihnen nach dem Ende der Probe ein paar Fragen stellen werden und ersuche Sie, noch kurz hinten im Kreuzgang zu warten."

„So sagen Sie uns doch bitte endlich, was auf den drei Plakaten steht!", ertönte eine Stimme aus dem Orchester.

„Es sind nur drei Worte und ein Rufzeichen", antwortete der Dirigent mit nahezu emotionsloser Stimme, „und diese sind in großen, roten Buchstaben geschrieben. Auf den Plakaten steht ‚Stille kann töten!' Die Bedeutung dieser Nachricht entzieht sich meiner

Kenntnis und jetzt bitte ich Sie, sich um dreizehn Uhr, wie vereinbart, zu einer weiteren Probe einzufinden. Wir werden dann noch einige wichtige Passagen aus unserer Oper ohne Sänger und mit unseren Substituten proben."

Als alle Musiker die Kirche in Richtung Kreuzgang verlassen hatten, blieb Florence alleine unter dem imposanten Gewölbe zurück. Chantal hatte sich den anderen Musikern angeschlossen und würde vermutlich nun, da sich die Umstände geändert hatten, nicht so schnell wie verabredet zum Eingang kommen können.

Die Worte des Dirigenten hatten Florence beunruhigt. Ihr Traum von gestern fiel ihr wieder ein. Ein unheilschwangeres Vorzeichen? Nun ja, sie wollte jetzt nicht ausgerechnet im Hause Gottes den Teufel an die Wand malen! Besser sie ging von einer harmlosen Fehde unter Künstlerkollegen oder einem Dummejungenstreich aus. Langsam erhob sie sich und ging Richtung Ausgang.

Draußen stand die Sonne hoch am Himmel, die wenigen Geschäfte hatten ihre Rollläden hochgezogen, ein paar kleinere Kinder waren mit Rollern und Fahrrädern unterwegs und eine Gruppe älterer Leute stand plaudernd vor einem kleinen, offenen Pavillon. Einige der hohen Platanen waren von Sitzbänken umsäumt. Florence schlenderte über den Platz, betrachtete das nicht besonders spannende Geschehen und als Chantal nach zehn Minuten nicht erschienen war, fragte sie sich, ob diese überhaupt noch kommen würde. Jetzt, wo sie für den hinausgeworfenen Trompeter eingesprungen war, hatte sie möglicherweise andere Pläne. Florence hätte jetzt einfach alleine losmarschieren können, aber stattdessen trieb sie ihre Neugierde erneut nach hinten zum Kreuzgang, dessen Türe offenstand und der sich inzwischen in einen summenden Bienenstock verwandelt hatte. Die Musikerinnen und Musiker hatten ihre Pullover und Jacken abgelegt und standen sommerlich gekleidet in kleinen Gruppen zusammen, unter ihnen auch zwei Polizisten. Einer davon unterhielt sich gerade mit Chantal und Florence erkannte in ihm den jungen Beamten, der sie gestern angesprochen hatte.

„Wer ist denn nun eigentlich Ihre Schülerin, wegen der Sie extra aus Paris angereist sind?" Florence hatte gar nicht bemerkt, dass der Pfarrer an ihre Seite getreten war. Sie merkte, dass sie errötete. Jetzt war es wohl Zeit, Farbe zu erkennen. Man konnte einem Mann Gottes nicht ungestraft eine Lüge auftischen. Noch dazu, wo Chantal sie ebenfalls schon entdeckt hatte und auf sie zusteuerte, natürlich in Begleitung des jungen Polizisten.

„Madame Florence", Chantal strahlte sie an, „ich wollte gerade zu Ihnen. Ich habe nämlich eine große Bitte an Sie."

Bevor Florence reagieren konnte, kam ihr der Pfarrer zuvor.

„Ah, dann sind Sie wohl die Schülerin dieser Dame aus Paris?"

„Wieso Schülerin?" Chantals Reaktion kam schnell, aber auch Florence hatte bereits zum Sprechen angesetzt.

„Herr Pfarrer, Chantal! Ich muss Ihnen beiden gestehen, dass ich mich mit einer kleinen Notlüge hier eingeschlichen habe. Eigentlich wollte ich heute Morgen nur diese Kirche besichtigen, aber dann habe ich von Ihnen, Herr Pfarrer, erfahren, dass in Kürze eine Probe mit dem von mir verehrten Meister Lemercier stattfinden wird, und diese Gelegenheit wollte ich mir einfach nicht entgehen lassen. Deshalb habe ich erklärt, dass ich von einer meiner Musikschülerinnen hierher eingeladen worden bin. Ohne Zweifel hat mich die Bekanntschaft mit Ihnen dazu inspiriert, Chantal. Es tut mir leid."

„Dann sind Sie also keine Musikprofessorin aus Paris!", bemerkte der Pfarrer nun doch etwas ungehalten.

„Nein, das bin ich bedauerlicherweise nicht. Aus Paris komme ich jedoch schon. Mein Name ist Florence Beaumarie und genau genommen bin ich seit zwei Wochen in Rente. Zuvor war ich in Paris bei der Polizei und habe über 40 Jahre lang im Kommissariat des 4. Arrondissements gearbeitet. Wenn Sie möchten, Herr Kollege – sie wandte sich an den Polizisten – können Sie sich davon gerne mit einem kurzen Anruf bei meinen dortigen Kollegen überzeugen."

Chantal lachte laut los. „Madame! Ich habe gestern im Zug auf den ersten Blick gesehen, dass Sie eine hochinteressante Person sind. Ich hatte aber bis jetzt keine Ahnung von Ihrem Beruf und auf eine Polizistin hätte ich bestimmt nicht getippt. Na sowas, eine Kollegin von dir Pierre. Hättest du das gedacht?"

„Oder eine Schwindlerin." Chantals Freund fand das gar nicht amüsant. „Wer einmal lügt …"

„Also gut", Florence kramte in ihrer Handtasche. „Ich habe ohnedies vergessen, meinen alten Dienstausweis zu entsorgen. Hier ist er, Monsieur! Reicht Ihnen das?"

Sie überreichte dem jungen Mann ihren Ausweis und der studierte ihn verblüfft.

„Verzeihung", murmelte er. „Scheint zu stimmen. Madame Beaumarie. – Beaumarie?" Sein Kopf schnellte hoch. „Wow! Dann sind Sie jene Beaumarie, die den Fall Marie Fontaine, die im Centre Pompidou ermordeten wurde, aufgeklärt hat?"

Sein Mund blieb offenstehen und Florence nickte ergeben.

In diesem Augenblick wurde er von seinem Kollegen gerufen. Er entschuldigte sich, schlug tatsächlich die Hacken zusammen, salutierte, gab ihr den Ausweis zurück und war auch schon verschwunden.

„Na dann." Der Pfarrer schien sich schon wieder zu amüsieren. „Das hätten Sie mir aber auch gleich sagen können, Madame Beaumarie!"

„Wahrscheinlich. Bekomme ich Ihre Absolution?" Er nickte und Florence beschloss das Thema zu wechseln. Sie wandte sich an Chantal.

„Sie haben mich sehr beeindruckt, Chantal. Sie waren so souverän, als Sie den Part Ihres Kollegen übernommen haben."

„Merci, Madame. Mit dem Bach hatte ich keine große Mühe. Ich habe ihn bereits im Konservatorium im Orchester gespielt, aber bei dem Händel, der anschließend gespielt wurde, bin ich ganz schön ins Schwitzen gekommen." Sie richtete ihre grünen Augen gegen den Himmel. „Da habe ich mir einiges eingebrockt."

„Monsieur Lemercier war aber sichtlich zufrieden mit Ihnen."

„Ja, der war gnädig zu mir. Jedenfalls muss ich jetzt in der Mittagspause den Händel gleich noch einmal üben!"

„Tun Sie, was Sie tun müssen, Chantal! Aber hatten Sie nicht eine Bitte an mich?"

„Ja und das hängt genau damit zusammen, dass ich noch üben muss. Ich habe nämlich mit meinem Papa vereinbart, mit ihm im Café Mistral auf der Place d'Horloge zu Mittag zu essen. Falls Sie zufällig in diese Richtung unterwegs sind, würde ich Sie bitten, ihn zu benachrichtigen. Mein Handy habe ich nämlich heute Morgen zu Hause vergessen – ausgerechnet!"

„Das mache ich natürlich gerne." Florence hatte sich schon erhoben. „Sie müssen mir nur noch sagen, wie ich den Herrn Papa erkenne. Dass die Place d'Horloge ganz in der Nähe des Papstpalastes liegt, ist mir bereits bekannt."

„Tausend Dank, Madame! Meinen Papa werden Sie schon erkennen. Ein älterer Herr in heller Leinenhose, mit Schnurrbärtchen, dunkelroter Brille und schon ziemlich weißem Haar. Keine Glatze. Sein Gesicht wird aber gewiss hinter der *Le Monde* versteckt sein, die pflegt er sich um diese Zeit immer zu Gemüte zu führen. Sollten Sie ihn dennoch nicht finden, fragen Sie bitte im Café Mistral nach Monsieur Charles Florentin. Man kennt ihn dort."

5

Der Unterschied zur morgendlichen Stille hätte größer nicht sein können. Ein unübersehbarer Strom von Touristen, von denen vermutlich der größere Teil bereits die Orientierung verloren hatte, drängte sich durch die verschlungenen Gassen von Avignon.

Sobald die Besucher der Stadt auf einem der zahlreichen Plätze ankamen, blieben sie wie angewurzelt stehen, zückten ihre Fotoapparate, holten ihre Reiseführer hervor und suchten die umliegenden Cafés nach den letzten freien Plätzen ab. Man hätte meinen können, dass die Hitze, die sich mittlerweile auf die Stadt herabgesenkt hatte, ihrem Eifer Einhalt gebieten würde, aber die Zeiten, in denen die Straßen des Südens um die Mittagszeit herum wie leergefegt waren, gehörten längst der Vergangenheit an.

Ungeduldig bahnte Florence sich ihren Weg durch die Leute, denn die Hitze setzte ihr mittlerweile zu und so war sie froh, als sie endlich ihren Bestimmungsort erreichte. In der Mitte der Place d'Horloge angekommen, drehte Florence sich einmal um ihre Achse. Das Café Mistral war schnell entdeckt und auch nach Monsieur Florentin musste sie nicht lang suchen. Das war bestimmt jener angespannt wirkende Mann mit den dichten weißen Haaren, der in der vordersten Reihe des Straßencafés saß, sich halb von seinem Sitz erhoben hatte und seinen Blick durch eine Brille, die tatsächlich rot war, unruhig über den Platz schweifen ließ. Florence zog sich kurz hinter einer Touristengruppe zurück. Eine so belebte Stadt eignete sich bestens für polizeiliche Observationen. Hinter und zwischen den Leuten konnte man sich gut unsichtbar machen. Sie war mittlerweile schweißgebadet und wollte dem Herrn, der einen eleganten Eindruck machte, nicht so ramponiert entgegentreten.

Sie wischte sich mit einem Tuch über die Stirn, nahm die Kappe ab, fuhr sich mit den Fingern durch die plattgedrückten Haare, schob die Sonnenbrille über die Stirn zurück, sprühte sich etwas Eau Thermale ins Gesicht, puderte sich die Nase und trug sogar frischen Lippenstift auf. Gleich darauf steuerte sie entschiedenen Schrittes auf ihre Zielperson zu. Diese hatte wieder Platz genommen und starrte auf die aktuelle Ausgabe der *Le Monde*.

Eine halbe Stunde später hätte wohl jeder, der den älteren Herrn und die hochgewachsene Dame an einem der vordersten Tische des Café Mistral beobachtete, geschworen, dass es sich bei den beiden um ein Paar handelte, das sich schon lange kannte. Aufgrund der Aufmerksamkeit, mit der sie von den überwiegend männlichen Kellnern behandelt wurden, hätte man vermutlich auf zwei alteingesessene Bürger der Stadt getippt. Bei der Dame wäre man diesbezüglich im Irrtum gewesen, bei dem Herrn hingegen hätte man den Nagel auf den Kopf getroffen.

Gerade erläuterte der Herr der Dame seine höchst persönliche Theorie von den unterschiedlichen Umlaufbahnen, auf denen sich die Ortsansässigen durch die Touristenströme dieser Stadt bewegten und sie hörte ihm interessiert zu. Normalerweise befand man sich als Einheimischer auf einer Bahn, auf der man nur mit den einem vertrauten Stadtbewohnern verkehrte, erläuterte er. Von Zeit zu Zeit wurde man jedoch durch irgendein Vorkommnis auf jene Umlaufbahn katapultiert, auf der man alle Fremden als Eindringlinge und Störenfriede erlebte und sich über sie empörte oder gar einen Streit vom Zaun brach. Schließlich gab es da noch die Umlaufbahn jener, die aus beruflichen oder privaten Gründen einen regelmäßigen persönlichen Kontakt mit den Besuchern der Stadt pflegten. Gehörte man – so wie er auch – zu diesen, begann man gar bald die Gäste nicht nur als anonyme Masse wahrzunehmen, sondern sie als Individuen und oft als interessante Persönlichkeiten kennen und schätzen zu lernen.

„Wissen Sie, ich bin ein interessierter Beobachter dieses Geschehens", sagte er gerade. „Bei Ihnen, verehrte Madame, wäre ich allerdings ganz und gar nicht auf den Gedanken gekommen, dass Sie eine Touristin sein könnten – und glauben Sie mir, ich kenne mich bei Touristen aus."

„Sie sind ein Charmeur, Monsieur!" Florence drohte scherzhaft mit dem Zeigefinger. Ihr erging es ähnlich wie allen Touristen. Obwohl sie eine von ihnen war, wünschte sie sie dennoch zum Teufel und fühlte sich selbst nicht als dazugehörig.

„Aber nein, Madame, als Abgesandte meiner Tochter habe ich Sie von vornherein als jemanden betrachtet, der zu uns gehört."

Soeben kam der Kellner, stellte ihr die Plat du Jour auf den Tisch und der verlockende Duft der Moules Marinières stieg Florence in die Nase. Monsieur Florentin hatte sich sichtlich erleichtert gezeigt, als er von Florence den Grund für das Fernbleiben seiner Tochter erfuhr, und sie auf der Stelle eingeladen, an seinem Tisch Platz zu nehmen. Der Tagesteller sei hier im Gegensatz zu vielen anderen Touristenlokalen durchaus zu empfehlen. Den Koch kenne er persönlich und der schaffe alltäglich den Spagat zwischen vorgefertigtem Touristenfraß und einem guten, frisch gemachten Mittagstisch.

Florence konnte dazu nicht nein sagen. Sie war hungrig und wusste eine gute Essensempfehlung zu schätzen. Schweigend aß sie ihre Muscheln, während Monsieur Florentin eine um die andere Anekdote von seinen Begegnungen mit Gästen der Stadt zum Besten gab. Als sie aufgegessen hatte, nahm sie noch einen Schluck Weißwein und lehnte sich angenehm benebelt im Sessel zurück.

„Wie kommt es, Monsieur Florentin, dass Sie ein derartiger Kenner der Spezies Touristen sind?"

Er schmunzelte, trank ebenfalls einen Schluck Wein und beantwortete dann ihre Frage.

„Wenn man – so wie ich – sein halbes Leben im Palais des Papes in Avignon zugebracht hat, lässt sich ein Kontakt mit dessen Besuchern wohl schwerlich vermeiden."

Auf ihren neugierigen Blick hin fuhr er fort.

„Ich bin hier in Avignon geboren und aufgewachsen und habe in jungen Jahren ein Studium der Geschichte in Paris begonnen und in den Ferien als Aufseher in unserem Palast hier gearbeitet. Das Studium habe ich bedauerlicherweise nie abgeschlossen, aber im Palast habe ich es im Laufe von dreißig Berufsjahren bis zum zeitweiligen Museumsdirektor gebracht. Dann haben sich die Zeiten geändert, und als die Vertreter des modernen Marketings eingezogen sind, hatte ich genug davon. Ich habe eines meiner zwei kleinen Landhäuser verkauft, die ich beide geerbt hatte und hier in Avignon einen Buchladen für antiquarische Bücher eröffnet. Der Handel mit alten Büchern ist meine Leidenschaft und ich führe das Geschäft auch heute noch, obwohl die Zeiten auch in diesem Metier immer schwerer werden." Er blickte auf die Uhr.

„Trinken wir rasch noch einen Kaffee, Madame? Dann wird es für mich allerdings höchste Zeit, mich um mein Geschäft zu kümmern!"

Beim Kaffee berichtete Florence ihrem neuen Bekannten von den Vorgängen rund um die überklebten Plakate. Er schien die Sache nicht allzu ernst zu nehmen. Es sei schon kurios, meinte er, dass immer dieselben Mechanismen in Avignon in Gang gesetzt würden, wenn jemand mit einer neuen Idee daherkäme. Die Bewohner Avignons seien eben konservativ. Seiner Ansicht nach war Monsieur Lemercier jedoch taktisch nicht besonders geschickt vorgegangen. Er habe offensichtlich voll auf seine Reputation in der internationalen Musikwelt gesetzt und sich in den längst geplanten Festivalsommer hineingedrängt. Erst vor knapp einem Jahr habe die Planung begonnen. Die Kirche für das Eröffnungskonzert sei zu diesem Zeitpunkt noch zur Verfügung gestanden, aber der Saal in der Opéra Grand Avignon sei neben anderen Regisseuren vor allem dem Monsieur Perou für drei Theaterproduktionen zugesagt gewesen. Perou habe zunächst eine seiner Produktionen zurückstellen müssen und müsse sich nun das Theater mit Lemercier teilen. Dass Perou sauer sei, könne man verstehen.

„Das mag schon stimmen, Monsieur. Dennoch hat dieser großartige Dirigent derartige Unannehmlichkeiten nicht verdient. Er ist – soweit ich das beurteilen kann – der größte Spezialist für Barockmusik. Die neuen Plakate, die heute aufgetaucht sind, sind durchaus als Drohung zu verstehen. Die Polizei jedenfalls scheint die Sache ernst zu nehmen."

„Aha, die Polizei! Dort sind aber vermutlich auch nicht gerade die hellsten Köpfe am Werk."

„So sehen Sie das also? Dann sollen Sie aber auch wissen, dass ich meine Berufsjahre nicht so wie Sie in einem Palast, sondern im Dienste der Pariser Polizei verbracht habe!"

„Pardon Madame!" Monsieur Florentin hielt sich die Hand in gespieltem Entsetzen vor den Mund. „Wenn ich das gewusst hätte! Da habe ich wohl einen Fauxpas begangen. Können Sie einem Mann, der anno 1968 auf den Barrikaden der Pariser Sorbonne einer Phalanx von Polizisten gegenüberstand, seine gewiss ungerechten Vorurteile noch einmal verzeihen?"

Florence winkte großzügig ab. Es war nun wirklich Zeit zu gehen. Sie rief den Kellner herbei, konnte aber nicht verhindern, dass Monsieur Florentin ihre Rechnung übernahm.

„Vielleicht sehe ich Sie ja beim Konzert heute Abend? Sie werden bestimmt nicht das überraschende Debüt Ihrer Tochter versäumen wollen!"

„Geplant hatte ich es ursprünglich nicht. Ich habe nur Karten für die Opernaufführung übermorgen. Eine Karte bekomme ich wohl nur mehr mit viel Glück. Wenn ja, werde ich bestimmt nach Ihnen Ausschau halten, Madame."

Als Florence auf dem Weg zurück zu ihrem Quartier war, wunderte sie sich, dass ein älterer Herr, der schon an der 68-Bewegung in Paris beteiligt gewesen war, noch so eine blutjunge Tochter haben konnte. Bei den Herren der Schöpfung kam so etwas allerdings öfter vor. Ihr eigener Sohn war hingegen selbst schon ein Herr im mittleren Alter.

Auf einmal fühlten sich ihre Füße ganz schwer an. Die Nachmittagshitze zwischen den Stadtmauern war kaum mehr zu ertragen. Gerade als sie sich fragte, wie weit es noch zu ihrem Quartier war, entdeckte sie den Eingang zu einem kleinen Park. Ein Teich und große Bäume lenkten ihre Schritte automatisch in Richtung einer schattigen Bank. Den Kopf an den dicken Stamm einer amerikanischen Linde gelehnt, blickte sie auf eine

Gruppe von Männern, die große, schwarze und weiße Figuren über den Boden schoben. Das weckte Erinnerungen! Ihr Sohn Michel war seit seiner frühesten Kindheit ein begeisterter und begabter Schachspieler gewesen. Oft genug war sie mit ihm in einem der Pariser Parks unterwegs gewesen, in denen im Freien Schach gespielt wurde. Nun, das war lange her. Sie beobachtete, wie einer der Spieler den schwarzen König zu Fall brachte. Was war das doch für ein verrückter Vormittag gewesen! Die Geschichte mit den Plakaten ging ihr nicht aus dem Kopf. Ein Blick auf den Stadtplan verriet ihr, dass es eigentlich gar nicht mehr weit zu ihrem Quartier war. Sie brauchte eine Dusche und eine Siesta.

6

Die Sabotageaktionen gegen das erste Barockmusikfestival von Avignon waren für die Veranstalter zwar höchst ärgerlich, ihren Zweck hatten sie jedoch nicht erreicht. Das Eröffnungskonzert war gut besucht und die Kirchenbänke bis auf den letzten Platz gefüllt.

Florence traf mehr als eine halbe Stunde vor Konzertbeginn ein und umrundete noch einmal die Kirche. Sie trug ein Kleid aus grün und golden gemustertem Seidenjersey aus dem Atelier ihrer Pariser Nachbarin Madame Sarah Laurant, einer höchst begabten Schneiderin. Florence wusste, dass sie in dieser Aufmachung trotz ihrer flachen Sandalen um einige Zentimeter größer wirkte, als sie ohnedies war, und insgesamt eine imposante Erscheinung darstellte.

Während ihres Rundganges begegnete ihr jedoch kein Mensch. Der Wagen des Pfarrers stand auf demselben Platz wie am Vormittag, der Mercedes des Dirigenten war nicht zu sehen. An dessen Stelle stand nun der Lieferwagen einer Cateringfirma. Halb verdeckt hinter einem Busch sichtete Florence ein rotweißes Fahrrad, das ihr am Morgen noch nicht aufgefallen war.

Im Inneren des Gotteshauses – hinter verschlossenen Türen – fand gerade noch die Einspielprobe statt, und als sie ihre Runde beendet hatte und wieder am großen Eingangstor ankam, sah sie auch schon Monsieur Florentin auf sich zusteuern.

„Bonsoir, Madame! Bezaubernd sehen Sie aus! Wollen Sie sich mir anschließen? Chantal hat versprochen, in den vorderen Reihen zwei Plätze zu reservieren."

„Oho, gehöre ich nun schon zur Familie?", fragte sie sich insgeheim. Die Vertrautheit, mit der er sie behandelte, überraschte sie. Offensichtlich war man hier in der Provence entweder eine Fremde oder man gehörte sofort ganz dazu.

Pünktlich um neunzehn Uhr nahmen die Musiker und Musikerinnen vor ihren Notenpulten Platz. Die Strahlen der Abendsonne fielen durch die hohen Glasfenster in den Altarraum und schmückten die Mitglieder des Ensembles mit buntfleckigen, tanzenden Lichtern. Die Gespräche im Publikum verstummten, ein letztes Husten und Räuspern war zu hören, dann trat erwartungsvolle Stille ein. Die Leute schienen zu wissen, was Lemercier von ihnen erwartete. Der ließ sich aber nun schon zum zweiten Mal an diesem Tag Zeit und war auch nach zehn Minuten noch nicht erschienen. Florence musste an die Probe am Vormittag denken und hatte ein Déjà-vu-Gefühl. Waren schon wieder neue Schmutzplakate aufgetaucht? Angesichts der vollen Kirchenbänke harrten die Musiker lange Zeit still auf ihren Plätzen aus. Monsieur Florentin an ihrer Seite schien, oberflächlich betrachtet, die Ruhe in Person zu sein. Ein kurzer Blick auf seine Hände offenbarte ihr jedoch seinen wahren Gemütszustand. Er umklammerte den Daumen seiner linken Hand, als wollte er ihn erwürgen, und das ließ nur eine Diagnose zu: Er litt an Lampenfieber – sozusagen stellvertretend für seine Tochter.

Florence musterte die Reihe der vor ihr Sitzenden. Den Hinterköpfen nach zu schließen waren es vorwiegend ältere Herrschaften, aber da konnte man sich auch täuschen. Eine hochgewachsene, schlanke Blondine ganz rechts in der ersten Reihe fiel ihr auf. Sie hatte ihre Haare auf die elegante Art einer Catherine Deneuve hochgesteckt, und als sie sich kurz zur Seite drehte, zeigte sie ein anmutig liebliches Profil. Auch der lange Hals mit der schweren Goldkette war makellos. Sie unterhielt sich mit einem Mann in einem weißen Anzug, der bei Florence vage Erinnerungen an jemanden weckte, den sie kannte.

Sie sah, wie Monsieur Florentin auf seine Uhr blickte. „Es müsste doch schon längst losgegangen sein", flüsterte er ihr zu und sie nickte bestätigend.

Es war die Konzertmeisterin, die nach mehr als zehn langen Minuten des Wartens die Initiative ergriff. Als ihre Kolleginnen und Kollegen ihre Ungeduld nicht mehr verbergen konnten, erhob sie sich, legte die Violine auf ihren Sessel und machte ein paar Schritte in Richtung Dirigentenpult. Mit einer sehr klaren Stimme, die auch einer Sängerin würdig gewesen wäre, bat sie das Publikum, sich noch einen Augenblick zu gedulden. Sie werde den Meister holen. Sie vermute, dass er – vertieft in seine Einstimmung auf das Konzert – die Zeit übersehen habe. Dann verschwand sie hinter dem Flügelaltar, gefolgt von der Schönen aus der ersten Reihe, die sich bei ihren Worten sofort erhoben hatte.

Wieder wurde die Geduld der Wartenden auf die Probe gestellt. Nach knapp fünf Minuten kam die Konzertmeisterin zurück, brachte jedoch keine guten Nachrichten. Monsieur Lemercier fühle sich nicht wohl und sei außerstande, den ersten Teil des Konzerts zu dirigieren. Vorübergehend müsse nun sie das Orchester an seiner Stelle von der ersten Geige aus leiten. Sogleich erklang der Kammerton A und die Instrumente wurden gestimmt. Madame Petermann gab den Einsatz und begleitet von den Streichinstrumenten erfüllte der nun ganz reine Klang der drei Trompeten das Gotteshaus.

Monsieur Florentin reckte seinen Hals in Richtung seiner Tochter und lächelte verzückt. Florence dachte, dass diese nun eher einem Erzengel als einer Elfe glich. Erstaunlich, wie gut das Orchester auch ohne Dirigenten zurechtkam. Doch dessen eindrucksvolle Gestalt mit den wunderbaren Gesten fehlte ihr – und sorgenvoll fragte sie sich, was wirklich mit ihm los war. Wenn er nicht in der Lage war, das Eröffnungskonzert seines Festivals zu dirigieren, dann musste das schon gewichtige Gründe haben.

Madame Petermann meisterte ihre Aufgabe jedenfalls auf bravouröse Weise und führte die Musikerinnen und Musiker so, als hätte sie ihr Leben lang nichts Anderes getan.

Als der letzte Satz der Orchestersuite von Johann Sebastian Bach verklungen war, bemerkte Florence, dass nun auch der Platz neben der verschwundenen Dame frei und der weiß gekleidete Herr neben ihr nicht mehr zu sehen war. Erneut begann sie sich Sorgen um den Dirigenten zu machen. In der Pause würde sie hoffentlich von Chantal Florentin den Grund seiner Abwesenheit erfahren.

Die Antwort auf die Frage kam jedoch schneller als erwartet. Madame Petermann hatte noch nicht das Pult verlassen, als der Pfarrer den Altarraum betrat, rasch nach vorne eilte, der Konzertmeisterin etwas zuflüsterte und sich dann an das Publikum wandte.

„Mesdames et Messieurs, ich bin gebeten worden, Ihnen eine Nachricht zu übermitteln, und ich muss gestehen, dass mir das nicht leichtfällt, denn es ist keine gute Nachricht. Ich will nicht lange herumreden: Unser hoch geschätzter Dirigent, Monsieur Lemercier, ist in dieser Stunde von unserem Herrgott zu sich geholt worden."

Er räusperte sich, faltete die Hände und führte sie an die Lippen, so als würde er die Worte, die er eben gesprochen hatte, noch einmal unausgesprochen wiederholen wollen. Das Publikum saß wie versteinert und

Florence hatte ein Gefühl, als würde ihr der Boden unter den Füßen weggezogen.

Der Pfarrer fasste sich wieder, öffnete seine Hände zu einer resignierten Geste und verkündete nun die Hiobsbotschaft mit unmissverständlichen Worten:

„Monsieur Lemercier ist vor kurzem in seiner Garderobe tot aufgefunden worden. Arzt und Polizei wurden auf der Stelle verständigt. Die Todesursache ist noch nicht bekannt. Bitte erheben Sie sich für eine Gedenkminute von Ihren Bänken, damit wir gemeinsam ein kurzes Gebet für den Verblichenen sprechen können. Im Anschluss daran ersuche ich Sie, das Gotteshaus zu verlassen. Das Konzert kann bedauerlicherweise nicht mehr fortgesetzt werden."

Wer gemeint hätte, dass die Besucher eines klassischen Konzerts nur grundvernünftige und disziplinierte Menschen seien, der wurde an diesem Abend eines anderen belehrt. Gleich nach den ersten Worten des Pfarrers hatte es ein junger Mann aus einer der vordersten Reihen – blauer Blazer, kurz geschnittene schwarze Haare, Mobiltelefon in der Hand – furchtbar eilig. Er drängte sich durch die noch wie versteinert sitzenden Zuhörer, lief mit lauten, klappernden Schritten über den Steinboden der Kirche zum Ausgang und ließ das Tor offenstehen. Einige andere Leute schlossen sich ihm an. Auch Monsieur Florentin konnte es kaum erwarten, dass der Pfarrer sein Gebet zu Ende sprach.

„Muss das noch sein?", flüsterte er Florence zu. „Ich will zu Chantal."

„Pssst", Florence legte den Zeigefinger an die Lippen. Mit Respektlosigkeit in einer Kirche konnte sie nichts anfangen. Florentin ließ sich gehorsam noch einmal auf seinen Sitz fallen. Als sie schließlich aufstanden, war Chantal schon verschwunden. Monsieur Florentin war kreidebleich.

„Was für eine furchtbare Sache! Ich gehe meine Tochter suchen. Kommen Sie mit mir, Madame?"

„Bitte, Monsieur, gehen Sie vorerst alleine. Ich gehöre nicht zum Orchester. Dort wird jetzt ohnedies genug los sein. Wenn Sie wollen, können wir uns etwas später noch kurz treffen."

„Ja, gut", antwortete er. „Ich möchte mit Ihnen unbedingt über diesen schrecklichen Vorfall reden. Darf ich Ihnen einen Vorschlag machen? Es gibt einige Minuten von hier entfernt eine kleine Bar. Le Bar heißt sie. Sie ist leicht zu finden. Man geht nur ein kleines Stück die Rue Portail Matheron hinunter. Können wir uns dort nachher noch treffen? In einer halben bis dreiviertel Stunde?"

Florence nickte und er eilte in Richtung Altar. Nur allzu gerne wäre sie ihm jetzt gefolgt, denn natürlich wollte sie wissen, was wirklich passiert war. Ein Unfall, eine plötzliche Erkrankung, gar ein Mord? Wenn man vierzig Jahre Pariser Polizeidienst hinter sich hatte, waren diese Überlegungen selbstverständlich. Mit einiger Anstrengung schaffte sie es, sich zurückzuhalten. Die Aufklärung mysteriöser Todesfälle stand nicht mehr auf ihrem Plan. Sie schloss sich der Menge an, die dem Ausgang zustrebte. Der Platz vor der Kirche war voll mit Menschen, die sich ihrer Aufregung und Erschütterung Luft machten. Am besten, sie besorgte sich jetzt etwas zum Lesen und wartete dann in dieser Bar auf Monsieur Florentin.

„Stopp Florence. Du kannst doch jetzt nicht einfach gehen! Das passt nicht. Zeit deines Lebens hast du rätselhafte Todesfälle aufgeklärt. Du bist doch viel zu neugierig und der plötzliche Tod von Lemercier kann dich doch nicht kalt lassen!"

Die Stimme, die soeben zu ihr gesprochen hatte, meldete sich immer dann lautstark aus ihrem Inneren, wenn sie gerade dabei war, sich wieder einmal einer Sache anzunehmen, für die sie eigentlich gar nicht zuständig war. Sie hatte ihr den Namen Auguste gegeben, denn einerseits erinnerte sie diese an ihren alten Onkel Auguste, andererseits an Auguste Dupin, eine Figur Edgar Allan Poes. Beiden war gemeinsam, dass sie nicht lockerließen, wenn es darum ging, einer Sache auf den Grund zu gehen. Mit Onkel Auguste teilte sie ihren Hang, neugierige Fragen zu stellen, mit Auguste Dupin das Bedürfnis nach Gerechtigkeit und die Fähigkeit, sich gänzlich in die Gedankenwelt eines Verbrechers einfühlen zu können. Oft genug war Florence dieser Stimme gefolgt, hatte dabei schon viel Interessantes erlebt, war aber dadurch auch einer Reihe unangenehmer Erfahrungen und Abenteuer ausgesetzt gewesen. Es gab auch einen Gegenpart zu ihm – Tante Odette. Sie verstand sich als Stimme der Vernunft. Die war jedoch genauso langweilig wie jene Tante gleichen Namens, die ihren echten Onkel Auguste regelmäßig und vergeblich in seine Schranken zu weisen versucht hatte.

Gerade sah es so aus, als würde wieder einmal Onkel Auguste die Oberhand behalten. Unschlüssig blieb sie stehen als einige Meter vor ihr ungeachtet der Fahrverbotsschilder ein grauer Mercedes heranrollte und durch die Menschenmenge zum Anhalten gezwungen wurde. Es war der Wagen des Dirigenten.

Die Fahrertüre öffnete sich, ein Mann in dunklem Anzug und blauer Schirmmütze stieg aus und steuerte direkt auf sie zu.

„Was ist denn hier los? Die Pause muss doch längst vorüber sein." Schon hatte er sie angesprochen. Er war etwas kleiner als Florence und etwa in ihrem Alter, hatte einen Dackelblick, hellgraue Augen und dichtes, dunkles, von Silbersträhnen durchzogenes Haar.

Als sie ihm nicht gleich antwortete, fügte er hinzu: „Pardon Madame, ich muss das wissen. Mein Name ist Georges André, ich bin Monsieur Lemerciers Chauffeur. Ich sollte ihn heute gleich nach dem Konzert abholen, weil er sich schon den ganzen Tag nicht wohl gefühlt hat."

Florence deutete auf eine Bank in ihrer Nähe. Das, was sie ihm zu berichten hatte, war im Sitzen leichter zu verkraften als im Stehen.

„Kommen Sie, Monsieur, setzen wir uns. Dann erzähle ich Ihnen, was passiert ist."

Er nickte und folgte ihr mit besorgtem Blick. Gleich darauf mischten sich ein paar Tränen in die Schweißperlen auf seinen Wangen. Auch wenn sie sich bemüht hatte, eine derartige Nachricht konnte man nicht schonend überbringen. Er holte ein weißes Stofftaschentuch aus der Jacke seines Sakkos und fuhr sich seufzend über das Gesicht. Dann wollte er sogleich alle Details des Geschehens wissen. Er mache sich Vorwürfe, dass er heute nicht die ganze Zeit in der Nähe seines Chefs geblieben sei. „Er benutzt ja vor einem Konzert kein Handy", klagte er, „aber heute hat er gesagt, dass ich mir bis nach dem Konzert einen schönen Tag machen soll." Florence tröstete ihn mit den für eine solche Situation üblichen Worten, wurde aber langsam ungeduldig, da er keinerlei Anstalten machte, sich von ihr zu verabschieden. Tatsächlich war er noch nicht mit dem Gespräch fertig. „Was soll ich denn jetzt machen? Ich bin jetzt wohl auch meinen Job hier los?"

„Gibt es denn niemand anderen aus der Familie des Dirigenten, der Ihre Dienste benötigt?"

„Ach", er machte eine abwehrende Handbewegung, „seine Frau ist nie mit ihm zusammen zu einem Konzert oder zu einer Probe gefahren. Sie zieht doch jedes Mal einen anderen Kavalier als Begleiter vor."

Florences Interesse war geweckt.

„Hm, welche Kavaliere sind denn das?" Sie wusste, dass diese Frage im Moment nicht unbedingt angebracht war, aber nun hatte ihre professionelle Neugierde die Regie übernommen.

„Sie stellen aber Fragen, Madame. Mit wem habe ich eigentlich die Ehre?"

„Mein Name ist Florence Beaumarie, ich bin eine Pensionistin, komme aus Paris und bin eine große Verehrerin des Meisters."

„So so, eine Pensionistin aus Paris. Da interessieren Sie sich natürlich für Klatsch und Tratsch. Na gut. Schauen wir einmal, wer mir einfällt. Da war einmal Etienne Lemercier, der Cousin meines Chefs, aber der ist ja letztes Jahr verstorben. Dann haben wir diesen Maler, Jaques Gautier, sowie einen gewissen Martin Rival." Jetzt nahm er sogar seine Finger zu Hilfe, zählte ab und fuhr fort: „Da wäre natürlich noch der Schwiegersohn, wenn er nicht gerade im Orchester eingeteilt ist, und neuestens auch wieder Bruno Amontero, der berühmte Klaviervirtuose. Übrigens munkelt man sogar, dass Madame in jüngeren Jahren mit dem bekannten Schauspieler Alain Macron eine Affäre hatte."

„Ich gehe davon aus, dass Sie schon seit längerem für Monsieur Lemercier tätig sind. Sie wissen ja recht gut Bescheid über sein Privatleben und über das seiner Frau."

Sie schaute ihn verschwörerisch an und erneut nahm er das Angebot an.

„Ein Privatchauffeur bekommt zwangsläufig einiges aus dem Leben seiner Kunden mit. Ich könnte Ihnen mancherlei erzählen. Monsieur Lemercier selbst war ja auch kein unbeschriebenes Blatt." Abrupt stand er auf.

„Haben Sie Dank, Madame, dass Sie mir Ihre Zeit gewidmet haben."

Auf einmal hatte er es eilig. Er schlug denselben Weg ein, den Florence am Vormittag schon mit dem Pfarrer gegangen war, und steuerte mit raschen Schritten den Kreuzgang an der Rückseite der Kirche an. Florence folgte ihm in gemäßigtem Tempo. Einmal noch blickte sie zurück und sah, dass sich unter die nun schon kleiner werdende Menschenmenge vor der Kirche einige Polizisten gemischt hatten. Es war ihr klar, dass mit dem plötzlichen Tod von Monsieur Lemercier etwas ganz und gar nicht stimmte. Ihr fiel auf, dass das Fahrrad, das sie vor dem Konzert bei ihrem Rundgang um die Kirche gesichtet hatte, nicht mehr an seinem Platz stand. Auch der Lieferwagen war verschwunden. Selbst wenn sie noch nicht wusste, was wirklich passiert war, begann sie ab nun alles, was sie bemerkte, im Archiv ihres exzellenten Gedächtnisses abzuspeichern. Sie besaß ein tiefes und berechtigtes Vertrauen in ihre Merkfähigkeit und benutzte selten ein Notizbuch. Ihre Kollegen und Vorgesetzten hatte sie damit oft genug verblüfft – und auch einigen Neid erregt.

7

Florence wusste, dass sie längst in der kleinen Bar hätte sein müssen. Wahrscheinlich wartete Monsieur Florentin schon ungeduldig auf sie. Der Kreuzgang hinter der Kirche, in dessen Eingang der Chauffeur des Dirigenten verschwunden war, zog sie jedoch magisch an. Sie zögerte nur kurz, dann betrat sie durch das offene Tor den düsteren Durchgang, der in den Innenhof führte. Ihre Neugierde hatte wieder einmal gesiegt. Ehe sie den noch taghellen Innenhof betrat, blieb sie im Schatten des Gemäuers stehen und sondierte die Lage. Der Chauffeur war nicht mehr zu sehen. Es waren nur wenige Leute anwesend. Zwei Polizisten standen vor dem Eingang zur Sakristei. Der Pfarrer lehnte an einer Säule und wirkte müde und erschöpft. Es wurde leise mit unterdrückten Stimmen gesprochen. Wie anders war doch der Anblick gewesen, den dieser schöne Ort morgens und mittags geboten hatte. Alles kam ihr auf einmal unwirklich vor. Wie ein Bühnenbild, das sich mit jedem Akt eines Theaterstücks vom heiteren Anfang hin zur Tragödie verwandelte. Zuerst die friedliche Stille des frühen Vormittags, dann die aufgeregte Stimmung zu Mittag und jetzt diese bedrückende, ja gespenstische Atmosphäre. Florence zog sich noch ein Stück weiter in den Schatten zurück, denn nun strebte jene elegante, blonde Dame, die sie schon während der Vorkommnisse in der Kirche beobachtet hatte, in Begleitung des Herrn im weißen Anzug dem Ausgang zu. Als sie näherkamen, zuckte Florence zusammen, denn sie erkannte jenen Mann, der ihr noch gestern in der Früh am Gare de Lyon ihren Sitzplatz vor dem roten Klavier streitig machen wollte. Die beiden schenkten ihr jedoch keinerlei Beachtung, gingen an ihr vorbei und waren bald in Richtung Stadt verschwunden. Florence trat aus dem Schatten des Ganges und ging auf den Pfarrer zu.

„Ah, die Madame von der Pariser Polizei", murmelte dieser. „Sie haben sich ja wirklich den richtigen Ort für Ihren Urlaub ausgesucht."

„Hochwürden, Sie können mir glauben, dass ich mir gewiss einen anderen Auftakt für meinen Aufenthalt hier in Avignon gewünscht hätte. Der plötzliche Tod unseres hochverehrten Meisters ist eine so furchtbare Sache, dass ich dafür keine Worte finde. Wie schrecklich, dass das ausgerechnet heute und hier in Ihrem herrlichen Gotteshaus passieren musste."

„Ja, es ist entsetzlich, aber ganz besonders schlimm ist es für all die Menschen, die ihm nahestehen."

„Da haben Sie natürlich vollkommen recht und Madame Lemercier ist von allen am meisten zu bedauern. Ist sie die Dame, die soeben mit einem Begleiter durch das Tor hinausgegangen ist?"

„Ja, das war Madame Lemercier. Es ist absolut bewundernswert, welche Haltung sie nach der fürchterlichen Entdeckung bewahrt hat."

„Es reagiert eben ein jeder Mensch anders auf so ein Ereignis. Manche brechen erst Stunden später zusammen. Ich hoffe, sie hat Menschen um sich, die sich um sie kümmern."

„Das hoffe ich auch. Ich habe ihr selbstverständlich meinen geistlichen Beistand angeboten und morgen werde ich sie aufsuchen. Sie hat mir aber auch klargemacht, dass sie heute Abend noch mit ihrer Trauer alleine sein will. Deshalb wird Monsieur Amontero sie erst einmal zu ihrem Hotel begleiten."

„Monsieur Amontero? Der Name kommt mir irgendwie bekannt vor."

„Das ist kein Wunder. Er ist ja auch ein großer Klaviervirtuose und wird demnächst beim Festival von La Roque-d'Anthéron auftreten."

„Aha", Florence war bemüht, sich ihre Bestürzung über diese Information nicht anmerken zu lassen. Da hatte sie also am Gare de Lyon tatsächlich einem berühmten Pianisten das Klavierspiel verwehrt!

Der Pfarrer bemerkte ihren veränderten Gemütszustand. „Was ist, Madame? Kann ich Ihnen noch irgendwie behilflich sein? Ich muss mich wieder um die Polizisten kümmern, die sich noch am Tatort befinden, und kann es schon nicht mehr erwarten, dass hier endlich Ruhe eintritt!"

Tatort!? Florence starrte ihn mit großen Augen an, und schon hatte er seinen Fehler bemerkt.

„Nun gut, Madame, jetzt wissen Sie es also. Außer Ihnen wissen nur ich, Madame Lemercier und Monsieur Amontero, dass Monsieur Lemercier nicht eines natürlichen Todes gestorben ist. Bitte behalten Sie das bis morgen noch für sich. Morgen wird es ohnedies die ganze Welt erfahren. Der berühmte Dirigent Lemercier ist in unserem schönen Avignon und noch dazu in der Sakristei meiner Kirche grausam ermordet worden!"

„Mord", flüsterte sie, „es ist also doch Mord." Dann gab sie sich einen Ruck, warf den Kopf in einer resignierenden Geste zurück und blickte dem Pfarrer in die Augen.

„Natürlich. Ich werde Sie jetzt in Ruhe lassen. Noch einmal vielen Dank für Ihre Gastfreundschaft heute Morgen. Es war schön, Sie kennengelernt zu haben. Ich hätte unser Gespräch gerne noch fortgesetzt und mit Ihnen über etwas anderes gesprochen als über dieses schreckliche Ereignis. Aber nun müssen wir uns dem Schicksal fügen."

„Wir fügen uns dem Willen Gottes, Madame", sagte er und sein Gesichtsausdruck wurde mit einem Mal wieder freundlich. „Und es würde mich freuen, wenn Sie mich in den nächsten Tagen einmal aufsuchen würden, damit wir unsere Gespräche – über das Gute und über das Böse – weiterführen und abschließen können."

„Amen", hätte Florence am liebsten gesagt, aber das behielt sie für sich. Stattdessen verabschiedete sie sich. Sie war ohnedies schon viel zu spät dran und Monsieur Florentin würde bereits ungeduldig sein.

Monsieur Florentin war keinesfalls verärgert. Zusammen mit Chantal saß er an einem der Tischchen vor der Bar und nippte an einem Glas Rotwein. Chantal hingegen umklammerte eine große Tasse Kräutertee. Kein Wunder, dass sie nach diesem furchtbaren Ereignis ein beruhigendes heißes Getränk nötig hatte.

„Sie müssen hungrig sein, Florence! Ich habe schon eine Kleinigkeit gegessen, aber Chantal bringt nichts hinunter." Monsieur Florentin sprang auf und rückte für Florence einen Sessel zurecht. Chantal blieb sitzen, lächelte traurig und nickte Florence müde zu.

„Merci, Monsieur!" Florence ließ sich auf einen der bunten Sessel nieder. „Ja, ich sollte wahrscheinlich auch etwas essen." Sie wandte sich an Chantal: „Wie geht es Ihnen denn, Chantal? Sie haben so wunderbar gespielt – und dann diese schreckliche Wendung der Dinge."

„Ja Madame, ich kann es noch immer nicht fassen, was da passiert ist. Dass mich heute Monsieur Lemercier aufgefordert hat, in der Bach-Suite die dritte Trompete zu spielen, kommt mir wie ein ferner Traum vor. Fast so, als wäre es in einem anderen Leben passiert."

Eine Kellnerin kam an den Tisch und teilte mit, dass sie außer einem Croque-Monsieur auch noch Lamm mit grünen Bohnen oder ein Bœuf Bourguignon sowie diverse Salate anbieten könne. Monsieur Florentin empfahl das Lamm und wandte sich an die Kellnerin: „Richten Sie bitte Arnaud aus, dass er mit dem Lamm wieder eine Meisterleistung vollbracht hat." Die Kellnerin lächelte. „Merci, Monsieur, ich werde es dem Chef sagen! Wollen Sie es auch probieren, Madame?" Florence lehnte dankend ab. Sie hatte nach all den Aufregungen keinen besonderen Appetit, entschied sich daher für einen schlichten Croque-Monsieur und nahm denselben Rotwein wie Monsieur Florentin, einen Sancerre. Dann wandte sie sich wieder an Chantal.

„Hat man Ihnen denn schon gesagt, wie es mit dem Festival weitergehen soll, Chantal?"

„Das hat man tatsächlich. Heute nach dem Konzert ist alles sehr schnell gegangen. Madame Petermann hat uns sofort in den Pfarrsaal geschickt. Papa hat zu seinem Bedauern draußen warten müssen." Sie schenkte ihrem Vater ein müdes Lächeln und fuhr dann fort. „Madame Petermann hat uns zu einer Trauerminute für den Verstorbenen aufgefordert und uns mitgeteilt, dass Monsieur Lemercier bestimmt keine Unterbrechung des Festivals gewünscht hätte. Sie wird ab jetzt selbst am Dirigentenpult stehen. Sie hat auch eine Ausbildung als Dirigentin und ist Barockspezialistin. Es ist nicht zum ersten Mal, dass sie in Vertretung von Monsieur Lemercier das Orchester leitet."

Monsieur Florentin mischte sich ein. „Heute Abend scheint die Petermann ihre Sache ja sehr gut gemacht zu haben. Ich kann mir dennoch nicht vorstellen, dass ein so bemerkenswerter Dirigent ohne weiteres ersetzbar ist?"

Seine Tochter nickte. „Da hast du schon recht, Papa", Chantal wirkte nun wieder etwas munterer, „jeder Dirigent hat seine ganz besonderen Eigenheiten und Vorlieben, seine spezielle Handschrift sozusagen, und diese Handschrift ist gewiss nicht ersetzbar. Aber Madame Petermann kennt seine Handschrift vermutlich in- und auswendig, denn sie ist schon seit der Gründung des Ensembles dabei."

„Eigentlich verwunderlich, dass sich eine Frau ihres Formats so lange damit zufriedengegeben hat, im Orchester zwar die erste, als Dirigentin jedoch immer nur die zweite Geige zu spielen." Florence hob nachdenklich ihr Weinglas und hielt es ans Licht, so als wollte sie darin eine Erklärung finden.

„Das hat unser erster Trompeter auch über sie gesagt. Er ist ebenfalls schon seit der Gründung des Orchesters im Ensemble. Sie sei eine starke Persönlichkeit und habe hin und wieder versucht, Monsieur Lemercier einen Vorschlag zu machen. Da sei sie aber an den Falschen geraten, denn er habe keinerlei Einmischung in seine Interpretationen geduldet. Es wird aber auch gemunkelt, dass sie einmal ein Liebespaar gewesen seien."

„Und mittlerweile hat sie ihn insgeheim gehasst und jetzt umgebracht", mischte sich Monsieur Florentin ins Gespräch.

„Aber Papa, das ist geschmacklos. Wie kommst du nur auf die Idee, dass er ermordet worden ist? Mit dir geht schon wieder einmal deine Fantasie durch."

„Du hast recht, Chantal, ich muss mich bei den Damen entschuldigen. Außerdem wäre es gar nicht möglich, denn sie hat ja dirigiert, während er gestorben ist."

„Das wird man erst wissen, wenn man den Todeszeitpunkt und die Todesursache kennt." Florence konnte es nicht lassen, das Thema aufzugreifen.

„Aha", Chantal klang erbost, „nun glaubt auch noch die Frau Kommissarin aus Paris an die Mordtheorie von Papa. Ich habe für heute genug, ich bin müde."

Sie sprang auf und schnappte sich ihren Instrumentenkoffer. Dann fiel ihr Blick auf den noch halb vollen Teller von Florence. „Entschuldigen Sie, Madame! Es gehört sich nicht, dass ich Sie jetzt mit Ihrem Essen und mit Papa alleine lasse, aber ich muss wirklich ins Bett. Wir treffen uns morgen schon um zehn Uhr zur ersten Probe und davor muss ich mich noch einspielen."

„Gehen Sie nur Chantal! Wollen Sie sich nicht Ihrer Tochter anschließen, Monsieur? Ich komme sehr gut alleine zurecht."

Monsieur Florentin zögerte, aber seine Tochter legte ihre Hand auf seine Schulter und drückte ihn auf seinen Stuhl.

„Nein Papa, du kannst jetzt unseren Gast nicht alleine lassen und ich bin ohne dich sowieso schneller zuhause."

Florence und Monsieur Florentin blickten der schlanken Gestalt in dem ärmellosen Kleidchen aus schwarzer Spitze und mit dem roten Instrumentenkoffer nach. Nun, da sie selbst schon zu den älteren Semestern gehörte, neigte Florence dazu, junge Leute zu unterschätzen. Es war gar nicht so einfach, sich mit dem Gedanken anzufreunden, dass jetzt schon die Generation der eigenen Kinder das Sagen hatte.

„Eine bemerkenswerte Tochter haben Sie, Monsieur. Gescheit und ambitioniert, wie sie ist, wird sie dieses Erlebnis bestimmt gut verkraften." Sie zwinkerte ihm zu. „Insbesondere mit einem so fürsorglichen Vater an ihrer Seite."

„Jaja, Madame, ich weiß. Unsere Fürsorge ist den Kindern meist lästig. Sie müssen aber jetzt Ihren Croque-Monsieur essen, sonst wird er noch kalt und ungenießbar."

Florence nickte und widmete sich schweigend ihrem Essen, während sich Monsieur Florentin bemüßigt fühlte, seine Fürsorge für Chantal zu rechtfertigen.

„Wahrscheinlich halten Sie mich bereits genauso für eine Glucke, wie das andere Leute in meiner Umgebung tun. Jetzt, da Chantal endlich wieder aus Paris zurück ist, können meine väterlichen Gefühle schon einmal mit mir durchgehen. Sie war immer ein selbständiges Kind. Als ihre Mutter auf und davon ging, war sie erst acht. Dennoch hat sie sich damals mehr um mich gekümmert als ich mich um sie. Jetzt studiert sie schon seit vier Jahren in Paris und im Sommer ist sie ständig auf Konzertreisen und bei irgendwelchen Musikkursen. Ich sehe sie viel zu selten und das ist nicht ganz leicht zu ertragen."

Florence hatte ihr Essen beendet, nickte ihm mitfühlend zu und schob den Teller zur Seite.

„Haben Sie auch Kinder, Madame?"

Florence bejahte. Sie habe einen Sohn und wisse, wie das sei, wenn ein Kind fernab von einem lebe. Ihr Michel sei schon vor einigen Jahren nach China gezogen und dort auch verheiratet. Es gehe ihm gut und das freue sie, aber leicht sei es auch für sie nicht gewesen, sich an diesen Umstand zu gewöhnen.

Sie erhob ihr Glas und prostete ihrem Leidensgenossen zu. „Auf das Wohl unserer Kinder, Monsieur!"

PASSACAGLIA

8

Florence hatte kurz, aber gut geschlafen. Keine Träume! Bestens! Schon um sechs Uhr morgens war sie wieder aus den Federn. Die ideale Gelegenheit, um bei einem Morgenspaziergang Klarheit in ihre Gedanken zu bringen und einen guten Kaffee zu trinken. Um diese Stunde konnte man auch an Orte gehen, an denen man sonst vermutlich von Touristenmassen erdrückt wurde. Also auf zur „Brücke von Avignon"! Auf dem Weg dorthin summte sie die Melodie, die ihr Sohn im Alter von drei Jahren immer wieder hatte hören wollen: *„Sur le pont d'Avignon, on y danse, on y danse ..."*

Wie konnte sie nach all dem, was gestern vorgefallen war, heute so gut gelaunt sein? Natürlich wusste sie genau warum. Die stillen Straßen, die Frische des Morgens, die Stadt, die sie fast für sich alleine hatte, all das trug zu ihrer Hochstimmung bei. Aber es kam noch etwas anderes hinzu. Seit den Vorfällen des Vortages war ihr klar, auf welche Weise sie ihre Zeit hier nun verbringen würde. Den Reiseführer von Michelin, den ihr ein Kollege zum Abschied geschenkt hatte, würde sie nur mehr selten in die Hand nehmen. In die nunmehr von dieser Madame Petermann dirigierten Konzerte würde sie natürlich gehen. Schließlich hatte sie sich so darauf gefreut, zwei Wochen lang in barocken Klängen schwelgen zu können. Irgendwann würde sie auch den Papstpalast besichtigen. Ansonsten aber würde sie den Spuren eines kriminalistischen Rätsels folgen, ohne offiziellen Auftrag und nur zu ihrem eigenen Vergnügen. Denn das war es, was sie seit ihrer Kindheit am meisten faszinierte.

Sie war höchstens zehn Jahre alt gewesen, als sie bei einem der Bouquinisten an der Seine einen Roman von Georges Simenon entdeckt und dort so lange darin geblättert hatte, bis der Buchhändler ihn ihr schenkte. Daraufhin war sie seine Stammkundin geworden und hatte bald darauf Bekanntschaft mit den Romanen von Edgar Allan Poe und Dorothy Sayers gemacht. Erst als sie älter wurde, hatte sie sich manchmal gefragt, ob es denn moralisch angemessen sei, sich ausgerechnet bei der Beschäftigung mit Mord und Totschlag so lebendig zu fühlen. Durfte man denn an etwas, das so viel menschliches Leid verursachte, Gefallen finden? Mit Honoré Mordent, ihrem ersten Chef und Förderer, hatte sie sich oft über dieses Thema unterhalten – und war mit sich ins Reine gekommen. Diese Tätigkeit war genau das, wofür die Natur sie ausgestattet hatte. Ihr großartiges Gedächtnis, ihre Freude am Kombinieren, ihre Ausdauer, ihre Intuition und nicht zuletzt ihr Sinn für Gerechtigkeit hatten sie für einen Beruf prädestiniert, der einem Mädchen ihrer Generation zu diesem Zeitpunkt jedoch nicht zugänglich gewesen war – schon gar nicht einem, das früh ohne Vater dastand und deren Mutter sich eine lange Ausbildung für die Tochter nicht leisten konnte. Eigentlich hätte sie ja den Blumenladen ihrer Mutter übernehmen sollen, aber als sie ohne Mühe und mit lauter Spitzennoten durch die Schuljahre brauste, stand für diese fest, dass die Tochter für einen gehobenen Büroberuf in Frage käme. Da hatte Florence aber schon genau gewusst, was sie wollte, hatte mehrere Polizeikommissariate der Stadt nach einer Stelle abgeklappert, war schließlich in „ihrem" Kommissariat fündig und dort bald Sekretärin des Chefs geworden.

An ihrem Arbeitsplatz waren Florence die unaufgeklärten Verbrechen wie reife Pflaumen in den Schoß gefallen und ihre auf raffinierte Weise platzierten Hinweise hatten anfangs vor allem die Karriere so manches Kollegen befördert, der sonst in den Niederungen des einfachen Streifendienstes hängen geblieben wäre. Ihr Chef, dem sie bis zum heutigen Tag verbunden geblieben war, hatte ihre außergewöhnlichen Fähigkeiten bald erkannt und sie in die Aufklärung sämtlicher Mordfälle in seinem Arrondissement einbezogen. Das war gegen Ende der 60-er Jahre gewesen, zu einer Zeit, zu der für Frauen eine Karriere im Polizeidienst nicht vorgesehen war. Erst im Laufe der 70-er Jahre hatte sich der gehobene Polizeidienst für Frauen zu öffnen begonnen. Zu dieser Zeit war Florence Beaumarie in ihrer Dienststelle als unverzichtbare Mitarbeiterin schon so verankert gewesen, dass niemand – auch nicht sie selbst – an eine langwierige offizielle Ausbildung für sie dachte. Schließlich hatte sie es sogar zu einer gewissen landesweiten Berühmtheit gebracht. Als der entscheidende Hinweis zur Aufklärung eines besonders spektakulären Mordfalles wieder einmal von ihr kam, hatte Honoré Mordent dies einer Journalistin gegenüber erwähnt und diese hatte ihr einen eigenen Zeitungsartikel gewidmet. Ihre Sonderstellung inmitten eines hierarchisch geordneten Polizeiapparates war ab da auch den höheren Stellen bekannt und von diesen toleriert. Wie viele Frauen ihrer Generation hatte sie sich dabei mit ihrem Gehalt als Sekretärin abgefunden. Sie war nie verheiratet, aber eine recht beachtliche Erbschaft, die überraschend vom früh verstorbenen Vater ihres Sohnes kam und die sie klug verwaltete, sicherte ihr schließlich ihre persönliche Unabhängigkeit. Es war ihr privates Vergnügen, jeden Fall, an dem sie mitgearbeitet hatte, in einem eigenen Schreibheft der Marke Clairefontaine zu dokumentieren, einem grünen für aufgeklärte Fälle und einem roten für die ganz wenigen unaufgeklärten.

Mittlerweile hatte sie den Pont-Saint-Benezet erreicht und auf ihrem Weg festgestellt, dass um diese Zeit noch alle Cafés geschlossen waren. Im Gegensatz zu Paris, wo man bereits frühmorgens überall Kaffee bekam, hatte man sich hier offensichtlich den später aufstehenden Touristen angepasst.

Mit dem Eingang zur Brücke von Avignon verhielt es sich genauso. Das Tor war geschlossen und außerdem war die Brücke nur gegen Eintritt zu besichtigen. Die als Touristin recht unerfahrene Florence schüttelte den Kopf. Sie brauchte einen Platz zum Nachdenken. Den ganzen Weg hierher war sie von der Vorstellung beflügelt gewesen, sich auf der berühmten Brücke den Morgenwind um die Nase wehen und dabei ihren Gedanken freien Lauf lassen zu können. Das konnte sie nun vergessen! Sie überquerte die breite Autostraße, die am Ufer der Rhône entlangführte. Das Gras auf dem grünen Uferstreifen war noch nass und eine unbändige Lust barfuß zu laufen, ergriff sie. Mit den Schuhen in der Hand spazierte sie den Fluss entlang, fasziniert vom Anblick der monumentalen Steinbrücke, die Mitten im Fluss zu Ende war. Währenddessen machte ihr Gehirn einen Plan für den kommenden Tag. Als sie ihre Schuhe wieder anzog, wusste sie, was ihre nächsten Schritte sein würden. Am Weg zurück in die Stadt sah sie, dass das kleine Café du Pont geöffnet hatte. Endlich bekam sie einen ordentlichen Espresso. Dazu ein Croissant – und dann gleich noch ein zweiter Espresso! Wie immer bestellte sie ihn mit einem Milchkännchen.

Madame Robert würde keine Freude haben, wenn sie nicht zum Frühstück erschien. Aber sie würde sie am Nachmittag aufsuchen und ihr das eine oder andere erzählen. Als alteingesessene Bewohnerin von Avignon war sie möglicherweise sogar eine brauchbare Informationsquelle.

Eine halbe Stunde später betrat Florence das Polizeikommissariat von Avignon, das außerhalb der alten Stadtmauer lag. Ah, dieser vertraute Geruch! Eine Mischung aus Schweiß, chemischen Reinigungsmitteln, Kaffee und Tabak. Über drei Stufen gelangte man zu einem dreiflügeligen Glasportal und dann in eine Vorhalle, in der es neben ein paar Stühlen und einer Anschlagtafel auch eine unbesetzte Portiersloge gab. Ein uniformierter Beamter wies ihr den Weg zu einem Dienstzimmer, in dem mehrere Polizisten an ihren Schreibtischen saßen. Eine weibliche Bedienstete sprach sie sofort an.

„Können wir etwas für Sie tun, Madame?"

Ein weiterer Beamter kam ihrer Antwort zuvor.

„Oh, Madame Florence Beaumarie höchstpersönlich, wir haben Sie schon erwartet. Kommen Sie, ich bringe Sie zu unserem Chef!" Auf einmal waren die Blicke sämtlicher Anwesender auf sie gerichtet und der Sprecher – es war natürlich Chantals Bekannter Pierre – führte sie durch den lang gestreckten, hellen Dienstraum und den daran anschließenden dunklen Gang. Dann klopfte er an eine Tür und öffnete sie, ohne eine Aufforderung einzutreten abzuwarten.

Mit allem hatte Florence gerechnet, aber nicht damit, hier, siebenhundert Kilometer von Paris entfernt, ein vertrautes Gesicht zu erblicken. Obwohl er nicht in Uniform war und zu langen schwarzen Hosen ein hellblaues Hemd trug, erkannte sie ihn auf den allerersten Blick. „Spürnase", so hatten ihn in ihrer Pariser Dienststelle alle genannt. Seine auffallend große, leicht gebogene und recht spitze Nase saß in einem durchaus ansehnlichen Gesicht: große blaue Augen, schön gezeichnete Augenbrauen, hohe Wangenknochen und ein wohldimensionierter, aber immer ein wenig skeptisch zusammengezogener Mund.

Kommissar Antoine Lambert hatte seinen Erfolg weniger seiner Kombinationsgabe als seinem ausgeprägten Sinn für Skepsis zu verdanken. Immer wenn seine Kollegen alles schon ganz genau zu wissen glaubten, hatte er seine Lippen zusammengepresst, seinen Kopf geschüttelt, auf seine Nase gedeutet und gemeint: „Meine Nase sagt mir, dass da noch etwas anderes dahintersteckt!" Mit der Zeit hatten alle gelernt, dieser Nase zu vertrauen. Florence war seine Verbündete geworden, die ihm half, die Kollegen davon zu überzeugen, dass auch ein bereits geschlossener Aktendeckel noch einmal geöffnet werden musste.

„Meine Nase sagt mir, dass er dennoch nicht der Täter sein kann", sagte er nun zu Florence, die ihm an seinem Schreibtisch gegenübersaß. Eingangs hatte er ihr erklärt, dass er bereits seit gestern von seinem Mitarbeiter Pierre Caspari wisse, dass sich Madame Florence Beaumarie in Avignon und noch dazu direkt am Ort des Geschehens aufhalte. Durch die Zeitungsberichte über sie sei sie auch hier im Süden keine ganz Unbekannte und er selbst habe schon des Öfteren seinen Leuten die von ihr gelösten Fälle als lehrreiche Beispiele präsentiert. So wie er sie kannte war er sich sicher gewesen, dass sie von selbst hier auftauchen werde und *voilà*, da war sie auch schon und noch dazu zu einer so frühen Stunde.

„Wer bitte soll nicht der Täter sein?" Florence fühlte sich, als wären die mehr als fünfzehn Jahre, die Lambert der Liebe folgend in den Süden gezogen war, wie ausgelöscht.

„Nun, Monsieur Amontero natürlich, der berühmte Pianist. Es war mir äußerst unangenehm, ihn noch in der vergangenen Nacht in Gewahrsam nehmen zu müssen." Er gähnte.

„Er ist hier?" Florence staunte und die Spürnase nickte.

„Es ist uns nichts Anderes übriggeblieben. Er hat gestern am Abend Madame Lemercier nach Hause gebracht, ist aber gegen zweiundzwanzig Uhr noch einmal am Tatort erschienen. Ich war selbst noch dort. Amontero war auf der Suche nach einer Stofftasche mit Musiknoten, von der er vermutete, dass er sie vergessen hatte. Die Tasche war schnell gefunden. Sie lehnte an der Wand der Garderobe im Vorraum zur Sakristei. In der Tasche befanden sich die Noten eines Stücks von Chopin, das Amontero nach eigener Aussage zur Vorbereitung für sein nächstes Konzert dringend benötigte, sowie ein altes Notenblatt eines Komponisten namens Marin Marais. Er behauptete, dieses Blatt sei erst zu Mittag von einem Unbekannten zusammen mit einer kurzen Notiz in einem Kuvert an der Rezeption seines Hotels abgegeben worden. Der Schreiber der Notiz forderte ihn auf, dieses Blatt noch vor dem Konzert an Lemercier zu übergeben. Würde er dieser Anweisung nicht folgen, drohe ihm der Tod. Das war aber nur ein Teil des mysteriösen Inhalts dieser Stofftasche, denn diese enthielt" – Lambert machte eine kurze, die Spannung steigernde Pause – „außerdem noch die Tatwaffe."

„Die Tatwaffe?" Florence blieb der Mund offenstehen und Kommissar Lambert nickte triumphierend.

„Allerdings. Wenigstens eine davon. Nämlich die Saite eines Streichinstruments, und zwar eines Cellos. Das wurde uns von einem Experten bereits bestätigt."

Lambert lehnte sich weiter nach vorne und senkte seine Stimme: „Sie wissen, Florence, dass ich Ihnen das alles nicht erzählen darf, aber ich hoffe, dass Sie ein

Geheimnis immer noch so gut für sich behalten können wie damals, in unserer Pariser Zeit."

„Natürlich können Sie sich darauf verlassen, Antoine. Sie kennen mich." Auch Florence hatte sich nach vorne gebeugt und war zu dem vertrauten Ton zurückgekehrt, den sie früher gepflegt hatten.

„Gut, meine Liebe. Ich hätte nämlich nichts dagegen, wenn Sie auf Ihre bewährte Weise noch ein wenig hinter den Kulissen herumschnüffelten. Ich persönlich glaube Amontero, aber entlastet ist er natürlich nicht! Wie Sie meinen Kollegen gestern mitgeteilt haben, besitzen Sie ja einen Festivalpass und planen, sämtliche Konzerte zu besuchen."

Florence nickte und der Kommissar erhob sich. „Kommen Sie Florence! Wir machen besser noch einen kleinen Spaziergang und dann" – noch einmal senkte er seine Stimme – „erzähle ich Ihnen alles, was wir bisher wissen."

Er drehte sich um, nahm ein dunkelblaues Sakko von der Sessellehne und warf es sich schwungvoll über die Schultern.

„Das Leben im Süden steht ihm nicht schlecht, er ist eleganter und selbstbewusster geworden", dachte Florence ihm in Richtung Ausgang folgend.

„Ich bin in einer Stunde wieder zurück", rief er seinen Mitarbeitern zu, und kurz darauf überquerten sie schon den breiten Boulevard und befanden sich gleich darauf innerhalb der Stadtmauern von Avignon. Der Kommissar schlug vor, ein Stück zu gehen und ein Café aufzusuchen, von dem er annehmen konnte, dass sie dort unbehelligt bleiben würden. Schon auf dem Weg begann er mit seiner Schilderung der Ereignisse des Vortages. Monsieur Lemercier war von Auguste Benoît, dem Pfarrer, tot aufgefunden worden. Dieser hatte vom Altarraum aus beobachtet, wie das Publikum aufgrund der langen Wartezeit immer unruhiger geworden war. Noch ehe die Konzertmeisterin aufstand und nach hinten kam, hatte sich Hochwürden Benoît entschlossen, selbst nach dem Dirigenten zu schauen. Er klopfte mehrmals an die Tür zur Sakristei, ahnte aber, dass dies erfolglos sein würde. Er wusste, dass Lemercier in seiner geheiligten Konzentrationspause vor dem Konzert Kopfhörer trug, die jedes Geräusch ausblendeten. Die Tür sperrte er zwar nie ab, aber exakt zwanzig Minuten vor Konzertbeginn hing das gewohnte und unübersehbare Schild mit der Aufschrift „Bitte nicht stören!" am Türknauf.

Als der Pfarrer nach erfolglosem Klopfen die Tür einen Spalt öffnete, konnte er sofort erkennen, dass er sich am Schauplatz eines Verbrechens befand. Der Dirigent saß in dem hohen Lehnstuhl aus Leder und geschnitztem Holz, in dem sich schon Generationen von Geistlichen auf ihre Predigten eingestimmt hatten. Sein Kopf war merkwürdig zur Seite gerutscht, die Augen weit aufgerissen. In seiner Brust steckte ein Messer. Eines war vollkommen klar: Dem armen Mann war gewiss nicht mehr zu helfen. Warum der Pfarrer in der Folge so und nicht anders gehandelt hatte, wie er es dann tat, konnte er später nicht wirklich erklären. Wahrscheinlich sei er unter Schock gestanden, mutmaßte der Kommissar. Er habe vielleicht gehofft, sein Gotteshaus noch vor etwas schützen zu können, was bereits irreversibel als Urgewalt des Bösen über dieses hereingebrochen war.

Jedenfalls hatte Pfarrer Benoît die Tür zur Sakristei sofort wieder geschlossen, sich als Wache davorgestellt und den in der Nähe anwesenden Kirchendiener darum gebeten, umgehend einen der beiden anwesenden Polizisten zu holen. Der war binnen kürzester Zeit zur

Stelle gewesen und auch dem genügte ein kurzer Blick durch den Türspalt, um das Ausmaß der Katastrophe zu erkennen. Gerade als er sein Handy zückte, um alles Nötige zu veranlassen, hatte Madame Petermann, die Konzertmeisterin, die Szene betreten. In diesem Augenblick entschied sich der Pfarrer zur Notlüge. Monsieur Lemercier sei ernsthaft erkrankt, erklärte er ihr, und derzeit nicht ansprechbar. Er werde das Konzert bestimmt nicht dirigieren können. Madame Petermann hatte sich bestürzt gezeigt, jedoch sofort erklärt, dass in diesem Fall sie selbst den Taktstock übernehmen werde. Schließlich könne man das Publikum nicht um ein Ereignis bringen, für das es bereits bezahlt hatte.

„Die Notlüge des Pfarrers wundert mich nicht wirklich", sagte Florence etwas später zum Kommissar. „Er ist bestimmt nicht der Erste, der unmittelbar nach dem Einbruch einer Katastrophe so tut, als könne diese nicht geschehen sein."

„Das stimmt schon Florence, aber bei einem Pfarrer erstaunt es mich doch."

Sie hatten inzwischen als einzige Gäste im Hinterzimmer eines kleinen, etwas schmuddeligen *Café-Tabac* Platz genommen. Von dort aus hatten sie einen guten Blick auf den Eingang und den Tresen, an welchem zwei Männer mit ihren Tageszeitungen lehnten. Ein etwas mürrischer Asiate hatte den Kaffee gebracht und sie konnten ihr Gespräch unbehelligt fortführen.

Antoine Lambert leerte seine Tasse Espresso mit einem Schluck. „Für uns war die Lüge des Geistlichen eigentlich ein Glücksfall. Sonst wäre es äußerst schwierig geworden, ohne größeren Aufruhr den Tatort zu sichern und unsere Vorgangsweise zu planen."

Florence enthielt sich eines Kommentars. Dass die Öffentlichkeit bis zum nächsten Tag über die wahre Ursache des Todes im Unklaren gelassen worden war, war nicht korrekt, passte aber durchaus zu Antoine Lambert, der es bestimmt vorzog, mit seiner Spürnase noch eine Weile ungestört herumschnüffeln zu können. Am Weg hierher hatte er ihr allerdings verraten, dass er schon frühmorgens die Bürgermeisterin und die Staatsanwältin aus ihren Betten geholt und für Mittag eine gemeinsame Pressekonferenz anberaumt hatte.

„Wann waren denn Sie am Tatort, Antoine, wenn ich fragen darf?"

„Etwa zwölf Minuten nach der Entdeckung des Toten. Rascher ging es nicht. Der Anruf hat mich in einem Restaurant in der Altstadt erreicht, wo ich mit meiner Frau zu Abend gegessen habe. Ich bin gleich losgerannt, denn ich wusste, dass ich zu Fuß am schnellsten sein würde. Der Arzt war schon nach wenigen Minuten da. Er befand sich ganz in der Nähe und konnte nur mehr bestätigen, dass der Tod unmittelbar nach der Tat eingetreten sein musste."

„Aber hatten Sie nicht zuvor gesagt, dass die Tatwaffe die Saite eines Streichinstruments gewesen ist?"

„Das ist ja das Interessante."

„Seltsam", murmelte Florence. „Das muss im Zusammenhang mit der Tat wohl eine symbolische Bedeutung haben. Aber sagen Sie, Antoine. Wie sind Sie so schnell darauf gekommen, dass es sich bei dem Draht um die Saite eines Cellos handelte?"

„Ehrlich gesagt, nicht gleich. Wer kommt schon auf so etwas? Erst als wir in der Tasche von Monsieur Amontero die Saite gefunden haben, kam mir der Verdacht, dass diese das Tatwerkzeug sein könnte."

„Und dann haben Sie den berühmten Pianisten gleich eingesperrt. War da die Beweislage nicht etwas zu dünn? Eine Cellosaite in einer Tasche mit sich zu tragen, ist ja nicht verboten. Es könnte sie ihm jemand hineingelegt haben."

„Kommen Sie schon, Florence! Jetzt sind Sie aber die Skeptische! Ich habe die Sachlage sofort prüfen lassen. Unsere Spurensicherung war mit dem Tatort schon fertig, aber ich habe deren Leiter gebeten, die Saite noch in der Nacht auf Blutspuren zu untersuchen. Freude hatte er keine darüber, denn er lag schon im Bett. Bis er kam, habe ich Amontero eingehend befragt. Er behauptete, erst vorgestern in Avignon angekommen zu sein und schien ehrlich erschüttert von den Ereignissen. Aber das kann er uns auch vorspielen. Ein direktes Tatmotiv haben wir noch nicht gefunden, aber andererseits schien er mit Monsieur Lemercier und insbesondere mit seiner Frau sehr vertraut zu sein. Da kann man nie wissen."

Florence musste auf einmal schmunzeln: „Also, dass er erst vor zwei Tagen aus Paris angereist ist, kann ich bestätigen. Ich habe nämlich bereits vorgestern früh am Gare de Lyon seine Bekanntschaft gemacht."

„Mon Dieu, Florence! Sie kennen ihn? Und das sagen Sie mir erst jetzt?"

„Nein, nein. Ich kenne ihn nicht wirklich. Er wollte mir am Bahnhof meinen schwer erkämpften Sitzplatz streitig machen und da habe ich ihn zum ersten Mal in meinem Leben gesehen."

Der Kommissar musste grinsen. Er winkte den Kellner herbei, bestellte sich noch einen zweiten Kaffee und lehnte sich in dem zerschlissenen Fauteuil zurück. Die Sache schien ihn zu amüsieren.

„Und das ist diesem Amontero natürlich nicht gelungen."

„Natürlich nicht – und vorgestellt hat er sich mir auch nicht. Erst gestern beim Konzert habe ich ihn wiedergesehen, ohne zu wissen, wer er ist. Am Abend hat mich dann der Pfarrer darüber aufgeklärt, dass der Unbekannten im weißen Anzug der berühmte Pianist ist."

„Na gut, sieht so aus, als hätten wir mit Ihnen eine weitere Zeugin. Da könnte ich Sie eigentlich auch ganz offiziell als Zeugin in das Kommissariat einladen!"

„Ach was, Antoine! Sagen Sie mir lieber, was der Chef der Spurensicherung zur Cellosaite zu sagen hatte!"

„Dass es sich dabei mit hundertprozentiger Sicherheit um eine der beiden Tatwaffen handle. Er ist sogar noch ins Labor gefahren und hat Blutspuren gefunden, die er dem Mordopfer zuordnen konnte. Die Tötungsart scheint ihn zu faszinieren, sonst hätte sich der alte Griesgram nicht um Mitternacht noch solche Mühe gemacht. Jedenfalls hatte ich danach keine andere Wahl mehr, als Monsieur Amontero als Tatverdächtigen festzunehmen."

„Nein, die hatten Sie wahrscheinlich nicht. Jetzt sagen Sie mir aber noch, ob Sie einen Zusammenhang zwischen den Plakaten mit den Drohungen und dem Mord sehen?"

„Ach ja, in diese Geschichte sind Sie ja auch verwickelt. Mein Mitarbeiter Pierre Caspari hat mir schon berichtet, dass er die berühmte Florence Beaumarie zunächst als Kunstkennerin vor einer Plakatwand angetroffen hat. Er war es, der mir von Ihrer Anwesenheit in Avignon berichtet hat. Aber, nein, einen Zusammenhang zur Geschichte mit den Plakaten haben wir noch nicht gefunden. Gibt es denn noch etwas, was Sie uns nicht verraten haben?"

Gerade als Florence antworten wollte, betrat eine Polizistin in Uniform das Café. Sehr aufrechte Haltung, mittelgroß, sehr kurze, hellblonde Haare, aufmerksamer Blick aus großen, blaugrünen Augen, interessantes Gesicht – ein Alphatier, konstatierte Florence und Lambert hatte sich ihr sofort zugewandt.

„Ah Leonie, Sie haben mich also ausfindig gemacht. Darf ich vorstellen, meine rechte Hand Capitaine Leonie Perrin, von uns allen auch ‚die Expertin' genannt, weil sie in jede Materie, mit der wir uns gerade beschäftigen, rasch und tief einzudringen pflegt. Jetzt wird sie wohl in Kürze unsere Expertin für klassische Musik sein. Wenn sie hier auftaucht, ist es wichtig. Setzen Sie sich zu uns Leonie!"

Leonie hatte die Beschreibung ihrer Person mit stoischer Miene über sich ergehen lassen. „Nein danke, Commandant. Ich muss gleich weiter. Es gibt eine neue Entwicklung im Fall Lemercier. Ein Cellist aus dem Orchester ist soeben im Kommissariat erschienen und hat gemeldet, dass eine Reservesaite aus seinem Cellokasten verschwunden sei. Ich gehe davon aus, Commandant, dass Sie ihn selbst verhören wollen."

„Eine Reservesaite?"

„Jeder Streicher hat immer mindestens vier Saiten in einem kleinen Fach seines Koffers. Für den Fall, dass eine Saite während des Konzerts reißt. Der Cellist konnte die Saite sogar identifizieren. In diesem Fall handelt es sich um eine Saite der Marke Larson, die er dann aufzieht, wenn er keine Barockmusik spielt. Sie war auch schon etwas abgenutzt, weil er sie bereits in Verwendung gehabt hatte."

„Na, was habe ich Ihnen gesagt, Florence. Schon ist meine geschätzte Kollegin zur Expertin für Streichinstrumente avanciert! Seit wann vermisst er denn die Saite?"

„Er hat gesagt, dass er sie bereits seit vier Tagen sucht. Gleich nach der ersten von drei Vormittagsproben des Orchesters in der Kirche sei es ihm aufgefallen."

„Eigentümlich. Wenn Amontero tatsächlich vorgestern früh noch am Gare de Lyon war, wie meine ehemaligen Kollegin hier bestätigen kann, kann er die Saite kaum selbst entwendet haben. Die Beweislage gegen ihn ist zu dünn, um ihn noch länger in Gewahrsam zu halten."

Lambert erhob sich. „Es war schön, Sie wieder zu sehen Florence, aber jetzt ruft die Pflicht." Nach einem kurzen Augenblick des Zögerns fuhr er fort: „Leonie, ich möchte Ihnen noch Madame Florence Beaumarie vorstellen. Meine hochgeschätzte Kollegin aus dem Pariser Kommissariat, an dem ich lange Zeit meinen Dienst getan habe. Ihr Name ist Ihnen sicher nicht unbekannt. Sie ist mittlerweile pensioniert und privat hier in Avignon. Dennoch habe ich sie gebeten, uns im Fall Lemercier zu unterstützen und ein wenig hinter den Kulissen zu ermitteln. Schließlich hat sie einen Festivalpass und mit Sicherheit wird sie Wertvolles zur Aufklärung dieses Falles beitragen können."

„Wie Sie meinen, Commandant. Ganz korrekt ist das vermutlich nicht. Pardon, Madame Beaumarie. Mein Chef hat manchmal etwas unkonventionelle Methoden, aber es freut mich, Sie kennen zu lernen. Wenn Sie Informationen brauchen, können Sie sich an mich wenden."

„Danke Capitaine. Mache ich. Ich werde mich nicht einmischen. Wenn ich aber etwas herausfinde, was Ihnen hier weiterhilft, wird es mich freuen und ich werde umgehend Bericht erstatten. Die ‚unkonventionellen Methoden' meines geschätzten Kollegen werden ja unter uns bleiben."

„So ist es, Florence." Lambert streckte ihr die Hand hin. „Bitte trinken Sie noch in Ruhe Ihren Kaffee aus. Unser Wiedersehen hat mich außerordentlich gefreut!"

Als Florence fünf Minuten später am Tresen zahlen wollte, erfuhr sie, dass Lambert das bereits für sie erledigt hatte.

9

Nach dem Treffen mit ihrem früheren Kollegen schlug Florence zunächst automatisch den Weg zum Ciel Bleu ein. Es musste zehn Uhr vormittags sein und die Aufbruchsstimmung von heute Morgen hatte sie noch nicht verlassen. Ganz im Gegenteil, ihr Forscherdrang war nach dem, was sie erfahren hatte, erst recht angestachelt. Sie durchquerte gerade ein stilles Gässchen als etwas Seltsames passierte. Auf einmal hatte sie den Geruch des Meeres in der Nase. Dabei lag Avignon bestimmt nicht am Meer. War es die Rhône, die am Morgen eine Sehnsucht nach dem Meer in ihr geweckt hatte? Den Hinweisen ihrer Nase folgte sie jedoch gerne, denn die brachten sie in der Regel auf eine interessante Spur. Darin unterschied sie sich gar nicht so sehr von Lambert. Wie weit war es von Avignon bis ans Meer? Sie könnte den Chauffeur des Ermordeten ausfindig machen und ihn fragen, ob er sie hinfahren würde. Der war jetzt vermutlich arbeitslos und würde den Auftrag vielleicht sogar annehmen. Nun ja – eines nach dem anderen.

Jedenfalls wollte sie jetzt noch nicht zurück. Sie erinnerte sie sich an den Park, an dem sie gestern vorbeigekommen war. Vielleicht war das große Schachspiel frei und sie könnte die Figuren benutzen, um sich einen Überblick über die Personen zu verschaffen, die in einer Beziehung zu Monsieur Lemercier gestanden hatten. Sie hatte schon oft die Szenerie eines Kriminalfalls auf einem Schachbrett nachgestellt, ganz intuitiv und ohne sich dabei an die Regeln zu halten. Sie hatte nie Zeit gehabt, das Spiel zu erlernen, hatte es aber immer wieder reizvoll gefunden, die Protagonisten eines Falles einer Schachfigur zuzuordnen und sie damit noch auf eine andere Weise in ihrer Vorstellung zu verankern.

Als sie den kleinen Park erreichte, stellte sie fest, dass sie diesmal Glück hatte. Die Schachfiguren schienen sie schon zu erwarten und waren rasch aufgestellt. Es war, als würde sie eine unsichtbare Hand zur jeweils passenden Figur führen. Der weiße König in der Mitte auf E5 stand natürlich für den verstorbenen Dirigenten. Die schwarzen Dame verkörperte Madame Petermann, die Konzertmeisterin. Sie landete auf C3, drei Felder ober- oder unterhalb von ihm, je nachdem von welcher Seite aus man das Schachbrett betrachtete. Für Eliette Lemercier wanderte die weiße Dame direkt an die Seite des Königs: F5. Auch der Pianist, Bruno Amontero, musste von einer weißen Figur dargestellt werden. Florence wählte den weißen Springer, der sich nun auf gleiche Höhe mit König und weißer Dame befand: G5. Was war mit dem geschassten Trompeter? Er rückte als schwarzer Läufer gefährlich nahe an die weiße Dame heran und wollte ins Feld direkt hinter ihr: G6. Florence fühlte sich nicht wohl bei diesem Zug, aber es gelang ihr nicht, die Figur an einer anderen Stelle zu platzieren.

Jetzt noch der Cellist, dessen Saite fehlte. Sie entschied sich für einen einfachen Bauern in Weiß. Momentan war noch jeder verdächtig, aber es war doch unwahrscheinlich, dass er der Täter war. In der Nähe der Konzertmeisterin auf D2 konnte es passen.

Wen hatte sie bisher im Umkreis von Lemercier noch kennengelernt? Ach ja, seinen Chauffeur. Die Vertreter dieser Zunft wussten meist sehr viel über die Leute, für die sie arbeiteten, deshalb musste auch er mit ins Spiel. Auf C7 befand er sich in einem gewissen Abstand vom zentralen Geschehen, hatte jedoch einen guten Überblick. Jetzt noch der große Unbekannte! Wie immer wählte sie einen schwarzen Turm für ihren Joker und stellte ihn auf A8, in eine der vier äußersten Ecken des gesamten Feldes.

Das war es wohl vorerst. Florence stellte sich vor ihre Figuren und betrachtete sie. Gerade als ihr noch der verärgerte Theaterregisseur als weiterer Protagonist einfiel, ertönte von hinten eine Männerstimme:

„Das ist ein Schachspiel und kein Kinderspielzeug. Stellen Sie die Figuren wieder richtig hin. Das ist unser Platz."

Florence drehte sich um und stand zwei jüngeren Männern gegenüber, die sie anstarrten.

„Die halten mich wohl für eine verrückte Alte, die die Schachfiguren als Spielzeug betrachtet", amüsierte sich Florence. Sie starrte eine Weile zurück und breitete dann ihre Arme mit geöffneten Handflächen aus: „Ich möchte es aber im Moment so haben und sie beide werden sich noch gedulden müssen, bis ich so weit bin."

Der eine machte einen Schritt in ihre Richtung, der andere hielt ihn jedoch zurück: „Lass die Alte, wir gehen noch eine rauchen!" Er wandte sich an Florence: „Aber in zehn Minuten sind wir zurück und dann sind Sie verschwunden."

Florence blieb einfach so stehen, wie immer ein Fels in der Brandung, vor dem sich die Wellen zurückzogen. Sie nahm den vorherigen Gedanken wieder auf, schnappte sich den schwarzen König und stellte ihn als Vertreter des ihr noch unbekannten Theaterregisseurs in gehörigem Abstand zum weißen König auf: E1. Sie war sich nicht sicher, ob das passte. Von ihm würde sie sich erst ein Bild machen müssen.

Noch einmal ging sie drei Schritte zurück und betrachtete die gesamte Stellung. Nun konnte sie diese nicht mehr vergessen. Die Figuren würde sie ab nun in ihrem Kopf beliebig hin- und herschieben können.

Für Hypothesen war es zu früh. Sie stellte die Figuren in ihre Ausgangsstellung zurück und schlenderte langsam zum Ausgang. Aus den Augenwinkeln heraus beobachtete sie die beiden Männer, die rauchend auf einer Bank saßen und ihr scheinbar keine weitere Beachtung schenkten.

Vor den Toren des Parks war einiges los. Die Stadt war endgültig erwacht und summte und brummte vor Tatendrang und Lebenslust. Die Menschen in ihrer leichten Sommerkleidung schienen alle bester Laune. Ausgerechnet angesichts dieses heiteren Anblicks überkam Florence auf einmal eine melancholische Stimmung. „Und der arme Monsieur Lemercier liegt tot in einem engen dunklen Kasten und alle Musik ist auf ewig für ihn verstummt", musste sie denken. Es war doch etwas anderes, wenn man in einem Fall ermittelte, zu dessen Beteiligten man keinerlei persönliche Beziehung hatte, oder ob es sich bei dem Mordopfer um eine geschätzte Persönlichkeit handelte. Dennoch, an diesem Vormittag hatte sie sich schon genug mit diesem Thema beschäftigt. Sie wollte nicht ins Grübeln kommen. Etwas Ablenkung würde ihr guttun. Also noch immer nicht zurück in ihr Zimmer. Sie konnte schließlich tun und lassen, was sie wollte. Sie würde jetzt noch einen Abstecher zur Buchhandlung von Monsieur Florentin machen, immerhin hatte er sie dazu eingeladen. Es konnte nicht allzu weit bis dorthin sein. Alles, was sich im inneren Kreis dieser Stadt befand, schien in relativ kurzer Zeit erreichbar zu sein. Dennoch musste sie eine Weile suchen bis sie das schöne schwarze Geschäftsportal in einer der Gassen fand, die zum Place Pie führten.

Also, wenn das kein Paradies für Bücherfreunde war! Florence war in eine kühle, aber gut ausgeleuchtete Höhle eingetaucht. Die wandhohen Regale zogen sich durch mehrere Räume eines alten Stadthauses. Der erste Raum war der größte. In dessen Mitte prangte ein großer schwerer Tisch, auf dem in wohlgeordneten Reihen antiquarische Bücher zusammen mit Neuerscheinungen aufgelegt waren. Ein kleineres Tischchen, das offensichtlich als Kasse diente, befand sich diskret im Hintergrund. Eine Dame in den besten Jahren – schwarze, hoch aufgetürmte Haaren, eine elegante, türkisfarbene Seidenbluse, sehr große türkisfarbene Brille – saß dahinter und blickte in Florences Richtung. „Der entgeht wohl nichts." Florence fühlte sich beobachtet und wandte sich dem Anschlagbrett in der Nähe des Eingangs zu. Dort hing auch ein Plakat, das den heutigen Opernabend ankündigte.

„Kann ich Ihnen helfen?" Die Stimme der Dame hinter der Kasse klang ein wenig schrill, aber nicht unfreundlich.

„Im Augenblick nicht, ich sehe mich nur ein wenig um."

Florence machte einen kurzen Rundgang durch die Buchhandlung und trat dann an den Büchertisch im vorderen Raum. Dort gab es auch Bücher über Barockmusik und Barocktheater, einige antiquarisch, die meisten aber ganz neu. Sie setzte sich auf einen mit brüchigem Leder bezogenen Stuhl und entdeckte eine Biografie über Lemercier. Beim Durchblättern tauchten eine Reihe von Fotos auf. Eines war vor drei Jahren aufgenommen worden und zeigte einige ihr mittlerweile bekannte Personen. „Monsieur Stephan Lemercier samt Ehefrau, Töchtern und deren Familien" lautete die Unterschrift unter diesem Bild. Neben einer der Töchter stand ein Mann, der seinen Arm auf die Schulter von Madame Lemercier gelegt hatte. Ohne Zweifel war das der hinausgeworfene Trompeter. Steckte etwa ein Familiendrama hinter diesem schrecklichen Mordfall? Vermutlich wusste die Polizei noch gar nichts von der Verbindung des Trompeters zur Familie des Mordopfers. Eine Beobachtung, die Florence demnächst dem Kommissar oder seiner Stellvertreterin mitteilen würde.

Sie nahm das Buch und ging damit zu der Dame an der Kasse. Sollte sie diese nach Monsieur Florentin fragen? Bisher hatte sie ihn noch nirgends entdecken können.

„Ich möchte das gerne kaufen!" Die zuvor strenge Miene der Verkäuferin hellte sich auf. „Eine gute Wahl, Madame! Warten Sie bitte einen Augenblick, ich zeige Ihnen noch ein anderes reizendes Büchlein über den Leiter des Musikfestivals." Konnte es sein, dass sie noch nichts von seinem Tod wusste? Das würde bedeuten, dass Monsieur Florentin heute noch gar nicht im Geschäft gewesen war, denn ansonsten hätte er doch bestimmt von den gestrigen Ereignissen berichtet. Schon war die Dame nach hinten verschwunden und beinahe gleichzeitig öffnete sich die Eingangstür und Monsieur Florentin betrat das Geschäft.

„Ah, Madame Florence, was für eine schöne Überraschung! Ich habe heute schon mit Chantal gefrühstückt. Ich musste doch wissen, ob meine Tochter die gestrigen Aufregungen gut überstanden hat. Die heutige Opernaufführung soll jedenfalls nach wie vor am Abend stattfinden."

„Wie schön für Chantal! Dieses Engagement ist doch wichtig für sie."

„Da haben Sie recht, Madame. Haben Sie schon gehört, dass Bruno Amontero, der bekannte Pianist, als Tatverdächtiger festgenommen wurde?"

„Ja, das habe ich." Sie überlegte, ob sie ihm von dem Gespräch mit Lambert berichten sollte, aber die Verkäuferin war schon wieder mit einem kleinen Buch in der Hand zurück.

„Schauen Sie, Madame! Hier hat ein Mitglied des Orchesters all die Anweisungen, Hinweise und Erklärungen aufgeschrieben, die Monsieur Lemercier seinen Musikern während der Probenarbeiten gibt. Er hat eine sehr originelle und bildgewaltige Ausdrucksweise. Ich selbst fand dieses Buch sehr interessant und amüsant."

Monsieur Florentin mischte sich auf der Stelle ein. „Darf ich vorstellen, Madame Florence. Das ist Monique, meine Schwester, nicht nur eine Bücherenthusiastin, sondern auch eine begabte Malerin."

„Ja", lächelte diese, „und sehr stolz auf ihre Nichte Chantal, denn sie ist die erste Musikerin in der Familie."

„Enchantée!" Florence deutete auf die Bücherwände rings herum. „Dann sind Sie hier als Bücherfreundin ja mitten im Paradies."

In diesem Augenblick läutete bei Florence das Telefon. Sie blickte auf die Nummer und entschuldigte sich kurz. „Oh. Aha. Ja, ich komme, in einer halben Stunde kann ich es schaffen."

Das Gespräch, das sie mit leiser Stimme führte, dauerte keine zwei Minuten. Monsieur Florentin und seine Schwester hatten sich ebenfalls flüsternd unterhalten.

„Es tut mir sehr leid. Ich hätte mich gerne noch länger in Ihrem wunderbaren Geschäft hier umgesehen, Monsieur Florentin, aber ich muss zur Polizeistation!"

Als Florence seinen erschrockenen Gesichtsausdruck sah, fügte sie hinzu: „Nein, nein, ich habe mir nichts zuschulden kommen lassen. Aus irgendeinem Grund braucht man mich als Zeugin."

Das war zwar nur die halbe Wahrheit, aber Florence hielt sich an das ihr von Lambert auferlegte Schweigegebot.

„Da enttäuschen Sie mich, Madame. Ich freute mich so über Ihren Besuch und hätte gehofft, noch ein wenig länger Ihre Anwesenheit genießen zu können." Die Stimme von Monsieur Florentin war derart erfüllt von tiefstem Bedauern, dass ihn seine Schwester neugierig und amüsiert anblickte.

„Ich habe eine Idee!" Er gab noch nicht auf. „Ich fahre Sie mit meinem Peugeot Mini ins Kommissariat. Das ist mein Stadtauto für kleine Lieferungen. Das schlängelt sich recht brav durch unsere schmalen Straßen und wir sind in fünf Minuten dort. Zu Fuß gehen Sie von hier aus an die zwanzig Minuten und das ist bei der Hitze nicht ratsam."

Florence war an diesem Morgen schon genug herummarschiert und nahm das Angebot dankend an. Während ihr Kavalier noch ein paar dringende geschäftliche Fragen mit seiner Schwester zu besprechen hatte, zog sie sich mit den beiden Büchern an den großen Tisch zurück und begann sich in die Persönlichkeit des verstorbenen Dirigenten zu vertiefen. Diese schien recht widersprüchliche Züge aufzuweisen.

Eine Viertelstunde später saß sie in einem kleinen roten Peugeot Cabriolet neben Monsieur Florentin und ließ sich auf Wegen, die nur einem Einheimischen zugänglich waren, zum Polizeikommissariat führen. Einmal musste er sogar aussteigen und vorübergehend einen Poller in die Straße versenken, der die Autos am Weiterfahren hindern sollte. Als Florence sich von Florentin verabschiedete, versprach sie, vor der Opernaufführung am Abend mit ihm essen zu gehen.

10

Der Anruf, den Florence erhalten hatte, war vom Kommissar persönlich gekommen.

„Können Sie in einer halben Stunde hier bei uns sein, Florence?", hatte er mit förmlicher Stimme gesagt und dann deutlich leiser hinzugefügt: „Wir müssen Monsieur Amontero wieder entlassen. Sein Anwalt macht uns die Hölle heiß und jetzt brauche ich tatsächlich noch Ihre Zeugenaussage."

Als Florence nun schon zum zweiten Mal das Polizeirevier betrat, waren alle Beamten bis auf zwei und Lambert ausgeflogen. Letzterer stand am Fenster und hatte offensichtlich auf Florence gewartet. Er nahm sie in Empfang und führte sie zu einem der beiden Kollegen. „Richard, Sie nehmen jetzt wie besprochen die Zeugenaussage von Madame Florence Beaumarie auf! Sie wird bestätigen, dass sie mit Monsieur Amontero vor zwei Tagen am Gare de Lyon in Paris gesprochen hat."

Während Florence dies erledigte, absolvierte Antoine Lambert ans Fensterbrett gelehnt einen Sekundenschlaf. Schon in Paris war er bekannt dafür gewesen, dass er jederzeit im Stehen einschlafen und bald darauf erfrischt wieder aufwachen konnte. Als er sie kurze Zeit später zum Besprechungszimmer führte, war er ganz bei der Sache.

„Es ist so, Florence. Amontero wird in einer Dreiviertelstunde von seiner Managerin abgeholt. Er will das Revier nicht alleine verlassen, weil er Angst vor der Presse hat. Er ist einigermaßen ramponiert und hat daher mein Angebot angenommen, unsere Dusche zu benutzen. Es gibt auch noch einige Formalitäten zu erledigen. Meine Nase sagt mir aber, dass er dennoch in die Sache verwickelt ist. Deshalb will ich Ihnen Gelegenheit geben, seine Bekanntschaft zu machen." Er lächelte und wackelte bedeutungsvoll mit einem Finger. „Noch einmal!"

Einige Zeit später saß Florence im Besprechungsraum einem weltberühmten Pianisten gegenüber, der gerade eine Katze streichelte. Er hatte eine Tasse Kaffee sowie einen Teller mit Sandwiches vor sich stehen, die er aber offensichtlich noch nicht angerührt hatte.

Der Kommissar hatte die scheinbar zufällige Begegnung der beiden geschickt eingefädelt. Mit Schwung hatte er die Tür geöffnet und sogleich den Pianisten angesprochen, der trotz der Dusche ziemlich mitgenommen wirkte.

„Ich darf kurzfristig noch eine Dame zu Ihnen setzen, Monsieur Amontero. Sie ist eine Zeugin und wartet ebenfalls darauf, dass sie ihre Aussage unterschreiben kann. Darf ich Ihnen auch eine Tasse Kaffee bringen lassen, Madame?" Florence hatte genickt und schon war Lambert wieder verschwunden.

Sie hatte den Stier bei den Hörnern gepackt und auf einem Stuhl vis à vis von Amontero Platz genommen.

„Mir scheint, Monsieur, wir kennen uns von einer kurzen Begegnung am Gare de Lyon? Ich fürchte, ich habe mich dort Ihnen gegenüber nicht ganz korrekt verhalten."

Der Pianist hatte nicht reagiert und weiterhin ins Leere gestarrt.

Florence überlegte noch, wie sie am besten Zugang zu Amontero finden konnte, als sich die Tür wieder öffnete und der Kommissar höchstpersönlich den Kaffee vor sie hinstellte. An seiner Seite flitzte eine kleine schwarz-weiße Katze ins Zimmer. „Hoppala", Lambert wandte sich direkt an Monsieur Amontero. „Unsere Revierkatze! Sie wollte unbedingt mitkommen. Darf sie ein Weilchen hierbleiben?"

Der Pianist nickte und seine Miene hellte sich auf. Florence sah erneut eine Chance, ihn aus der Reserve zu locken.

„Monsieur Amontero scheint nicht nur ein großer Pianist, sondern auch ein großer Katzenfreund zu sein. Das ist aber auch eine reizende Katze – schwarz und weiß gestreift wie jene herrlichen Instrumente, auf denen Sie spielen."

„Ja, ja, das ist sie", murmelte er, dann setzte er sich auf und während eine Hand weiterhin den Nacken der Katze kraulte, musterte er Florence wie einen Gegenstand, dessen Existenz ihm erst in diesem Augenblick bewusst wurde. Auf einmal breitete sich ein amüsiertes Grinsen auf seinem Gesicht aus. „Sie waren es doch, die mir am Gare de Lyon das Spielen verweigert hat!"

„Ja, das war ich." Sie hatte sich zu einem schuldbewussten Ton entschlossen. „Jetzt, wo ich weiß, wer Sie sind, tut es mir aufrichtig leid und ich möchte mich dafür entschuldigen."

„Madame, gestatten Sie mir die Bemerkung, dass man niemandem, den die Muse küsst, das Klavierspiel verbieten sollte. Egal ob er ein Pianist ist oder nicht. Ich kenne einen ehemaligen Klavierstudenten, dem ein grausames Schicksal seine Leidenschaft für Euterpe ausgetrieben hat und glauben Sie mir, er ist ein äußerst unglücklicher Mensch geworden. Aber lassen wir das. Ich hatte ohnedies nicht vor, am Bahnhof ein Konzert zu geben. Ehrlich gesagt, habe ich auch nur einen Sitzplatz gesucht. Ihr Müsliriegel hat mir in dem Chaos am Bahnhof übrigens wirklich gutgetan. Selbstgemacht, sagten Sie?"

„Na ja, da habe ich ein bisschen geflunkert. Selbstgemacht war er schon, aber von einer lieben Nachbarin."

Auf einmal fand sie die Situation ziemlich absurd. Da saß sie nun mit einem Pianisten im Hinterzimmer eines Polizeireviers in Avignon und unterhielt sich mit ihm über Müsliriegel. Eigentlich war er sympathisch.

„Was für eine verrückte Situation!" Florence ergriff wieder das Wort. „Zuerst begegnen wir uns zufällig am Gare de Lyon und jetzt sitzen wir uns auf dem Polizeikommissariat in Avignon gegenüber und trinken Kaffee. Sie sind also auch als Zeuge des tragischen Todesfalles gestern Abend geladen worden?"

„Was heißt als Zeuge geladen, Madame! Verhaftet hat man mich und des Mordes an meinem lieben, alten Freund verdächtigt. Natürlich ist das alles lachhaft und mittlerweile hat man das auch eingesehen und mich wieder freigelassen!"

Florence gab sich erstaunt und unwissend. Sie war neugierig auf seine Version der Geschichte.

„Meine Güte! Wie schrecklich für Sie, Monsieur."

„Allerdings, das war eine höchst unangenehme Nacht, aber ich werde es überleben."

„Ich bewundere Ihre Haltung, Monsieur, aber wie kann die Polizei überhaupt auf so etwas kommen. Die müssen hier komplett unfähig sein!"

„Nun ja, ich Esel habe sie ja selbst auf die Spur gebracht. Ich bin gestern gegen Mitternacht noch einmal zur Kirche zurück, weil ich eine Tasche nicht mehr finden konnte, deren Inhalt mir sehr wichtig ist. Vermutlich war ich einer der Letzten, der Stephan noch lebend gesehen hat. Außer dem Mörder natürlich! Ich hatte Stephan vor dem Konzert noch kurz in der Sakristei aufgesucht, um ihm das Notenblatt eines Barockkomponisten zu überbringen. Es war in gewisser Weise dringend. Ich war in Begleitung seiner Frau. Tatsächlich hat er uns beide gleich wieder hinauskomplimentiert. Auf eine äußerst gereizte und unangenehme Weise übrigens. Ob wir denn nicht wüssten, dass er jetzt nicht mehr gestört werden wolle – und die Noten brauche er nicht. Die könne ich gleich wieder mitnehmen. So habe ich ihn nur selten erlebt! Ich war tatsächlich verärgert über seine Reaktion, aber das ist ja um Gottes Willen kein Grund, jemanden umzubringen. Ich habe ihm nichts mehr geantwortet und den Raum sofort wieder verlassen. Madame Lemercier ist dann höchstens noch eine Minute bei ihm drinnen gewesen. In so kurzer Zeit kann man bestimmt niemanden töten. Als sie herauskam, hat sie mich gebeten, ihre Stola zu halten, denn sie wollte sich noch frisch machen. Da muss ich die Tasche abgestellt haben und dann habe ich leider darauf vergessen."

Er machte eine kurze Pause, und als er sah, dass ihn Florence fragend ansah, beendete er seinen Bericht mit den Worten: „Und in der Nacht hing die Tasche in der Nähe der Sakristei auf einem Garderobenständer und dieser Kommissar hat darin die Cellosaite entdeckt, mit der mein armer Freund angeblich ermordet wurde. Keine Ahnung, wie die in meine Tasche gekommen ist."

Schon wieder hielt er sich die Hand vor den Mund und schüttelte dann seinen Kopf.

„Aber was tue ich eigentlich? Warum erzähle ich Ihnen das alles? Ich weiß ja nicht einmal, wer Sie sind!"

„Entschuldigen Sie, Monsieur. Ich fürchte, ich habe mich noch gar nicht vorgestellt. Ich bin Florence Beaumarie, Pariserin, soeben pensioniert und ein großer Fan des Monsieur Lemercier. Deshalb habe ich mir als Einstieg in meine neue Lebensphase eine Reise zum Barockmusikfestival in Avignon gegönnt!"

„Aha, mein Name ist Bruno Amontero, aber das scheinen Sie schon zu wissen. Sind Sie auch im Kulturbereich tätig?"

„Eher im Gegenteil, könnte man wahrscheinlich sagen, denn dort, wo ich gearbeitet habe, war von Kultur nicht oft die Rede. Umso mehr hatte ich in meiner Freizeit ein großes Bedürfnis nach kultureller Erbauung!"

„Sie machen mich neugierig. Welche Tätigkeit haben Sie denn ausgeübt?"

„Nun ja, ich habe in Paris bei der Polizei gearbeitet." Erneut hatte sie eine schuldbewusste Miene aufgesetzt.

„Und jetzt hat man Sie hier auf mich angesetzt, damit Sie noch die letzten Informationen aus mir herausholen?" Monsieur Amontero war offensichtlich ein scharfsinniger Mann und seine Miene war wieder eisig geworden.

„Aber Monsieur, das ganz bestimmt nicht! Meine Anwesenheit hier hat ausschließlich damit zu tun, dass ich gestern während dieser unseligen Vorkommnisse einige Beobachtungen machen konnte. Ich bin wirklich rein privat in Avignon, aber da Sie so offen zu mir waren, bin ich es auch. Ich bin jetzt pensioniert, hatte aber den Ruf, auch komplizierte Morde aufklären zu können, an denen sich viele Kollegen die Zähne ausgebissen haben. Vielleicht kann ich auch hier dazu beitragen, die Wahrheit herauszufinden."

„Daran wäre ich in diesem Fall tatsächlich interessiert. Es liegt mir viel daran, meine zu Unrecht beschmutzte Weste wieder gänzlich rein zu waschen. Auf das Engagement der hiesigen Polizei allein kann und will ich nicht setzen. Dann dürfen Sie aber nur für mich arbeiten! Geld spielt keine Rolle. Nennen Sie mir Ihr Honorar und Sie sind engagiert!"

„Tut mir leid, Monsieur! Honorar will ich bestimmt keines. Ich bin aber interessiert und neugierig genug, auf meine Weise zur Auffindung des wahren Täters beizutragen. Dazu brauche ich so viele Informationen über Monsieur Lemercier und seinen Hintergrund wie nur möglich. Es wäre sehr hilfreich, wenn Sie mir etwas mehr über seine Person und sein Umfeld erzählen könnten. Dass Sie unschuldig sind, glaube ich Ihnen."

„Also gut, Madame. Vielleicht bringt mir die Begegnung mit Ihnen am Gare de Lyon sogar noch Glück. Warten Sie bitte einen Moment! Ich gebe Ihnen meine Karte." Er nahm die protestierende Katze von seinem Schoß, setzte sie vorsichtig auf den Boden und suchte nach seiner Geldbörse. Als er diese gefunden hatte, reichte er Florence eine Visitenkarte.

„Vielen Dank, Monsieur. Auch ich darf Ihnen meine Karte überreichen, aber solange wir noch etwas Zeit haben, möchte ich diese gerne nutzen. Deshalb meine direkte Frage. Haben Sie in letzter Zeit an Monsieur Lemercier oder an seiner Umgebung etwas Auffälliges bemerkt?"

„Aha, die klassische Detektivfrage!" Monsieur Amontero wischte sich den Schweiß von der Stirn, lehnte sich zurück und schloss für einen Moment die Augen. Nach einem Augenblick des Schweigens sagte er: „Ich bin ja erst vorgestern mit dem Zug gekommen, wie Sie wissen. Ich wollte nur zwei Nächte hier in der Stadt verbringen, dem Eröffnungskonzert meines Freundes beiwohnen und dann weiter aufs Land nach Lourmarin fahren. Dort besitze ich ein Haus, in dem ich auch während des Klavierfestivals von La Roque-d'Anthéron wohnen werde. An diesem ersten Abend in der Stadt habe ich noch Stephan und Eliette getroffen. Wir haben im Garten meines Hotels einen Aperitif getrunken. Ich und Eliette einen Pastis, Stephan natürlich nur einen Orangensaft, denn er hatte ja noch eine Probe. Alkohol kommt da für ihn nicht in Frage. Eliette ist etwas früher gegangen – sie wollte noch einkaufen – und Stephan blieb noch zehn Minuten, in denen er sich hauptsächlich über Gabriel Pérou aufgeregt hat. Das ist der Theaterregisseur, dessen Produktion bereits einen Tag nach den beiden Vorstellungen von Stephans Oper beginnt. Als schauderhaft hat er dessen Inszenierung kommentiert. Es gab wohl mehr als eine heftige Auseinandersetzung zwischen ihnen. Stephan hat vermutet, dass dieser Regisseur hinter jenen Personen steckt, die seine Plakate überklebt haben. Ich kenne ihn aber nicht persönlich und es liegt mir fern, ihn eines Mordes zu bezichtigen."

Florence überging seine letzte Bemerkung.

„Ist Ihnen an diesem Abend sonst noch etwas Besonderes an Monsieur Lemercier aufgefallen?"

„Nicht, dass ich wüsste." Er lehnte sich in dem Sessel zurück und schlug seine langen Beine übereinander. Sie kannte dieses Phänomen. Die meisten Leute entspannten sich, wenn sie sich aussprechen konnten. Viel Zeit würde jetzt aber nicht mehr bleiben. Sie beschloss, ihn auf seine Beziehung zur Dirigentengattin anzusprechen.

„Und Madame Lemercier? Sie sagten, dass sie vor dem Konzert ebenfalls noch bei ihrem Mann in der Sakristei war. Sind Sie gleichzeitig mit ihr eingetroffen?"

„Ja, Stephan bat mich, seine Frau in das Konzert zu begleiten. Ich habe sie vom Hotel abgeholt. Das habe ich natürlich schon alles der Polizei erzählt. Die haben durchblicken lassen, dass sie mir ein Verhältnis mit ihr unterstellen. Kompletter Unsinn! Wir haben eine rein freundschaftliche Beziehung. Ihnen kann ich es ja sagen, dass sie es nicht ganz leicht mit ihrem Gatten hatte. Wenn ein Konzert bevorstand, oder gar so ein Ereignis wie dieses Festival, dann führte er sich seiner Umgebung gegenüber wie eine Diva auf. Wie schon erwähnt, durfte er eine Viertelstunde vor dem Konzert überhaupt nicht mehr angesprochen werden. Er trug dann seine Schallschutzkopfhörer und ging mit geschlossenen Augen noch einmal alles durch, seine Tempi, den Beginn der Stücke, die Höhepunkte. Vor allem aber wollte er sich ganz und gar in die Stimmung versenken, die er mit seiner Interpretation zu erzeugen beabsichtigte. Das Ergebnis war ja dann tatsächlich immer brillant."

„Ja, alle seine Aufführungen waren höchst beeindruckend", bemerkte Florence.

„Allerdings. Ohne Zweifel war er eine Klasse für sich."

Florence nickte. „Und Sie, Monsieur? Sie verstehen das natürlich. Sie sind ja ebenfalls ein großer und berühmter Künstler. Haben Sie Monsieur Lemercier bei einer gemeinsamen Arbeit kennen gelernt?"

„Oh nein, wir kennen uns schon ewig. Wir waren bereits während unseres Musikstudiums in Paris befreundet!"

„Wie schön! Eine Jugendfreundschaft also. Wie war denn Monsieur Lemercier so als Student? Hat er sich später sehr verändert?"

„Was Sie alles wissen wollen! Die Frage ist nicht uninteressant. Stephan hat nämlich im Laufe seines Lebens eine Wandlung durchgemacht. Als Student war er ein ziemlich lustiger und wilder Typ." Monsieur Amontero lachte laut auf. „Wenn ich daran denke, wie er damals bei diesem Eissalon am Boulevard Saint-Michel das Reklamefähnchen über dem Portal gestohlen hat und wie wir dann alle zusammen am Polizeirevier gelandet sind. Ich hatte allerdings immer gedacht, dass das mein einziger Kontakt dieser Art mit der Polizei bleiben würde."

In diesem Moment klopfte es an der Tür und gleich darauf erschien der Kopf des Kommissars im Türspalt.

„Eine Mademoiselle McCarthy erwartet Sie draußen, Monsieur Amontero. Sie müssen nur noch Ihre Aussage vorne im Dienstzimmer unterschreiben! Und Sie kommen bitte auch nach vorne, Madame Beaumarie."

Damit war das Gespräch beendet, denn der Pianist hatte es auf einmal furchtbar eilig. Im Dienstzimmer wartete bereits eine junge, recht füllige Dame in weißen Jeans und weißem T-Shirt auf ihn. Er verabschiedete sich mit einer kleinen Verbeugung von Florence und bald darauf verließ er gemeinsam mit seiner Assistentin das Polizeirevier von Avignon. Sie blickte den beiden weiß gekleideten Gestalten nach und fragte sich amüsiert, ob die Farbe Weiß so etwas wie ein Markenzeichen von Amontero und seinem Team war.

11

„Haben Sie von Monsieur Amontero etwas Interessantes erfahren, Florence?"

„Nichts, was uns im Moment weiterhilft, Antoine." Für Florence war es eindeutig noch zu früh, etwas von dem preiszugeben, was sie soeben gehört hatte.

„Aha, immer noch die geheimnisvolle Florence, die erst am Ende ihre Trümpfe ausspielt."

„Nein, Antoine, das stimmt so nicht. Ich habe Sie immer rechtzeitig informiert und Ihnen niemals einen Fall weggeschnappt, falls Sie das meinen. Ich habe nicht viel erfahren, muss mir aber die Worte, die ich mit Amontero gesprochen habe, sicher noch einige Male durch den Kopf gehen lassen."

„Nichts für ungut, Florence. Das verstehe ich schon. Ich wollte nur darauf hinweisen, dass hier in Avignon die Uhren etwas anders ticken als damals in Paris."

„Und daran werde ich mich halten, Antoine. Ich bin hier rein privat und deshalb mache ich jetzt eine Pause und begebe mich in mein Quartier. Ich muss mich ausruhen, denn ich bin nicht mehr die Jüngste und der Vormittag war lang."

„Natürlich Florence, wir bleiben in Kontakt."

Sie war schon bei der Tür, als ihr noch etwas einfiel.

„Eine kurze Frage noch, Commandant", sagte sie leise mit einem Blick auf die zwei anwesenden Polizisten.

Er nickte, schubste sie sanft in die Vorhalle.

„Wir haben den Cellisten genauer unter die Lupe genommen", kam er ihrer Frage zuvor. „Tatsächlich können wir diesen Bertrand Rousseau von der Liste der Verdächtigen streichen. Seine Behauptung, dass er die Cellosaite schon länger vermisst, dürfte stimmen und für die Zeit zwischen 18:45 und 19:00, dem vermuteten

Tatzeitpunkt, hat er ein lückenloses Alibi. Nach der Einspielprobe war er ständig in Begleitung von zwei Kolleginnen und hat mit ihnen noch einen Spaziergang gemacht. Auch sonst haben wir bei ihm keinerlei Verdachtsmomente gefunden. Nein, der Cellist kann nicht der Mörder sein!"

„Sag niemals nie", dachte sich Florence, die vergessen hatte, ihre Frage zu stellen. Sie beließ den Cellisten an seinem Platz auf ihrem imaginären Schachbrett.

Auf dem Weg zu ihrem Quartier kaufte sie sich ein Sandwich, etwas Obst und ein Mineralwasser und eine halbe Stunde später war sie endlich wieder in ihrem Zimmer. Ihrer Gastgeberin war sie am Weg dorthin nicht begegnet. Das Bett war gemacht, das Bad frisch geputzt und die Jalousien heruntergezogen, sodass die Temperatur noch recht angenehm war. Als sie die Jalousie ein kleines Stück nach oben rollte, um Licht hereinzulassen, sah sie, dass auf dem Tisch ein Blatt Papier mit einer handgeschriebenen Botschaft ihrer Wirtin lag.

Liebe Madame Beaumarie,
ist alles in Ordnung? Bitte schauen Sie doch gelegentlich bei mir vorbei! Es würde mich freuen und beruhigen.
Ernestine Robert

Zwei Stunden später saß sie gemeinsam mit Madame Robert in einer großen, altmodisch eingerichteten Küche und sie tranken einen Kaffee, der wesentlich stärker und besser war als der Frühstückskaffee. Zu ihren Füßen der Hund, der sich offensichtlich bereits in den neuen Gast verliebt hatte. Seine Anwesenheit löste in Florence dennoch ein unbehagliches Gefühl aus. Sie erzählte der neugierigen Dame so viel vom gestrigen Abend, wie sie es für verantwortbar hielt. Der Mord an Lemercier hatte sich tatsächlich noch nicht zu ihr herumgesprochen.

„Das ist ja eine furchtbare Geschichte!" Madame war angesichts der Neuigkeiten, die Florence zu bieten hatte, längst damit versöhnt, dass diese morgens nicht zum Frühstück erschienen war. Sie gab sich aber mit dem bisher Gehörten noch nicht zufrieden und begann ausführlich jedes Detail zu besprechen. Um ihren unersättlichen Wissensdurst in andere Bahnen zu lenken, erzählte ihr Florence von ihrer Begegnung mit Monsieur Florentin und dessen Tochter.

„So etwas, Sie kennen bereits Monsieur Florentin? Das ist einer der begehrtesten Junggesellen in der Stadt – zumindest bei älteren Damen. Er ist sehr charmant, aber auch sehr zurückhaltend."

„Ich habe mir heute seine Buchhandlung angeschaut", sagte Florence. „Sehr beeindruckend. Eine Schwester von ihm scheint auch dort zu arbeiten."

„Ja, er hat nur die eine. Wissen Sie, das ist eine alteingesessene Familie." Madame seufzte. „Man sagt, dass ein Fluch auf dieser Sippe liegt. Seit Hunderten von Jahren gibt es immer prunkvolle Hochzeiten, aber keine der dabei geschlossenen Ehen hat gehalten. Die angeheirateten Partner ergreifen regelmäßig die Flucht. Auch der jetzige Monsieur und seine Schwester stehen verlassen da. Eine ihrer Vorfahrinnen hat angeblich einen der Päpste, die hier residiert haben, verführt und seither wird die Familie dafür von allerhöchster Stelle bestraft. Deshalb ist Monsieur Florentin vermutlich Historiker geworden und hat lange im Papstpalast gearbeitet. Die liebe Chantal kann einem jedenfalls leidtun, für sie ist es wohl am besten, sich gar nicht mit Männern einzulassen."

„Sie kennen also die Familie persönlich, Madame Robert?"

„Na ja, ehrlich gesagt mehr vom Hörensagen. Unsere Kreise haben sich noch nicht überschnitten. Aber das kann sich ja noch ändern!"

Sie schaute Florence herausfordernd an, und diese beeilte sich erneut, das Thema zu wechseln. Wenn schon Madame Robert so neugierig war, dann konnte Florence ihrerseits ein wenig Neugierde zeigen. „Wie viele Gäste haben Sie denn derzeit?"

„Mein Haus ist im Sommer immer voll. Außer Ihnen sind es derzeit noch neun Gäste. Für mehr habe ich keinen Platz. Um diese Zeit wohnen auch immer Schauspieler vom Theaterfestival bei mir. Momentan sind es drei. Leider sind es keine großen Stars, sondern junge Leute mit Nebenrollen. Aber es ist recht interessant, was man von ihnen erfährt!"

„Es ist bestimmt spannend, die Leute vom Theater einmal persönlich kennen zu lernen!"

„Ja gewiss." Madame Robert erhob den rechten Zeigefinger und richtete ihn gestikulierend auf Florence. „Ich habe mir schon gedacht, dass Sie auch so eine neugierige Person sind wie ich, Madame. Wenn Sie morgen früh wieder brav zum Frühstück kommen, werde ich Sie zu den Schauspielern setzen. Die frühstücken immer pünktlich um acht, weil sie dann schon zur Probe müssen."

Florence hatte nichts dagegen und da sie fand, dass ihr Besuch schon lange genug gedauert hatte, verabschiedete sie sich und zog sich in ihr Zimmer zurück. Zwei Dinge musste sie noch erledigen, bevor sie sich für das Abendessen mit Monsieur Florentin und für das Konzert zurechtmachte. Lambert musste sie noch über den Hinauswurf des Trompeters am Tag des Mordes und dessen möglicher Verbindung zur Familie Lemercier informieren. Außerdem wollte sie ihn um die Telefonnummer des Chauffeurs von Monsieur Lemercier bitten.

Noch immer spürte sie diese Sehnsucht nach dem Meer in sich und so hatte sie beschlossen, schon am morgigen Tag einen Ausflug an einen naheliegenden Strand machen. So konnte sie sich auch selbst davon abhalten, ihre Ferien ausschließlich mit dem Herumschnüffeln in einem Mordfall zu verbringen.

Als sie sich zwei Stunden später auf den Weg in das von Monsieur Florentin vorgeschlagene Restaurant machte, war alles erledigt. Lambert hatte ihr mit der Telefonnummer des Chauffeurs dienen können. Natürlich war der Chauffeur einvernommen worden und hatte dabei in Form eines polizeilichen Strafmandats sogar einen Beweis für seine Abwesenheit vom Tatort zum Zeitpunkt des Mordes vorlegen können. Er hatte nämlich den Dirigenten vor dem Konzert vor der Kirche abgesetzt und war dann ins Zentrum zurückgefahren, um sich bei einer Tasse Kaffee zu entspannen und ihn später wieder abzuholen. Die Kellnerin des Cafés konnte sich sogar an ihn erinnern. Er hatte irgendwann zwischen halb sieben und sieben seinen Kaffee bestellt und hätte es zu Fuß in dieser Zeit unmöglich bis zum Tatort schaffen können.

„Man sieht, ein Strafmandat kann auch einmal ein Glück sein. Der Chauffeur von Monsieur Lemercier zählt somit nicht zu den dringend Verdächtigen. Sie können gerne mit ihm für einen Tag in Richtung Süden abrauschen, liebe Florence."

Der restliche Abend verlief angenehm. Während eines ausgezeichneten Essens erzählte Monsieur Florentin Anekdoten aus seiner Zeit als Direktor des Papstpalastes. Ihre Vermieterin, Madame Robert, hatte schon recht, er war ein äußerst charmanter und dennoch zurückhaltender Mann. Seine Zurückhaltung gab er allerdings vollständig auf, wenn es um seine Tochter ging. Als während des begeisterten Applauses am Ende der Oper die Dirigentin auf die Trompeter zeigte, sprang er auf und klatschte derart heftig, dass ihm ein Ring vom Finger rutschte, zu Boden fiel und längere Zeit nicht zu finden war. Als er ihn endlich wieder in der Hand hielt, hörte Florence ihn in sich hinein schimpfen: „Dieser verdammte Ring. Höchste Zeit, dass ich ihn weggebe. Es würde auch meiner Chantal kein Glück bringen!" Als sie ihn fragte, was es mit dem Ring auf sich habe, war er kurz angebunden: „Nur ein Familienerbstück."

Die Aufführung von *Médée* war – dirigiert von Madame Petermann – ohne Zwischenfälle verlaufen. Es war eine konzertante Aufführung ohne Kostüme und Bühnenbild. Die Solistinnen trugen prächtige Kleider und gaben ihre Rezitative und Arien auf so ausdrucksstarke Weise zum Besten, dass zusammen mit dem großartigen Orchester und einem wundervollen Chor keine Langeweile aufkommen konnte.

Da die Musikerinnen und Musiker wegen des tragischen Ereignisses auf die sonst übliche Premierenfeier verzichtet hatten, lud Monsieur Florentin Florence und seine Tochter noch auf einen Drink ein. Florence konnte nicht nein sagen und Chantal bat ihren Vater, schon vorauszugehen. Diesmal traf man sich im Café de l'Opéra. Als Chantal zu ihnen stieß, brachte sie einen Kollegen aus dem Orchester mit.

Wie schon am Abend zuvor saß man im Freien. Das Stadtviertel, in dem sich das Théâtre de l'Opéra befand, war äußerst belebt und Florence fiel auf, dass ihnen einige der vorbeiflanierenden Leute neugierige Blicke zuwarfen.

„Man könnte beinahe den Eindruck gewinnen, dass es sich bei unserer kleinen Gruppe um zwei Liebespaare handelt", schoss es Florence durch den Kopf, aber natürlich traf das nur auf Chantal und ihren Begleiter zu. Die beiden tauschten Blicke, die man getrost in die Kategorie „verliebt" einstufen konnte.

Natürlich sprach man auch wieder über Lemercier. Trotz seiner Exzentrizität war er bei den Musikern äußerst beliebt gewesen und während der Proben immer freundlich und höflich geblieben.

Als Florence erklärte, dass sie anderntags früh aufstehen müsse und eine Fahrt ans Meer plane, ließ Monsieur Florentin es sich nicht nehmen, sie erneut nach Hause zu begleiten. Er fand es äußerst bedauerlich, sie am nächsten Tag nicht sehen zu können und insgeheim gestand sich Florence ein, dass auch sie dies bedauerte.

FUGE

12

Angenehm kühl war es in dem Mercedes mit den abgedunkelten Scheiben. Lautlos glitt er über die A7 Richtung Süden.

„Fast zu luxuriös für eine wie dich", hörte Florence eine innere Stimme flüstern, in der sie unschwer Tante Odette erkannte. Sie klopfte sich selbst auf die Finger. Nach all diesen Aufregungen musste ihr dieser kleine Luxus gegönnt sein.

Wie versprochen hatte Madame Robert sie an den Frühstückstisch gesetzt, an dem auch zwei Schauspieler und eine Schauspielerin des Theaterfestivals Platz genommen hatten. Sie hatte sich mit den jungen Leuten bekannt gemacht und ihnen von den überklebten Plakaten berichtet. Zeit, sich diesem Thema ausführlicher zu widmen, war aber keine mehr geblieben, da sie ihr Chauffeur früher als angekündigt abgeholt hatte. Tristan, der Wortführer der drei, hatte dies bedauert. „Wir sind auch morgen wieder da", hatte er ihr beim Abschied zugerufen.

Monsieur André war am gestrigen Abend hocherfreut gewesen, als Florence ihn gefragt hatte, ob er sie ans Meer chauffieren würde. Sie hatte darauf bestanden, ihn für diesen Dienst angemessen zu bezahlen, aber er hatte anfangs davon nichts hören wollen. Einer so charmanten Dame einen Dienst zu erweisen, sei für ihn reines Vergnügen. Als sie ihn schließlich dazu überredet hatte, bestand er darauf, dass sie als zahlender Gast im Fond des Wagens zu sitzen hatte. Auch Lemercier sei immer hinten gesessen. Florence wäre es vorne lieber gewesen. Da hätte sie einen weiten und freien Blick auf einen unglaublich blauen Himmel und auf eine Landschaft gehabt, die in einer berauschenden Farbpalette an ihr vorüberzog. Die rückwärtigen Fensterscheiben waren getönt und sie blickte stattdessen auf kleinere Ausschnitte der Gegend mit einem eleganten Stich ins Blaugraue. Für einen Dirigenten, der während der Fahrt in Ruhe arbeiten wollte, war das vermutlich ideal gewesen. Natürlich hatte Florence bei der Wahl ihres Chauffeurs auch einen Hintergedanken gehabt. Dass er, was das Mordopfer betraf, eine gute Informationsquelle war, wusste sie bereits. Eine mindestens einstündige Autofahrt war eine ideale Gelegenheit, diese Quelle zu nutzen. Anfangs wirkte er reserviert und müde. Er berichtete, dass Madame Lemercier ihn überraschend gebeten hatte, noch einige Wochen für sie zu arbeiten, dass sie ihm aber für heute freigegeben habe. Seine Gesprächsbereitschaft wuchs jedoch mit jedem Kilometer, mit dem sie sich der Südküste Frankreichs näherten. Als sie ihn fragte, wohin sein Chef üblicherweise chauffiert werden wollte, antwortete er:

„In das Haus am Meer natürlich!"

„Ein Haus am Meer? Wo denn? In den Calanques?"

Sie hatte ihren Reiseführer studiert und ihn gebeten, sie in die Calanques bei Marseille zu chauffieren, eine Gegend, die so reizend beschrieben war – tiefblaues Meer, romantisch zerklüftete Felsen, pastellfarbene Häuschen – dass sie sie unbedingt sehen wollte.

„Nein, nicht direkt", kam die Antwort, „das Haus liegt in Sanary-sur-Mer, am Rande der Calanques, aber eigentlich ist es nicht sein Haus, sondern ihres." Eine leise Verachtung lag in seiner Stimme. „Ein solches Anwesen direkt am Strand hätte sich selbst ein so erfolgreicher Dirigent wie er nicht leisten können. Madame hingegen entstammt einer der reichsten Familien Frankreichs und hat dieses Anwesen in die Ehe miteingebracht. Wenn Sie wollen, kann ich es Ihnen zeigen. Es liegt in einer schönen kleinen Bucht."

Natürlich nahm sie das Angebot an. Monsieur Andrés Stimmung wurde immer besser und sie getraute sich, ihm weitere Fragen zu stellen.

„Arbeiten Sie nur für ihn oder auch für andere Leute?", fragte sie.

„Natürlich nicht nur für ihn, davon könnte ich nicht leben. Normalerweise fahre ich Taxi in Paris. Dort war er schon seit langem mein Stammgast! Eines Tages hat er mich gefragt, ob ich im Sommer diesen Job hier übernehmen möchte! Das war ungefähr vor sieben Jahren."

„Interessant! Dann hat Monsieur Lemercier Sie und Ihre Fahrkünste wohl besonders geschätzt."

„Das kann man wohl so sagen. Eine Beziehung zu einem Fahrgast ist aber keine Ehe und in erster Linie hat er mich als Chauffeur benötigt. Das können Sie mir glauben!"

Für eine Weile schwiegen beide und obwohl die Straße kurvenreicher wurde, hatte Florence den Eindruck, dass sie nun schneller fuhren. Das hatte Folgen. In einer scharfen Kurve war ein dumpfer Schlag im rückwärtigen Teil des Wagens zu hören und beinahe wäre das Luxusgefährt ins Schleudern geraten. Monsieur André fluchte. „Mist! Das Reserverad." Gleich darauf hatte er sich wieder in der Gewalt.

„Pardon, Madame", er neigte den Kopf schräg nach hinten. „Das Reserverad ist schon wieder aus der Halterung gerutscht.

Sie beugte sich ein kleines Stück nach vorne. „Sollen wir anhalten?"

„Nein, nein, nicht nötig. Ich kann das später in Ordnung bringen."

Er fuhr nun wieder langsamer und Florence war mit ihren Fragen noch nicht am Ende.

„Ist es aber nicht so, Monsieur", sie beugte sich nach vorne, „dass man sehr viel über einen Menschen erfährt, dem man über lange Zeit so nahe ist wie im Innenraum eines Autos? Auf längeren Fahrten haben Sie sich doch bestimmt mit ihm unterhalten."

„Sie sind ganz schön neugierig, Madame Beaumarie!" Er hatte sich kurz zu ihr umgedreht und schaute sie beinahe liebevoll an.

„Oh Gott ja, das bin ich! Sie haben mich erwischt! Aber ehren wir nicht das Andenken eines Menschen, indem wir uns über seinen Tod hinaus für ihn interessieren? Als großer Fan von Monsieur Lemercier möchte ich verständlicherweise möglichst viel über ihn wissen. Nicht nur Popstars haben ihre Groupies, sondern auch die Stars der klassischen Musik!"

„Wie wahr, wie wahr", brummte er vor sich hin. „Dann stellen Sie schon Ihre Fragen. In zwanzig Minuten sind wir in Sanary-sur-Mer. Dort können Sie Ihre Neugierde noch weiter befriedigen."

„Können Sie in sein Haus hinein?"

„Natürlich kann ich das nicht. Was glauben Sie denn? Wer wird denn den Sicherheitscode seiner Alarmanlage einem Chauffeur verraten?"

„Aber wie es drinnen ausschaut, wissen Sie schon?"

„Ich war erst vor kurzem wieder dort, sogar bei einem Fest. Die Lemerciers haben als Auftakt zum Festival in Avignon eine Gesellschaft gegeben und mich dazu eingeladen!"

Der Stolz in seiner Stimme war unüberhörbar und Florence nützte dies, um noch mehr über das persönliche Umfeld von Lemercier zu erfahren. Vielleicht war bei diesem Fest ja auch schon dessen zukünftiger Mörder anwesend gewesen?

Das Fest hatte am späteren Nachmittag begonnen und bis tief in die Nacht hinein gedauert. Es hatte ein opulentes Buffet gegeben und es war reichlich Alkohol geflossen. Die Lemerciers hatten persönliche Freunde und einige auserwählte Orchestermitglieder eingeladen, darunter die Konzertmeisterin Madame Petermann und den ersten Cellisten. Einige der Gäste hatten im Haus übernachtet. Lemercier selbst hatte sich schon relativ früh von der Gesellschaft verabschiedet. Auch Monsieur Amontero, der berühmte Pianist, war da gewesen und hatte genauso wie Madame Petermann in der Villa genächtigt. Von den Kulturverantwortlichen der Stadt Avignon war trotz Einladung niemand gekommen. Der einzige Vertreter von Seiten der Veranstalter war der Pfarrer der Kirche gewesen, in der das fatale Konzert stattgefunden hatte. Er war gerade noch rechtzeitig zum Buffet eingetroffen.

Interessant für Florence war, dass der Trompeter, dessen Platz Chantal eingenommen hatte, ebenfalls Gast gewesen war. Er hieß Luc Daillon, hatte Sybille, eine Tochter Lemerciers aus erster Ehe geheiratet und war somit dessen Schwiegersohn. Monsieur André konnte ihn nicht leiden und hatte ihn im Verdacht, mit seiner angeheirateten Schwiegermutter Eliette ins Bett gestiegen zu sein, was er unverblümt aussprach. Es war offensichtlich, dass er auch sie nicht mochte. Sein respektvoller Ton gegenüber Lemercier und seiner Familie wurde jedes Mal ein wenig abfällig, wenn er von ihr sprach.

„Geld hat diese Eliette ja genug in die Ehe eingebracht, aber ob das für eine dauerhafte Beziehung mit einem so gebildeten Menschen wie unser Meister es war, reichte, bezweifle ich. Gerade in letzter Zeit hatte ich den Eindruck, dass Madame einen Ehemann, der sich nur für seine Kunst und immer weniger für sie interessierte, ganz gerne wieder losgeworden wäre."

Erneut beugte sich Florence ein Stück nach vorne und fragte in verschwörerischem Tonfall: „Monsieur, glauben Sie denn, dass sie vielleicht etwas mit seiner Ermordung zu tun haben könnte?"

„Nein, das glaube ich nicht." Jetzt war er wieder empört. „Nach allem, was ich über den Ablauf des Verbrechens erfahren habe, hatte sie auch gar keine Gelegenheit dazu."

Er deutete mit der Hand nach vorne. „Sehen Sie, da unten sieht man durch die Bäume hindurch schon das Meer. Dort liegt auch die Villa der Lemerciers. Wir sind da."

Schon war der Wagen eine steile Straße hinuntergerollt und hatte auf einem kleinen Parkplatz angehalten, von dem aus es nur mehr wenige Schritte zum Wasser waren. Auf einmal hatte Florence Angst, auszusteigen. Sie war in ihrem Leben einige Male mit ihrem Sohn am Atlantik gewesen, aber das Mittelmeer hatte sie noch nie gesehen. Ihr letzter, kurzer Aufenthalt mit Michel in der Normandie musste nun auch schon wieder mehr als fünfzehn Jahre zurück liegen. Als leidenschaftliche Cineastin hatte sie in ihrem Pariser Lieblingskino, dem Cinéma du Panthéon, zahllose Filme gesehen, deren Schauplatz die Côte d'Azur war. Würde die Realität ihrer Illusion standhalten können?

Sie blieb lieber noch einen Augenblick im Auto sitzen. Gerade so lange, bis Monsieur André aussteigen, den Wagen umrunden und ihr – ganz der galante Chauffeur – die Türe öffnen konnte. Aus dem dunklen Wageninneren ins gleißende Sonnenlicht! Das Meer war nur wenige Meter entfernt und von einem so unglaublichen

Blau, dass Florence vermeinte, in einem ihrer Kinofilme gelandet zu sein. Die Realität hatte aber mehr zu bieten. Die Luft wie ein Gespinst aus feinster Seide und trotz der Hitze ein Gefühl von Frische! Der Geruch von Fischen und ... was noch? Konnte man denn Salz riechen?

Sie hörte, wie Monsieur André sich räusperte.

„Ich kann Ihnen die Villa von außen zeigen, Madame. Dann lasse ich Sie alleine. Monsieur Lemercier hat für mich in Sanary-sur-Mer ein kleines Zimmer gemietet. Ich würde Ihnen ja gerne das Städtchen zeigen, aber ich habe einiges zu erledigen. Wir können aber gerne noch irgendwo anders hinfahren."

Florence lehnte dankend ab. Sie wollte keine Gesellschaft. Das hier war spannend genug. Er empfahl ihr, in einem der vielen guten Lokale in Sanary-sur-Mer zu Mittag zu essen und versprach, sie um fünf Uhr nachmittags am Portal der Kirche wieder abzuholen. Es seien nur etwa zwanzig Gehminuten von hier in den Ort.

Die Villa versteckte sich hinter hohen Zypressen. „Viel ist durch diese Bäume ja vom Haus nicht zu sehen", sagte er bedauernd, „aber es gibt noch etwas anderes. Das Grundstück ist durch die Zufahrtsstraße zweigeteilt. Im unteren und kleineren Teil des Gartens liegt das dazugehörige Bootshaus. Eine Rarität, denn es gibt nur ganz wenige private Bootshäuser hier an der Küste. Mein Chef war so großzügig und hat mir für den Fall, dass ich einmal länger auf ihn warten muss und eine Runde schwimmen möchte, gezeigt, wo der Schlüssel versteckt ist. Und deshalb Madame" – er machte eine kurze Pause und sah sie gespannt und erwartungsvoll an – „können Sie es sich auf der Terrasse des Bootshauses bequem machen. Sie dürfen nur nachher das Absperren nicht vergessen. Ich zeige Ihnen jetzt, wo der Schlüssel sich befindet."

„Sehr großzügig Monsieur, aber ich weiß nicht, ob ich das annehmen kann", sagte Florence der Höflichkeit halber. Natürlich wollte sie den Schlüssel haben!

„Ich kann doch so eine charmante Dame nicht einfach in dieser Hitze hier stehen lassen. Heute kommt sicher niemand von der Familie her." Nicht zum ersten Mal hatte sie das Gefühl, dass er mit ihr flirtete. Sie nahm den Schlüssel entgegen und bald darauf stieg er wieder in seinen Dienstwagen. Ein netter Mann! Man konnte verstehen, warum ihm der Meister so lange die Treue gehalten hatte.

13

Welche höheren Mächte sich wohl diese Konstellation für Florence Beaumarie ausgedacht hatten? Sie war nicht nur, wie gewünscht, am Meer, sondern auch an einem Ort gelandet, der für die Auflösung ihres aktuellen Kriminalfalles möglicherweise von Bedeutung war.

„Merci! Gut gemacht!" Florence deutete mit ihrem Daumen in Richtung Himmel und nickte anerkennend.

Seit einer Stunde saß sie auf der hölzernen Terrasse des Bootshauses in einem altmodischen, gelb und blau gestreiften Liegestuhl und dachte gar nicht daran, sich in absehbarer Zeit wieder daraus zu erheben. Für den Fall, dass sie hungrig werden würde, hatte ihr Madame Robert sogar einen kleinen Imbiss auf die Reise mitgegeben.

Sanfte Wellen rollten an den Bootssteg heran und schaukelten vergnügt zu ihren Füßen, ehe sie sich ermattet zur Ruhe legten. Herrlich! Nur sie und das Meer! Hoffentlich blieb sie noch länger hier allein.

Ihr Handy läutete. „Mist! Nicht abheben, Florence!"

Die Selbstbeschwörung half nicht. Schon hatte sie den Störenfried in der Hand, der die Anfangstakte aus Vivaldis *Vier Jahreszeiten* dudelte. Das Display zeigte die Nummer Lamberts.

„Bonjour Antoine!"

„Bingo Florence! Der Trompeter könnte tatsächlich eine heiße Spur sein. Der Hinweis war wichtig. Ich fühle mich wie in unseren gemeinsamen Pariser Zeiten!"

„Wie schön, Commandant – und ich fühle mich wie im Paradies. Wenn Sie wüssten, wo ich bin!"

„Hoffentlich nicht schon wieder in Paris, Florence. Ich brauche Sie hier!"

„Wenn das so ist, dann werden Sie demnächst eine Honorarnote von mir bekommen! Aber nein, in Paris bin ich nicht. Ich genieße das Leben und sitze in einem Liegestuhl am Meer. Wenn Sie brav sind, sage ich Ihnen auch, wo genau."

„Spannen Sie mich nicht auf die Folter, Florence, und rücken Sie schon damit heraus!"

„Ich befinde mich in Sanary-sur-Mer." Sie machte eine kleine Pause, um die Situation auszukosten. „Und zwar auf einem Bootssteg, der zum Anwesen eines gewissen Monsieur Lemercier gehört. Leider kann ich nicht in das Haus hinein!"

Keine Antwort. „Jetzt hat es ihm die Sprache verschlagen", dachte Florence und grinste.

„Florence, jetzt werden Sie mir unheimlich. Wenn Sie dort jetzt nicht ganz schnell wegfahren, werden Sie demnächst Leonie Perrin über den Weg laufen. Sie kennen sie bereits, meine Stellvertreterin! Wir müssen jetzt das Privatleben der Lemerciers unter die Lupe nehmen und sie wird sich die Villa anschauen."

„Commissaire Perrin hat also einen Durchsuchungsbefehl?"

„Nein, den benötigt sie nicht! Madame Lemercier hat uns bereitwillig den Schlüssel und den Sicherheitscode gegeben und ist insgesamt sehr kooperativ."

„Perrin kommt allein? Die Vorschrift erfordert doch zwei Personen für eine Hausdurchsuchung."

„Das stimmt schon Florence. Moderne Zeiten! Ich werde via Skype dabei sein, wenn Commissaire Perrin durch das Haus geht. Hier in Avignon ist schon wieder die Hölle los und ich kann keine zweite Person entbehren. Es gibt nämlich leider noch einen Grund, warum ich Sie anrufe!"

Florence spürte, wie sich ihr Blick auf all die Herrlichkeit um sie herum trübte. Ein leichtes Schaudern! Ein Gefühl der Bedrohung! Seine Stimme verriet ihr sofort, dass wieder etwas passiert sein musste.

„Florence! Madame Petermann, die Konzertmeisterin, ist unter höchst dubiosen Umständen verschwunden. Sie ist heute Morgen nicht zur Probe erschienen und nach einer Stunde des Wartens hat uns eine der Musikerinnen angerufen. Bis jetzt ist sie nicht wiederaufgetaucht."

„Mon Dieu! Sie war doch so stolz darauf, endlich in die Rolle der Dirigentin schlüpfen zu können! Da würde sie doch nicht freiwillig der Probe fernbleiben. Von welchen Umständen sprechen Sie denn?"

„Wir haben natürlich gleich in ihrem Hotel nachgeschaut. Die Tür ihres Zimmers war versperrt. Der Hotelportier ist mit uns hinauf und hat geöffnet. Das Zimmer war durchsucht worden, jemand hat ein riesiges Chaos hinterlassen. Von Madame Petermann keine Spur! Das Bett war offensichtlich unberührt. Alles sehr seltsam. Der Inhalt von zwei Koffern lag verstreut über den ganzen Boden verteilt ... Sie können es sich wohl vorstellen!"

„War ihre Violine noch da?"

„Ihre Violine? Du lieber Himmel! An die haben wir noch gar nicht gedacht, aber im Zimmer war sie bestimmt nicht."

„Madame Petermann hat gewiss eine wertvolle Violine. Jemand könnte es auf das Instrument abgesehen haben, aber natürlich ist ein Zusammenhang mit dem Verbrechen an Lemercier auch nicht auszuschließen."

„Ein wichtiger Hinweis, Florence. Danke! Wie schon gesagt. Sie sind unbezahlbar."

„Wenn Sie das so sehen, könnte es vielleicht auch ganz nützlich sein, wenn ich Ihre Stellvertreterin bei der Durchsuchung der Villa begleiten würde. Sie wissen: Vier Augen sehen mehr als zwei. Vielleicht können Sie sie dazu überreden!"

Er stöhnte. „Na gut Florence, ich werde es versuchen. Ich melde mich wieder."

Florence blieb versteinert in ihrem Liegestuhl sitzen. Die Idylle um sie herum hatte Risse bekommen. Sie rieb sich die Augen. Gerade noch hatte sie die Mithilfe bei der Aufklärung des Mordes an dem Dirigenten als interessantes Abenteuer empfunden. Wenn aber jetzt auch noch Madame Petermann etwas zugestoßen war, dann nahm das ganze Geschehen noch weitaus bedrohlichere Formen an.

Sie schaute auf das Meer, in dem sich das Blau des Himmels spiegelte. Diese Weite – wie beeindruckend! Und da oben spielte also der Herrgott wieder einmal Schach. Na ja, das war wohl eher der Teufel. Das Schachbrett erschien vor ihren Augen. Da hatte sich soeben die Konstellation verändert. Die Figur der Madame Petermann war verschwunden. Warum nur hatte sie das Gefühl, dass auch sie nicht mehr lebte? Man musste solche Gefühle zwar ernst nehmen, aber sie konnten einen auch in die Irre führen. In einer Hinsicht war sie sich aber sicher. Zwischen dem Mord an Monsieur Lemercier und dem Verschwinden von Madame Petermann musste ein Zusammenhang bestehen.

Wieder läutete das Handy. Sie durfte tatsächlich Leonie Perrin in die Villa begleiten. Die war heute in Zivil – Caprihose und ein rosa Polohemd – und begegnete Florence mit einem gewissen Respekt, erklärte ihr aber sofort, dass sie zwar als Begleitperson willkommen, die Durchsuchung der Villa jedoch ausschließlich ihr Job sei.

Als sie die überdimensionierte Eingangshalle der Villa betraten, stellte Perrin die Verbindung zu ihrem Chef via Skype her. Florence stand neben ihr, winkte ihm kurz zu und ließ dann die Umgebung auf sich wirken. Ziemlich unpersönlich und protzig! Die Einrichtung war schon in die Jahre gekommen. Sie erinnerte sie an alte Hollywoodfilme. Genauso hatten in den Filmen der frühen Siebzigerjahre die Villen der Reichen ausgeschaut. Eine Ausnahme bildeten nur der Arbeitsraum des Dirigenten und das große Privatzimmer seiner Gattin, das sich im ersten Stock befand. Gerade letzteres hätte Florence gerne genauer untersucht. Sie hatte das Gefühl, dass die sonst so genaue und versierte Leonie Perrin hier etwas übersehen hatte. Deshalb griff sie nach dem Verlassen dieses Raumes zur ältesten Ausrede der Welt. Sie müsse dringend auf die Toilette. Zu ihrer Überraschung nickte Leonie Perrin verständnisvoll und sagte, sie würde schon mit der Durchsuchung der unteren Räume anfangen.

Die Einrichtung des Raumes, den Florence gleich darauf betrat, war in Weiß, hellem Grün und elegantem Grau gehalten. Dem Eingang gegenüber befand sich eine dreiteilige Flügeltür, die auf eine Terrasse hinausführte. Die heruntergelassenen Rollläden gewährten genug Durchblick, um das Blau des Meeres erkennen zu lassen. Ein großer, moderner Schaukelstuhl auf metallenen Kufen war genau davor platziert. Daneben stand ein kleineres Rokokotischchen, auf dem Michel Houellebecqs neuestes Buch *Unterwerfung* lag. Ein entzückender und gewiss echt antiker Bonheurs-du-jour, ein zierlicher Damenschreibtisch, befand sich an der Wand daneben, davor ein Rokokosessel und darüber ein großes abstraktes Gemälde in leuchtend grünen und gelben Tönen. Die vordergründige Heiterkeit dieses Bildes erhielt durch züngelnde schwarzrote Farbspritzer eine bedrohliche Note. Ein mannshoher schmaler Spiegel, umrahmt von einer schlichten silbernen und goldenen Leiste, war im passenden Abstand daneben angebracht. Die gegenüberliegende Seite des Zimmers war gänzlich verspiegelt und korrespondierte mit dem Spiegel an der Wand vis-a-vis. Das Ganze erinnerte Florence ein wenig an den Spiegelsaal von Schloss Versailles, denn die beiden Spiegel ließen, aus der richtigen Perspektive betrachtet, den großen Raum wie eine unendliche Zimmerflucht erscheinen.

Leonie Perrin, die in diesem Raum einen Tresor vermutet, aber keinen gefunden hatte, hatte entdeckt, dass sich die Spiegelwand zur Seite schieben ließ. Dahinter war ein geräumiger Schrankraum zum Vorschein gekommen, angefüllt bis oben mit der Sommergarderobe von Madame. An seiner Rückseite gab es noch eine Art Tapetentür, die in ein angrenzendes Schlafzimmer führte. Eine weitere Tür führte auf den Gang hinaus und war abgesperrt. Außer einem riesengroßen frisch bezogenen Bett und einem Designersessel befand sich nichts in dem vorwiegend in Lavendeltönen gehaltenen Raum. Offensichtlich wurde er alleine von Eliette Lemercier benutzt, denn das Schlafzimmer ihres Gatten hatten sie bereits entdeckt. Da wir dort ließen die Kleiderschränke, aber auch die Art der Einrichtung darauf schließen, dass das Ehepaar getrennte Schlafzimmer hatte.

Etwas hatte Florence bei der ersten Besichtigung stutzig gemacht. Sie betrat den begehbaren Kleiderschrank und untersuchte ein hölzernes Podest, auf dem ein Wäschekorb stand. Obwohl das Podest massiv war und keinerlei Griffe oder Scharniere besaß, hatte sie das Gefühl, dass sich dahinter noch etwas anderes verbarg. Tatsächlich ließ sich nach einigem Herumprobieren ein Teil der Vorderwand zur Seite schieben. Als diese einrastete, flammte ein Lämpchen auf und erhellte das Innere. Hier also befand sich der vermutete Tresor, in dem Madame ihren Schmuck und ihre Wertsachen aufbewahren konnte. Florence war zwar prinzipiell dazu in der Lage, ein einfaches Tresorschloss zu knacken, hatte momentan aber nicht genug Zeit. Zusätzlich gab es noch einige leicht zu öffnende Laden im Schrank und diese enthielten ebenfalls Interessantes. Oh là là, Madame besaß eine hübsche kleine Auswahl an ledernen Riemen und Peitschen, deren Zweck unschwer zu erraten war. In einem Fach befand sich außerdem eine Mappe mit Fotos, die vielversprechende Einblicke in ihr Privatleben boten. Auf einigen davon war Eliette Lemercier auf einer Yacht zu sehen, nur einmal an der Seite ihres Ehemannes, sonst aber in Begleitung einer Reihe von Männern, von denen einige recht prominent waren.

Es war höchste Zeit für Florence, sich wieder der Kommissarin aus Avignon anzuschließen. Die war mittlerweile im Arbeitszimmer des Dirigenten angelangt, welches sie gerade hastig, aber offensichtlich ohne Ergebnis durchsuchte. Es befand sich neben dem großen, repräsentativen Salon im Erdgeschoss und war nun tatsächlich eine ausschließlich der Kunst gewidmete heilige Halle. Zusätzlich zu einem großen Flügel im Salon gab es hier noch ein kleineres Klavier und an den Wänden hingen Bilder von berühmten Komponisten und eingerahmte alte Notenschriften. Stapel mit Noten lagen überall herum. Florence sichtete die Partitur einer Oper, deren Aufführung sie im vergangenen Winter erlebt hatte. Auf einem Tischchen entdeckte sie einige handschriftlich beschriebene Notenblätter, die mit dem Namen des Meisters signiert waren. Offensichtlich hatte er sich auch im Komponieren versucht. In diesem Raum überkam sie eine seltsame Scheu, das Allerheiligste des von ihr verehrten Künstlers zu beflecken.

„Kommen Sie", rief die Kommissarin ihr zu und drängte zum Aufbruch. „Es gibt neue Entwicklungen in Avignon und der Chef braucht mich." Sie hatte es eilig und ließ sich nicht weiter über die neuen Entwicklungen aus. Ihre anfängliche Haltung gegenüber Florence hatte sich nicht geändert. Sie hatte ihr die Rolle der Statistin zugewiesen und dabei war es geblieben. Florence sah daher auch keine Veranlassung, sie über das, was sie im Zimmer der Madame Lemercier entdeckt hatte, zu informieren. Besonders ergiebig war der Ausflug von Leonie Perrin hierher ja nicht gewesen, aber wenigstens würde sie ihrem Chef von den getrennten Schlafzimmern des Ehepaares Lemercier, aber auch davon berichten können, dass es im Haus der Lemerciers keinerlei Spuren einer Anne-Marie Petermann gäbe.

14

Ziemlich ermattet lag Florence um die späte Mittagsstunde herum wieder in einem Liegestuhl. Diesmal hatte sie sich aber in das Bootshaus zurückgezogen, dessen eine Seite zum Meer hin offen war. So schlicht dieser Pfahlbau, in dem zwei Motorboote vor Anker lagen, von außen auch aussah, so modern und luxuriös war er innen ausgestattet. Über eine mit mehreren leuchtenden Spots bestückte Wand aus Natursteinen rieselte beständig kühles Wasser und direkt davor stand auf einer hölzernen Plattform eine ausladende Garnitur mit Gartenliegen und Stühlen. Kein Zweifel, hier befand man sich bei den Reichen und Schönen.

Florence konnte es nicht mehr erwarten, die Fotografien genauer unter die Lupe zu nehmen. Erst jetzt überkam sie ein schlechtes Gewissen. Sie würde kaum eine Gelegenheit haben, die Bilder wieder an ihren angestammten Platz zu legen und tadelte sich selbst für ihre Unvernunft.

Das hatte sie aber bald darauf wieder vergessen, denn die Fotos boten höchst interessante Einblicke in das private Leben von Eliette Lemercier. Die wenigen Bilder, die noch aus der Zeit vor ihrer Heirat mit dem Dirigenten stammten, waren rasch aussortiert. Interessant daran war, dass Eliette darauf mehrmals in einer recht intimen Situation mit einem berühmten französischen Filmschauspieler zu sehen war. Eines steckte in einem Papierrahmen und fühlte sich dicker an als die anderen. Als Florence den Rahmen auseinandernahm, förderte sie ein weiteres Bild zu Tage, das beinahe mit dem darüber liegenden Foto identisch war, mit dem kleinen Unterschied, dass Eliette und ihr berühmter Liebhaber nun beide nackt waren.

„Man kann schließlich nie wissen, wofür man so ein Bild noch brauchen kann", dachte Florence und widmete sich den anderen Fotos, die eine ältere und reifere, aber immer noch höchst attraktive Madame Lemercier zeigten. Auch hier war es unübersehbar, dass Eliette ein Faible für interessante Männer hatte. Nur auf einem der Bilder sah man auch ihren Gatten, der Rest erschien Florence wie eine Sammlung von Jagdtrophäen. Sie zeigten allesamt die Dirigentengattin in einem engen und freundschaftlichen Kontakt mit mindestens fünf verschiedenen Männern, darunter mehrmals auch den Trompete spielenden Luc und – ja tatsächlich – Bruno Amontero.

Florence sortierte die Bilder aus und legte alle, die Eliette Lemercier mit bekannten Personen zeigten, obenauf. Dann steckte sie sie wieder in ihren Rucksack, entnahm diesem die mitgebrachten Sandwiches und das kleine Fläschchen mit Champagner, das ihr Madame Robert mit den Worten „Damit müssen Sie Ihre Begegnung mit dem Meer feiern" mitgegeben hatte. Dann lehnte sie sich in ihrer Strandliege zurück, aß ihre Brötchen und prostete dem Meer zu.

Natürlich läutete sogleich wieder ihr Handy, aber diesmal ließ sie sich nicht verführen, legte die Beine hoch und den Kopf in den Nacken und machte ein Nickerchen. Danach brauchte sie unbedingt einen Kaffee. Das kleine Paradies hier war aber nicht perfekt, denn sie fand keine Kaffeemaschine. Den musste sie dann eben in Sanary-sur-Mer trinken. Sie sperrte ab und machte sich auf den Weg in jene Richtung, die ihr Monsieur André angegeben hatte. Bald erblickte sie in der Ferne einen schlanken Kirchturm in Rosa und Weiß. Schließlich erreichte sie ein Hafenbecken, in dessen tiefblauem Wasser bunt gestrichene Fischerboote und

Segelschiffe schaukelten und das von pastellfarbenen Häusern gesäumt war. Auch etliche Cafés und Restaurants gab es hier. Erhitzt von der Wanderung zur heißesten Stunde des Tages, suchte sie das erstbeste Café auf und bestellte einen Cappuccino. Der Anruf, den sie im Bootshaus erhalten hatte, fiel ihr ein und als sie nachschaute bemerkte sie, dass mittlerweile drei weitere Anrufe auf ihrem Handy eingegangen waren. Zwei der Anrufer hatten ihr auf die Mobilbox gesprochen. Sie lachte laut auf, als sie die beiden Nachrichten abhörte. „Es sieht so aus, als würden mich hier im Süden mittlerweile schon zwei bedeutsame Männer begehren, wenn auch aus unterschiedlichen Gründen ... und als hätten die sich sogar untereinander abgesprochen!"

Die erste Nachricht war nämlich von Monsieur Amontero: „Haben Sie schon etwas Neues herausgefunden, Madame Florence? Falls Sie es noch nicht wissen, jetzt ist auch Madame Petermann, die Konzertmeisterin, verschwunden und die Polizei war erneut bei mir. Ich muss mich jedoch auf meine beiden Konzerte im Rahmen des Festivals von La Roque-d'Anthéron konzentrieren und lange halten meine Nerven diese Aufregungen nicht mehr aus. Das erste Konzert ist am Samstag auf der Waldbühne in La Roque, das zweite am Sonntagvormittag in der Kirche von Saignon. Bitte begleiten Sie mich nach Lourmarin und schirmen Sie mich vor der Polizei ab! Sie können auch gerne in meinem Haus in Lourmarin ein Zimmer haben. Bitte um baldigen Rückruf!"

Die zweite Nachricht kam von Monsieur Florentin: „Entschuldigen Sie vielmals die Störung, liebe Madame Florence, aber Chantal und ich möchten Sie gerne in unsere Pläne fürs Wochenende einbeziehen. Alle Konzerte des Orchesters sind abgesagt, weil Madame Petermann verschwunden ist. Haben Sie schon davon gehört? Chantal und ich fahren in unser Wochenendhaus nach Saignon im Luberon. Es würde uns außerordentlich freuen, wenn Sie mitkommen könnten! Saignon ist ein sehr schöner Ort und in unserem Haus ist mehr als genügend Platz. Bitte rufen Sie so bald wie möglich zurück und sagen Sie ja. Ich muss meiner Putzdame Bescheid geben, damit sie alles vorbereitet!"

Florence lehnte sich zurück und atmete einmal tief durch. Da stand also eine Entscheidung an. Mit dem Barockmusikfestival schien es jedenfalls endgültig vorbei zu sein. Was blieb ihr da eigentlich, als sich die Stadt und die Umgebung genauer anzusehen und dabei weiterhin die eine oder andere Spur zu verfolgen? Monsieur Amontero zu seinem Konzert zu begleiten, reizte sie jedenfalls. Er wäre nach wie vor eine interessante Informationsquelle und natürlich wäre es toll, ihn im Konzert zu erleben. Er war aber schon ein eigenartiger Mensch. Glaubte er ernsthaft, eine über sechzigjährige Pensionistin würde sich zum Bodyguard eignen? Aber auch die Einladung von Chantal und ihrem höchst sympathischen Vater war reizvoll. So eine Einladung konnte man eigentlich nicht ablehnen. Sie überlegte. Heute war Mittwoch. Nicht einmal zwei Tage blieben ihr noch bis zum Wochenende. Eines wusste sie sofort: Von den beiden Angeboten zur Übernachtung würde sie keines annehmen! Privat war sie kein sehr geselliger Mensch und ihre Unabhängigkeit ging ihr über alles.

Aber Moment mal – wo lagen eigentlich dieses Saignon und dieses Lourmarin? Schon zückte sie ihren Michelin. Ah – geografisch gar nicht so weit auseinander! Allerdings konnte man auf der Karte erkennen, dass die Gegend ziemlich gebirgig war. Da wusste man nicht, wie schnell man von einem Ort zum anderen kommen konnte. Na gut, diese Frage würde ihr wahrscheinlich Monsieur André beantworten können.

Wie spät es wohl war? Gefühlsmäßig etwa drei Uhr am Nachmittag. Ihr Handy gab ihr recht. Sie bezahlte und beschloss, noch ein wenig am Sandstrand spazieren zu gehen und wenigstens ihre Füße Bekanntschaft mit dem Meer machen zu lassen. Bald erreichte sie einen Badestrand, voll mit Sonnenschirmen, mit tief gebräunten oder knallroten Menschen und herumtollenden Kindern. Fasziniert beobachtete sie, wie riesige Kühlboxen ausgepackt und Sonnensegel und Sonnenschirme aufgespannt wurden, wie Bälle und Frisbeescheiben durch die Luft flogen und vier schon recht betagte Damen im Liegestuhl, von all dem unbeeindruckt, Karten spielten. Die Luft flirrte vor Hitze und immer wieder verschoben und verzerrten sich die Bilder vor ihren Augen, so, als würde die Linse einer Kamera stärker und schwächer gedreht.

„Wollen Sie einen Sonnenschirm und einen Strandsessel mieten?" Ein attraktiver Bursche, der sie an den jungen Alain Delon erinnerte und der nur eine knapp bemessene Badehose trug, war an sie herangetreten. Sie lehnte dankend ab. In Strandsesseln war sie heute schon genug gesessen. Dann also hinein ins unbekannte und zugegebenermaßen etwas beängstigende Vergnügen! Mit den Schuhen in der Hand nahm sie einen Zickzackkurs durch das lärmende Geschehen und musste immer schneller laufen, denn der heiße Sand brannte unter ihren Sohlen bis sie endlich das kühlende Nass berührten.

In der knappen Stunde, die ihr noch bis zum Treffen mit Monsieur André blieb, gab sie sich dem Strandleben hin. Pünktlich um siebzehn Uhr stand sie vor dem Portal der Kirche und da war auch schon Monsieur André. Schwitzend saß er auf einer türkisgrünen Bank neben dem Eingangstor.

„Vielleicht war es doch kein so guter Gedanke, hierherzukommen", klagte er, als er seines Fahrgastes ansichtig wurde. „Ganz Sanary weckt Erinnerungen an meinen toten Chef." Gleich darauf hellte sich seine Miene auf. „Umso schöner ist es, meinen heutigen Fahrgast wieder zu sehen. Der Aufenthalt am Meer steht Ihnen, Madame! Sie sind ein Lichtblick!"

Florence hob die Augenbraue, kommentierte seine letzte Bemerkung jedoch nicht. Während sie den kurzen Weg zum Auto gingen dankte sie ihm, dass er sie in dieses hübsche und für sie bis dato unbekannte Städtchen gebracht hatte.

Auf der Fahrt nach Avignon fragte sie ihn nach den Verkehrsverbindungen zwischen Lourmarin und Saignon und er erklärte mit der triumphierenden Stimme des überzeugten Autofahrers, dass man mit öffentlichen Verkehrsmitteln für diese Strecke bestimmt einen halben Tag, mit dem Auto jedoch nur eine halbe Stunde benötige. Bedauerlicherweise sei er am Wochenende nicht in der Lage, sie zu chauffieren, da er Madame Lemercier im Wort sei. Madame wollte hinunter in die Villa.

Die restliche Fahrt war er dann recht schweigsam und als sie in Avignon ankamen, hatte Florence einen Plan ausgeheckt, wie sich die beiden Einladungen zum Wochenende in Einklang bringen ließen.

Als Monsieur André sie vor ihrer Pension abgesetzt hatte, überreichte er ihr eine Visitenkarte und lud sie ein, ihn anzurufen, wenn sie einen Chauffeur benötigte. Hier im Süden musste er allerdings die Pläne der Madame Lemercier berücksichtigen, in Paris würde er sie hingegen jederzeit und an jeden gewünschten Ort chauffieren. „Zu einem Spezialpreis für eine schöne Dame", fügte er hinzu und Florence korrigierte ihren Gedanken von früher. Offensichtlich hatte sie hier nicht zwei, sondern schon drei Verehrer: einen berühmten, einen überaus charmanten und einen nützlichen. Erst einmal würde sie sich alle drei warmhalten. Bevor sie sich am Abend ins Bett begab, hatte sie deshalb noch zwei Telefongespräche zu erledigen. Als Erstes läutete bei Monsieur Florentin das Telefon.

„Bonsoir, Monsieur Florentin. Florence Beaumarie am Apparat. Vielen Dank für Ihre freundliche Einladung. Ich bin tatsächlich geneigt, sie anzunehmen – auch angesichts der Tatsache, dass es nun bedauerlicherweise überhaupt kein Barockmusikfestival in Avignon geben wird. Es gibt da nur noch ein, zwei kleine Komplikationen. Wie es aussieht, kann mir Monsieur Amontero noch ein Ticket für sein Konzert am Samstag in La Roque-d'Anthéron besorgen und das möchte ich mir ehrlich gesagt nicht entgehen lassen. Ich muss nur noch sehen, wie ich von Ihrem Saignon nach La Roque oder umgekehrt gelange."

„Diese Komplikation werden wir in den Griff bekommen, Madame. Lassen Sie das am besten meine Sorge sein. Wir finden einen Weg! Dann würde also einem Aufenthalt bei uns in Saignon nichts mehr entgegenstehen, nicht wahr?"

„Nur eine Kleinigkeit noch. Ich weiß Ihre freundliche Einladung in Ihr Haus sehr zu schätzen, würde aber doch lieber in einem Hotel oder einer Pension nächtigen. Diesbezüglich bin ich etwas eigen und es hat überhaupt nichts mit Ihnen zu tun. Ich bevorzuge es generell alleine zu wohnen und bin seit Jahren nichts Anderes gewöhnt."

„Ich verstehe, ich verstehe, Madame! Sie wollen Ihre persönliche Freiheit bewahren. Kein Problem. Na ja, vielleicht gibt es da doch ein kleines Problem."

„Aha?"

„Tja, ein richtiges Hotel haben wir nämlich in Saignon derzeit nicht. Ein paar Privatzimmer oder Ferienwohnungen vielleicht. Ich fürchte jedoch, dass um diese Jahreszeit alles ausgebucht ist ... Aber warten Sie, ich habe da eine Idee. Wenn ich jetzt eine liebe Freundin mit einer sehr speziellen Pension anrufe, darf ich dann sogleich ein Zimmer für Sie reservieren? Für den nicht sehr wahrscheinlichen Fall, dass eines frei ist."

„Oh bitte, tun Sie das! Das ist sehr freundlich. Es tut mir leid, dass ich Ihnen so viele Umstände mache."

„Das sind keine Umstände. Ich versuche es gleich und rufe zurück."

Florence legte ihr Handy zur Seite, legte die Beine hoch und hielt beide Daumen mit ihren Zeigefingern fest. Hoffentlich hatten sie Glück mit dieser besonderen Pension. Was immer das Besondere daran war!

Schon klingelte ihr Handy.

„Hallo, hallo. Ich war erfolgreich! In der Künstlerpension von Elena Gilbert gibt es tatsächlich noch ein Zimmer, beziehungsweise sieht es so aus, als hätte sie noch rasch eines für mich herbeigezaubert. Elena ist nämlich eine höchst kreative Person und Sie werden ihr Haus samt Garten ganz zauberhaft finden. Ich habe mir erlaubt, das Zimmer für die Zeit von Freitag bis Sonntag zu reservieren. Luxus dürfen Sie sie sich allerdings nicht erwarten. Wir telefonieren noch und dann vereinbaren wir, wann Chantal und ich Sie übermorgen abholen."

Florence bedankte sich und wollte das Telefongespräch beenden, aber Monsieur Florentin forderte noch einen kurzen Bericht über ihren ersten Ausflug ans Mittelmeer. Erst dann konnte sie ihren zweiten Anruf erledigen.

„Bonsoir, Monsieur Amontero. Florence Beaumarie am Apparat. Entschuldigen Sie den verspäteten Rückruf. Ich habe heute einen Ausflug ans Meer gemacht und kann deshalb erst jetzt Ihren Anruf beantworten. Gleich vorneweg: Ich kann Ihre Einladung leider nicht annehmen, da ich bereits zugesagt habe, das Wochenende bei Freunden in Saignon zu verbringen."

„Äußerst bedauerlich, Madame Florence. In Saignon werden Sie also sein. Am Ort meines Sonntagskonzerts. Was für ein Zufall! Vielleicht findet sich doch noch ein Weg, mir beizustehen. Die Polizei hat mir gesagt, dass ich mich auch am Wochenende zur Verfügung halten soll. Die Tatsache, dass ich sowohl Stephan als auch die verschwundene Madame Petermann kannte, scheint zu genügen, um mich erneut zum Verdächtigen zu machen. Ich habe Angst, Madame! Vielleicht bin ich das nächste Opfer in einem grausamen Spiel. Wie soll ich da noch die Konzentration für die Konzerte finden? Sie haben bereits am Gare de Lyon Standfestigkeit oder sagen wir lieber Sitzfestigkeit bewiesen und als ehemalige Koryphäe bei der Kriminalpolizei könnten Sie mir sicher die Polizei und das Verbrechen vom Leibe halten."

Florence seufzte. „Lassen Sie mich überlegen. Wenn es Ihnen eine Hilfe ist, könnte ich vermutlich am Samstagnachmittag nach Lourmarin kommen. Nach Ihrem Konzert muss ich jedoch zurück nach Saignon. Sonntagvormittag komme ich dann zu Ihrer Matinee in die Kirche!"

„Einverstanden, Madame. Ich greife nach jedem Strohhalm. Darf ich mich mit Karten für das Konzert in La Roque revanchieren? Ich hatte ja Stephan, Eliette und auch Madame Petermann dazu eingeladen und wie es nun aussieht, kann keiner von ihnen kommen."

Florence ergriff die Gelegenheit beim Schopf.

„Gerne Monsieur. Meine zwei Bekannten in Saignon wären entzückt. Eine davon ist Musikerin im Orchester OhLaMusique und sie und ihren Vater würde ich gerne mitnehmen. Dann hätte ich gleich noch eine Rückfahrmöglichkeit nach Saignon."

„Einverstanden! Die Tickets können Sie haben. Dann müssen wir uns aber morgen noch treffen, damit wir alles genau besprechen können. Würden Sie mit mir im Restaurant meines Hotels zu Mittag essen?"

„Warum nicht, Monsieur? Ich bin um dreizehn Uhr bei Ihnen. Bonne nuit, Monsieur!"

„Bonne nuit, Madame! Und vielen Dank!"

Vor dem Einschlafen fiel ihr noch einmal ein, was Amontero zu ihrem Aufenthalt in Saignon gesagt hatte: „Was für ein Zufall!" Eigentlich glaubte sie nicht an Zufälle, aber auch nicht an das Wirken höherer Mächte. Die sogenannten Zufälle waren oft nur das Ergebnis einer gesteigerten Aufmerksamkeit und Wahrnehmungsfähigkeit. Dass Sie Amontero aber schon in Paris begegnet war, war nun wirklich ein reiner Zufall gewesen! Eigentlich hätte sie jetzt auch noch Lambert anrufen müssen, aber dafür war es mittlerweile zu spät. Das musste dann bis morgen warten.

15

„Bonjour, Madame Florence, ich bin ja schon so gespannt, was Sie von Ihrem gestrigen Ausflug erzählen werden. Leider konnte ich Sie gestern Abend nicht mehr danach fragen, stellen Sie sich vor, unsere zauberhaften jungen Schauspieler hier haben mich zur Generalprobe der *Drei Schwestern* eingeladen und sie haben alle ganz wunderbar gespielt. Die Inszenierung war ehrlich gesagt schauderhaft, aber etwas anderes erwartet man ja heutzutage auch gar nicht mehr. Aber was rede ich denn schon wieder so viel. Ich habe alle Hände voll zu tun. Sie sehen, heute ist es ziemlich voll hier. Bei den Schauspielern ist noch ein Platz frei. Sie erwarten Sie schon."

Florence betrachtete das vor Eifer gerötete Gesicht von Madame Robert und dachte sich, dass so ein Redefluss auch seine Vorteile hatte. Man bekam alle nötigen Informationen frei Haus geliefert, ohne dass man sich mit Fragen anstrengen musste. Sie versprach Madame Robert, ihr im Laufe des Tages bestimmt von ihrem gestrigen Ausflug zu berichten und gesellte sich zu den drei jungen Leuten. Der charmante Tristan, ein hochgewachsener Mann mit glänzenden, schwarzen Haaren, sprang auf und rückte ihr den Sessel zurecht, während ihr die junge Frau die Kaffeekanne zuschob. Sie hieß Aurelie und eröffnete das Gespräch.

„Gerade haben wir von den überklebten Plakaten gesprochen. Wir sind zu dem Schluss gekommen, dass wir diese Aktion unserem Regisseur durchaus zutrauen, aber mit dem Mord an Monsieur Lemercier hat er bestimmt nichts zu tun."

„Obwohl du zugeben musst, Aurelie, dass Perou gestern viel entspannter war, als er plötzlich das Opernhaus wieder ganz für sich alleine hatte."

„Ok, Tristan, das kann man auch verstehen. Dieser Dirigent hat sich doch tatsächlich aufgeführt, als wäre er der Platzhirsch in unserem Theater."

Florence hatte ihre Sonnenbrille hervorgeholt. Der ganze Innenhof war in gleißendes Sonnenlicht getaucht.

„Ihr habt mir gestern noch gar nicht verraten, welche Rollen ihr in dem Stück spielt."

Tristan zeigte auf seine Kollegin: „Unsere liebe Aurelie hat die Ehre, die Zweitbesetzung der Jüngsten der drei Schwestern zu sein. Ob sie bei einer Vorstellung zum Einsatz kommen wird, ist fraglich, aber immerhin hat sie gestern in der Generalprobe auftreten dürfen ..."

„... und ihre Kolleginnen dabei an die Wand gespielt", fiel ihm der dritte im Bunde – ein blonder Jüngling mit engelsgleichem Gesicht – ins Wort.

„Ja natürlich. Das war ja auch nicht anders zu erwarten! Nicht wahr Aurelie?"

Aurelie errötete und Tristan fuhr fort: „Jedenfalls fallen unserem guten Herrn Perou genug Hilfstätigkeiten für unsere Kollegin ein. Heute bei der Premiere darf sie sogar die erkrankte Souffleuse ersetzen. Ich habe immerhin die Ehre, den Militärarzt Tschebutykin zu geben und Kenneth hier, unser Dritte im Bunde, hat die allergrößte Rolle im Stück. Er ist der Bote Ferapont und wird von Perou ebenfalls zu niederen Hilfsdiensten herangezogen."

Aurélie und Kenneth nickten und wollte von Florence wissen, wie ihr denn ihr gestriger Ausflug gefallen habe. Ohne Lemercier oder die Petermann zu erwähnen, schwärmte sie ihnen von ihrer Begegnung mit dem Meer vor.

„Da hatten Sie aber bestimmt einen weniger aufregenden Tag als wir." Aurelie, ein blasses Mädchen mit leicht gebogener Nase und einem strohblonden, sehr langen Zopf, wirkte privat nicht besonders glamourös.

„Was war denn so aufregend gestern?" Florence gab die Unwissende.

„Ach, das können Sie ja noch gar nicht wissen! Das Musikfestival ist endgültig abgesagt worden, nachdem die Ersatzdirigentin nicht zur Probe gekommen ist! Schon wieder ist ein Polizist in unsere Probe geplatzt. Ob wir diese Madame Petermann nicht irgendwo gesehen hätten, hat er gefragt und gesagt, dass sie schon seit fast drei Stunden vermisst wird. Wir waren ja nicht direkt betroffen davon, aber die Aufregung bei den Leuten vom Orchester, die noch immer auf sie warteten, war groß!"

Florence schaute betroffen: „Dann kann ich mir ja mein Musikfestival abschminken und Theaterkarten werde ich wohl auch keine mehr bekommen. Was soll ich hier eigentlich noch machen?"

„Unsere Vorstellungen sind vollständig ausverkauft, Madame. Dass wir gestern eine Karte für Madame Robert hatten, war reiner Zufall!" Aurélie zog die Stirn in Falten und wandte sich an ihre beiden Kollegen: „Was meint ihr? Können wir Madame Florence nicht wenigstens auf dem Empfang einschmuggeln, den Monsieur Perou und die Bürgermeisterin heute vor der Premiere geben?"

„Ich fürchte nicht!" Tristan sah Aurelie bedauernd an. „Ich wollte eigentlich heute meine Maman mitnehmen und habe Perou gefragt und er hat es mir glatt verweigert. So eklig wie heuer war er letztes Jahr noch nicht."

Die Drei mussten weg und Florence hatte den Frühstückstisch samt den gezählten zwölf Gläsern Konfitüre für sich alleine und überlegte, was an diesem Tag noch alles zu erledigen war. Es war höchste Zeit, den dritten Anrufer von gestern zurückzurufen. Es war ihr ehemaliger Chef und Förderer Honoré Mordent, dem sie bis heute verbunden geblieben war. Außerdem war sie daran interessiert, Eliette Lemercier einmal persönlich in Augenschein zu nehmen. Bei Monsieur Florentin musste sie sich dringend melden und den Pfarrer wollte sie ebenfalls aufsuchen. Das Mittagessen mit Amontero war ein Fixpunkt dieses Tages und eine Visite bei Lambert eigentlich auch. Ob Madame Petermann wiederaufgetaucht war? Wenn nicht – und davon ging sie eigentlich aus – könnten ein paar Recherchen zu ihrer Person nicht schaden.

War das jetzt wirklich alles? Was für eine lange Liste von Tagesordnungspunkten! Hatte sie nicht irgendwann einmal mit dieser Reise nach Avignon die Absicht verbunden, ihr Leben in ruhigere Gewässer zu steuern? Anlässlich ihres Abschiedes vom Polizeidienst hatte sie sich vorgenommen, sich von der Beschäftigung mit Mord und Verbrechen zu verabschieden. Sie hatte genug ehemalige Kollegen kennengelernt, die nach ihrer Pensionierung kein anderes Thema gefunden und nur den alten Zeiten im Dienst nachgetrauert hatten. Sie hingegen wollte das Leben auch noch auf andere Weise auskosten, sich in Ruhe neuen Interessen zuwenden und sich mehr auf das Genießen und die schönen Seiten einlassen. Schon erstaunlich, wie schnell man wieder in alte Gewohnheiten hineinschlittern konnte. Vielleicht musste sie aber auch akzeptieren, dass man sich von früheren Leidenschaften nicht so einfach verabschieden konnte. Sie seufzte. Jedenfalls musste sie ein wenig gegensteuern. Sie wollte nicht gänzlich in ihr altes Fahrwasser geraten. Dass sie den Auftrag von Amontero angenommen hatte, bereute sie bereits. Sie würde ihm heute beim Mittagessen klarmachen, dass ihren Möglichkeiten, ihn zu beschützen, enge Grenzen gesetzt waren.

Mit dem Kaffee hier wurde sie jedenfalls nicht glücklich. Sie erhob sich vom Frühstückstisch, ging unbemerkt von Madame Robert auf ihr Zimmer und hängte das Schild mit der Aufschrift „Bitte nicht stören!" an die Tür. Dann wählte sie eine Pariser Nummer und stellte sich mit dem Handy am Ohr ans Fenster. Während sie darauf wartete, dass Mordent abhob, ging ihr Blick über die Dächer und Fassaden der umliegenden Häuser. Was für eine schöne Morgenstimmung! Da unten auf dem Platz wurden gerade die Tischchen und Sessel aufgeklappt, die über Nacht zusammengefaltet an der Wand gelehnt waren. Die Frische des Morgens – sie hatte sie schon immer gemocht! Jetzt wusste sie auf einmal, worauf sie heute Lust hatte. Nach ihren Telefonaten würde sie sich einen guten Kaffee gönnen und den restlichen Vormittag dem Sightseeing widmen. Am anderen Ende der Leitung wurde abgehoben.

„Mordent." Die Stimme gehörte nicht ihrem ehemaligen Chef, sondern seiner Ehefrau.

„Hallo Hélène, wie geht's? Habt ihr euch noch nicht von der Hitze aus Paris vertreiben lassen?"

Als Antwort erklang dieses unwiderstehliche Lachen, das Florence nicht nur einmal aus einer trüben Stimmung herausgeholt hatte.

„Florence! Wie schön, deine Stimme zu hören. Aber nein, du kennst doch meinen Mann. Er wird noch die Stellung halten, wenn Paris vom Wüstensand verschüttet wird. Ich bin aber wieder einmal am Packen und freue mich wie eine Schneekönigin auf Island!"

Jetzt musste Florence lachen.

„Das glaube ich dir. Vermutlich wäre Island auch für mich eine bessere Lösung gewesen als hier schon wieder über ein Verbrechen zu stolpern. Weißt du …"

„Du brauchst mir nichts zu erzählen, Florence. Wir wissen schon alles und deshalb hat Honoré dich gestern auch zu erreichen versucht. Ich gebe ihn dir gleich. Vorher musst du mir aber versprechen, dass du das nächste Mal mit mir mitkommst."

Florence gab ihr ein Versprechen, von dem sie jetzt schon wusste, dass sie es vermutlich nicht halten würde und hatte gleich darauf Honoré Mordent in der Leitung.

„Florence! Man kann dich nicht aus den Augen lassen! Keine drei Tage bist du aus Paris weg und schon kommt ein Vögelchen hierher geflattert und flüstert mir, dass du dir auch für deine erste richtige Urlaubsreise einen Mordfall bestellt hast!"

„Was heißt bestellt? Ich hatte doch in Avignon nichts anderes im Sinn als schönen Klängen zu lauschen und meine neue Freiheit zu genießen! Aber du hast recht, eigenartig ist es schon, dass ich auch hier sofort über ein Verbrechen stolpere. Verrate mir jetzt bitte, welches Vögelchen das war. Denken kann ich es mir!"

„Und damit liegst du wie immer richtig. Rein zufällig sind Hélène und ich gestern nach unserem Frühstück im Café Nuage beim Kommissariat vorbeigekommen und da haben sie mir gleich erzählt, dass du in Avignon unsere großartige Spürnase getroffen hast und dich bereits in seine Arbeit einmischst!"

„Aha. Die wissen das schon. Interessant! Und ich mische mich also ein. So hat das Antoine Lambert den Parisern bestimmt nicht gesagt. Ich weiß schon, von wem das kommt. Mein letzter Chef in Paris hat sich mit mir etwas schwergetan!"

„Besserwisser wie wir beide sind eben bei jungen Karrieristen unbeliebt. Ich halte mich schon lange aus allem raus!"

Florence begann schallend zu lachen und der ehemalige Chef der Pariser Mordkommission hielt am anderen Ende der Leitung den Telefonhörer weit vom Ohr weg. Er wusste, dass dieses Lachen noch eine Weile andauern würde. Nach einiger Zeit fuhr er mit seinem Bericht fort, so als hätte er die Bemerkung von vorhin nie gemacht.

„Ich habe mich gestern noch ein wenig umgehört, Florence. Dieser Lemercier hat ja eine wunderschöne Wohnung direkt beim Jardin du Luxembourg und lebt die meiste Zeit des Jahres in Paris. Sollte noch die eine oder andere Recherche hier zu machen sein, stehe ich gerne zur Verfügung."

„Warum nicht, Honoré? Die Polizei in Avignon hat aus verschiedenen Gründen alle Hände voll zu tun. Eine möglichst lückenlose Lebensgeschichte von Lemercier wäre hilfreich. Er scheint eine schillernde Persönlichkeit gewesen zu sein und wie wir beide wissen, müssen wir uns im derzeitigen Stadium der Ermittlung alle Optionen offenhalten."

„Schau, schau, wir haben wieder einen gemeinsamen Fall!" Die Fistelstimme des pensionierten Commissaire, der am Telefon schon des Öfteren mit seiner Frau verwechselt worden war, hatte vor Begeisterung einen noch höheren Ton angenommen. Die Stimme, die aber gleich darauf ans Ohr von Florence drang, war tatsächlich weiblich, denn Hélène Mordent hatte ihrem Ehemann den Telefonhörer aus der Hand genommen.

„Dann kann ich ja beruhigt nach Island abziehen. Decke meinen lieben Mann nur mit genügend Arbeit ein, Florence. Dann wird er schon bald vergessen haben, dass er jemals eine Ehefrau hatte."

Florence schmunzelte über dieses alte Ehepaar. Sie waren schon etwas Besonderes. Hélène Mordent war gewiss keine Ehefrau in der Art einer Madame Maigret oder einer Mrs. Columbo, die als kluge, aber dennoch sehr traditionelle Frauengestalten geschildert wurden. Im Gegensatz zu ihnen hatte sie ihre Erfüllung nicht in der alleinigen Fürsorge für den Ehemann gefunden. Sie hatte bis zu ihrer Pensionierung ihren Beruf als Sensalin, zuletzt im Aktionshaus Drouot in Paris, ausgeübt. Kinder hatten die beiden keine, aber da Hélène einen Haufen Geschwister mit Kindern hatte, hatte es oft genug jugendliche Gäste in der Wohnung des Paares im 7. Arrondissement gegeben und eine der Nichten hatte sich sogar für mehrere Jahre einquartiert.

Florence sah die Zwei vor sich, beide mit der unvermeidlichen Zigarette in der Hand. Sie, groß und elegant mit schwarzen, hochgesteckten Haaren, die sich schon in ihrer Jugend zu einer breiten Silbersträhne um die Stirn herum entschlossen hatten. Er, beinahe einen Kopf kleiner als seine Frau, ein beleibter Mann, der dennoch etwas Zartgliedriges an sich hatte. Privat trugen sie Tag für Tag die gleiche Uniform. Honoré sommers wie winters seine Cordhose, ein schwarzes T-Shirt und ein Tweedsakko, Hélène ihre Jeans, ein weißes T-Shirt und im Winter einen grauen Kaschmirpullover. Die Kleider, die sie in ihrem Beruf getragen hatte, waren sehr chick und wurden jetzt nur mehr zu seltenen Gelegenheiten aus dem Schrank geholt.

Honoré hatte im Gegensatz zu seiner Frau nie einen Unterschied zwischen Arbeit und Freizeit gemacht. Weder in der Kleidung noch bezüglich seiner Interessen. Daran hatte sich auch seit seiner Pensionierung nichts geändert. Deshalb passte es jetzt auch gut, dass er etwas zu arbeiten bekam, während Madame Richtung Norden abhob.

„Mal sehen, was Honoré in Paris herausfindet", dachte Florence, nachdem sie aufgelegt hatte und wählte als Nächstes die Nummer von Monsieur Florentin. Der war hocherfreut, als er erfuhr, dass sie für ihn und Chantal eine Karte für das Konzert von Amontero ergattert hatte. Was sie denn heute noch vorhabe, fragte er und getreu ihres Vorsatzes antwortete sie, dass sie jetzt gleich einen Kaffee trinken gehen würde und dann auf touristischen Pfaden zu wandeln gedenke. Die berühmte Brücke habe sie ja schon gesehen, aber jetzt sei es an der Zeit, den nicht minder berühmten Papstpalast in Augenschein zu nehmen.

Leider könne er ihr im Café nicht Gesellschaft leisten, antwortete er. Er sei schon in seinem Geschäft und habe einigen Papierkram zu erledigen. Für den Rest des Vormittags werde er sich aber unbedingt frei nehmen, denn sie würde doch wohl nicht annehmen, dass sie seine ehemalige Wirkungsstätte ohne seine kundige Führung besichtigen könne.

„Das hast du ja wieder einmal gut eingefädelt", sagte Florence etwas später tadelnd zu sich. „Tu nicht so, als hättest du nicht gewusst, dass er dir für den Papstpalast seine Begleitung anbieten würde." Musste sie sich Gedanken darüber machen, dass Monsieur Florentin ein besonderes Interesse an ihr zu entwickeln schien? Und dass ihr das gar nicht so unangenehm war? Schnell schob sie den Gedanken beiseite. Jetzt brauchte sie endlich ihren Kaffee und beschloss, die übrigen Telefonate erst einmal bleiben zu lassen, dann machte sich auf den Weg.

16

Zufrieden mit sich selbst und ihren Vorhaben saß Florence vor der Tür eines Cafés in der Rue Galante, die direkt zum Papstpalast führte.

Bereits jetzt war es recht heiß, nicht das geringste Lüftchen war zu spüren. Madame Robert hatte ihr beim Weggehen noch gesagt, dass in den nächsten Tagen der Mistral, der berühmte Fallwind des Südens, über die Gegend hereinbrechen würde und dass es dann schlagartig auch im Sommer kühl werden könne. Angesichts der schon jetzt schwitzenden Menschen um sie herum und eines kobaltblauen Himmels konnte man sich das nicht wirklich vorstellen. Das würde erneut ein heißer Ferientag werden und Florence würde ihn zu nichts anderem nutzen als zur Erprobung ihres neuen Lebensstils.

Es war, als hätte dieser Gedanke alle Geister gerufen, die ihren Plan vereiteln wollten. Ihr Handy läutet und auch einige SMS waren angekommen. Den Anruf von Lambert musste sie auf alle Fälle annehmen. Natürlich wollte er wissen, ob sie bei ihrem kurzen Alleingang in der Dirigentenvilla etwas Interessantes herausgefunden hatte. Sie habe wohl nicht angenommen, dass seine Stellvertreterin auf ihre Ausrede mit der Toilette hereingefallen sei.

„Dass mir Leonie Perrin das durchgehen hat lassen, hat mich überrascht", sagte sie. Ausgesprochen ergiebig sei ihr kleiner Ausflug aber nicht gewesen. Sie habe jedoch etwas herausgefunden, was sie ihm nicht über das Telefon mitteilen mochte und bot an, ihn am Nachmittag im Kommissariat aufzusuchen. Daraufhin fragte er sie nach ihrem aktuellen Aufenthaltsort und wollte sie gleich treffen.

Während sie auf ihn wartete, las sie ihre SMS. Eine war von ihrem Sohn Michel, der die Güte hatte, sich nach ihrem Befinden zu erkundigen, und eine von Chantal, die ihrer Freude über das bevorstehende gemeinsame Wochenende Ausdruck verlieh. Dass mit der dritten und letzten Nachricht irgendetwas nicht stimmte, hatte sie zwar sofort bemerkt, dann aber doch lieber zuerst die anderen gelesen.

„AUCH NEUGIERDE KANN TÖTEN!" hatte ihr da jemand in Großbuchstaben geschrieben. Mit dem klein geschriebenen Nachsatz: „Halten Sie sich da raus und lassen Sie die Polizei aus dem Spiel!! A.S."

Es war bestimmte nicht der Mistral, der bewirkte, dass Florence sich fühlte, als sei sie plötzlich in einen Bottich mit eiskaltem Wasser getaucht worden. Die Heiterkeit der Straßenszene vor ihr schien sie zu verhöhnen. Sie stand auf und zog sich ins Innere und an den hintersten Platz des Cafés zurück.

Als Antoine Lambert eintraf, hatte sie sich wieder gefasst und eine Tasse mit Kräutertee vor sich stehen. Besorgt erkundigte der Kommissar sich nach ihrem Gesundheitszustand, aber sie murmelte nur etwas von einem leicht verdorbenen Magen, legte das Kuvert mit den Fotos der Madame Lemercier vor ihn hin und berichtete ihm von deren geheimen Liebesleben.

Angesichts ihrer getrübten Stimmung war sie ihm dankbar, dass er die unrechtmäßige Entwendung der Bilder nicht kommentierte.

„Der Fall wird immer komplizierter, Florence!", stöhnte er nur. „Ständig müssen wir in neue Richtungen recherchieren. Dass auch Madame Lemercier kein unbeschriebenes Blatt ist, habe ich schon befürchtet. Seit Madame Petermann verschwunden ist, hat Eliette Lemercier es richtig mit der Angst zu tun bekommen und sogar Personenschutz beantragt. Dazu habe ich jedoch keine Möglichkeit. Ich brauche derzeit alle meine Leute. Ich habe ihr zu einem privaten Bodyguard geraten. Wollen Sie das übernehmen, Florence? Sie sind doch auch regelmäßig zum Nahkampftraining bei Monsieur Atlas gegangen."

Seiner Stimme war anzuhören, dass er das nicht ganz ernst meinte. Dennoch ging sie auf seine Aussage ein.

„Sie haben mich doch damals dorthin geschleppt, Antoine. Die Zeiten sind vorbei! Obwohl ich annehme, dass meine Reflexe im Notfall noch funktionieren. Den Bodyguard für Eliette Lemercier spiele ich aber ganz bestimmt nicht. Außerdem könnte ich mittlerweile selbst einen Bodyguard brauchen."

Jetzt war es heraus. Sie musste ihm von der SMS berichten. Als er die Nachricht gelesen hatte, schwieg er und starrte sie nur an. Statt Bedauern oder Mitgefühl las sie Zorn und Wut in seinem Blick. Nach einiger Zeit brach er das Schweigen.

„Das haben wir nun davon! Ich hätte Sie wirklich nicht ersuchen dürfen, in diesem Fall als Außenstehende zu ermitteln. Meine Mitarbeiterin Perrin hatte mich ja davor gewarnt. Es tut mir leid. Jetzt weiß ich, dass ich einen Fehler gemacht habe. Ab jetzt sind Sie komplett raus aus diesen Ermittlungen. Die Zeiten haben sich geändert. Sie sind schließlich keine Mitarbeiterin in meinem Kommissariat, sondern eine Privatperson und noch dazu Rentnerin. Wir können nicht auch noch Ihr Kindermädchen spielen!"

Mit dieser Reaktion hatte Florence nicht gerechnet. Was sollte das mit der „Rentnerin" und dem „Kindermädchen"? Mit kühler Stimme teilte sie ihm mit, dass sie auf seinen Schutz nicht angewiesen sei und auch keine Verhaltensanweisungen benötige. Schließlich sei sie nicht seine Untergebene, was er ihr ja gerade selbst bestätigt habe.

Er seufzte und entschuldigte sich gleich darauf für seine Heftigkeit. Noch einmal sah er sich die Nachricht an und schrieb sie in sein Notizbuch. Die Nummer, von der aus sie gesendet worden war, war unterdrückt worden. Dass es nicht wahrscheinlich war, den Urheber der Nachricht ausfindig zu machen, wussten beide. Der war wohl clever genug und hatte nicht sein eigenes Handy verwendet. Noch einmal unterstrich Lambert, was er zuerst schon gesagt hatte.

„Es tut mir leid, Florence, aber ab jetzt sind Sie aus der Sache endgültig raus. Keinerlei Alleingänge mehr! Ich kann das nicht mehr vor meinen Leuten verantworten. Die Fotos der Madame Lemercier nehme ich an mich. Offiziell sind diese mir von unbekannter Seite zugespielt worden. Wenn es noch irgendetwas gibt, das Sie mir verheimlichen, dann sagen Sie es jetzt, denn ab nun muss sich unser Kontakt auf den Dienstweg beschränken. Halten Sie sich also für Anfragen zur Verfügung und ansonsten gänzlich aus der Sache raus – und genießen Sie um Gottes Willen endlich Ihren Urlaub."

Auch wenn Florence seine Reaktion auf den Druck, dem er momentan ausgesetzt war, zurückführte, verübelte sie ihm den Wechsel von einträchtiger Zusammenarbeit zum abrupten Verzicht auf ihre Mitarbeit. Sie hatte ihm nichts mehr zu sagen, und auch er hatte sich schon erhoben. Seinen bemüht freundlichen Abschiedsgruß quittierte sie mit einem kurzen Kopfnicken und gleich darauf war er auch schon weg.

„Dass ich mich raushalten soll, hat er mir jetzt drei Mal gesagt, und jetzt überlässt er mir auch noch das Bezahlen seines Kaffees!" Dieser Umstand entlockte Florence schon wieder ein amüsiertes Lächeln, bewies er doch, dass Kommissar Lambert mit sich selbst ganz und gar nicht zufrieden das Lokal verlassen hatte. Sie blieb noch sitzen und konnte nicht verhindern, dass Selbstmitleid in ihr aufstieg. Warum nur hatte sie sich nicht von Anfang an auf die Rolle der unbeteiligten Beobachterin beschränkt? Auch während ihrer Zeit in ihrem Pariser Kommissariat war sie nicht immer auf Zustimmung für das, was sie tat, gestoßen. Frauen ihrer Generation waren es gewohnt, mit Vorurteilen und dem Misstrauen von Kollegen konfrontiert zu werden. Sie war jedoch Teil einer Gemeinschaft gewesen, die letzten Endes immer zu ihr gehalten und sie – wohl auch dank ihrer Erfolge – als zugehörig betrachtet hatte.

Davon konnte jetzt nicht mehr die Rede sein. Sie sehnte sich nach Paris zurück, wusste aber nicht so recht, was sie dort mit sich anfangen sollte. Mit dem Ausfall des Musikfestivals war das Korsett, das sie sich für den Anfang ihres Daseins als Pensionistin zugelegt hatte, wieder gesprengt „Und mein Sohn sitzt in China und fühlt sich in seiner neuen chinesischen Sippe pudelwohl!"

Kaum dachte sie an Michel, tauchte auch schon ein Schachbrett vor ihrem inneren Auge auf. Diesmal war es aber nicht mit den Figuren eines Verbrechens bestückt, sondern sie sah sich selbst als weißen Turm in dessen Mitte. Alle anderen Figuren standen in den beiden Randreihen in ihrer Eröffnungsstellung und schienen auf ihren nächsten Zug zu warten. Sie selbst eine einsame Figur, umgeben von einem großen, freien Raum. Im Grunde war sie immer eine Einzelgängerin gewesen, denn bei dem, was sie angetrieben hatte, blieb wenig Zeit und Interesse für soziale Kontakte. Ihre beruflichen Strukturen und eine Tätigkeit, für die sie brannte, hatten ihr genügend Halt gegeben. Geselligkeit ohne konkreten Anlass hatte sie nie besonders gemocht und für die Aufzählung persönlicher Freundschaften benötigte sie nicht einmal die Finger einer Hand. Nun war also der größere Teil dieser Strukturen weggefallen. Wenn Sie es genau betrachtete, gefiel ihr der weiße Turm mit dem vielen Freiraum herum aber gar nicht so schlecht. Er erschien ihr wie ein neugieriger Beobachter, der darauf wartete, dass sich das Feld um ihn herum peu à peu zu bewegen begann.

Ihr Blick fiel wieder auf ihr Handy. Jetzt hatte sie für einige Zeit tatsächlich diese bedrohliche SMS vergessen. Nun gut, es gab jemanden, der ihr überhaupt nicht freundlich gesonnen war, und sie hatte nicht die geringste Ahnung, wer das sein konnte. Sie würde ihm oder ihr aber nicht den Gefallen tun und sich in Angst und Schrecken versetzen lassen. Wahrscheinlich handelte es sich ohnedies nur um einen Schreckschuss. Warum sollte jemand wegen einer Randfigur, wie sie es war, ein Risiko eingehen?

Es konnte nur jemand sein, der ihre Nummer hatte. Das waren mittlerweile auch in Avignon gar nicht so wenige Leute. Amontero gehörte dazu, die Spürnase, der Chauffeur des Ermordeten, Monsieur Florentin und Chantal sowie ihre Zimmerwirtin. Auch den jungen Schauspielern hatte sie sie verraten. Noch jemand? Ach ja, der Pfarrer! Aber der konnte doch nicht …?

Natürlich hätte jeder ihre Nummer auch noch an andere weitergeben können. Es konnte jedenfalls nicht schaden, dem freundlichen Pfarrer am Nachmittag den versprochenen Besuch abzustatten. Sie bezahlte für sich und Lambert und machte sich auf den Weg zum Papstpalast. Es war aber nicht Monsieur Florentin, der dort in einer langen Schlange auf sie wartete, sondern Chantal.

„Ich bin hier nur die Platzhalterin", rief diese lachend, als sie das leicht enttäuschte Gesicht von Florence sah. „Papa ist schon im Palast, er wird aber gleich da sein und Ihnen sein verlorenes Reich zeigen. Als ehemaliger Direktor hat er noch immer freien Zugang und außerdem arbeitet er hier ab und zu als Berater. Seine Gäste müssen trotzdem alle durch die Sicherheitskontrollen, die jetzt viel strenger sind als früher. Auch ich muss da durch, obwohl ich dieses Gebäude ebenfalls in- und auswendig kenne. Als ich ein Kind war, war das mein Märchenschloss."

Einige böse Blicke folgten Florence, als sie sich an den Leuten vorbeischlängelte und Chantal fühlte sich bemüßigt ihnen auf Englisch zu erklären, dass die Dame, die sich da vorgedrängt hatte, zu ihr gehörte.

Bis Charles Florentin schließlich zu ihnen stieß, fanden sie noch Zeit für einen Plausch. Florence hatte sich zwar vorgenommen, ihre Rolle als Schnüfflerin erst einmal zu vergessen, aber natürlich kam Chantal gleich auf die verschwundene Madame Petermann zu sprechen. Alle ihre Kollegen aus dem Orchester waren sich einig, dass diese – niemals, niemals, niemals! – freiwillig auf die Chance verzichtet hätte, an Stelle von Monsieur Lemercier die Festivalkonzerte zu dirigieren. Als Florence sich nach der Probe erkundigte, zu der Madame Petermann nicht erschienen war, brach Chantal in Tränen aus.

„Für mich war das ein ganz und gar fürchterlicher Vormittag, Madame. Als ich nämlich zur Probe kam, saß Luc Daillon – das ist der Trompeter, dessen Stelle ich eingenommen habe – an meinem Platz und teilte mir mit, dass ich gleich wieder verschwinden könne. Jetzt, wo Lemercier tot sei, gäbe es für ihn keinen Grund mehr, nicht den ihm zustehenden Platz einzunehmen.

Natürlich habe ich mir das nicht gefallen lassen und ihm gesagt, dass ich nicht verstehe, warum er heute hier auftaucht. Das gehe mich nichts an, hat er mich angebrüllt und da hat es mir gereicht und ich bin aufgestanden und wollte gehen. Dann hat aber mindestens das halbe Orchester für mich Partei ergriffen und wir haben zunächst gar nicht bemerkt, dass Madame Petermann noch immer nicht da war!"

„Das tut mir leid, Chantal. Da sind Sie ja von einer Aufregung in die andere gefallen."

„Das kann man so sagen." Chantal wischte sich mit einem Taschentuch die Tränen ab. „Ich bin dann doch auf meinem Platz sitzen geblieben und Luc Daillon hat sich demonstrativ an das Dirigentenpult gelehnt. Wussten Sie eigentlich, dass er mit Lemercier verwandt ist?"

Florence nickte und Chantal erzählte, dass der Pultnachbar von Madame Petermann, der nach ihrem Verschwinden die Stelle des Konzertmeisters eingenommen hatte, nach einer Dreiviertelstunde des Wartens die Suchaktion eingeleitet hatte. Mit der Bemerkung, dass ihre bisherigen Erfahrungen in diesem Orchester vor allem mit dem Warten auf einen der Dirigenten verbunden gewesen seien und sie eigentlich noch immer warte, diesmal darauf, dass wenigstens Madame Petermann wieder auftauche, beendete Chantal ihren Bericht.

Inzwischen war auch ein bestens gelaunter Monsieur Florentin eingetroffen, der bedauernd feststellte, dass es bei den nunmehrigen Sicherheitsbestimmungen selbst für einen ehemaligen Leiter dieses Hauses nicht mehr möglich sei, einen Gast durch die Hintertür einzuschleusen. Deshalb würde er jetzt brav mit Florence auf ihren Einlass warten, was nicht viel länger als fünf Minuten dauern könne. Chantal verabschiedete sich. Einige Kollegen aus dem Orchester hatten beschlossen, die Zeit des Wartens mit einem kleinen musikalischen Projekt zu füllen und sie zum Mitmachen eingeladen. Ein Quintett aus fünf Bläsern wollte heute Vormittag einige publikumswirksame Stücke ausprobieren und diese dann gegen Abend auf einem der Plätze der Stadt zum Besten geben.

Fünf Minuten später waren Florence und Monsieur Florentin tatsächlich durch die Sicherheitsschleuse durch und der ehemalige Direktor dieses riesigen und prächtig ausgestatteten Gebäudes führte seinen persönlichen Gast zunächst durch den Ehrenhof und dann auf besonderen Wegen auch zu Orten, die den übrigen Besuchern nicht zugänglich waren.

„Unsere Touristen müssen heute auf die Begleitung von Innocent XVII. verzichten", bemerkte Florentin, als er gleich am Eingang von einem großen, schwarzweißen Kater erst angefaucht und dann umschmeichelt wurde.

„Innocent und mich verbindet eine Art Hassliebe und das war auch mit seinen Vorgängern schon so. Wenn ich da bin, lässt er mich nicht mehr aus den Augen. Seit langer Zeit gibt es hier im Palast immer eine Katze, die sich selbst zu dessen Wächterin ernennt. Natürlich ist unter dem Personal schnell die Legende entstanden, dass es sich um einen der Päpste handeln müsse, der noch immer seinen Spuk treibe. Na ja, in einem Gebäude wie diesem geistern die abstrusesten Geschichten herum, aber natürlich entbehren sie jeglicher Grundlage."

Florence musste an die Geschichte denken, die ihr Madame Robert über den Fluch, der angeblich auf der Familie Florentin laste, erzählt hatte. Sie selbst hielt so etwas für absoluten Nonsens. Seit Charles Florentin jedoch in der Oper seinen Ring verloren und er diesen daraufhin als „verdammtes Familienerbstück" bezeichnet hatte, fragte sie sich, ob an dieser Geschichte nicht doch etwas dran sei. Sie musste ihn dazu bringen, ihr davon zu erzählen.

„Das sehe ich genauso wie Sie, Monsieur Florentin. Ich bin ein durch und durch rationaler Mensch, aber dennoch liebe ich solche Geschichten. In meiner Jugend war ich ein großer Fan von Edgar Allan Poe."

„Ah, der Großmeister des Horrors! Da verbindet uns ja schon wieder etwas. Ich habe auch alles von ihm gelesen. Kommen Sie, jetzt spazieren wir erst einmal durch meine heiligen Hallen und dann erzähle ich Ihnen später vielleicht eine Geschichte."

Als Florence eineinhalb Stunden später auf dem Weg zum Treffen mit dem Pianisten war, wusste sie, dass der Eindruck, den die riesigen Räume, die unendlich langen und oft nur spärlich erleuchteten Gänge sowie die geheimen Zimmer, in die Charles Florentin sie geführt hatte, einen gewaltigen und bleibenden Eindruck bei ihr hinterlassen hatten. Dieser Eindruck war durch seine Erläuterungen noch verstärkt worden. Er war ein begnadeter Erzähler und es gab wohl kein einziges Bild oder Möbelstück im Papstpalast, zu dem er nicht etwas zu sagen gehabt hätte.

Ungefähr auf halbem Weg hatte er sie in einen kleineren, mit lilafarbenen Tapeten ausgekleideten, fensterlosen Raum geführt, in dem es außer einem steinernen Kamin, einem großen, schmucklosen Schrank und drei gepolsterten Stühlen wenig zu sehen gab. Dort hatte er ihr im schwachen Licht einer Sparlampe seine Familienlegende erzählt. Im Grunde war es die Geschichte, die Madame Robert bereits angedeutet hatte. Die Geschichte von einem der Päpste, der angeblich von einer Beatrice Florentin verführt worden war und diese zu seiner Geliebten gemacht hatte. Als er ihrer überdrüssig geworden war, hatte sie die ungeheure Courage, ihn dafür öffentlich anzuprangern, was sie bitter bezahlen musste. Sie selbst endete als Lügnerin und Hexe auf dem Scheiterhaufen. Seit dieser Zeit scheint ein Fluch auf dem Eheglück der Florentins zu lasten, erzählt die Familiensage. Der Ring, den Charles heute am Finger trug, wurde in der Familie von Generation zu Generation in Gedenken an die unglückliche Vorfahrin weitergegeben. Florences vorwitzige Frage, wie und warum denn seine eigene Ehe in die Brüche gegangen sei, konnte und wollte er ihr aber nicht beantworten und sie befürchtete, dass sie mit ihrer Neugierde wieder einmal zu weit gegangen war.

Wie es aussah, war er ihr aber deswegen nicht gram und zum Abschluss der Besichtigungstour führte er sie noch auf die „Terrasse der großen Würdenträger", wo sich das Café des Palastes befand. Dort bot er ihr bei einem Glas Champagner das Du-Wort an, entschuldigte sich gleichzeitig für diesen Vorstoß und da sie nichts Anderes tun konnte als zuzustimmen, gingen sie schließlich als Florence und Charles auseinander.

17

Florence schaffte es, auf die Minute genau im Hotel Europe einzutreffen, in dem Amontero residierte. Als sie die kühle Lobby betrat, erhob sich auch schon seine lange, schlanke Gestalt aus einer mit blauem Samt bezogenen Sitzgruppe und eilte ihr zur Begrüßung entgegen. Der spezielle Ton, der zwischen ihnen von Anfang an geherrscht hatte, stellte sich sofort wieder ein. Eine Mischung aus Amüsement, Ernsthaftigkeit und einem Schuss Galanterie.

Dass Amontero etwas Besonderes, ja sogar eine richtige Berühmtheit war, war bei ihrem gemeinsamen Lunch im Gastgarten des Hotels unübersehbar. Die Kellner behandelten ihn mit ausgesuchter Höflichkeit, die Gäste an den anderen Tischen warfen ihnen neugierige Blicke zu und zwei seiner Bewunderer wagten sich an ihren Tisch.

Sie saßen im Schatten einer großen Platane und Bruno Amontero hatte von Anfang an klargemacht, dass Florence heute sein Gast war.

„Darf ich Sie fragen, wen Sie neulich gemeint hatten, als Sie von einer gewissen ‚Euterpe' sprachen? Ich gestehe meine beschämende Unwissenheit in diesem Punkt." Florence lehnte sich in ihren Sessel zurück und sah Amontero neugierig an. Auch heute trug er eine blendend weiße Hose, dazu ein dunkelrotes T-Shirt und wirkte überraschend entspannt und gelöst.

„Sie ist eine der neun Musen des Apoll, und zwar eine Muse der Musik. Ein jeder Künstler braucht von Zeit zu Zeit eine Muse, die ihn beflügelt. In welcher Form auch immer. Ich hoffe, dass Sie bei meinem Konzert in La Roque-d'Anthéron eine beschützende Muse für mich sein werden. Ich fahre übrigens schon heute

Nachmittag in mein Ferienhaus nach Lourmarin. Die Polizei hat mich freigegeben und Madame Lemerciers Töchter sind eingetroffen, sodass sie mich nicht mehr benötigt. Schon morgen werden beide mit ihrer Mutter in die Villa am Meer fahren und dort die noch unbestimmte Zeit bis zum Begräbnis abwarten."

„Verzeihen Sie, Monsieur, wenn ich mir die Freiheit herausnehme und Sie nach Ihrer Beziehung zu Madame Lemercier frage. Ich konnte beobachten, dass Sie ein Begleiter und Beschützer für Sie sind."

Amontero erhob einen unglaublich langen und feingliedrigen Zeigefinger zu einer scherzhaft drohenden Geste.

„So eine Frage sollte ich Ihnen eigentlich nicht beantworten. Wissensdurstig wie Sie sind, haben Sie aber sicher schon herausgefunden, dass sich Stephan schon seit einigen Jahren immer mehr in seine Welt der Musik zurückgezogen hat und kaum an etwas Anderem interessiert war. Das hat er leider auch seine Frau spüren lassen, deren Charme und Esprit ich immer bewundert habe. Dass mich eine freundschaftliche Beziehung mit ihr verbindet, habe ich Ihnen eigentlich schon beim letzten Mal berichtet. Von Zeit zu Zeit hat sie sich über ihren Gatten beklagt. Sie hat gesagt, dass er kaum mehr Zeit für sie habe und wenn doch, dann sei er in seinen Gedanken ausschließlich bei seiner Musik." Er machte eine kleine Pause, strich sich eine feine Haarsträhne aus der Stirn und fuhr dann fort: „Wenn ich es mir recht überlege, ist meine Beziehung zu ihr ein wenig so wie die eines Troubadours im Mittelalter zu einer verheirateten und von ihm bewunderten Dame. Eine idealistische Form der Verehrung, die durch allzu viel Nähe wahrscheinlich zerstört würde."

„Ich verstehe." Noch unter dem Eindruck der wunderbaren Tapisserien im Papstpalast hatte sie das Bild einer holden Frau mit Schleier vor Augen und hoch zu Ross, zu ihren Füßen ein Kavalier mit einer Laute. Ein interessanter Kontrast zu dem, was die Fotos berichteten, die sie im Kleiderschrank der Madame Lemercier gefunden hatte. Gleich darauf war sie aber wieder in der Gegenwart angekommen, denn sie hatten noch überhaupt nicht von Madame Petermann gesprochen.

„Und wie war die Beziehung zwischen Monsieur Lemercier und Madame Petermann? Wenn er mehr mit seinen Musikern als mit seiner Frau zusammen war, dann hatte er bestimmt viel Kontakt zu seiner Konzertmeisterin!"

„Allerdings, noch dazu war ja Madame Petermann eine uralte Bekannte von Stephan. Sie gehörte schon auf der Uni zu unserer Clique. Sie war eine höchst ehrgeizige Geigerin, wäre aber vermutlich ohne ihn nicht so weit gekommen, wie sie jetzt ist." Seine Miene verdüsterte sich. „Schrecklich – was nur mit ihr passiert ist? Sie müsste doch schon längst wiederaufgetaucht sein, wenn es sich um ein harmloses Verschwinden handeln würde."

Bei Florence schrillten alle Glocken: „unsere Clique" – „uralte Bekannte" – „wäre ohne ihn nicht so weit gekommen." Die Verbindungen zwischen dem Dirigenten und seiner Konzertmeisterin waren also vielfältiger als angenommen. Sie wusste, dass es oft gerade derartig unerwartete Zusammenhänge waren, die letztendlich zur Aufklärung eines Mordfalles führten. Sie fragte Amontero, ob er das auch der Polizei erzählt habe.

„Man hat mich ja nicht danach gefragt", antwortete er ihr.

„Dennoch muss Kommissar Lambert über alles informiert werden, was es bezüglich der Verbindung zwischen Madame Petermann und Monsieur Lemercier zu wissen gibt. Im Moment wird jede Information benötigt, die Licht in ihr Verschwinden bringen könnte."

„Wahrscheinlich haben Sie recht, auch wenn ich mir nicht vorstellen kann, was unsere Zeit an der Uni mit der ganzen Geschichte zu tun haben sollte. Wir haben dort zu viert zwei sehr schöne gemeinsame Studienjahre verlebt."

„Zu viert? Darf ich fragen, ob der Vierte im Bunde vielleicht auch jemand ist, den ich kenne?"

Amontero seufzte und verzog einen Mundwinkel.

„Sie werden es ja doch herausfinden, Madame. Der Vierte im Bunde war unser lieber Herr Pfarrer, Auguste Benoît. Durch ihn ist ja Stephan überhaupt erst auf die Idee gekommen, in dieser wunderschönen Kirche hier im Sommer ein Konzert zu veranstalten. Dass er dann sogleich ein ganzes Festival daraus machen wollte, damit hat Auguste allerdings nicht gerechnet. Dennoch hat er Stephan in jeder Hinsicht unterstützt und Stephan war ihm sehr dankbar dafür. Ich selbst hatte Auguste ja ganz aus den Augen verloren und so habe ich mich über unsere Wiederbegegnung hier sehr gefreut."

„Wie ist Monsieur Benoît als Theologiestudent überhaupt an das Konservatorium gekommen?"

„Als Gasthörer! Ich habe ihn wie auch Stephan und Anne-Marie in einem Seminar über den gregorianischen Choral kennen gelernt, das ich quasi zur Entspannung besucht habe. Der Vortragende war allerdings fürchterlich inkompetent und Stephan hat ihn entlarvt. Daraufhin sind wir vier miteinander ins Gespräch gekommen und haben beschlossen, statt in das Seminar zu gehen, im Café Flore unser privates Seminar abzuhalten. Vom Gespräch über die Musik sind wir dann auf Gott und die

Welt gekommen und es ist eine Freundschaft entstanden, die noch über das Studium hinaus angedauert hat."

„Aber den Kontakt zu Madame Petermann haben Sie nie verloren?" Florence sah ihn fragend an. Als er nicht gleich antwortete, fuhr sie fort: „Hat eigentlich die Tatsache, dass Anne-Marie Petermann ein Leben lang quasi die Untergebene von Lemercier war, die freundschaftliche Beziehung zwischen diesen beiden beeinträchtigt?"

„Das vermag ich wirklich nicht zu sagen. Ich hatte mit Anne-Marie nach dem Studium wenig persönlichen Kontakt. Jedenfalls sind Musiker vom Kaliber dieser zwei durchaus in der Lage, das wechselseitige Können neidlos anzuerkennen. Wollen Sie jetzt vielleicht gar behaupten, dass Anne-Marie etwas mit dem Tod von Stephan zu tun haben könnte und deshalb das Weite gesucht hat?"

„Ich vermute und behaupte gar nichts, aber Sie wollen doch auch, dass die Polizei Madame Petermann so rasch wie möglich findet. Dafür muss sie alles über ihre frühere Beziehung zum Mordopfer wissen. Auch die Vergangenheit kann da eine Rolle spielen."

„Na gut, Madame Florence, das sehe ich ein, aber bitte, übernehmen Sie das für mich. Ich will an diesem Wochenende nichts mehr mit der Polizei zu tun haben. Ich muss mich jetzt wirklich auf das Konzert konzentrieren. Sie können Monsieur Lambert sagen, dass ich bestimmt nicht untertauchen werde, weil nicht nur ein großes Konzertpublikum, sondern auch Madame Florence Beaumarie höchstpersönlich ein Auge auf mich hat."

„Wenn Sie unbedingt wollen, Monsieur Amontero, werde ich Kommissar Lambert informieren. Am besten, Sie erzählen mir jetzt noch alles aus dieser gemeinsamen Zeit und fahren dann in Ihr Lourmarin. Monsieur Lambert wird keine Freude haben, wenn ich mich wieder einmische, aber ich habe nun mal versprochen, Sie am Wochenende ein wenig von der Polizei abzuschirmen und dazu stehe ich, solange sich die Umstände nicht dramatisch ändern."

„Malen Sie bitte nicht den Teufel an die Wand! Was Stephan betrifft, habe ich Ihnen jetzt alles gesagt, was ich weiß. Jetzt wird es hingegen Zeit, dass Sie mir noch etwas von sich erzählen. Ich muss ja wissen, auf welcher Wolke mein Schutzengel zuhause ist."

Für den Rest ihres Zusammenseins erkundigte sich Amontero ausgiebig über Florence und ihr Leben und legte dabei eine freundliche Wissbegierde an den Tag, die ihr, die es gewohnt war, andere Leute auszufragen, gar nicht unangenehm war. Seine wertschätzende Neugierde hatte sogar den Effekt, dass sie den einen oder anderen Aspekt ihres Lebens ein wenig anders als bisher zu betrachten begann.

Beide hatten sie sich für einen leichten Salat mit Ziegenkäse und Honig entschieden. Er würde sie gerne auf ein Glas Wein einladen, hatte er ihr eingangs gesagt, aber er könne sich ihr nicht anschließen, denn an den Tagen vor einem großen Konzert trinke er grundsätzlich keinen Alkohol. Florence lehnte dankend ab. Sie genehmigte sich mittags nur in Ausnahmefällen ein Glas Wein und heute hatte es diese Ausnahme in Form des Champagners mit Charles Florentin bereits gegeben. Außerdem begegnete sie ihren Gesprächspartnern gerne auf Augenhöhe und nicht mit einem durch Alkohol getrübten Blick. Dafür wurde sie von Monsieur noch zu einem Dessert verführt. Die Millefeuilles mit den frischen Feigen seien hier überaus köstlich. Da hatte er keineswegs zu viel versprochen, gemeinsam verzehrten sie diese knusprig-zarte Köstlichkeit in andächtigem Schweigen. Beim abschließenden Kaffee besprachen sie noch die Modalitäten ihrer samstäglichen Kooperation. Amontero bat sie, schon am Vormittag zu ihm nach Lourmarin zu kommen. Er werde jemanden organisieren, der sie von Saignon mit dem Auto abholen würde.

Florence zeigte sich einverstanden und erklärte, dass sie nach dem Konzert keine Rückreisegelegenheit nach Saignon benötige, da sie mit ihren Freunden, denen er ein Ticket gespendet hatte, zurückfahren könne.

„Ach ja, die Tickets! Ich lasse sie an der Kasse hinterlegen." Er notierte sich die Namen von Chantal und Charles Florentin, dankte Florence für das erfrischende Zusammensein und machte sich auf den Weg.

So beruhigt wie Amontero fühlte sich Florence jedoch keineswegs. Schon wieder hatte sich ihr Vorsatz, sich nicht in einen Kriminalfall einzumischen, in Luft aufgelöst. Sie hatte sich die unerfreuliche Aufgabe eingebrockt, wieder mit Lambert Kontakt aufzunehmen und würde ihm erklären müssen, warum sie für den berühmten Pianisten, den er bestimmt noch immer auf der Liste der Tatverdächtigen hatte, den Wachhund spielte. Die Information, die sie von Bruno Amontero über die frühere Verbindung von Lemercier mit Auguste Benoît, dem Pfarrer von St. Antoine, erhalten hatte, war allerdings interessant. Eigentlich stand ihr der Sinn nun gar nicht mehr nach einer Siesta. Das wunderbare Dessert und der starke Espresso hatten sie beflügelt und sie war schon wieder tatendurstig. Kurzentschlossen machte sie sich auf den Weg zum Pfarrer. Schließlich musste jemand der überraschenden Verbindung zwischen ihm und dem Mordopfer nachgehen.

Gegen halb vier traf sie am Tor zum Kreuzgang ein. Sämtliche Spuren des Verbrechens waren getilgt. Kein

Polizeiauto, keine gelben Absperrbänder! Der Saab des Pfarrers stand nicht an seinem gewohnten Platz. Die Eingangstür stand offen und im Innenhof herrschte absolute Stille. Keine Menschenseele war zu sehen. Stephan Lemercier hätte das gefallen.

Ihr gefiel es auch und so lehnte sie sich im Schatten des steinernen Gewölbes an die Brüstung und gab sich der sommerlich flirrenden Nachmittagsstimmung hin. Nach einer Weile huschte direkt neben ihr eine Eidechse über das Mäuerchen und verschwand gleich darauf wieder.

Es wurde Zeit, den Pfarrer zu suchen. Vielleicht war er ja in der kühlen Kirche. Sie wandte sich in Richtung Sakristei, wo genau in diesem Augenblick ein kleiner, älterer Mann in weißem Hemd und grauer Hose heraustrat und ihr entgegenkam.

„Kann ich Ihnen helfen, Madame? Wie sind Sie hereingekommen? Die Tür zum Kreuzgang sollte um diese Uhrzeit eigentlich verschlossen sein!"

„Verzeihen Sie, antwortete Florence, „ich wollte zum Pfarrer und die Tür, Monsieur, die war tatsächlich offen."

„Der Pfarrer ist gleich nach dem Mittagessen aufgebrochen. Er brauche Meeresluft, hat er mir gesagt und er wird wohl erst spätabends zurückkommen." Aus seiner Stimme war Missbilligung zu hören. „Er hat es wieder einmal eilig gehabt und offensichtlich vergessen abzusperren."

„Dann hat es wohl keinen Sinn, wenn ich auf ihn warte." Florence verzichtete auf ein Gespräch mit dem Mann, verabschiedete sich und machte sich auf den Weg nach Hause. Sie brauchte eine Dusche, eine Gelegenheit, ihre Beine hochzulagern und ein gutes Buch. Jawohl, ein gutes Buch und zwar keinen Kriminalroman! Ihre Buchhändlerin in Paris hatte ihr *Die Eleganz des Igels* als Reiselektüre ans Herz gelegt und die lag noch immer unangetastet in ihrem Koffer. In der Hitze des Nachmittags fühlte sich der Weg zur Pension länger als zuvor an und so atmete sie auf, als sie endlich ihr abgedunkeltes Zimmer betrat.

Erfrischt von einer ausgiebigen Dusche machte sie es sich im Lehnstuhl bequem und nahm das Buch zur Hand. Es gefiel ihr zwar von Anfang an, aber sie kam nicht weit mit dem Lesen. Der Pfarrer ging ihr nicht aus dem Sinn. Sie musste mehr über seine frühe Verbindung zu Lemercier erfahren. Vielleicht konnte sie ihn heute Abend noch treffen. Ab morgen war sie ja in diesem Saignon. Sie wählte seine Nummer, die sie seit ihrer ersten Begegnung mit ihm besaß.

Der Pfarrer meldete sich tatsächlich auf das erste Klingeln. Er sei gerade von einem kleinen Ausflug zurückgekommen und habe schon von seinem Mitarbeiter erfahren, dass ihn heute eine Dame gesucht habe. So wie ihm die Besucherin beschrieben wurde, habe er schon vermutet, dass sie es gewesen sei. Auf ihre Frage, ob sie ihn heute Abend noch treffen könne, bedauerte er. „Leider bin ich heute Abend und auch morgen total verplant", sagte er „und morgen Nachmittag fahre ich zum Festival von La Roque-d'Anthéron, um den berühmten Pianisten Amontero zu hören. Ich kann erst wieder am Montag."

Das trifft sich ja gut, dachte Florence, es würde mich interessieren, wie und ob sich der Pfarrer und Amontero dort begegnen. Sie beschloss, ihm noch nicht zu verraten, dass sie am Samstagabend auch bei diesem Konzert sein werde.

„Das ist sehr bedauerlich", sagte sie stattdessen. „Es kann sein, dass ich am Montag schon nach Paris abreise. Ich muss aber unbedingt noch etwas mit Ihnen besprechen, dass ich jetzt nicht am Telefon sagen kann." Sie hatte es sich zur Gewohnheit gemacht, wichtige Fragen nur im direkten und persönlichen Kontakt zu stellen. Sie musste sehen, wie ihr Gegenüber reagierte.

„Zufällig werde ich das Wochenende in Saignon verbringen. Das ist doch gar nicht so weit von La Roque-d'Anthéron entfernt. Können wir uns dort irgendwo treffen?"

Der Pfarrer ließ sich viel Zeit für eine Antwort, aber gerade als sie fragen wollte, ob er noch in der Leitung sei, räusperte er sich.

„Sie wissen, dass Bruno Amontero am Sonntag eine Matinee in der Kirche von Saignon gibt?"

„Gewiss, Monsieur!"

„Dann gäbe es die Möglichkeit, dass wir uns vor der Matinee auf ein kleines Plauderstündchen treffen. Saignon ist so ein hübscher Ort. Ich trinke dort gerne vor einem Konzert noch eine Tasse Kaffee und genieße das Ambiente."

„Großartig. Das können wir dann ja zusammen genießen. Vor der kleinen Bäckerei unterhalb der Kirche? – Sehr gut. Meine Pension liegt angeblich nur ein paar Häuser entfernt."

„Dann wohnen Sie bestimmt bei Madame Gilbert mit ihrer einzigartigen Galerie! Ich hatte dort einmal für ein paar Nächte ein winziges Dachzimmer. Ein Aufenthalt, den ich in bester Erinnerung habe!"

„Was für ein Zufall! Vermutlich residiere ich in demselben Zimmer."

„Ich beneide Sie bereits darum, Madame. Dann treffen wir uns also am Sonntag vor der Bäckerei. Sagen wir um zehn. Das Konzert beginnt um elf!"

„Perfekt. Aber sagen Sie, warum übernachten Sie diesmal nicht in Saignon bei Madame Gilbert?"

„Ach, ich übernachte bei einem Freund in Buoux. Der hat dort ein reizendes Restaurant und ein paar Fremdenzimmer. Ich muss Schluss machen, Madame. Ich bekomme gerade Besuch!"

„Alles klar, Monsieur. Bis zum Sonntag!"

„Bis zum Sonntag, Madame. Au Revoir."

Also gut, das war erledigt. Dass sie bereits am Montag nach Paris reisen wollte, war natürlich gelogen. Schon wieder war sie diesem Geistlichen gegenüber nicht bei der Wahrheit geblieben, aber sie hatte sich baldmöglichst mit ihm treffen wollen und es hatte funktioniert.

Endlich hatte sie genug Ruhe, um sich ihrer Lektüre widmen zu können. Sie las noch über eine Stunde lang, bis sie Hunger bekam. Zu dem kleinen marokkanischen Lokal, in dem sie an ihrem ersten Abend diese herrliche Lamm-Tagine gegessen hatte, war es nicht weit. Sie ging noch einmal hin, probierte diesmal eine Fisch-Tagine und war genauso zufrieden wie beim ersten Mal. Sie war der einzige Gast. Nach dem Essen kam sie ins Gespräch mit den beiden Besitzerinnen des Lokals und die luden sie noch auf einen Minztee ein. Als sie sich verabschiedete, wusste sie, dass die beiden Schwestern unverheiratet waren und schon seit fünfzehn Jahren dieses Lokal betreiben. Bereits in jungen Jahren waren sie aus Agadir hierhergezogen. Sie fühlten sich wohl in Avignon, sagten sie, verrieten aber nicht die Gründe für das frühe Verlassen ihrer Heimat.

Als Florence im Bett lag, ließ sie den vergangenen Tag noch einmal vor ihrem inneren Auge Revue passieren. Beim Mittagessen hatte sie neue Facetten der Persönlichkeit von Amontero kennen gelernt. „Ich vermute, Madame Florence", hatte er gesagt, „dass Sie nun, wo Ihr Leben eine neue Wendung genommen hat, noch ganz andere Talente in sich entdecken werden. Wenn man eine so ausgeprägte Begabung wie Sie zur Detektivarbeit oder ich zum Klavierspielen besitzt, vergisst man nachzuschauen, ob der liebe Gott nicht noch anderes für einen vorgesehen hätte. Während Sie nun zur Musikliebhaberin geworden sind, frage ich mich manchmal, ob in mir nicht auch noch ein bescheidener Aquarellmaler schlummert. Ich kann nämlich an keiner Galerie und an keiner Ausstellung vorbeigehen. Sicher werde ich mein Leben lang Klavier spielen, aber lieber früher als später möchte ich mich auch noch in dieser Kunst versuchen."

CHACONNE

18

Florence hatte Madame Robert schon am Vortag darüber informiert, dass sie die nächsten zwei Nächte in Saignon verbringen werde. Da sie davon ausgehen konnte, dass die Pensionswirtin es ohnehin herausfinden würde, hatte sie ihr lieber auch gleich erzählt, dass dies auf Monsieur Florentins Einladung hin geschah. Letzteres hatte Ernestine Robert so sprachlos gemacht, dass sie es sogar unterlassen hatte, weitere Fragen zu stellen.

Als sie am Freitagmorgen an den Frühstückstisch trat, an dem Florence zusammen mit den Schauspielern Platz genommen hatte, erzählte sie ihnen sofort, dass Madame Florence von einem prominenten Bürger Avignons zu einem Wochenendausflug eingeladen worden sei. Aurelie, Tristan und Kenneth gaben sich gebührend beeindruckt, bedauerten allerdings, dass sie heute verreise, denn sie hatten ihr noch erfolgreich eine Karte für die morgige Vorstellung organisiert.

Florence war gerührt und bedankte sich. Sie hoffe sehr, dass sich ein anderer glücklicher Abnehmer für die Theaterkarte finde. Zu einem längeren Gespräch am Frühstückstisch blieb einmal mehr nicht genügend Zeit, denn Charles Florentin stand früher als verabredet vor der Tür der Pension und Madame Robert geleitete ihn in den Innenhof.

„Bonjour Charles", Florence erhob sich und Charles begrüßte sie mit einer flüchtigen Umarmung. „Mein Reisegepäck steht schon hier unten bereit. Ich muss nur mehr für zwei Minuten auf mein Zimmer, um meine Handtasche zu holen. Vielleicht kann dir Madame Robert inzwischen kurz Gesellschaft leisten?"

„Aber natürlich, Madame Florence." Ernestine Robert schnappte nach Luft. Dass sich die beiden nun schon duzten ging ihr zu weit. „Ich war vor Jahren einmal mit einer Schulklasse in Saignon. Ein pittoresker Ort! Aber wo werden Sie denn dort nächtigen?" Wenn mit Madame Robert die Neugierde durchging, nahm sie sich kein Blatt vor den Mund. Florence schmunzelte.

„Charles besitzt ein Haus in Saignon und hat mich freundlicherweise dorthin eingeladen. Er hat aber auch Verständnis dafür, dass ich es bevorzuge, niemandem zur Last zu fallen, so hat er mir ein Zimmer in einer besonders netten Pension versprochen. Bleibt es dabei, Charles?"

Charles Florentin beschloss, die Wogen ein wenig zu glätten und wandte sich Madame Robert zu.

„Ja, ich konnte in Saignon für Florence noch ein Zimmer bei einer Bekannten ergattern, die neben einer Galerie eine Art Künstlerpension betreibt. Sie hat auch einige Zimmer für Touristen, die die Atmosphäre ihres Hauses immer sehr zu schätzen wissen. Bezüglich Größe und Komfort können diese Zimmer aber bestimmt nicht mit den Ihren hier mithalten. Florence hat mir schon berichtet, wie komfortabel und liebevoll ihr Zimmer eingerichtet ist und in welch besonderer Weise Sie um Ihre Gäste bemüht sind."

Madame Robert war geschmeichelt, lächelte aber etwas säuerlich, denn sie hatte das „Charles" und „Florence" noch nicht ganz verkraftet. Nun, dachte sich Florence, ihre Pensionswirtin würde ein Wochenende lang Zeit haben, mit diesem Umstand fertig zu werden.

„Jetzt muss ich los", sagte sie und ließ Madame Robert mit ihrem Opfer alleine.

Eine Stunde später saß sie neben Charles in einem passablen Geländewagen und hatte freien Blick auf eine beeindruckende, wildromantische Landschaft. Er hatte ihr den Vordersitz angeboten, während es sich Chantal mit überkreuzten Beinen und ihren Kopfhörern auf dem Rücksitz bequem gemacht hatte und es ihrem Vater überließ, dem Gast die Landschaft zu erklären.

„Ich hoffe, es ist dir recht, Florence, wenn ich einige kleine Umwege mache und dir die reizvollsten Plätze hier zeige. Schau mal, dort in der Ferne auf dem Hügel siehst du ein Schloss. Es gehört zum Ort Lacoste und war einst im Besitz des berüchtigten Marquis de Sade. Heute gehört es allerdings dem bekannten Modedesigner Lacroix. Ich finde immer, es genügt, wenn man es aus der Ferne betrachtet. Ähnlich geht es mir übrigens mit dem wunderschönen Ort Ménerbes. Seit es einen Film und einen Buchbestseller gibt, der dort spielt, sind die Touristen in Massen über den Ort hereingefallen und das hat mir das Vergnügen an einem Ausflug dorthin ein wenig verdorben. Da lobe ich mir mein verschlafenes Saignon, das trotz seiner Reize immer noch weitestgehend unentdeckt geblieben ist. Du wirst es mögen. Wir werden durch das bezaubernde Tal bei Buoux anreisen und aus der Ferne einen schönen Blick auf den Ort haben."

Florence genoss es, auf diese Weise an ein noch unbekanntes Ziel herangeführt zu werden. Den Namen „Buoux" hatte sie schon gehört. Ach ja, der Pfarrer hatte ihr gestern erzählt, dass er dort bei einem Freund nächtigen werde.

Nach einer Dreiviertelstunde parkte Charles seinen Wagen am Rande einer schmalen, unbefestigten Straße und Chantal sprang als Erste heraus und breitete die Arme aus, so als wolle sie die ganze Gegend umarmen. Florence stand gleich darauf verzückt neben ihr. Ein farbiger Teppich in Grün- und Lilatönen breitete sich zu ihren Füßen aus. In das weite Land waren Hügel eingestreut, auf denen steinerne Dörfer thronten. Zum ersten Mal bekam sie die berühmten Lavendelfelder zu sehen und auch diesbezüglich übertraf die Realität jene Bilder, die sie von Fotos oder von der Filmleinwand her kannte.

„Schau Florence, da vorne liegt unser Saignon. Genau von dieser Stelle hier hat man den allerschönsten Blick darauf."

Florence hatte Chantal bei ihrer Begrüßung am Morgen das Du-Wort angeboten, um die Situation zwischen sich und der Familie Florentin nicht unnötig zu verkomplizieren.

Chantal zeigte auf den ihnen gegenüber liegenden Hügel. Dort schmiegten sich die Häuser eines Dorfes an einen hohen, lang hingestreckten Felsen. Aus der Ferne wirkten sie wie eine Herde von Schafen, die sich vor einer unbekannten Gefahr unter den Mantel ihres Hirten geflüchtet hatte. Am anderen, nördlich davon gelegenen Ende ging der Ort in eine Hügelkette über. Dort konnte Florence auch die Kirche erkennen, in der Bruno Amontero vermutlich am Sonntag sein Konzert geben würde.

Zehn Minuten später konnte Florence feststellen, dass ihre Pension gleich unterhalb dieser Kirche lag. Charles Florentin hatte sein Auto auf einem Parkplatz am Ortseingang neben der Kirche abgestellt, da es vor seinem Haus keine Parkmöglichkeit gab. Er hatte das Gepäck seines Gastes aus dem Auto genommen und zu dritt gingen sie an der Kirche und einer kleinen Bäckerei vorbei zum Haus von Madame Gilbert. Es lag in einer schmalen, auf beiden Seiten von uralten Häusern gesäumten Gasse, von der aus weitere Gassen und Steintreppen den Hügel hinauf und hinunterführten.

Elena Gilberts Haus war an den großen Schaufenstern zu erkennen, die den Blick in ihre Galerie freigaben. Sie erwartete ihr Gäste bereits am Eingang. Ein freundliches „Willkommen Madame" für Florence, Küsschen und Umarmung für Charles und Chantal. Florence wollte sich erst einmal in ihrer neuen Bleibe einrichten und Charles wollte gemeinsam mit seiner Tochter im eigenen Haus nach dem Rechten sehen. Sie hatten vereinbart, Florence in etwa einer Stunde zum Essen abzuholen.

Die neue Pensionswirtin, wesentlich diskreter, aber ebenso temperamentvoll wie Madame Robert in Avignon, übernahm den Reisekoffer und führte Florence erst durch einen schmalen Gang und dann über eine steile Treppe nach oben. Florence erkannte sofort, dass sich das Stilbewusstsein von Madame Gilbert nicht nur auf die Auslagen ihrer Galerie beschränkte. Alles an ihr und ihrem Haus zeugte von einem fabelhaften Geschmack. Wieder lag ihr Zimmer – diesmal allerdings ohne Lift – im obersten Stockwerk. Auf halben Weg machte sie Halt, stellte den Koffer ab und öffnete eine Tür. „Durch diese Tür gelangen Sie in unsere großen Garten, Madame, in dem sie sich jederzeit aufhalten können. Wollen Sie schon einen ersten Blick darauf werfen?" Es war der Stimme von Madame anzuhören, dass sie stolz auf ihren Garten war und deshalb nickte Florence.

Es hatte sich gelohnt. Sie durchquerten noch zwei Zimmer, gelangten ins Freie und über eine kleine hölzerne Brücke in den Garten. Der war so besonders und unerwartet vielgestaltig, dass es Florence die Sprache verschlug. Ein verwunschener Ort mit Sitzgruppen, Laubengängen, weit ausladenden Bäumen und Nischen aus Blattwerk und blühenden Sträuchern. Als Florence das kleine Paradies zur sichtlichen Freude ihrer Gastgeberin ausreichend bewundert hatte, stiegen sie den letzten Teil der Treppe bis in den dritten Stock nach oben.

Dort öffnete Elena Gilbert eine Tür und bat um Entschuldigung, dass sie nur mehr dieses Kämmerchen für sie frei gehabt habe. Es war tatsächlich winzig und deshalb nur mit dem Nötigsten eingerichtet. Ein Holzboden mit einem hellgrauen Teppich, ein einziges abstraktes Bild in klaren Farben an einer weiß getünchten Wand, ein schmales Bett mit einem bunten gestreiften Überwurf, ein ebenso gepolsterter Stuhl. Eine rote Schiebetür aus dickem Glas bot Einlass in die winzige Dusche; ein gemauerter Sims umrundete alle vier Wände und eignete sich als Ablage für die wichtigsten Dinge. Dort stand auch ein kleiner Fernsehapparat, der aus einer vergangenen Epoche zu stammen schien. Anstelle eines Kastens gab es einen Kleiderständer auf Rollen und außer dem Koffer hatte niemand anderer als der Gast, für den es gedacht war, Platz in diesem Dachzimmer.

„Hier werde ich mich bestimmt wohlfühlen", sagte Florence fröhlich, angesteckt von der Frische und Heiterkeit, die der Raum ausstrahlte. Sie hatte ohnedies nicht vor, sich dort allzu viel aufzuhalten. Auch jetzt blieb sie nur zehn Minuten, zog sich eine frische Bluse an und saß bald darauf an einem kleinen runden Tischchen vor der Bäckerei.

Sie bestellte das Übliche – einen Kaffee und ein Croissant – und ließ ihren Blick über den Platz schweifen. Ein schöner Ort! Links von ihr ging es zur Kirche mit ihrem breiten, kunstvollen Portal hinauf, rechts unterhalb blickte sie auf das Kommen und Gehen in der zentralen Gasse. Ihr gegenüber befand sich ein kleines Ensemble von malerischen Häusern, von denen eines ein Gasthaus zu sein schien. Vor einem Haus unten in der Gasse saß ein alter Mann mit einem Hund zu seinen Füßen und bot in einer Art Bauchladen kleine, bunte Lavendelsäckchen zum Verkauf an. Ein Dreiergespann junger Leute fotografierten ihn, und als er ihnen daraufhin verärgert mitteilte, dass ein Foto von ihm nicht gratis sei, kauften sie ihm drei Säckchen ab.

Die drei jungen Leute lösten bei Florence eine Erinnerung aus. Oh Gott! Sie hatte ihr Versprechen gegenüber Amontero noch nicht eingelöst. Sie musste sofort Lambert anrufen und ihn von der frühen Verbindung zwischen Amontero, Lemercier, Petermann und dem Pfarrer in Kenntnis setzen. Rasch wählte sie seine Nummer und als er nicht abhob, versuchte sie es bei Leonie Perrin. Auch sie meldete sich nicht. Was war da nun wieder los. Sie schickte Lambert eine SMS und bat um Rückruf. Immerhin konnte sie nun gegenüber Amontero behaupten, dass sie nicht untätig geblieben war.

Es hatte eine Weile gedauert bis ein freundlicher Kellner Kaffee und Croissant gebracht hatte. Die Stunde, die ihr Charles Florentin gewährt hatte, musste schon fast vorüber sein. Tatsächlich stand er bald darauf vor ihr.

„Dachte ich es mir doch", grinste er, „Florence Beaumarie hat bereits Sophie und ihre formidable Bäckerei entdeckt."

Florence grinste zurück. Zu ihrer Schwäche für Kaffee und Croissants stand sie.

„Jetzt bekommst du aber endlich unser Haus zu sehen. Wir sind in wenigen Minuten dort. Ich hoffe, du hast noch Appetit! Chantal richtet gerade ein kleines Mittagessen her. Wir essen im Sommer immer im Freien. Gleich neben der Küche im obersten Stock gibt es eine Terrasse. Ich bin schon gespannt, was du zu der Aussicht sagst, die man von dort aus hat."

Florence bezahlte und Charles führte sie durch seinen Ort. Schon nach fünf Minuten hatten sie einen besonders reizvollen Platz erreicht, an dem es Florence zum ersten Mal bedauerte, dass sie nicht fotografierte. Zu gerne hätte sie den kunstvollen Dorfbrunnen aufs Bild gebannt. Das besorgte aber ohnedies Charles für sie. Er hatte bereits eine Kamera gezückt und bat sie mit auf das Bild. Sie machte ihm die Freude und lehnte sich an den Rand des Brunnens. Zwei lebensgroße Steinfiguren thronten auf einer Säule in dessen Mitte. In ihren Händen hielten sie Schalen, aus denen sich perlendes Wasser beständig nach unten ergoss.

Kaum war das Foto geschossen, rief Lambert an.

„Hallo Florence, ich habe gerade erst Ihre Nachricht gelesen."

Seine Stimme klang anders als gewohnt.

„Antoine, was ist los? Sie hören sich seltsam an. Ist bei Ihnen alles in Ordnung?"

„Bei mir ist gar nichts in Ordnung. Ich befinde mich mitten in einer Katastrophe. Soeben bin ich am Meer angekommen, in der Sommervilla der Lemerciers. Madame Lemercier ist in totaler Auflösung und das kann man verstehen. Die eine Tochter ist ihr auch keine Hilfe. Die zweite ist, Gott sei Dank, aus anderem Holz geschnitzt. Aber hören Sie, können Sie mich in zwei Stunden wieder anrufen. Ich werde schon wieder gebraucht."

„Ja, o.k.! Aber sagen Sie mir bitte um Himmels Willen, was passiert ist."

„Florence – Madame Petermann ist tot! Sie wurde heute Vormittag von Eliette Lemercier in ihrem Schlafzimmer in der Villa aufgefunden. Eindeutig wieder ein Mord! Bitte passen Sie auf sich auf und rufen Sie mich später an. Dann werde ich hoffentlich einen Augenblick Zeit haben, Ihnen alles zu erzählen."

Schon hatte er aufgelegt. Florence konnte es nicht fassen. Als sie sich umdrehte und sich Charles zuwandte, war alle Farbe aus ihrem Gesicht gewichen.

19

Nachdem Florence das Wenige, das sie vom Kommissar erfahren hatte, Charles mitgeteilt hatte, beschlossen sie, Chantal erst nach dem Lunch über den neuerlichen Mord zu informieren, um ihr die Freude am Essen nicht zu verderben.

Das Haus der Florentins wurde von einer Glyzinie überwuchert und fügte sich recht unauffällig in ein Ensemble von Steinhäusern, die bei genauerer Betrachtung jeweils eine ganz eigene Persönlichkeit offenbarten. Im Falle der Florentins war das eine Steinbank zwischen zwei Eingangstüren, von denen die eine unauffällig grau war. Die andere, blau gestrichene Tür, verzierte ein buntes Glasfenster in der oberen Hälfte.

Seine Großzügigkeit offenbarte das an die vierhundert Jahre alte Haus erst von innen. Es besaß drei Stockwerke. Küche und Wohnzimmer befanden sich samt der großen Terrasse im obersten Stock. Als Florence ihrem Gastgeber die vielen unregelmäßigen Stufen hinauf folgte, scherzte er, dass vermutlich schon seine Großmutter dieses Haus als eine Art Fitnessstudio betrachtet haben musste. Er habe sich ausgerechnet, dass er an einem Tag hier an die achthundert Stufen hinauf- und hinabsteigen würde. Vor zwanzig Jahren sei ihm das Haus von seiner Mutter überraschend vererbt worden – zu einer Zeit, als sie schon längst Mann und Sohn verlassen und in Paris ein neues Leben an der Seite eines anderen begonnen hatte.

Chantal, in kurzer, weißer Hose und lila Top, begrüßte sie in der Küche. Sie hatte eine einfache Mahlzeit aus Zuckermelonen, Salat, Schinken, Käse, Tapenade, Oliven, eingelegtem Gemüse und dunklem und hellem Brot vorbereitet. Es sah köstlich aus.

„Morgen wird es noch viel schönere Sachen auf diesem Tisch geben", verkündete sie, „denn morgen ist in Apt unten im Tal der tollste Wochenmarkt von ganz Südfrankreich."

Chantal war bester Laune und trug den Großteil zur Unterhaltung bei. Florence und Charles hielten mit, so gut sie konnten. Lange konnten sie ihr die schreckliche Nachricht nicht mehr verheimlichen und so rückten sie gleich nach dem Essen damit heraus. Natürlich reagierte Chantal entsetzt. Größer als ihr Entsetzen war aber ihre Empörung darüber, dass sie ihr erst jetzt davon berichteten.

„Von Papa bin ich es ja gewöhnt", sagte sie mit feuchten Augen und wandte sich an Florence, „aber dass auch du mich für jemanden hältst, den man wie ein kleines Kind behandeln muss, hatte ich nicht gedacht."

Florence machte ein bedauerndes Gesicht: „Du hast ja recht, Chantal, und es ist nicht zu entschuldigen. Es sieht so aus, als wollten wir alle beide nicht die Überbringer der schlechten Nachricht sein. Es macht mich auch nervös, dass ich noch immer nicht weiß, was wirklich da unten in Sanary-sur-Mer passiert ist. Ich werde jetzt wohl am besten zurück in mein Quartier gehen und dann von dort aus den Kommissar anrufen."

„Ach rufe ihn doch bitte von hier aus an, Florence. Sonst werden Papa und ich noch länger auf die Folter gespannt", bat Chantal.

Dem konnte Florence nichts entgegenhalten und so blieben sie zu dritt noch eine halbe Stunde sitzen. Als endlich der passende Zeitpunkt für den Anruf gekommen war, zogen sich Vater und Tochter diskret zurück und trugen das restliche Geschirr ins Haus. Diesmal nahm der Kommissar sich Zeit und erzählte ihr in allen Einzelheiten, was er bisher wusste. Wie geplant war

Eliette Lemercier an diesem Morgen mit ihren beiden Töchtern in das Haus am Meer gefahren. Nach ihrer Ankunft hatten sie sich zunächst noch eine halbe Stunde gemeinsam im Wohnzimmer in Gedenken an den Ehemann und Stiefvater aufgehalten, der dieses Haus nun nie wieder durch seine Anwesenheit ehren würde. Monsieur Mohammed, der Haus- und Gartenbetreuer, der normalerweise immer montags hier arbeitete und gemeinsam mit seiner Frau nach dem Rechten sah, hatte sie empfangen, um ihnen zu kondolieren. Er hatte eisgekühlten Tee mit frischer Minze serviert und anschließend die Koffer ins Obergeschoss hinaufgetragen, sich dann verabschiedet und das Haus verlassen. Eliette hatte den Koffer selbst in ihr Zimmer gerollt, einige Kleidungsstücke in den Schrankraum gehängt und dann die Tür zu ihrem privaten Schlafzimmer geöffnet. Ein unangenehmer Geruch war ihr von dort entgegengeströmt und, ohne sich umzusehen, war sie sogleich zum Fenster geeilt, um die Läden zu öffnen und frische Luft einzulassen. Erst dann hatte sie sich umgedreht und gesehen, was passiert war. Sie hatte sofort zu schreien begonnen. Auf ihrem Bett befand sich eine lebensgroße und gänzlich in orangerote Folie gehüllte Gestalt. Sie lag auf dem Rücken. Die Arme eng am Körper. An den Handgelenken Handschellen, die jedoch sonst nirgends befestigt waren. Die Folie war dort, wo das Gesicht sein sollte, einen breiteren Spalt offen. Ein Gesicht war jedoch nicht zu erkennen, denn die Augen und die Nase waren von eingetrocknetem Blut überzogen, so dass das, was da zu sehen war, einer dunkelroten Maske glich. Eliette Lemercier hatte mit dem Schreien erst aufgehört, als ihre beiden Töchter herbeigeeilt kamen. Auch diese hatten entsetzte Schreie ausgestoßen und Coralie, die jüngere und sensiblere, hatte sich sofort wieder von dem Anblick abgewandt und ihre Mutter zitternd in die Arme geschlossen. Die um zwei Jahre ältere Hélène war couragierter. Sie hatte dann die örtliche Polizei gerufen.

„Ich erspare Ihnen weitere Details", sagte Lambert, nachdem er Florence dies geschildert hatte. „Mit der örtlichen Polizei hatten wir wegen des Mordes schon früher Kontakt aufgenommen, auch über das Verschwinden von Madame Petermann waren sie natürlich informiert. Sie hatten sofort vermutet, um wen es sich handeln könnte, und haben uns verständigt. Und ja, die in Baufolie gehüllte Tote ist ohne Zweifel Madame Petermann!"

„Ich wäre Ihnen aber dankbar für alle Details, Antoine. Sie müssen mir nichts ersparen. Ich weiß, dass ich mich Ihrer Meinung nach von der ganzen Angelegenheit fernhalten soll, aber da Sie soeben die Freundlichkeit hatten, mich zu informieren, nehme ich an, dass ein gewisses Mitdenken meinerseits doch noch in Ihrem Sinne ist. Aus der Ferne, versteht sich."

„Verzeihen Sie, Florence! Ich weiß, ich war gestern etwas rüde. Ich hatte Angst vor weiteren Komplikationen. Na ja, die haben wir ja jetzt, wenn auch anders als gedacht. Aber, dass ich nicht möchte, dass Sie in das Ganze hineingezogen werden oder gar ernsthaft in Gefahr geraten, können Sie wohl verstehen. Wir haben es hier doch offensichtlich mit einem fantasievollen Mörder zu tun, der seine Sache sehr gezielt verfolgt."

„Oder mit mehreren Mördern oder mit einer Mörderin, Antoine!"

„Natürlich. Aber, dass eine Frau die Sache hier alleine durchgezogen hat, ist mehr als unwahrscheinlich. In einer Hinsicht sind wir uns nämlich sicher. Die Petermann ist bestimmt nicht in der Villa der Lemerciers ermordet, sondern schon tot hierher transportiert worden. Kein einfacher Job, wie Sie sich denken können! Tatsächlich gibt es Spuren von diesem Transport vom Gartentor bis zum Haus. Auch im Eingangsbereich und im Stiegenhaus haben wir noch einige schlecht entfernte Schleifspuren entdeckt. Das muss übrigens irgendwann zwischen heute und dem Tag gewesen sein, an dem Sie mit Perrin in der Villa waren. Damals war doch das Bett im Schlafzimmer von Madame Lemercier noch unberührt?"

„Ja, das war es. Zur Lösung eines kleinen Rätsels könnte ich allerdings beitragen. Als ich im Schrankraum von Madame Lemercier die Fotos gefunden habe, habe ich dort auch die Accessoires zu einigen erotischen Spielchen entdeckt. Ein Paar Handschellen waren auch darunter. Schauen Sie einmal nach, ob die dort noch zu finden sind."

„Florence, Florence. Was wissen Sie denn noch, was ich nicht weiß? Wenn ich Sie nicht von unseren gemeinsamen und gloriosen Pariser Zeiten her kennen würde, müsste ich Sie eigentlich zu Ihrer eigenen Sicherheit in Haft nehmen."

„Das lassen Sie mal schön bleiben, Antoine! Sie wissen, ich kann gut selbst auf mich aufpassen. Eine nicht uninteressante Information habe ich noch für Sie. Von unserem berühmten Pianisten, mit dem Sie mich freundlicherweise bekannt gemacht haben, habe ich erfahren, dass nicht nur er und Lemercier Jugendfreunde waren, sondern dass auch – und jetzt werden Sie staunen – der Pfarrer der Kirche, in welcher der erste Mord stattfand, zumindest im letzten Studienjahr eng mit beiden Mordopfern befreundet war."

„Donnerwetter. Das ist allerdings interessant. Den Pfarrer hatten wir bisher als völlig unverdächtigen Zeugen behandelt. Den werden wir dann auch noch genauer unter die Lupe nehmen müssen – und auch mit Amontero ist wieder ein Gespräch fällig."

„Bitte lassen Sie Amontero dieses Wochenende noch in Ruhe. Er entgeht Ihnen nicht. Morgen hat er ein großes Konzert und am Sonntag eines hier in Saignon. Er hat mich zu beiden Konzerten eingeladen. Ich werde ihn nicht aus den Augen lassen und auch mit ihm reden. Wenn ich etwas Wichtiges erfahre, rufe ich Sie an."

„Also gut, Florence. Um der alten Zeiten Willen und weil ich Ihre Fähigkeiten immer zu schätzen wusste. Bleiben Sie halt der Sache auf der Spur! Wann kommen Sie denn zurück aus dem idyllischen Saignon?"

„Sonntagabend, Antoine!"

„Na gut. Dann schlage ich vor, dass wir am Montag zusammen Mittagessen gehen und uns gegenseitig über alles informieren. Dass wir das nicht an die große Glocke hängen, ist wohl klar. Ich melde mich dann bei Ihnen."

„Natürlich. Betrachten Sie mich einfach als eine besonders interessierte Zeugin des Geschehens, deren Bedürfnis, sich einzumischen, auch ihre Grenzen hat. Au revoir, Antoine!"

„Au revoir, Florence!"

Nachdem Florence aufgelegt hatte, ging sie in die Küche. Die beiden Florentins waren mit dem Abwaschen beschäftigt, klapperten mit dem Geschirr und hatten das Radio aufgedreht. Von dem Gespräch konnten sie nichts mitbekommen haben.

„Kann ich behilflich sein?" Florence hätte nichts dagegen gehabt, die schreckliche Geschichte erst einmal ein wenig zu verdauen, ehe sie davon berichtete.

„Nein danke. Wir sind schon fertig und furchtbar gespannt, was du erfahren hast, Florence!" Chantal hängte das Geschirrtuch an den Griff des Backrohrs, schaltete das Radio aus und deutete auf den großen Küchentisch, der von sechs Sesseln umgeben war.

Alle drei setzten sich, und da dies eine jener Geschichten war, die man niemandem schonend beibringen konnte, berichtete Florence alles, was sie von Lambert erfahren hatte, mehr oder weniger wortgetreu.

Als sie damit fertig war, sagte keiner ihrer Zuhörer ein Wort. Schweigend saßen sie für eine Weile an dem schweren Holztisch und die Stille des Sommernachmittags wurde auf eine Weise hörbar, als hätte sie ihre eigene Melodie.

„Jetzt brauche ich einen Calvados, wollen die Damen auch einen?" Charles Florentin hielt es nicht länger aus und erhob sich. „Mir bitte einen Pastis", sagte Chantal. Florence gab sich geschlagen und erklärte sich zu einem Schlückchen Calvados bereit. Pastis kam für sie nicht in Frage, denn den Geschmack von Anis konnte sie nicht ausstehen. Ein starkes Getränk war jetzt jedenfalls angebracht.

Während Charles mit Gläsern und Flaschen hantierte, bemerkte Chantal, dass ihr die ganze Geschichte im Augenblick noch völlig irreal erscheine.

„Ich fühle mich wie die Zuseherin in einem Theaterstück und muss zu meiner Beschämung gestehen, dass ich sogar eine gewisse Lust an der Sensation empfinde."

„Du bist ja tatsächlich nur eine Zuschauerin", sagte Florence, „und wir alle kennen diese Mischung aus den unterschiedlichsten Gefühlen, wenn wir etwas Ungeheuerliches erfahren. Mir geht es da nicht viel anders, aber so wie ich veranlagt bin, betrachte ich ein solches Ereignis sofort als ein Rätsel, das ich unbedingt lösen muss."

„Dann hast du also vor, auch hier wieder aktiv zu werden und die Miss Marple zu spielen", bemerkte Charles, der inzwischen an den Tisch getreten war und ein Tablett mit Getränken, Gläsern und Knabbergebäck hinstellte.

„Ach Charles, ich habe in meinem Leben schon genug zur Lösung von Kriminalfällen beigetragen, diesmal bin ich jedoch hin- und hergerissen. Früher war ich immer Teil eines Teams. Wahrscheinlich hast du recht – jetzt bewege ich mich wohl mehr in Richtung einer Miss Marple, altersmäßig auf jeden Fall."

„Nur dass Florence nicht wie eine Miss Marple ausschaut! Du bist vielleicht ein Charmeur, Papa!"

„Ich dachte dabei auch ausschließlich an die Cleverness dieser Heldin der guten alten Agatha Christie. Die hat ihre Figur auch ihre ganz eigenen Wege gehen und die Polizei dabei oft ziemlich schlecht aussehen lassen. So umwerfend attraktiv wie unsere ‚Miss Florence' hier war sie aber gewiss nicht." Charles Florentin trank genüsslich von seinem Calvados. Als Florence ihm einen irritierten Blick zuwarf, fügte er hinzu: „Nichts für ungut Florence, aber Chantal und ich sind uns einig, dass du eine in jeder Hinsicht bemerkenswerte Frau bist."

Florence sagte nichts. Charles brauchte offenbar ein Ventil für seine Aufregung.

Wieder trat Schweigen ein und wieder war es Charles, der es schließlich brach. „Der Mistral lässt sich Zeit", bemerkte er, „dabei liegt doch schon seit Tagen etwas Seltsames in der Luft."

Die beiden Frauen gingen nicht auf seine Bemerkung ein, doch Chantal richtete sich plötzlich kerzengerade auf, legte ihre Hände auf den Tisch und fragte, ob denn irgendjemand eine Idee hätte, wer der Täter sein könnte.

„Der Täter oder die Täterin", korrigierte Florence. „Tja, eine meiner Verdächtigen im Mordfall Lemercier wurde bereits aus dem Verkehr gezogen."

„Dann hattest du also auch Madame Petermann als Mörderin Lemerciers in Verdacht?"

„So wie alle anderen, die ein Motiv haben. Man muss alle Möglichkeiten in Betracht ziehen. Über die Petermann weiß ich ja noch viel zu wenig. Was hält man denn im Orchester von ihr?"

„Ich selbst kenne sie ja auch noch nicht lange, wie ihr wisst, aber wie sie an der Stelle unseres Meisters die Oper dirigiert hat, das war ganz große Klasse. Bei der Probe war sie anfangs noch etwas zurückhaltend. So, als hätte sie Angst, ein kostbares und schon perfektes Kunstwerk noch einmal anzurühren. Es hat aber gar nicht lange gedauert, da ist sie aufgetaut und hat dem Werk noch die eine oder andere persönliche Farbe hinzugefügt. Das war inspirierend und interessant und hat mich vergessen lassen, dass sie nur die Ersatzdirigentin war. Ihre musikalische Begabung war wahrscheinlich genauso groß wie die von Monsieur Lemercier und sie scheint die Werke der Barockkomponisten ebenfalls in- und auswendig gekannt zu haben. Oh Gott, warum haben wir nur in so kurzer Zeit zwei so wunderbare Musiker verloren? Ein unersetzlicher Verlust! Was für eine Bestie kann das nur getan haben?"

Chantal war in Tränen ausgebrochen, holte ein Taschentuch hervor, schnäuzte sich und wandte sich wieder Florence zu.

„Bitte Florence, du musst den Mörder finden ... Papa und ich helfen dir dabei. Nicht wahr, Papa?"

Charles Florentin rollte die Augen und schüttelte skeptisch den Kopf. Florence lehnte sich in ihren Sessel zurück und setzte einen nachdenklichen Gesichtsausdruck auf.

„Danke, Chantal. Ich denke, die Polizei kann jetzt jede Hilfe gebrauchen. Wir sollten aber alle vorsichtig sein, denn hier läuft ein gefährlicher Mörder frei herum und keinesfalls dürfen du oder dein Vater in sein Visier geraten."

„Dann gehst du also davon aus, dass es sich um ein- und denselben Täter handelt?", mischte sich Charles in das Gespräch.

„Das ist zumindest eine plausible Hypothese und würde die Sache etwas einfacher machen und den Kreis der Verdächtigen einschränken, denn der Täter müsste ja zu beiden in irgendeiner Beziehung gestanden haben."

„Oder Madame Petermann ist dem Täter aus irgendeinem Grund gefährlich geworden und deshalb musste er sie aus dem Weg räumen? Vielleicht ist sie ihm ja auf die Schliche gekommen." Chantal war schon wieder ganz bei der Sache.

„Das ist eine gute Überlegung, Chantal." Florence nickte anerkennend. „Aber sag mal. Du hast mir Anne-Marie Petermann als Musikerin beschrieben. Wie würdest du sie denn als Mensch sehen?"

„Diese Frage wird mein Freund Thomas vielleicht besser beantworten können, er kommt heute Abend zu Besuch und wird mit uns essen gehen. Er ist ja auch Streicher, ein Bratschist und schon ziemlich lange in dem Orchester! Ein sehr guter Bratschist, der eine Solistenkarriere anstrebt." Chantals Wangen hatten sich ein wenig gerötet. „Jedenfalls kann ich jetzt schon sagen, dass Madame Petermann im Orchester äußerst beliebt war. Ein wirklich netter Mensch, haben alle gesagt, als wir nach ihrem Verschwinden zusammen auf sie gewartet haben."

Schon wieder musste sie sich mit der Hand über die Augen wischen.

„Ich weiß nicht, wen du in Verdacht hast, Florence. Ich tippe jedenfalls auf Luc Daillon, den Trompeter. Ich verdächtige ihn aber bestimmt nicht aus persönlichen Rachegelüsten, sondern weil er meiner Meinung nach bei beiden Ermordeten ein Motiv hat."

„Interessant! Und welches wäre das?"

„Na ja, ich habe da einiges von den anderen Trompetern gehört! Er war bestimmt nicht gut genug für diesen Job und hat ihn nur bekommen, weil er mit der Tochter von Monsieur Lemercier verheiratet war. Niemand hat verstanden, warum mein Chef das angesichts seiner hohen Ansprüche an seine Musiker getan hat, schon gar nicht die Petermann. Sie hat ihn angeblich erst vor kurzem bei einer Probe damit konfrontiert. Das hat übrigens alle gewundert, weil sie sonst nie sehr konfliktfreudig, sondern eher beschwichtigend war. Vielleicht hat Daillon ihn ermordet, weil er von ihm hinausgeschmissen wurde und dann noch Anne-Marie Petermann, weil sie dazu beigetragen hat."

„Das scheint mir allerdings ein schwaches Motiv für zwei Morde zu sein, die offensichtlich minutiös geplant worden waren. Ein Mord im Affekt wäre so vielleicht zu erklären gewesen. Was meinst du, Florence?"

Charles hatte sich wieder ins Gespräch gemischt und er und Chantal sahen die Expertin neugierig an.

„Da hast du nicht unrecht Charles, aber dennoch gehört dieser Daillon zum Kreis der Verdächtigen. Auch das, was deine Tochter soeben gesagt hat, ist sehr interessant. Gibt es denn noch etwas, was du über ihn weißt, Chantal?"

„Nichts Konkretes, aber geredet wird genug. Angeblich hat er auch schon mit Madame Lemercier ein Verhältnis gehabt. Die steht, wie man weiß, auf attraktive und meist jüngere Männer und da passte er recht gut in ihr Beuteschema. Man sagt auch, dass er ziemlich frustriert sei, weil in seiner Karriere nichts weitergehe, und dafür habe er immer auch seinen Schwiegervater verantwortlich gemacht. Jedenfalls würde er sicher gerne zum Jetset gehören und dafür einiges tun."

„Es ist schon eigenartig, dass ihm Monsieur Lemercier die Stelle als Trompeter gegeben hat. Möglicherweise hat Luc Daillon irgendetwas über ihn gewusst, womit er ihn unter Druck setzen konnte. Ich werde mich noch einmal mit Monsieur Amontero darüber unterhalten, denn der scheint die Familie ganz gut zu kennen und der Chauffeur der Lemerciers wäre natürlich auch eine Informationsquelle."

Florence hatte laut nachgedacht und gleichzeitig hatte ihr Handy geläutet. Gedankenübertragung!? Es war der Chauffeur. Sie warf ihren Gesprächspartnern einen bedauernden Blick zu und schon hatte sie ihn in der Leitung.

„Bonjour, Madame Florence! Wie geht es Ihnen? Sind Sie noch in Avignon?"

„Oh nein, ich bin schon im wunderschönen Saignon! Was kann ich für Sie tun, Monsieur?"

„Nun, Madame Florence, eigentlich wollte ja ich etwas für Sie tun. Sie haben mir erzählt, dass Sie nach Saignon fahren werden, und da ich jetzt überraschend frei bin, wollte ich Ihnen das Angebot machen, Sie hinzufahren."

„Sehr freundlich, Monsieur André, aber ich bin schon da. Wie kommt es, dass Madame Lemercier Sie heute nicht benötigt?" Florence gab vor, noch nichts von den Ereignissen in Sanary-sur-Mer zu wissen.

„Ach, Madames Töchter sind angekommen und Mademoiselle Hélène hat darauf bestanden, die Mutter samt der Schwester selbst nach Sanary-sur-Mer zu fahren. Sie ist ja so stolz auf ihren 7er BMW und findet es total altmodisch, einen Chauffeur wie mich zu beschäftigen. Ich könne gern mit dem alten Mercedes noch eine Weile spazieren fahren, hat sie mir großzügig mitgeteilt. Ich denke, in dieser Familie habe ich ausgedient und ich werde wohl in Kürze wieder in Richtung Paris aufbrechen. In der Zwischenzeit gäbe es für mich aber nichts Schöneres als Ihre Gesellschaft. Ich könnte Sie auch gerne in der Gegend um Saignon herumführen."

Er schien also noch nichts von den neuen Entwicklungen zu wissen. Interessant! Von ihr würde er es jetzt jedenfalls noch nicht erfahren.

„Vielen Dank, Monsieur. Hier bin ich diesbezüglich schon gut versorgt und werde Sie leider in den nächsten Tagen nicht benötigen. Ich werde Ihre Dienste aber bestimmt in Paris in Anspruch nehmen."

„Na gut. Dann werde ich wohl hier wirklich von niemandem mehr gebraucht. Wie sagt man? ‚Der Mohr hat seine Schuldigkeit getan. Der Mohr kann gehen.' Wieder einmal."

Eigentlich hatte sie die Pflicht, ihn noch eine Weile hier festzuhalten. Er war ein interessanter Zeuge.

„Darf ich Ihnen einen Vorschlag machen, Monsieur!", hörten Charles und Chantal sie sagen. „Sie genießen jetzt ein wenig den Süden Frankreichs und chauffieren mich am Montag oder Dienstag noch einmal nach Sanary-sur-Mer, denn mein Interesse an dieser Gegend ist noch lange nicht erschöpft."

„Nun gut. Das gibt mir wenigstens noch ein wenig Aussicht auf Ihre charmante Gesellschaft. Wenn mich aber Madame Lemercier wirklich nicht mehr benötigt, ist meine Tätigkeit hier unten endgültig beendet."

Charles und Chantal hatten Florence während des Gesprächs neugierige Blicke zugeworfen und so berichtete sie ihnen von ihren bisherigen Begegnungen mit dem Chauffeur und auch von der Party im Haus der Lemerciers, von der ihr der Chauffeur berichtet hatte.

„Von dieser Party hat mir Thomas auch schon erzählt. Er war als einfacher Orchestermusiker natürlich nicht dazu eingeladen. In dieses Luxusanwesen haben nur die Auserwählten Zutritt."

Chantal machte ein nachdenkliches Gesicht.

„Aber hört mal. Wenn da jemand eine Leiche hineingebracht hat, muss er einen Zugang zu dem Haus haben und sich ziemlich gut auskennen. Das schränkt doch den Kreis der Verdächtigen einigermaßen ein. Was meinst du, Florence?"

„Gut überlegt, Chantal. Du hast Talent zur Kriminalistin. Natürlich wird die Polizei Madame Lemercier dazu befragen, wer den Sicherheitscode des Hauses kennen könnte und einen Schlüssel besitzt. Monsieur André zum Beispiel. Der hatte angeblich keinen, besaß aber einen für das Bootshaus."

„Tja, so ein Anwesen am Meer wäre schon etwas Schönes." Charles Florentin hatte offensichtlich keine Lust mehr, sich weiter in den Kriminalfall zu vertiefen. „Das Einzige, was einem hier oben in den heißen Sommern wirklich abgeht, ist eine Gelegenheit zum Baden. Aber man kann nicht alles haben. Dafür werden wir heute Abend wunderbar unter den Sternen tafeln. Neuerdings gibt es hier im Sommer ein kleines Freiluftrestaurant mit ausgezeichneter Küche direkt am Parkplatz neben der Kirche. Küche und Theke befinden sich im Anhänger eines Lieferwagens und am Abend werden kleine Tische aufgestellt. Wenn ihr einverstanden seid, werde ich gleich einen dieser Tische für diesen Abend reservieren."

Natürlich waren sie einverstanden und Florence verabschiedete sich von ihren beiden charmanten Gastgebern. Die Last des Wissens um einen weiteren Mordfall begleitete sie auf ihrem Weg zur Pension. Dieser Ort war wunderschön, aber vermutlich hatte er auch schon einiges Unheil gesehen. In einem Dorf, das wie eine Theaterkulisse wirkte, erzählte man sich sicher eine Menge aufregender und gespenstischer Geschichten.

Zehn Minuten später öffnete Florence die Tür zu ihrem Zimmer. Zeit, ein wenig auszuspannen. Oder sollte sie den Fernsehapparat einschalten, um zu sehen, ob bereits über den Mord an Madame Petermann berichtet wurde? Sie konnte nicht widerstehen.

20

Der altertümliche kleine Fernseher funktionierte ausgezeichnet. Florence hatte es sich auf ihrem Bett gemütlich gemacht und stellte wieder einmal fest, dass es kaum ein Fernsehprogramm gab, das sie wirklich interessierte.

„Das hast du dir in deiner Jugend auch nicht gedacht, dass du im Alter einmal so viel Schwachsinn senden musst", flüsterte sie dem kleinen Apparat zu, dessen Ton sie ganz leise gestellt hatte. Das Gerät rührte sie irgendwie, denn es erinnerte sie an jenen Apparat, den sie sich von ihrem allerersten Gehalt gekauft hatte. Er war ein echtes Schmuckstück gewesen. Dieser hier hatte ein türkisfarbiges Gehäuse, das einen grauen Bildschirm umschloss, der sie wie ein großes, irisierendes Auge anblickte.

Sie zappte sich durch die üblichen Shows und Serien und blieb bei einem Reisebericht über balinesisches Brauchtum hängen. Das beste Programm, um einzuschlafen! Gleich darauf war sie jedoch hellwach, denn nun erschienen tatsächlich Bilder aus Sanary-sur-Mer auf dem Bildschirm. Eine sehr junge Reporterin mit mädchenhafter Frisur, Jeans und weißem T-Shirt stand vor einer Polizeiabsperrung, umgeben von schaulustigen Menschen. Florence drehte lauter und hörte die erregte Stimme der jungen Frau, die ihrer Begeisterung über die Sensation, die sich hier bot, freien Lauf ließ. Gerade verkündete sie, dass sich eine Sprecherin der Polizei zu einer Stellungnahme bereit erklärt habe. Die Beamtin, die Florence bei ihrem ersten Besuch auf dem Revier von Avignon angesprochen hatte, erschien im Bild. Sie berichtete, was Florence bereits wusste, ließ sich aber keines der grausigen Details entreißen, die

die Journalistin so gerne gehört hätte. Auch über die Todesursache könne man erst Auskunft geben, wenn die gerichtsmedizinische Untersuchung an der Leiche von Anne-Marie Petermann abgeschlossen sei. Dass es sich aber um einen Mord handle, der mehr als einen Tag zurückliege, könne man bereits sagen. Enttäuscht über diese spärliche Auskunft kündigte die Journalistin an, dass sie noch über andere Informationsquellen verfüge und sich nach der Werbung wieder melden werde.

Florence stellte den Ton ab und nützte die Zeit, um endlich ihren Koffer auszupacken. Als sie wieder auf den Bildschirm schaute, war die Werbung bereits vorbei und die Journalistin hatte ausgerechnet Luc Daillon vor dem Mikrofon.

Rasch schaltete sie lauter. Daillon berichtete gerade, dass er sofort nach der Entdeckung der Leiche von einem Verwandten darüber informiert worden und so rasch wie möglich aus St. Tropez, wo er sich gerade bei Freunden aufhielt, hierhergekommen sei. Nein, seine Frau sei nicht in der Gegend. Sie sei Sängerin in einem Chor, der sich gerade auf Amerika-Tournee befinde, habe die Tournee abgebrochen und werde morgen zurück kommen.

„Eliette steht noch völlig unter Schock", fuhr er fort. „Dass sie das hier so kurz nach der Ermordung ihres Mannes erleben muss, ist ein Wahnsinn. Ich weiß echt nicht, wie sie es verkraften wird und werde ihr so gut ich kann zur Seite stehen."

„Hat sie Ihnen denn erzählt, was sie da erlebt hat? Von der Polizei wissen wir ja nur, dass eine ermordete Madame Petermann von ihr im eigenen Haus aufgefunden wurde?"

„So ist es! Aber wie sie sie aufgefunden hat, das ist der eigentliche Wahnsinn. Die Leiche ist nämlich im

Bett meiner Schwiegermutter gelegen, verpackt wie eine Mumie, ein total grässlicher und unheimlicher Anblick. Davon wird Eliette bestimmt noch jahrelang Alpträume haben."

„Haben Sie vielleicht eine Idee, wer hinter diesen entsetzlichen Mordtaten stecken könnte?"

„Leider nein. Wenn es nicht unmöglich wäre, würde ich sagen, mein Schwiegervater und die Petermann haben sich gegenseitig umgebracht, denn die waren doch echt durch eine Hassliebe miteinander verbunden." Er lachte sarkastisch. „Aber diese Theorie ist wohl zumindest in Bezug auf die Ermordung der Petermann nicht haltbar!"

„Was für ein Trottel", dachte Florence. „Jetzt ist es ihm gelungen, das Bild der Verstorbenen in aller Öffentlichkeit zu beschmutzen. Worauf legt der es wohl an?"

„Was meinem Sie mit Hassliebe?"

„Na, die Liebe natürlich, wie sie für ein altes Ehepaar typisch ist. In jungen Jahren waren die Petermann und er ja nahe daran zu heiraten. Davon hat er oft genug geredet und Eliette hat es nie gerne gehört. Aber das geht niemanden außerhalb der Familie etwas an!"

„In Ordnung! Aber Sie müssen doch noch jemand anderen in Verdacht haben!"

„Meiner Meinung nach müssen Sie da gleich das ganze Orchester verdächtigen. Wie schlecht die beiden die Musiker behandelt haben, davon kann auch ich ein Lied singen, denn ich bin ja selbst dort Trompeter. Die Bezahlung ist schlecht, die Arbeitszeiten eine Zumutung und die Petermann hat den Chef angestachelt, Leistungen zu verlangen, die ein Yehudi Menuhin nicht geschafft hätte."

„Dann kann es aber nicht leicht für Sie gewesen sein, unter Lemercier zu arbeiten."

„Ganz bestimmt nicht, denn er war von der Sorte, der von seinen Verwandten mehr verlangte als von allen anderen. Aber jetzt sage ich nichts mehr, denn man soll ja über Tote nicht schlecht reden."

Die Reporterin schien genug gehört zu haben. Sie bedankte sich bei Luc Daillon für das Gespräch und wandte sich wieder an ihre Zuseher.

„Wie Sie sehen, meine Damen und Herren, steht die Polizei hier noch vor einem großen Rätsel. Im Moment verabschiede ich mich von Ihnen. In den Nachrichten am Abend werde ich mich aber mit weiteren Zeugen melden, die uns ähnlich wie Monsieur Daillon bestimmt wertvollere Informationen liefern können als die Polizei!"

Florence schaltete ab und versuchte sich einen Reim auf das soeben Gehörte zu machen. Sie war geneigt, das Verhalten von Daillon mit einer primitiven Geltungssucht zu erklären. Hatte sie etwas Neues erfahren? Oh doch! Dass die beiden Mordopfer bereits in ihrer Jugend befreundet waren, wusste sie zwar von Amontero, dass sie möglicherweise ein Paar waren und sogar heiraten wollten, war ihr aber neu.

Das Bild, das sie vom Schwiegersohn Lemerciers hatte, war durch seinen Auftritt nur bestätigt worden. Mit seinen markanten Zügen, den vollen dunklen Haaren und der gebräunten Haut wäre er gar nicht so unattraktiv gewesen, aber seine ganze Aufmachung war geschmacklos. Elvis-Frisur, lange Koteletten, ein Hemd mit psychedelischem Muster, das fast bis zum Bauchnabel hin offen war und superenge Jeans. Sein durchtrainierter Körper deutete darauf hin, dass er wohl mehr Stunden im Fitnessstudio als beim Üben seines Instruments zubrachte. Dass seine Fähigkeiten als Musiker in einem anspruchsvollen Orchester nicht genügten, wusste sie. Dass er ungehobelt und nicht besonders intelligent war, ebenso. Warum ihn Lemercier trotzdem eingestellt hatte, war interessant. Ebenso, ob Eliette Lemercier mit jemandem wie ihm tatsächlich eine Affäre eingegangen wäre. Immerhin hatte es Andeutungen in diese Richtung gegeben und vom Chauffeur wusste sie, dass Daillon an jener Party teilgenommen hatte, die vom Ehepaar Lemercier als Auftakt zum Festival ausgerichtet worden war. Dort schienen tatsächlich alle anwesend gewesen zu sein, die derzeit zu ihren Verdächtigen zählten! War der Schlüssel zur Lösung dieses noch so undurchsichtigen Falles bei jenem Fest zu finden?

Florence erhob sich aus ihrem Sessel. Es war heiß im Zimmer. Sie beschloss ihre Gedanken im Garten der Madame Gilbert weiter zu spinnen. Als sie einen der beiden Galerieräume durchquerte, die zum Garten führten, war diese gerade mit dem Aufhängen eines Kunstwerkes beschäftigt. Florence überquerte die japanisch anmutende Brücke und schlenderte über schmale Pfade, die von Hecken und Blumenbeeten eingerahmt waren. Hie und da entdeckte sie einen Künstler oder eine Künstlerin bei der Arbeit. Die konzentrierte Stille hier gefiel ihr. Ein idealer Ort zum Nachdenken! Sie wollte niemanden stören und auch selbst nicht gestört werden und fand einen passenden Platz.

Warum wohl hatte Anne-Marie Petermann ihr Leben lassen müssen? Dass es nicht in der Villa der Lemerciers passiert sein konnte, hatte Lambert bereits bestätigt. Aber warum war sie ausgerechnet im Bett von Madame Lemercier gelandet? Was hatte der Täter oder die Täterin damit ausdrücken wollen? In welcher besonderen Beziehung stand er oder sie zu ihr und gleichzeitig zu Eliette Lemercier?

Die Reihe der bizarren Details, die die beiden Mordfälle begleiteten und miteinander verbanden, wurde immer länger: erst die Drohungen auf den Plakaten, dann die Cellosaite als eines der Mordinstrumente, das handgeschriebene Notenblatt in Amonteros Tasche, jetzt die getötete und als Mumie verhüllte Geigerin im Haus des ermordeten Dirigenten. Alles hatte jedenfalls mit Musik zu tun. Es wäre schon interessant gewesen, den Tatort selbst in Augenschein nehmen zu können. Aber auch während ihrer aktiven Zeit hatte sie dazu nur selten Gelegenheit gehabt. Meist hatte man ihr jene Fälle übertragen, bei denen die Kollegen nicht mehr weiter wussten. Oft genug waren das sogenannte „Cold Cases", wie man das heute nannte. Sie war dann regelmäßig auf die Tatortinformationen der Spurensicherung angewiesen gewesen, die im Laufe der Jahrzehnte zugegebenermaßen immer raffinierter geworden waren. Ihre Spezialität war es seit jeher gewesen, den richtigen Leuten die richtigen Fragen oder auch die eine oder andere Falle zu stellen. Unbequem und lästig sein. Im Beruf konnte sie das. Sie hatte nie Angst davor gehabt, hoffnungslos ineinander verknotete Fäden zu entwirren. Sie wusste, dass jedes Verbrechen eine innere Logik besaß, die sich früher oder später offenbarte. Je kniffliger ein Rätsel, desto konsequenter blieb sie dran. Es sah ganz so aus, als sei dies auch hier wieder der Fall. Früher oder später würde sich ihr etwas offenbaren, das sie zum Ziel führte. Sie musste nur dranbleiben und ihr Hirn ausreichend damit beschäftigen.

Auf ihrem imaginären Schachbrett hatte es natürlich auch wieder einige Stellungswechsel gegeben. Zeit, es wieder anzuschauen! Sie platzierte es in ihrer Vorstellung auf dem moosbewachsenen Steintisch ihr gegenüber.

Jetzt wo auch die Petermann tot war, entschloss sie sich, die Figuren der beiden Ermordeten aus dem Spiel zu nehmen und durch zwei weiße Kreuze zu ersetzen. Der weiße König und die schwarze Dame standen nicht mehr auf E5 und C3, sondern als gespenstische Wachposten am Rande des Brettes und harrten dort ihrer Erlösung durch die Aufdeckung ihrer Mörder. Das Spiel ging also weiter, obwohl der König längst schachmatt gesetzt worden war. Die zentrale Gruppe um die beiden Kreuze herum hatte sich nicht verändert. Es waren dies die weiße Dame, alias Madame Lemercier, der schwarze Läufer, alias Luc Daillon und der weiße Springer, alias Monsieur Amontero. Der weiße Bauer, der den Cellisten verkörperte, verharrte in seiner Bedeutungslosigkeit am unteren Rande des Geschehens.

Eigentlich sah es so aus, als hätte sich in diesem Spiel trotz des Todes von Madame Petermann nicht viel bewegt. Oder doch? Der schwarze Bauer, der für Monsieur André, den Chauffeur stand, hatte seine Position verändert. Er war drei Felder zur Seite und näher an Madame Lemercier heran gerückt. Der schwarze Turm hingegen – alias der große Unbekannte – stand am selben Platz wie zuvor und war nun ein wenig verwaist. Auch die Position des Theaterregisseurs war die Gleiche geblieben.

Das Bild war noch nicht vollständig. Wer oder was fehlte? Was war mit den Töchtern des Paares und den Orchestermusikern, die bei der Party anwesend gewesen waren? Niemand von ihnen war bisher besonders aufgefallen. Sie beließ sie bei den noch nicht verwendeten Figuren. Wer war nach Aussage von Monsieur André noch auf der Party gewesen? Der Pfarrer – allerdings! Ihn konnte sie nun wirklich nicht mehr außer Acht lassen. Auch er hatte eine Rolle in diesem Drama, wie immer diese auch aussah. Die Figur eines gewöhnlichen Bauern passte jedenfalls nicht. Sie entschied sich für den noch freien weißen Läufer – die graue Eminenz – stellte ihn jedoch abseits des Zentrums auf: A2. Die zentrale Gruppe auf dem Brett blieb jedenfalls überschaubar, aber das konnte sich erfahrungsgemäß rasch ändern.

Wieder betrachtete sie die Konstellation in aller Ruhe – und erschrak! Noch eine Figur musste mit ins Spiel und das war sie selbst. Die Drohung, die sie gestern auf ihrem Handy erhalten hatte, machte aus der interessierten Beobachterin, die sie war, eine Beteiligte. Also gut, dann musste es eben sein. Sie entschied sich für den schwarzen Springer und stellte ihn auf G2. Sie stand nun in einer Reihe mit dem vermutlich unbedeutenden Cellisten. Sie musste beweglich bleiben!

Plötzlich sah sie eine Parallele zwischen dem Schachbrett und einem Musikstück. So wie die schwarzen und weißen Figuren im Schachspiel nahmen auch die kleinen schwarzen Noten in einer Partitur ihren Platz ein. Was hatte Monsieur Lemercier einmal in einem Interview gesagt? Die Noten bilden in ihrer Beziehung zueinander einen Akkord, aber erst durch die Vorwärtsbewegung der Töne und Akkorde auf den Notenlinien entsteht die Melodie, das musikalische Werk. Spannung und Entspannung lösen sich dabei immer wieder ab. Am Ende, so die Worte des Dirigenten, führt jedes Musikstück auf die eine oder andere Weise wieder zu dem Ton zurück, mit dem es begonnen hat. Das nennt man Auflösung.

Wie die Auflösung eines Kriminalfalles, dachte Florence. Ein nicht uninteressanter Vergleich! Aber was war am Anfang dieses Falles gestanden? Die überklebten Plakate? Der Hinauswurf des Trompeters? Die geheimen Obsessionen der Madame Lemercier?

„Pardon, Madame Beaumarie. Ich möchte Sie nicht stören, aber ich dachte mir, Sie könnten bei der Hitze eine kleine Erfrischung vertragen." Madame Gilbert war an den Steintisch herangetreten und dort stand jetzt anstelle des imaginären Schachbrettes ein höchst reales Tablett, auf dem sich ein mit Wasser gefüllter Krug, ein mattgrünes Trinkglas sowie ein Teller mit Obst befanden.

Florence war dankbar für die Ablenkung und lud ihre Gastgeberin ein, sich einen Augenblick zu ihr zu setzen. Sie lobte ihren wunderbaren Garten und die durchdachte Schönheit ihres Hauses.

„Ja, Madame, ohne Schönheit und Kunst könnte ich nicht leben. Ich muss aber auch gestehen, dass da viel Arbeit dahintersteckt und da dies alles hier größtenteils mein Werk ist, bin ich ständig beschäftigt und komme kaum dazu, das Geschaffene auch zu genießen. Viele beneiden mich um mein Haus, meine Galerie und – ja auch das – um meinen Mann, aber niemand kann sich vorstellen, wie hart das alles erarbeitet ist."

„Offensichtlich auch der Mann", dachte Florence amüsiert, ging jedoch in dem kleinen, aber anregenden Gespräch, das sie nun miteinander führten, nicht weiter auf dieses Thema ein. Sie unterhielten sich über die Bedeutung von Schönheit als notwendigen Schutzmantel vor all dem Irritierenden und Bedrohlichen, das in jedem Leben vorkam und das sich selbst hinter den herrlichsten Fassaden verbarg. Sie sprachen darüber, dass das Schöne und das Hässliche immer nebeneinander existierten und man Letzteres nicht leugnen und verdrängen konnte. Gleichzeitig waren sie sich einig darin, dass Schönheit und Genuss Lebenselixiere waren, auf die keine von ihnen verzichten wollte.

Als sich Madame Gilbert wieder erhob, um weiterhin ihren selbst auferlegten Pflichten nachzugehen, blieb Florence noch sitzen und trank ein weiteres Glas Wasser. Diese Madame Gilbert hatte es zwar nicht direkt angesprochen, aber auch sie schien die Schattenseiten des Lebens bereits zur Genüge kennen gelernt zu haben und benötigte all das Schöne um sich herum zu dessen Abwehr.

Jetzt wurde es aber höchste Zeit, Bruno Amontero von ihrer Ankunft in Saignon zu informieren und die notwendigen Vereinbarungen für den nächsten Tag zu treffen. Auch vom Tod der Madame Petermann musste sie berichten und sie hoffte, dass er das noch nicht durch die Medien oder gar die Polizei erfahren hatte. Sie hatte ihr Handy nicht in den Garten mitgenommen, und als sie wieder oben im Zimmer war und auf das Display schaute, sah sie, dass sie in der Zwischenzeit einen Anruf von Honoré Mordent erhalten hatte.

Sie war neugierig, ob er schon etwas herausgefunden hatte, aber Amontero hatte Vorrang. Sein Handy läutete eine Weile, und als endlich abgehoben wurde, vernahm sie nicht seine Stimme, sondern die einer Frau.

„Monsieur Amontero ist derzeit nicht zu sprechen. Kann ich ihm etwas ausrichten?"

„Florence Beaumarie am Apparat. Mit wem spreche ich denn?"

„Ich bin Ellen McCarthy, die Assistentin von Monsieur Amontero. Er befindet sich in der Vorbereitungsphase zu seinem Konzert. Da überlässt er mir sein Telefon und nimmt selbst keine Telefonate entgegen. Kann ich ihm etwas ausrichten?"

„Mademoiselle McCarthy! Florence Beaumarie am Apparat. Sie wissen wahrscheinlich, wer ich bin. Entschuldigen Sie, wenn ich direkt mit der Tür ins Haus falle, aber weiß Monsieur Amontero schon, was mit Madame Petermann passiert ist?"

Das erschrockene Einatmen am anderen Ende der Leitung war nicht zu überhören.

„Ja Madame, ich habe es mitbekommen!" Die vorhin noch so resolute Stimme hörte sich auf einmal wie die eines kleinen Vögelchens an. „Monsieur Amontero weiß es aber noch nicht und ich will es ihm auch nicht sagen, denn vor einem Konzert will er absolut nichts von dem wissen, was in der Außenwelt geschieht!"

„Das verstehe ich. In diesem Punkt scheinen sich alle großen Künstler ähnlich zu sein. Monsieur Lemercier benötigte vor einem Konzert ja auch seine absolute Ruhe."

„So ist es Madame. In der Generation älterer Künstler ist das so und das müssen wir unbedingt respektieren. Meine Generation ist diesbezüglich schon viel cooler!"

Habe ich da vielleicht eine Möchtegern-Künstlerin in der Leitung, fragte sich Florence, ging aber nicht darauf ein.

„In diesem Fall können wir Monsieur Amontero die höchst unangenehme Nachricht jedoch nicht vorenthalten, Mademoiselle. Sie müssen es ihm so rasch wie möglich sagen."

„Aber es muss doch genügen, wenn er es morgen nach dem großen Konzert erfährt. Das Konzert in der Kirche von Saignon ist ja nur eine Draufgabe für ihn. Ich kenne ihn. Wenn ich es ihm jetzt sage, wird er in eine schwere Depression verfallen und ich könnte sogar meinen Job verlieren."

„Es tut mir leid. Diese Information muss er so rasch wie möglich bekommen. Ich nehme an, dass sich auch die Polizei bei ihm melden wird und dann wird seine Depression noch viel größer sein. Außerdem könnte sich ja auch Madame Lemercier bei ihm melden. Sie scheint ja eine enge Vertraute zu sein. Würden Sie diese dann auch nicht zu ihm durchlassen?"

„Oh ... Sie haben recht. Für Madame Lemercier ist er natürlich immer zu sprechen. Aber bitte, können Sie es ihm mitteilen! Ich weiß, dass Sie mittlerweile zu den wenigen Ausnahmen zählen, mit denen er persönlich sprechen würde."

„Natürlich, geben Sie ihn mir. Wo befindet er sich denn gerade?"

„Drinnen im Musikzimmer, am Klavier. Warten Sie bitte einen Augenblick, Madame Beaumarie!"

Ellen McCarthy hatte offensichtlich vom Garten aus telefoniert, denn Florence hatte im Hintergrund einen Chor von Zikaden vernommen. Bald darauf übergab Mademoiselle McCarthy das Handy an Amontero. Florence hatte keine Wahl. Sie konnte ihm diese Geschichte nicht schonend beibringen. Es war, wie es war, und der große Künstler würde es auf die eine oder andere Weise verkraften müssen.

Es wurde ein langes Gespräch. Sie berichtete ihm, was sie wusste. Er reagierte bestürzt und empört und wie Mademoiselle McCarthy offensichtlich zu Recht befürchtet hatte, ließ er dies an der Überbringerin der schlechten Nachricht aus. Er drang in sie, noch heute nach Lourmarin zu kommen. Wenn hier ein Mörder herumlief, der es auf prominente Musiker abgesehen hatte, dann könnte er das nächste Opfer sein. Er würde sich besser fühlen, wenn außer ihm und Mademoiselle McCarthy noch eine weitere Person im Haus wäre. Ja, und wenn die Polizei noch keine Idee hatte, wer für diesen zweiten schrecklichen Mord verantwortlich sei, dann konnten sie doch erneut ihn ins Visier nehmen. Wie, bitte sehr, solle er morgen unter diesen Umständen sein großes Konzert geben? Mademoiselle McCarthy hatte recht behalten. Amontero war gerade dabei in eine Depression zu verfallen und Florence konnte dies angesichts der Umstände sogar verstehen.

Dennoch war sie nicht dazu bereit, sofort zu ihm zu fahren und schließlich gelang es ihr, ihn halbwegs zu beruhigen. Sie könnte ja vielleicht schon morgen gleich nach dem Frühstück zu ihm nach Lourmarin kommen. Sie erkundigte sich, ob es denn außer Ellen McCarthy noch andere Personen gäbe, denen er vertraute und die er gerne in seiner Umgebung hätte, erfuhr aber nur das, was sie eigentlich schon wusste. Er habe dieses Haus hier in Lourmarin gekauft, um seine Ruhe zu haben und nicht um gesellschaftliche Kontakte zu pflegen. Als sie diesbezüglich nicht lockerließ, hatte er doch noch eine Idee. Er würde seinen Nachbarn, mit dem er ein freundschaftliches und dennoch unaufdringliches Verhältnis pflegte, darum bitten, ein Auge auf sein Haus und den Garten zu haben. Dieser war ihm schon des Öfteren hilfreich zur Seite gestanden.

Nachdem Florence aufgelegt hatte, fragte sie sich, warum sie eigentlich so bereitwillig auf die Bedürfnisse von Amontero einging. Seine selbstmitleidige Attitüde war schon etwas eigenartig. Konnte es sein, dass sie für seine Avancen auch deshalb empfänglich war, weil es sich bei ihm um eine berühmte Persönlichkeit handelte? Oder wollte sie doch vor allem die Chance nützen, sich weiterhin mit den beiden Mordfällen beschäftigen zu können. Vielleicht sogar beides! Sie war gerade dabei, auf dieser Reise noch einmal einiges über sich selbst zu erfahren.

21

Das Telefongespräch mit Mordent ließ in Florence die Sehnsucht nach Paris wach werden. So fasziniert war sie von ihrer Reise in den Süden gewesen, dass sie in den letzten Tagen kaum mehr an ihre Heimatstadt gedacht hatte. Doch jetzt wäre sie viel lieber ihrem alten Mentor und Freund in seinem behaglichen Wohnzimmer gegenübergesessen, mit Blick auf die Kuppel des Invalidendoms, anstatt in einem kleinen, heißen Hotelzimmer ihr Handy so lange an ihr Ohr zu drücken, bis dieses glühte. Und lange an das Ohr halten musste sie dieses kleine Biest, denn Mordent war nicht müßig gewesen und hatte viel zu berichten. Er hatte sich in die Pariser Existenz des Dirigenten vergraben und einiges aus dessen Vergangenheit zu Tage gefördert. Er hatte festgestellt, dass Lemercier die großzügige Wohnung, von der aus man in den Jardin de Luxembourg blickte, direkt von seinen Eltern übernommen hatte und auch, dass diese Wohnung schon im Besitz seiner Großeltern väterlicherseits gewesen war. Seine einzige Schwester hatte das Appartement nie in Anspruch genommen, denn sie war mit einem Amerikaner verheiratet und lebte seit dreißig Jahren in Chicago. Lemercier stammte also aus gutbürgerlichen Verhältnissen. Wie der Großvater war auch der Vater ein hoher Beamter im französischen Innenministerium gewesen. Als kunstinteressierter Mann hatte er das außerordentliche musikalische Talent seines Sohnes gefördert und nicht zu jenen Vertretern seiner Generation gehört, die von ihren Kindern vor dem Kunststudium erst einmal eine solide Berufsausbildung verlangten. Eine dem Ehemann ergebene Mutter und eine störrische Schwester, die den talentierten Bruder in einem noch günstigeren Licht erscheinen ließ, hatten die behütete Kindheit von Stephan Lemercier ergänzt.

„Folgendes Bild habe ich mir auf Grund meiner heutigen Recherchen von deinem Dirigenten als jungem Mann gemacht – und ich schicke voraus, dass es nicht wirklich zu der Vorstellung passt, die wir heute von dem völlig seiner Musik ergebenen und privat sehr zurückgezogenen Künstler haben."

Florence rückte die Kissen auf dem Bett mit der extravaganten Tagesdecke zurecht und machte es sich bequem. Das Gespräch mit Mordent würde dauern und wenn sie ihm schon nicht in Paris gegenübersitzen konnte, dann wollte sie zumindest einen Platz einnehmen, der ihr jene Muße ermöglichte, die man zu jedem Gespräch mit Honoré benötigte.

„Dann schieß los, Honoré! Ich bin gespannt."

„Nun, ein richtiges Wunderkind war er zunächst nicht, unser Dirigent. Eher von Anfang an ein ziemlich verwöhnter Bengel, der sich in der Schule immer leichtgetan hat. Er hatte nur gute Noten und keine Veranlassung, sich anzustrengen oder gar in Disziplin zu üben. Der Vater war ja den ganzen Tag außer Haus und die Mutter hat ihrem Goldjungen alles durchgehen lassen. Mit seiner Schwester hatte sie auch so genug zu tun. Die dürfte schon mit einer Wut im Bauch auf die Welt gekommen sein und das hat sich auch nach der Trotzphase nicht geändert. Ihre Zornesausbrüche waren in der Familie und im ganzen Haus legendär. Nach allem, was ich gehört habe, war sie ein wenig verrückt. Hast du eine Ahnung, Florence, ob sie vom Mord an ihrem Bruder verständigt wurde?"

„Nein, Honoré, habe ich nicht. Du weißt, ich stehe hier nur am Rande des Geschehens, aber wir können doch davon ausgehen, dass die Polizei daran gedacht hat. Erzähl lieber weiter!"

„Na gut. Wie gesagt, die Mutter hatte mit der Schwester genug zu tun und obwohl ihr um zwei Jahre jüngerer Bruder schon seit seinem dritten Lebensjahr auf dem Klavier herumgeklimpert hat und ab seinem sechsten Lebensjahr Klavierunterricht bekam, hatte offensichtlich niemand versucht, ihn zu diszipliniertem Üben anzuhalten. Das dürfte sich erst ab seinem zehnten Lebensjahr geändert haben. Da hat er einen neuen Klavierlehrer bekommen und der war vom besonderen Talent dieses Schülers begeistert und hat ihn nach Kräften gefördert. Er hat die Eltern dazu überredet, den jungen Mann täglich für vier Stunden zu ihm in die Wohnung zu schicken, und dort dürfte er ihn mit dem Klavier praktisch eingesperrt und zum Üben gezwungen haben. Stephan hat diesen schon recht betagten Herren trotzdem verehrt und hat ab da tatsächlich erst so richtig Feuer für die Musik gefangen. Er hat bei ihm so große Fortschritte gemacht, dass er schon mit sechzehn Jahren die Aufnahmeprüfung an die Musikhochschule geschafft hat."

Honoré Mordent machte eine kurze Pause.

„Das, was du da bisher erzählt hast, Honoré, steht aber noch nicht im Widerspruch zu dem Bild, das wir vom erfolgreichen Dirigenten Lemercier haben!"

„Dazu wollte ich gerade kommen. Trotz der Hinwendung zum Klavier und der Förderung durch seinen Lehrer scheint es ihm in der Jugend an der nötigen Ernsthaftigkeit gefehlt zu haben. Er war ein extrovertierter Typ, und weil ihm die Eltern alles durchgehen ließen und ihn offensichtlich auch großzügig mit Taschengeld versorgten, war er viel mit anderen jungen Leuten unterwegs und ständig zu neuen Streichen aufgelegt. Davon zeugen sogar zwei polizeiliche Aktenvermerke, die ich ausgegraben habe. Auch wenn es sich dabei um geringfügige Vergehen handelt, sagen sie uns doch, dass Stephan Lemercier in seiner Jugend kein Kind von Traurigkeit war."

„Erstaunlich, was du da schon wieder herausgefunden hast, Honoré."

„Geduld, Florence. Das ist noch nicht alles." Florence hörte, wie er sich eine neue Zigarette anzündete.

„Ich hatte unter anderem auch ein interessantes Gespräch mit einer schon sehr betagten Dame. Sie ist die Inhaberin eines Lokals im Quartier Latin, das die ganze Nacht offen hat und auch mit einer kleinen Bühne für künstlerische Darbietungen ausgestattet ist. Diese Dame erinnert sich noch gut an den jungen Lemercier. Er war in den Sechzigerjahren Stammgast bei ihr. Wenn ich das, was sie angedeutet hat, richtig interpretiere, dann hat diese um fünfzehn Jahre ältere Frau dem jungen Mann einiges beigebracht, was man weder in der Schule noch im Elternhaus lernt. Der war gewiss kein Kind von Traurigkeit, hat sie gesagt, und so ein hübscher Junge obendrein. Sie hat ihm und drei Freunden dann auch die Gelegenheit zu einigen künstlerischen Auftritten gegeben und, weißt du, Florence, wie sich die Vier nannten?"

„Keine Ahnung Honoré. Quatuor Infernale vielleicht?"

Mordent lachte. „Beinahe Florence oder eigentlich das Gegenteil. Quatuor Céleste haben sie sich genannt und mit Künstlernamen sind sie aufgetreten. Lemercier, der Pianist, nannte sich Marin Marais, die Geigerin hieß Elisabeth Jacquet de La Guerre, der Bratschist Salieri und der Cellist Boccherini."

„Oho Honoré, jetzt wird es spannend. Ich habe dir doch von dem Notenblatt erzählt, dass Amontero kurz vor dem Tod des Dirigenten erhalten hat und das von einem Komponisten namens Marin Marais stammt. Das könnte ein Schlüssel zur Aufklärung des Falles sein!"

„Ja, das hast du mir erzählt und ja, das könnte eine Spur sein, auch wenn ich noch nicht weiß, warum und wo sie hinführt. Eine Überraschung habe ich jedenfalls noch für dich. Die Geigenspielerin dieses Quartetts war unzweifelhaft die Petermann. Madame Martínez, die Besitzerin des Nachtcafés, kannte zwar nicht die bürgerlichen Namen der Kollegen von Lemercier, aber sie erinnert sich, dass sie die junge Frau Anne-Marie gerufen haben."

„Das wird ja immer interessanter, Honoré. Aber sag einmal, was bedeutet denn der Künstlername Elisabeth Jacquet de La Guerre? Diesbezüglich hast du dich bestimmt auch schon kundig gemacht."

„Aber natürlich. Das war eine französische Barockkomponistin. Offensichtlich haben sich alle vier mit ihren Künstlernamen an historischen Vorbildern orientiert. Sie dürften schon damals davon überzeugt gewesen sein, dass ihnen eine große musikalische Karriere bevorsteht. Der Komponist Boccherini war übrigens auch ein ausgezeichneter Cellist."

„Lemercier hat ja diese Karriere dann auch gemacht, wenn auch als Dirigent. Bei der Petermann bin ich mir nicht so sicher. Sie hat zwar in seinem Orchester die erste Geige gespielt, aber die wirklich große musikalische Laufbahn scheint das noch nicht zu sein. Immerhin hat sie auch das Dirigieren gelernt und ist, wie ich gehört habe, ebenfalls eine Barockspezialistin. Sie ist wohl in die Genderfalle getappt, nichts Ungewöhnliches bei Frauen meiner Generation. Bevor sie selbst ermordet wurde, hatte ich unter all den möglichen Mordmotiven auch einen Racheakt ihrerseits nicht gänzlich ausgeschlossen. Aber sag einmal Honoré, weißt du vielleicht auch schon, wer der Dritte und der Vierte im Bunde waren?"

„Da muss ich bedauerlicherweise passen. Keine Ahnung! Und wenn ich nichts übersehen habe, sind diese zwei später als Künstler auch nicht erfolgreich gewesen. Sieht so aus, als ob Lemercier der einzige Glückspilz im Quartett gewesen wäre. Dem verwöhnten Sohn scheint alles in den Schoß gefallen zu sein. Aber hör mal zu, Florence! Madame Martínez hat sogar ein altes Konzertprogramm, auf dem die vier auch mit einem Foto drauf sind, ausgegraben. Leider ist die Qualität nicht besonders und die Gesichter sind kaum zu erkennen. Ich kann dir das Bild mailen, falls du Zugang zu einem Computer hast."

„Ich kann's versuchen. Meine Pensionswirtin hat sicher einen Internetzugang. Mein Bekannter, Charles Florentin, sagt allerdings, dass man hier in Saignon generell einen schlechten Empfang habe."

„Aha. Dieser Monsieur Florentin. Wer ist das eigentlich? Den hast du jetzt nicht zum ersten Mal erwähnt. Hast du dir im Süden bereits einen Liebhaber zugelegt?"

Florence seufzte hörbar. Nur Honoré durfte so mit ihr reden.

„Jetzt werde nicht unverschämt und bleib bei der Sache. Monsieur Florentin ist ein netter Bekannter und ein interessanter Mann. Nicht mehr und nicht weniger. Was hat dir denn diese Madame Martínez noch erzählt? Hat sie noch andere Freunde des jungen Lemercier kennengelernt?"

„Nein, und das ist nicht uninteressant. Sie sagt, dass er damals zwar immer von seiner Clique geredet hat, aber dann doch jedes Mal alleine zu ihr ins Café gekommen ist. Sie war wohl eine Art Refugium oder überhaupt etwas Besonderes für ihn, das er mit niemanden teilen wollte. Nur das Quartett hat er ihr eines Tages vorgestellt, weil sie offensichtlich Geld und ein Engagement brauchten – und das war aus ihrer Sicht dann auch schon der Anfang vom Ende."

„Wie das?"

„Sie hat erzählt, dass es nach einem Konzert zu einem ziemlich dramatischen Vorfall kam. Einer der Gäste ist an die vier Musiker herangetreten und hat dieser Anne-Marie, von der wir annehmen können, dass es die Petermann war, das Angebot gemacht hätte, für ihn bei einer privaten Feier zu spielen. Als alle vier das Angebot annahmen, hat ihnen der Mann erklärt, dass sie sich im Irrtum befänden. Sein Angebot sei ausdrücklich nur an die junge Dame gerichtet. Daraufhin ist der junge Lemercier ausgerastet und hat den Mann wüst beschimpft. Er könne sich schon denken, wozu er die Künstlerin wirklich brauche, hat er gesagt und dem Mann mit der Faust ins Gesicht geschlagen. Der hat trotz blutiger Nase Haltung bewahrt, hat sich ein Taschentuch auf die Nase gedrückt und wortlos das Lokal verlassen. Gleich darauf ist es zu einem Streit unter den Vieren gekommen. Die junge Frau hat Lemercier Einmischung vorgeworfen und einer der beiden anderen jungen Männer hat ihn der Eifersucht bezichtigt. Er wisse schon lange, hat er zu Stephan gesagt, dass er auf seine Anne-Marie stehe, und es reiche ihm mittlerweile. Sie sei nicht sein Eigentum. Madame Martínez kann sich aber nicht mehr daran erinnern, wer das gesagt hat! Trotzdem, diese Madame Martínez ist schon bemerkenswert. Ihr Gedächtnis funktioniert wie bei einer jungen Frau."

„Und du bist auch bemerkenswert, Honoré, weil du sie so schnell ausfindig gemacht hast."

„Das war keine Kunst, Florence. Der Mann, dem der junge Lemercier eine blutige Nase geschlagen hat, war ein zur damaligen Zeit nicht unbekannter Musikkritiker. Vor dem Lokal hatte er einen Schwächeanfall. Passanten riefen einen Arzt und zufällig kam ein Polizist dazu. So ist das Ganze aktenkundig geworden. Es gab eine Anzeige gegen Marin Marais, dessen bürgerlicher Name sich als Stephan Lemercier herausstellte. So bin ich in den polizeilichen Akten auf die ganze Geschichte gestoßen, aber eine einfache Recherche war das tatsächlich nicht."

„Und diese Geschichte war auch der Anfang vom Ende der Besuche Lemerciers bei Madame Martínez?"

„Offensichtlich. Am nächsten Tag ist er noch einmal gekommen, hat sich bei ihr entschuldigt und sich mit Selbstbezichtigungen geradezu übergossen. Seine Schwester habe schon auf ihn abgefärbt, soll er gesagt haben, denn er neige sonst nicht zu derartigen Reaktionen. Jetzt habe er alles verdorben, denn seine Freunde vom Quartett wollten nichts mehr mit ihm zu tun haben. Angeblich hat er sich dann nie mehr bei Madame Martínez blicken lassen."

„Angeblich Honoré?"

„Ich bin mir da nicht so sicher. Sie hat auch das eine oder andere Wort über Lemercier fallen lassen, das die Vermutung nahelegt, dass die beiden später doch noch irgendwie in Kontakt waren. An ihrem Gedächtnis kann es nicht liegen, wenn sie vielleicht doch nicht mit der ganzen Wahrheit herausgerückt ist."

„Ach ja? Folge der Spur der Lügen ...! Das war doch für uns beide schon immer ein probates Mittel, um der Wahrheit auf den Grund zu gehen. Nicht wahr, Honoré?"

„Du sagst es!"

„Also gut Honoré, in diesem Punkt lügt die bewundernswerte Madame Martínez und ich habe es hier auch mit einer Reihe von Lügnern zu tun. Morgen werde ich unseren großen Pianisten Amontero etwas genauer unter die Lupe nehmen müssen. Ob seine Beziehung zu Eliette Lemercier tatsächlich so edel ist, wie er tut? Dass er sich gegen Ende seines Studiums mit der Petermann, dem Pfarrer und Lemercier angefreundet hat, ist auch nicht uninteressant. Zu diesem Zeitpunkt dürfte zwar dieses Quatuor Céleste nicht mehr existiert haben, aber Amontero hat bestimmt davon gewusst und dass er mir davon nichts erzählt hat, ist eigenartig. Hast du es in Paris noch mit weiteren Lügnern zu tun gehabt?"

„Nein. Außer mit Madame Martínez habe ich nur mehr die Tochter der ehemaligen Concierge des Hauses, in dem sich die Wohnung der Lemerciers befindet, ausfindig gemacht. Sie hat mir den Großteil der Geschichten über die Kindheit des Dirigenten erzählt. Was sollte die für einen Anlass zum Lügen haben? Die können wir wohl ausschließen."

„Wahrscheinlich Honoré, aber in diesem Stadium der Ermittlungen kann man noch gar nichts ausschließen!"

„Hast recht, Florence. Ich mache mich jetzt einmal daran und schicke dir das alte Konzertprogramm mit dem Foto. Mein Dossier maile ich dir auch noch im Laufe des Wochenendes. Pass gut auf dich auf, meine Liebe!"

Sie hatte ihm lieber nichts von der Drohbotschaft erzählt, die sie erhalten hatte, denn sie fürchtete seine überbordende Fürsorge. Am Ende wäre er noch hierher in den Süden gekommen. In Paris war er ihr aber jetzt eindeutig nützlicher.

Sie machte sich auf den Weg nach unten zu ihrer Zimmervermieterin Elena Gilbert. Die saß bei offener Tür zusammen mit ihrem Mann im Erdgeschoss im gemeinsamen Wohn- und Arbeitszimmer. Es erinnerte ein wenig an die Wohnung einer Concierge, von der aus man immer einen Blick auf die aus- und eingehenden Leute haben konnte. Florence wurde von Madame sogleich entdeckt und zum Eintreten eingeladen. Ein großer Tisch war mit Arbeitsunterlagen, gebrauchtem Kaffeegeschirr und Büchern beladen, aber trotz des gemütlichen Durcheinanders war auch in diesem Zimmer die exquisite Handschrift der Hausherrin bemerkbar. Monsieur Gilbert, der trotz der sommerlichen Temperaturen einen roten Schal à la Aristide Bruant um den Hals gewickelt hatte, nickte Florence freundlich zu. Florence trug ihr Anliegen vor und hielt bald darauf das E-Mail von Mordent und das Foto eines alten Konzertprogramms in der Hand. Schon ein erster Blick darauf zeigte ihr, dass die Gesichter der Personen darauf kaum mehr zu erkennen waren.

Florence bedankte sich bei dem freundlichen Paar und unterhielt sich noch ein Weilchen mit ihnen. Dann stieg sie wieder langsam nach oben. Dabei stellte sie fest, dass ihre Sehnsucht nach Paris bereits ein wenig zu verblassen begann. Das wundersame Haus der Gilberts, in dem einem aus jeder Ecke ein herrliches oder auch verstörendes Kunstwerk entgegenblickte, hatte sie in seinen Bann gezogen.

Auf das, was sie aber nun in ihrem Zimmer erwartete, war sie dennoch nicht vorbereitet. Auf ihrem Bett lag ein recht großes, längliches, in braunes Packpapier gewickeltes Paket. „Ein Geschenk für Madame Beaumarie von einer, die es gut mit ihr meint", war auf der Karte zu lesen, die oben auf dem Paket klebte. Es erregte sofort ihr Misstrauen.

Florence musste sich erst einmal hinsetzen und überlegte lange, ob sie es öffnen sollte. Bilder von abgetrennten Gliedmaßen, scharfen Dolchen und Beilen und auch von einer blutigen Cellosaite gingen ihr durch den Kopf. Natürlich hatte sie auf ihrem Polizeirevier gelernt, wie man ein verdächtiges Paket behandelte, und schließlich öffnete sie es mit der allergrößten Vorsicht. Zum Vorschein kam eine in einen länglichen Karton gepackte Violine, die in ein rotes, goldbesticktes Tuch und dann noch in zahllose Lagen Seidenpapier eingeschlagen war. Einem orangen Briefkuvert entnahm sie ein Blatt, auf dem Folgendes zu lesen stand:

Finden Sie meinen Mörder, Madame Florence, dann erhalten Sie auch den Bogen zu meiner Violine und beides gehört Ihnen. Verraten Sie aber niemandem, dass Sie mein Instrument besitzen, wenn Sie sich nicht selbst und andere in die allergrößte Gefahr bringen wollen.
Ihre Anne-Marie Petermann

Kalte Schauer liefen Florence über den Rücken. Was für eine unheimliche Botschaft einer Ermordeten. Wenn sie jetzt nicht sofort etwas unternahm, würde sie in Unvernunft und Selbstmitleid verfallen. Aber was? Viel Zeit hatte da jemand nicht gehabt, um das Paket ausgerechnet in ihrem Zimmer zu deponieren. Und auf welchem Weg war diese Person hereingekommen? Diesmal versperrte sie ihr Zimmer und machte sich sofort auf die Suche.

22

Schon bei ihrem nachmittäglichen Besuch im Garten hatte Florence die kleine, mit Efeu überwachsene Tür in der Gartenmauer bemerkt, die so aussah, als sei sie schon seit langer Zeit nicht mehr geöffnet worden. War das Paket auf diesem Weg in das Haus gelangt?

Nachdem sie sich im Haus nach einer verdächtigen Person umgeschaut, aber niemanden entdeckt hatte, hatte sie noch einmal die Gilberts aufgesucht. Auf ihre Frage, ob heute ein Paket abgegeben worden sei, hatte Elena Gilbert dies verneint. Da es aber nahezu unmöglich war, ins Haus zu kommen, ohne von den Gilberts bemerkt zu werden, musste die Violine auf anderen Wegen in das Zimmer gelangt sein. Die kleine Gartentür schien die einzige Möglichkeit zu sein. Sie lag am hinteren Ende des Gartens und führte direkt auf die Straße. Den jungen Künstlern, die sich im Garten aufhielten, wäre eine weitere fremde Person vermutlich nicht aufgefallen.

Als Florence diese Tür nun genauer inspizierte, sah sie, dass Teile des Efeus abgerissen waren und dass sie einen winzigen Spalt offenstand. In dem weichen Erdboden entdeckte sie einen Fußabtritt, der noch frisch zu sein schien. Der Größe nach zu urteilen konnte es sich sowohl um einen Männer- als auch um einen Frauenschuh handeln. Sie schätzte ihn auf Schuhgröße 40. Dem Profil nach dürfte es sich jedenfalls um einen soliden Sportschuh handeln. Kein wirklicher Anhaltspunkt auf die Identität der zugehörigen Person! Eine weitere Untersuchung ergab keine zusätzlichen Hinweise. Florence hatte keine große Lupe dabei, so wie dereinst Sherlock Holmes, aber ihr Handy leistete gleichfalls gute Dienste. Sie fotografierte den Fußabdruck und den gesamten Eingangsbereich und sah sich die Bilder in der Vergrößerung an. Ergebnislos! Immerhin schien ihre Vermutung, dass das Paket auf diesem Weg in ihr Zimmer gebracht worden war, bestätigt.

Was tun? Hier wäre die Spurensicherung am Platz gewesen! Eine Weile überlegte sie, ob sie nun den ganzen Polizeiapparat, der ohnehin in Sanary-sur-Mer genug zu tun hatte, hierher beordern sollte. Sie war nahe daran – eigentlich wäre sie dazu verpflichtet gewesen. Die Botschaft aus der Schachtel mit der Violine war jedoch unmissverständlich und schließlich behielt deren drohender Unterton die Oberhand. Sie sollte niemandem von dem Paket mit der Geige berichten, um nicht sich selbst und andere zu gefährden. Was hatte ihr gestern Lambert befohlen, als sie ihm von der Drohung per SMS erzählte? Sie solle sich gefälligst an die darin enthaltene Anweisung halten und schließen hatte die auch beinhaltet, dass sie die Polizei aus dem Spiel lassen sollte. Ihr Entschluss war gefasst. Sie würde das Wochenende abwarten und Lambert, falls nötig, am Montag informieren. Im allerbesten Fall konnte sie ihm dann schon einen Verdächtigen oder gar einen oder mehrere Täter auf dem Silbertablett servieren. Sie benötigte Zeit, um ihre eigenen Spuren zu verfolgen. Durch einen großen Polizeiapparat würde das unbekannte Böse, das hier am Werk war, nur in die Flucht geschlagen und der oder die Täterin würde womöglich nie gefasst. Dass dieses Böse mittlerweile schon so nahe an sie herangekommen war, war allerdings beängstigend, aber für ihr Vorhaben, die beiden Verbrechen aufzudecken, auch von Vorteil.

Die ganze Zeit über war sie äußerst wachsam gewesen. Sie war sich sicher, dass niemand sie beobachtet hatte. Wohl war ihr aber immer noch nicht bei der Sache und erneut fragte sie sich, ob sie richtig handelte. Sollte sie nicht nur der Polizei, sondern auch ihrer Zimmerwirtin von dem Eindringling berichten? War sie noch immer ärgerlich auf Lambert? Wollte sie beweisen, dass sie einen Fall auch ohne Rückendeckung durch die Polizei aufdecken konnte oder war sie mit ihrem Ausscheiden aus dem aktiven Dienst in eine zweite Trotzphase geraten?

„Hier stehe ich, ich kann nicht anders, Gott helfe mir!"

Warum fiel ihr dieser Satz gerade jetzt ein? Sie hatte erst vor kurzem einen historischen Roman über Johann Sebastian Bach gelesen – zumindest teilweise. Diesen Satz, der dem deutschen Reformator Martin Luther zugeschrieben wurde, hatte sie sich gemerkt. Vielleicht war er ihr soeben vom Geist der Anne-Marie Petermann eingegeben worden, die ja aus Deutschland stammte? Eigentlich wusste sie viel zu wenig über deren Herkunft, auch nicht, warum sie als Studentin in Paris gelandet war. Ob die Violine oben in ihrem Zimmer aus Deutschland oder aus Frankreich stammte? Lauter Fragen, denen sie jetzt nachgehen musste. Florence gab sich einen Ruck und ging ins Haus.

Dort kam ihr gerade Madame Gilbert entgegen. Ob Madame zufällig ein Paar Einweghandschuhe hätte? Natürlich gab es die in einem Haus mit angeschlossener Galerie und Elena Gilbert brachte sie ihr, ohne weiter nachzufragen. Fünf Minuten später war Florence wieder oben in ihrem Zimmer, das ihr nun plötzlich wie das Turmzimmer einer bösen Zauberin vorkam. Beim Überstreifen der Handschuhe merkte sie, dass ihre Hände zitterten. Vorsichtig nahm sie die Geige aus dem Karton. Ein schönes, rötlich glänzendes Instrument! Sie drehte es hin und her und entdeckte, dass man durch die beiden geschlungenen Schlitze, links und rechts neben dem Griffbrett, in dessen Bauch hineinsehen konnte. Ein kleiner Zettel klebte darin und mit Hilfe ihrer Leselupe konnte Florence auch die handgeschriebene Schrift entziffern: „*Nicolas Lupot – Geigenbauer – Rue de Grammont, Paris 1803*".

Andächtige Schauer gesellten sich zu Florences zitternden Händen. So ein altes Instrument! Das musste gewiss wertvoll sein. Abgesehen von der Violine und dem Verpackungsmaterial war die Schachtel leer gewesen. Florence legte die Geige wieder zurück, verschloss die Schachtel und ließ sich in ihren Sessel fallen.

Worauf hatte sie sich da nur eingelassen? Schon wieder drängten sie Schuldgefühle, sich umgehend bei Lambert in Avignon zu melden und erneut entschied sie sich dagegen. Später erklärte sie sich diesen gewiss nicht korrekten Alleingang auch mit der neu gewonnenen Freiheit nach all den Jahren des Polizeidienstes. Auch wenn man dort ihre besonderen Fähigkeiten meist anerkannt hatte, hatte sie dennoch über jeden ihrer Schritte Bericht erstatten müssen. Ihre seltenen Versuche, diese Regeln zu umgehen, hatten ihr jedes Mal eine Kündigungsdrohung eingebracht. Nun, hinausgeworfen werden konnte sie nun wirklich nicht mehr und so konnte sie sich wohl ein kleines Zeitfenster bis zum Treffen mit Lambert am Montag erlauben. Wohin aber mit dem wertvollen Instrument? Hier im Zimmer konnte sie es nicht behalten. Das Haus von Charles fiel ihr ein. Bereits am Nachmittag hatte sie ihn und seine Tochter insgeheim zu ihren Verbündeten erkoren und jetzt brauchte sie einen vertrauenswürdigen Kompagnon. Sie stand auf und machte sich auf den Weg zu ihm. Was ihn betraf, würde sie sich also nicht an die Anweisungen im Paket halten.

Gerade als sie gehen wollte, läutete ihr Handy. In diesem Zimmer war der Empfang erstaunlich gut. Monsieur André! Er habe sich nun doch entschlossen, das freie Wochenende zu einer kleinen Spritztour in den Luberon zu nutzen. Durch das Gespräch mit ihr sei er auf diese Gegend neugierig geworden. Er habe sich in dem Städtchen Apt ein billiges Pensionszimmer genommen. Wenn sie also irgendwann an diesem Wochenende doch seine Dienste benötigte, stünde er zur Verfügung.

Florence überlegte. Es war ihr nicht entgangen, dass der Chauffeur ein gewisses Interesse an ihr hatte, welches über die rein geschäftliche Beziehung hinausging. Warum sollte sie sich das nicht zunutze machen? Sie hatte für morgen Vormittag ohnedies noch keine Fahrgelegenheit zu Bruno Amontero nach Lourmarin und fragte ihn, ob er sie um neun Uhr am Parkplatz in Saignon abholen könne. Hörbar erfreut stimmte er zu. So war zumindest ihr morgiges Transportproblem gelöst.

Florence brauchte gar nicht den ganzen Weg bis zum Haus von Charles Florentin gehen. Als sie an dem Platz mit dem Brunnen vorbeikam, sah sie, dass die bunten Tischchen und Stühle aus gebogenem Metall, die noch am Vormittag angekettet in einer Ecke gelehnt hatten, aufgestellt waren und zu einer Bar gehörten, deren Tür jetzt einladend offenstand. Es hatten sich bereits Gäste eingefunden, unter ihnen Charles, der an einem blauen Tischchen in Gesellschaft von drei anderen Männern saß. Schon hatte er sie erblickt, sprang auf und eilte ihr entgegen.

„Florence! Was für eine angenehme Überraschung! Warst du vielleicht auf dem Weg zu mir?"

„Ja, Charles. Da hast du richtig geraten. Ich hätte etwas mit dir zu besprechen, will aber nicht stören. Ich mache noch einen Spaziergang und schaue später wieder vorbei."

„Später? Wir können gleich reden. Von meinen Freunden hier habe ich schon alles erfahren, was sich in letzter Zeit im Ort ereignet hat. Komm doch bitte kurz mit, ich möchte sie dir gerne vorstellen."

Er führte sie zu seinem Tisch und machte sie mit seinen Begleitern bekannt. Dann entschuldigte er sich bei ihnen, nahm sein Bierglas und fand für sich und Florence ein eigenes Tischchen. Bei dem sofort herbeigeeilten Inhaber des Lokals bestellte Florence ein Glas Citron pressé. Alkohol kam für sie jetzt nicht in Frage. Sie musste unbedingt einen klaren Kopf bewahren.

Sie schilderte Charles, was heute in ihrem Hotelzimmer geschehen war und fragte, ob sie die Violine vorübergehend bei ihm unterbringen könnte. Sie sei sich des Risikos bewusst, welches sie dabei eingingen und habe volles Verständnis dafür, wenn er bei dieser Sache nicht mitmachen würde. Sie wisse, dass ihre Vorgehensweise, gelinde gesagt, nicht ganz den Regeln entspreche, sie es aber dennoch für das Beste hielte, die Polizei vorerst noch nicht zu informieren. Wie erwartet hatte Charles keine großen Einwände. Natürlich äußerte er seine Besorgnis, erklärte dann aber, dass schließlich sie die Expertin sei und als solche werde sie sich die Sache sicher gut überlegt haben. Er könne ihr eine abschließbare Rumpelkammer anbieten, in der das Instrument vermutlich gut aufgehoben wäre. Sie beschlossen, die Violine noch vor dem Abendessen aus dem Hotelzimmer zu holen.

Jetzt, wo sie sich entschieden hatte, gab Florence sich gelassen. Trotz des Schreckens, den die Sache auch ihm eingejagt hatte, überwog seine Genugtuung darüber, von ihr ins Vertrauen gezogen worden zu sein. Der passionierte Bücherleser fand sich plötzlich in einem

Kriminalroman wieder und so gab er sich – zumindest für den Moment – dem Reiz dieses Geschehens hin.

Schließlich erzählte sie ihm auch noch von der Drohung, die sie bereits am Vortag auf ihrem Handy erhalten hatte. Er verblüffte sie mit einer Überlegung, die ihr in der Aufregung noch gar nicht in den Sinn gekommen war.

„Wenn du davon ausgehst, Florence, dass die Drohung von gestern und das Paket von heute von ein und demselben Täter stammen, könntest du dich aber auch täuschen. Die beiden Botschaften sind doch eigentlich widersprüchlich. In der ersten wirst du aufgefordert, dich aus der Sache herauszuhalten und in der anderen dazu, den Mörder von Madame Petermann zu suchen und zu finden."

„Eine interessante Überlegung, Charles. Ich gehe dennoch in beiden Mordfällen von einem einzigen Täter aus, der gezielt sein Verwirrspiel in alle Richtungen treibt. Irgendjemand hat sich da einen Rachefeldzug zum absoluten und ausschließlichen Inhalt seines Lebens gemacht. Dessen bin ich mir ziemlich sicher. Meine Befürchtung ist, dass er noch weitere Morde planen könnte und die Ermittler in der Zwischenzeit auf alle möglichen falschen Spuren zu locken versucht."

„Jetzt machst du mir aber Angst, Florence. Was ist, wenn er es jetzt auf dich abgesehen hat?"

„Sorge dich nicht um mich. Ich gehöre nicht zum Kreis der unmittelbar gefährdeten Personen. Die sind nach wie vor im persönlichen Umkreis von Lemercier zu suchen. Ich kann schon auf mich aufpassen und möchte nur noch ein, zwei Tage meine eigenen Erkundigungen anstellen. Das Treffen mit Kommissar Lambert in Avignon am Montag ist ohnedies bereits vereinbart.

Dann wird er alles von mir erfahren. Viel mehr als ich könnte er hier im Augenblick auch nicht ausrichten."

Er zuckte mit den Schultern und schlug vor, die Violine in einer halben Stunde mit einem Einkaufswagen bei ihr abzuholen. Das würde niemandem auffallen, denn hier in Saignon, wo man mit dem Auto nicht weit kam, waren alle mit solchen Wägelchen unterwegs.

Nachdem dies erledigt war blieb noch Zeit bis zum Abendessen. Florence versuchte, sich in ihrem Zimmer noch etwas auszuruhen, was ihr aber nicht so recht gelingen wollte. Die Atmosphäre dort war nicht mehr dieselbe wie zuvor. Sie war verändert durch einen Eindringling, der ihr bestimmt nichts Gutes wollte. Lange Zeit starrte sie auf das Foto vom Konzertzettel, den ihr Mordent aus Paris gemailt hatte. Es war aber, wie dieser es ihr angekündigt hatte: Der junge Lemercier und die junge Petermann waren mit einiger Fantasie auf dem Bild zu identifizieren, wer jedoch die beiden anderen Musiker waren, konnte auch sie beim besten Willen nicht erkennen.

23

Pünktlich traf Florence am nächsten Morgen am Parkplatz neben der Kirche von Saignon ein. Der schwarze Mercedes Lemerciers erwartete sie bereits. Georges André, der Chauffeur, stand neben der geöffneten Beifahrertür. Die Korrektheit in Person! Obwohl sich erneut ein heißer Sommertag ankündigte, trug er seine Berufsuniform: Schirmkappe und schwarzen Anzug. Seine einzige Konzession an die heiße Jahreszeit war der geöffnete Kragen des weißen Hemdes. Diesmal gestattete er ihr, vorne neben ihm zu sitzen. Noch während er ihr die Tür öffnete, erklärte er, dass er wegen eines Unfalls einen Umweg fahren müsse.

Der Wagen stand ziemlich genau an jener Stelle, an der Florence bis spät in den Abend hinein in heiterer Gesellschaft auf das angenehmste getafelt hatte. Sofort sah sie die Szene wieder vor sich. Dem jüngeren der beiden Paare am Tisch, Chantal und Thomas, war die Verliebtheit ins Gesicht geschrieben, während sich das ältere Paar eine solche niemals eingestanden hätte. Sie und Charles waren sich in der besonderen Stimmung dieses Abends jedoch erneut nähergekommen und als er sie abschließend zu ihrer Pension begleitete, hatte sie es zugelassen, dass er ihr auf altmodische Weise seinen Arm reichte. Nachdem er sich verabschiedet hatte, hatte sie sich, in ihrem Zimmer angekommen, todmüde und leicht berauscht von den zwei Flaschen eines exzellenten Rotweines, die sie zu viert getrunken hatten, ins Bett fallen lassen und war schnell in tiefen Schlaf gesunken. Sie hatte keine Zeit mehr gehabt, um über all die Ereignisse des vergangenen Tages nachzudenken. Beim Aufwachen am Morgen galt ihr erster Gedanke nicht den Mordfällen, sondern Charles Florentin.

Ein angenehmes und warmes Gefühl durchströmte sie und verließ sie auch nicht bei dem kleinen, aber feinen Frühstück, das sie alleine in einem der beiden Durchgangszimmer zum Garten einnahm. Keine zwölf Marmeladensorten, sondern ein exzellentes Croissant, zwei Scheiben frisches Schwarzbrot, Schinken, Butter, Käse, Erdbeeren und frische Feigen. Auch der Kaffee war ausgezeichnet. Madame Elena hatte sich für ein Weilchen zu ihr gesellt und ihr erzählt, dass das bezaubernde Pop-up Restaurant, das im Sommer jeden Abend hinter der Kirche aufgestellt wurde, zumindest teilweise ihrer Initiative zu verdanken sei.

Wieder allein mit dem Frühstück war Florence langsam auf den Boden der Tatsachen zurückgekehrt. Dass sie den Fund der Violine nicht sofort gemeldet hatte, hatte nun natürlich vor allem eine Konsequenz: Sie musste die Zeit bis zum Treffen mit Lambert nutzen, um mit ihren eigenen Recherchen zum Fall möglichst schnell voranzukommen. Wenn sie am Montag nichts Anderes als ihr Fehlverhalten vorweisen konnte, würde sie keine guten Karten haben. Von Thomas, Chantals Freund, hatte sie am Vorabend zwar noch einiges über die Petermann erfahren, aber dann war es ausgerechnet Chantal gewesen, die sich weitere Gespräche über Mord und Totschlag verbeten hatte.

Florence ließ sich auf dem Autositz neben dem Chauffeur nieder. Sie konnte nicht an sich halten und erzählte ihm begeistert von dem kleinen Restaurant, in dem sie vor nicht einmal zehn Stunden mit ihren Freunden in der milden Abendluft gespeist hatte. Monsieur André zeigte sich gebührend interessiert, erkundigte sich nach der Speisekarte und danach, wer das Restaurant führe. Schließlich fragte er nach der Gesellschaft, in der sie diesen schönen Abend verbracht hatte.

„Einer meiner Freunde aus Avignon", antwortete sie ausweichend, denn sie hatte keine Lust, diesbezüglich ins Detail zu gehen. Dann fiel ihr ein, dass es ihn vielleicht interessieren würde, dass auch zwei Musiker aus dem Orchester seines ehemaligen Chefs mit von der Partie gewesen waren und erzählte es ihm.

„Zwei junge Musiker", sagte er mehr zu sich selbst als an sie gewandt. „Zwei Glückspilze also, die es bereits in jungen Jahren geschafft haben, in einem so prominenten Orchester mitzuspielen. Na ja, mit diesem Orchester wird es nun ein Ende haben. Wieder zwei hoffnungsvolle Talente mehr, deren erträumte Karriere möglicherweise nichts wird. Hätte ich Kinder mit der Frau gehabt, die mich einst geliebt, aber wegen eines anderen verlassen hat, hätte ich nie zugelassen, dass diese Musiker werden."

„Wie das, Monsieur André? Warum so negativ, was diesen gewiss wunderbaren Beruf betrifft?" Florence war hellhörig geworden. Mit einer anderen Stimme, als sie von ihm gewohnt war, hatte er etwas sehr Persönliches preisgegeben.

„Ach", antwortete er wegwerfend. „Meine Gründe tun da nichts zur Sache, aber man sieht doch, wie viele, gewiss talentierte junge Künstler aus aller Welt sich heute als Hungerleider auf den Straßen von Paris herumtreiben. Jaja, zu meiner Zeit, da war das noch anders. Damals waren die Franzosen am Konservatorium bis auf wenige Ausnahmen unter sich, aber heutzutage ist die Konkurrenz – insbesondere aus den asiatischen Ländern – überbordend."

Das Thema berührte ihn. Ob er etwa auch ein gescheiterter Künstler war? Unter Pariser Taxichauffeuren war das wahrscheinlich gar nichts Ungewöhnliches. Dann wäre es sogar naheliegend, dass er sich einen berühmten Dirigenten als seinen Chef ausgesucht hätte. Sie würde ihn noch danach fragen, beschloss aber, erst einmal über Madame Petermann zu sprechen, denn das hatte sie sowieso vorgehabt.

„Einige ausländische Studenten dürfte es aber an der Pariser Musikhochschule auch früher schon gegeben haben, sonst wäre doch die Deutsche Madame Petermann nicht dort gelandet?"

„Natürlich hat es dort auch einige Deutsche und Österreicher gegeben", knurrte er, „aber wieso glauben Sie, dass die Petermann in Paris studiert hat? Die könnte doch auch später nach Frankreich gekommen sein?"

„Weil ich in Erfahrung gebracht habe, dass sie in den späten Sechzigerjahren in Paris war und sogar in einem Klavierquartett von Stephan Lemercier mitgespielt hat."

Monsieur André antwortete nicht gleich. Stattdessen machte das Auto, das gerade auf einer besonders engen Straße unterwegs war, einen Ruck und wäre beinahe auf der Gegenfahrbahn gelandet.

Ihre Bemerkung schien ihn getroffen zu haben. Und ein Gedanke schoss ihr durch den Kopf: Konnte es sein, dass die Bekanntschaft des Chauffeurs mit Lemercier schon viel länger zurücklag, als sie es bisher angenommen hatte? War er möglicherweise selbst ein gescheiterter Künstler? Hatten sie sich vielleicht sogar schon auf der Musikhochschule kennen gelernt? Oder war er sogar einer der Mitspieler im Quatuor Céleste gewesen? Eine kühne Gedankenverbindung, gewiss, aber das würde sie jetzt gleich herausfinden.

Gerade als sie ihm eine diesbezügliche Frage stellen wollte, dreht er sich zu ihr: „Sie betätigen sich also noch immer als Detektivin, Madame Florence? Sehr interessant! Hat Ihnen denn die Entdeckung, dass Madame Petermann in jungen Jahren in Paris studiert hat, bereits Erkenntnisse zu ihrer Ermordung beschert?" Er schüttelte den Kopf und wäre beinahe wieder von der Fahrbahn abgekommen. „Mein Gott, ich kann es noch immer nicht fassen, was mit ihr passiert ist und dass sie nun beide tot sind."

„Passen Sie auf Monsieur, dass Sie nicht von der Straße abkommen und ja, es ist furchtbar, was hier passiert ist. Ich verstehe Ihre Reaktion. Die beiden scheinen Ihnen ja recht nahe gestanden zu sein."

„Mischen Sie sich bitte nicht in meinen Fahrstil ein, Madame! Ich beherrsche mein Metier, das können Sie mir glauben. Ich mische mich auch nicht in das Ihrige ein, aber ich hoffe, dass Sie diesen verrückten Mörder rasch der Polizei von Avignon ausliefern können, denn dort scheint man noch immer im Dunklen zu tappen."

„Tut mir leid. In die Arbeit der Polizei will und darf ich mich nicht einmischen."

„Machen Sie keine Witze, Madame! Ich habe Sie mittlerweile schon gut genug kennen gelernt, um zu wissen, dass Sie Ihre eigenen Fährten verfolgen."

„Zugegeben, es interessiert mich. Ich recherchiere gerne, und wenn ich etwas Nützliches erfahre, werde ich es zum gegebenen Zeitpunkt melden."

„Und dass Madame Petermann schon als Studentin in Paris unseren Dirigenten kannte. Das wäre doch so etwas Nützliches?"

„Wahrscheinlich schon – und die Polizei wird es auch zur rechten Zeit erfahren. Erst einmal muss ich mehr darüber wissen. Und wenn Sie mich mit zusätzlichen Informationen unterstützen könnten, wäre das sehr hilfreich."

„Stets zu Diensten, Madame, aber was könnte ich Ihnen denn schon erzählen?"

„Zum Beispiel, dass Sie auch an der Musikhochschule studiert haben und sowohl Monsieur Lemercier als auch Madame Petermann dort bereits kannten."

Zum dritten Mal ein leichtes Verreißen des Autos. Das konnte kein Zufall sein. Ihre Proberakete hatte gezündet. Sie fuhren gerade durch ein kleines Dorf.

„Ich mache Ihnen einen Vorschlag, Monsieur. Wir machen jetzt eine kurze Kaffeepause und dann erzählen Sie mir, wie und wo Sie die beiden Ermordeten wirklich kennen gelernt haben."

Er murmelte etwas Unverständliches, lenkte dann aber sein Fahrzeug in Richtung Ortsmitte, stellte den Motor ab und stieg ohne ein weiteres Wort aus dem Wagen. Dann wartete er auf Florence, ohne ihr wie sonst die Türe zu öffnen. Mit Hilfe der Fernbedienung schloss er die Autotür und eilte ihr voraus zu einer kleinen Kaffeebar. Die fünf Tischchen vor dem Lokal waren alle unbesetzt, doch man konnte sehen, dass das Café drinnen voll mit plaudernden, Kaffee trinkenden und Zeitung lesenden Menschen war.

Monsieur André steuerte einen der freien Tische im Freien an und rückte Florence einen Sessel zurecht.

„Ich hole einen Kaffee", teilte er ihr mit. „Was trinken Sie?"

„Gerne einen Café au lait." Eine wirklich große Tasse Kaffee war jetzt das geeignete Schutzschild bei einem Gespräch, in dem sie ihm das entlocken wollte, von dem sie mittlerweile überzeugt war, dass er es ihr bisher verschwiegen hatte. Während er in der Bar verschwand, blickte sie sich um. Der kleine Ort machte einen recht provinziellen und trotz des erneut herrlichen Sommerwetters irgendwie düsteren Eindruck. Touristen waren hier keine zu sehen. Offensichtlich kam der Ort in den Reiseführern nicht vor. Zwei alte Frauen schlurften an ihr vorbei, jede ein Einkaufswägelchen hinter sich herziehend. Bei dem Gedanken, ein Leben lang an so einem Ort verbringen zu müssen, fühlte sie sich, als hätte man ihr Schuhe aus Blei angezogen. Sie konzentriert sich auf das bevorstehende Gespräch mit Monsieur André. Die Aussicht darauf war eindeutig prickelnder. Ja, es wurde Zeit, ihn einem ordentlichen Verhör zu unterziehen. Wie sie sehen konnte, wartete er im Lokal noch immer darauf, bedient zu werden. Sie würden nun nicht mehr pünktlich zu Amontero kommen. Höchst unangenehm! Die Tatsache, dass sie wegen eines Unfalls eine andere Strecke benutzten, würde als Entschuldigung herhalten müssen. Gerade wollte sie ihn anrufen, als André wieder aus dem Lokal herausgekommen war und zwei Tassen Kaffee auf den Tisch stellte. Dann kam er sofort zur Sache.

„Was wollen Sie denn nun genau von mir wissen, Madame?"

„Ganz einfach, Monsieur. Waren Sie nun in Ihrer Jugend Student am Konservatorium in Paris und haben Sie schon damals Monsieur Lemercier und Madame Petermann gekannt?"

Er hatte seine Kaffeetasse noch nicht angerührt und gab sich geschlagen.

„Sie sind in der Tat eine ausgezeichnete Ermittlerin, Madame Florence. Ja, das war ich. Und weil Sie es wahrscheinlich ohnedies schon herausgefunden haben, sage ich Ihnen auch gleich, dass ich der Bratschist in dem genialen Quatuor Céleste war."

Bei den letzten Worten schwang auf einmal Stolz in seiner Stimme mit, während Florence innerlich triumphierte.

„Dann müssen Sie ja ein ausgezeichneter Musiker gewesen sein. Warum haben Sie mir das bisher verschwiegen?"

„Weil Sie mich nicht danach gefragt haben, aber natürlich auch, weil ich diesen Teil meines Lebens in die hinterste Ecke meines Bewusstseins verdrängt habe. Es bereitet mir nämlich immer noch Schmerzen, mich an etwas zu erinnern, das so hoffnungsvoll begonnen und so hoffnungslos geendet hat."

„Erzählen Sie mir doch bitte jetzt einmal die ganze Geschichte! In mir haben Sie eine interessierte und diskrete Zuhörerin."

„Wirklich die ganze Geschichte, von Anfang an?"

Florence dachte an den wartenden Amontero, nickte aber dennoch.

„Also gut, Frau Kommissarin. Fangen wir ganz von vorne an. Der kleine Georges stammte – wie es sich für solche Geschichten gehört – aus ärmlichen Verhältnissen. Vater Chauffeur, Mutter Putzfrau, keine Geschwister. Niemand hat verstanden, warum er sich seit seinem dritten Lebensjahr für nichts Anderes interessierte als für das Violinspiel. Die an und für sich liebevollen Eltern haben auf diese Neigung ihres Söhnchens nicht reagiert. Er aber hat sich nicht davon abbringen lassen und hat sich als Fünfjähriger eines schönen Tages auf den Weg zur nächsten Schule gemacht, ist bis zur Direktorin vorgedrungen und hat ihr erklärt, dass er Violine spielen lernen müsse. Die war ziemlich beeindruckt, hat ihn an der Hand genommen und seinen Eltern einen Besuch abgestattet. Sie selbst war ja keine Musiklehrerin und die Schule eine gewöhnliche Grundschule, aber sie hat den Eltern erklärt, dass man eine solche Initiative eines Fünfjährigen auf alle Fälle würdigen und seinen Wunsch in irgendeiner Weise erfüllen müsse. Damit hat die Direktorin ihre Mission für beendet betrachtet und alles Weitere den Eltern überlassen. Die waren von dem Besuch ziemlich eingeschüchtert, dennoch aber auch stolz auf ihren Sohn und haben von da an tatsächlich versucht, ihn so weit wie möglich zu fördern. Musikunterricht war teuer und einen Zugang zu diesem Milieu hatten die Eltern nicht. Sie haben wohl ein halbes Jahr herumgefragt, bis sie endlich einen Lehrer für ihn gefunden hatten. Das war kein professioneller Musiker, sondern ein pensionierter Beamter, der diese Kunst aber leidenschaftlich und ziemlich gut beherrschte und für den Unterricht kein Geld verlangte."

Er hielt einen Augenblick inne und blickte nachdenklich nach oben, ein kleines Lächeln auf seinen Lippen. „Ja, mit ihm habe ich wirklich Glück gehabt. Er war begeistert von mir – und ich von ihm. Ich habe schnell gelernt und von Anfang an war klar, dass ich nicht nur eine Leidenschaft für das Violinspiel hatte, sondern auch Talent."

Er schwieg, als erwarte er einen Kommentar zu diesem Teil seiner Geschichte.

„Dann waren Sie also einmal ein sogenanntes Wunderkind, Monsieur André?"

„Ja und nein, denn Wunderkinder treten ja früh in der Öffentlichkeit auf und werden gebührend gefeiert. Dazu ist es aber bei mir nicht gekommen. Nach zwei Jahren ist mein Lehrer gestorben und meine Eltern mussten erneut jemanden finden. Ich bin zu diesem Zeitpunkt schon in die Volksschule gegangen und hatte dort auch meine ersten musikalischen Auftritte. Über meine Volksschullehrerin hat sich dann ein Geigenlehrer gefunden, der bereit war, mir für ein paar Franc Unterricht zu erteilen. Diesmal war es aber ein Musikstudent, der nicht wirklich an mir interessiert war und dem es nur um das Geld ging. Sein einziges Ziel, das er übrigens nie erreicht hat, war es, Dirigent zu werden. Wenn ich nicht so ein begieriger Schüler gewesen wäre, hätte ich von ihm vermutlich nichts gelernt. Immerhin hat er mich vier Jahre lang unterrichtet und das sogenannte Wunderkind ist nur im Kreis der Familie und auch in der örtlichen Pfarre aufgetreten."

Erneut machte er eine Pause.

„Aber dennoch haben Sie es bis an die Musikhochschule geschafft", beeilte sich Florence zu sagen. Sie wollte endlich zum Kern der Geschichte kommen.

„Das war nicht schwer. So viel Wunderkind war ich durchaus und an eine wirklich gute Lehrerin bin ich dann auch noch geraten. Ich bin schließlich doch in einer öffentlichen Musikschule gelandet und meine dortige Lehrerin, Madame Mandel, hat mich schnurstracks zur Aufnahmeprüfung an das Konservatorium hingeführt. Ich war mit fünfzehn der jüngste Schüler, der damals aufgenommen wurde."

„Und dort haben Sie dann Stephan Lemercier und Anne-Marie Petermann getroffen?"

„Ja, im zweiten Studienjahr. Das erste war eine harte Zeit für mich. An die anderen Studenten habe ich keinen Anschluss gefunden. Ich war sozial völlig isoliert, was ich ja eigentlich schon von meiner Schulzeit her gewohnt war. Dort hat es mir wenig ausgemacht, aber an der Musikhochschule war ich diesbezüglich sehr unglücklich. Ich sehnte mich nach Kontakt zu den älteren Studenten. Mit Anne-Marie, Stephan und Gideon ist dann jedoch alles komplett anders geworden. Zum ersten Mal im Leben war ich Teil einer Clique – und was für einer!"

„Gideon war der Vierte im Bunde?"

„Jawohl, unser Cellist. Ihn habe ich als Ersten kennen gelernt. Er stammte aus noch ärmeren Verhältnissen als ich, und wir sind sofort Freunde geworden. Er war zwei Jahre älter, befand sich gemeinsam mit Anne-Marie im dritten Studienjahr. Er hat sie mir vorgestellt und Stephan hat uns drei angesprochen, als wir einmal vor einem der Probenräume warteten. Ob wir daran interessiert wären, mit ihm zusammen Kammermusik zu machen, hat er uns gefragt. Wir drei würden einen anderen Eindruck machen als die langweiligen Streber, die sich sonst hier herumtrieben und an nichts anderem Interesse hätten als daran, ihre Kollegen zu übertrumpfen."

Das war ja alles hochinteressant. Florence hatte den Eindruck, dass bei Monsieur André Schleusen geöffnet worden waren. Er legte beim Erzählen eine Emotionalität an den Tag, die neu war. Seinen Kaffee hatte er kaum angerührt – es war ihr klar, dass diese Geschichte noch lange nicht zu Ende war. Wenn sie ihn jetzt stoppte, würde er möglicherweise nicht mehr so erzählfreudig sein wie bisher. Was sollte sie tun?

Die Beantwortung dieser Frage wurde ihr vom Läuten ihres Handys abgenommen. Natürlich war es Amontero, der ziemlich gereizt klang. Am Tag eines Konzertes habe er immer einen sehr strengen Zeitplan und er ersuche sie, darauf Rücksicht zu nehmen. Er werde jetzt kurzfristig umdisponieren und noch seine Fingerübungen machen. Wenn sie dann aber nicht bald käme, würde er sie dafür verantwortlich machen müssen, wenn sein heutiges, von zahllosen Menschen erwartetes Konzert ein Desaster würde. Florence entschuldigte sich für die Verspätung und erklärte, dass man wegen eines Verkehrsproblems einen gehörigen Umweg habe fahren müssen, verabschiedete sich wieder und legte auf.

Noch während sie telefonierte, hatte auch bei Monsieur André das Telefon geläutet. Er war für das Gespräch aufgestanden und hatte sich ein paar Schritte vom Tisch entfernt. Als er gleich darauf wieder zurückkam, erklärte er, dass sie umgehend aufbrechen müssten. Madame Lemercier sei am Apparat gewesen. Sie sei noch gestern mit ihren Töchtern zurück nach Avignon gefahren, denn in dem Haus, in dem das Entsetzliche geschehen sei, habe sie natürlich nicht bleiben können. Nun habe sie sich entschlossen, heute doch zum Konzert von Bruno Amontero nach La Roque-d'Anthéron zu kommen, denn in Avignon fiele ihr die Decke auf den Kopf. Sie brauche ihn als Fahrer.

Fünf Minuten später saßen Monsieur André und Florence wieder im Auto.

24

Wenn Florence befürchtet hatte, dass der Redefluss ihres Chauffeurs durch die Unterbrechungen gestoppt würde, so hatte sie sich getäuscht. Kaum hatte er den Motor wieder angelassen, begann er erneut.

„Sie müssen wissen, Madame, dass hier niemand außer Ihnen etwas von meinem Vorleben als hoffnungsvolles musikalisches Talent weiß. Als ich Stephan Lemercier und Anne-Marie Petermann nach all den Jahren wieder getroffen habe, habe ich sie gebeten, Schweigen über unsere gemeinsame Vergangenheit zu bewahren und sie scheinen sich wirklich daran gehalten zu haben."

Kurz konzentrierte er sich auf die Ausfahrt im Kreisverkehr am Ende des Ortes, dann erzählte er ihr, dass jener erste Teil seines Lebens, in dem er mit Stephan und Anne-Marie befreundet gewesen war, gegen Ende des vierten Studienjahres abrupt und endgültig zu Ende gegangen sei. Ein Autofahrer hatte ihn auf dem Fahrrad angefahren und schwer verletzt. Nach einem wochenlangen Krankenhausaufenthalt sei seine linke Hand nicht mehr zu gebrauchen gewesen. Damals hätte er sich am liebsten das Leben genommen, aber das habe er dann aus bestimmten Gründen doch nicht über sich gebracht. Als er sich nach seiner Entlassung aus dem Krankenhaus ein Taxi genommen hatte, war er mit dessen Lenker ins Gespräch gekommen. Er musste ja von etwas leben und brauchte dringend einen Job! Der Taxifahrer habe seine Notlage erkannt und ihm tatsächlich geholfen. Den Führerschein hatte er seit einem halben Jahr in der Tasche und der Mann brauchte gerade eine Aushilfe. So war er bereits am nächsten Tag in dessen Unternehmen eingestiegen und sein ganz anderes und neues Leben hatte seinen Anfang genommen.

Dabei sei etwas Eigenartiges passiert, zumindest aus heutiger Sicht. Sein früheres Leben als Musiker war für ihn auf einmal gänzlich ausgelöscht und er habe sich schon bald als nichts anderes als ein Pariser Taxifahrer verstanden. Somit sei er wieder auf derselben Stufe gelandet wie sein Vater, der ebenfalls für andere Leute Autos gelenkt hatte. Erst an dem Tag, an dem Stephan Lemercier in sein Taxi einstieg, seien seine Erinnerungen an die Zeit als Musikstudent wieder zurückgekehrt. Von da an habe es ihm sogar Freude bereitet, quasi als Zaungast erneut am Musikleben teilhaben zu können.

Florence wollte noch mehr über das Klavierquartett wissen. „Mich interessiert dieses Quatuor Céleste. Warum haben Sie dort Bratsche gespielt? Sie waren doch Geiger?"

„Das war ja wohl klar. Anne-Marie Petermann hat als die Ältere den Violinpart für sich beansprucht, und da Stephan, der von Anfang an das Sagen hatte, von der Zusammensetzung her ein richtiges klassisches Klavierquartett wollte, fehlte noch eine Bratsche. Kein Problem für mich! Die Umstellung auf dieses Instrument hat keine Woche gedauert!"

„Wie ist denn Madame Petermann als Deutsche nach Paris gekommen?"

„Na, das Übliche halt. Sie ist von einem einengenden Zuhause in Berlin ausgerissen. Ihre Eltern, ein ehrgeiziges Lehrerehepaar, haben sie zu endlosem Üben gezwungen. Das hat sie so satt gehabt, dass sie eines Tages ihre Sachen gepackt hat und auf und davon ist. In Paris hat sie sich dann einige Zeit als Au Pair-Mädchen durchgeschlagen, aber ihr außerordentliches musikalisches Talent hat sie wieder eingeholt und so ist sie schließlich doch mit Unterstützung ihrer Eltern bei uns am Konservatorium gelandet. Das Quartett hat sie – wie wir alle – auch aus finanziellen Gründen gut brauchen können, denn Stephan hat uns schon bald bezahlte Auftrittsmöglichkeiten verschafft."

„Sagen Sie, Monsieur André, ich habe da zufällig von einer Geschichte erfahren, in der Stephan Lemercier mit der Polizei in Kontakt gekommen sein soll. Das war doch während eines Auftritts Ihres Quatuor Céleste?"

„Zufällig haben Sie das erfahren, Madame? Was ist bei Ihnen schon zufällig?" Georges André wandte ihr den Kopf zu und schaute sie amüsiert und gleichzeitig vorwurfsvoll an, ehe er sich wieder auf den Verkehr konzentrierte und ihre Frage beantwortete.

„An diese Geschichte erinnere ich mich natürlich, denn da haben die Streitereien zwischen Stephan, Gideon und Anne-Marie erst so richtig begonnen. Anne-Marie und Gideon waren nämlich ein Paar, aber Stephan hatte sich offensichtlich auch in Anne-Marie verliebt und, unverschämt wie er sein konnte, sie einfach für sich beansprucht."

„Und daran ist Ihr Quartett dann zerbrochen?"

„Zerbrochen kann man nicht sagen. Aber von da an war der Wurm drin. Als ein halbes Jahr später die große Katastrophe eintrat und Gideon sich das Leben nahm, war das natürlich das Aus für unser Quartett."

Florence zog scharf die Luft ein.

„Gideon hat sich das Leben genommen. Wie furchtbar!"

„Ja, das war entsetzlich. Das ist also etwas, das Sie noch nicht gewusst haben. Jedenfalls gab es keine andere Erklärung für seinen Sprung vom Dach unseres schönen Konservatoriums."

„Hatte denn das etwas mit der Dreiecksgeschichte zwischen Stephan, Anne-Marie und Gideon zu tun?"

„Das weiß man nicht. Und mich hat das auch nie interessiert, denn bald darauf hatte ich meinen Unfall und andere Sorgen. Außerdem war ich bei der ganzen Geschichte nur Zaungast."

Florence wähnte sich mittlerweile im Inneren einer griechischen Tragödie, die möglicherweise noch immer nicht zu Ende war. Nach wie vor wollte und konnte sie jedoch keine voreiligen Schlüsse ziehen. Das Gespräch war ohnedies zu Ende, denn sie waren beim Haus von Amontero in Lourmarin vorgefahren. Monsieur André hatte nicht nach der Adresse gefragt. Offensichtlich war er nicht zum ersten Mal hier. Das war auch nicht wirklich verwunderlich. Bestimmt hatte er Stephan Lemercier schon öfter zum Haus des Freundes gefahren. Schon interessant, dass Anne-Marie Petermann und Stephan Lemercier nach all den tragischen Ereignissen rund um das Quatuor Céleste zusammengeblieben waren und gemeinsam den Pianisten und den Pfarrer kennen gelernt hatten. Hatte der Trompeter, dieser Luc Daillon, recht, und die zwei waren doch noch ein Paar geworden? Vermutlich konnte Amontero diese Frage beantworten.

Der war jedoch im Augenblick noch nicht ansprechbar, sondern saß in seinem Übungszimmer. Florence war von der Assistentin in den angrenzenden Salon geführt worden und lauschte den auf- und abperlenden Klängen, die nur ganz gedämpft durch das offensichtlich gut schallisolierte Zimmer drangen. So blieb ihr etwas Zeit zum Nachdenken. Warum hatte sie bei der Geschichte von Georges André das Gefühl gehabt, dass er ihr Entscheidendes vorenthielt? Sie nahm ihm seine Rolle als harmloser Zaungast des damaligen Geschehens nicht ganz ab. Es war natürlich zu wenig Zeit gewesen, um genauer nachzufragen. Nach der Ankunft hier in

Lourmarin hatte er es eilig, zurück zu seiner jetzigen Chefin zu kommen.

„Das ist der Nachteil, wenn man nicht offiziell ermittelt", dachte Florence. Man konnte nicht einfach die Verdächtigen zu einem Verhör bestellen und sie nach Strich und Faden löchern. Der Herr Chauffeur war jedenfalls kein unbeschriebenes Blatt. Am Abend würde sie ihn vermutlich wiedersehen, wenn er Madame Lemercier zum Konzert nach La Roque-d'Anthéron chauffierte. Ob er diese danach wieder nach Avignon zurückbrachte? Oder ob sie vielleicht sogar hier bei Monsieur Amontero als Übernachtungsgast abstieg? Sein Haus war jedenfalls groß genug, um Gäste zu beherbergen. Ein stattliches Gebäude, das ganz anders aussah, als Florence es sich vorgestellt hatte. Der Eingang des Hauses, ein mächtiges Portal, schien mitten in der Stadt zu liegen. Von der Rückseite des Gebäudes aus hatte man jedoch einen schönen Blick über grüne Wiesen bis hin zu einem beeindruckenden Schloss.

Die Klänge aus dem Nebenzimmer ließen Florence an eine Kette aus feinsten Perlen denken, die in mannigfaltigen Variationen durch die Lüfte flogen. Sie war aufgestanden und ging in dem weitläufigen Salon herum. Sie musste sich ein wenig die Füße vertreten. Die Wände waren voll mit Bildern. Auch Fotos waren darunter. Auf einem entdeckte sie einen berühmten Träger des Nobelpreises für Literatur: Albert Camus. Auf dem Bild saß er mit ziemlicher Sicherheit genau auf jenem Sofa, aus dem sie sich gerade erhoben hatte. Er unterhielt sich mit einem ihr unbekannten Mann. Vielleicht der frühere Eigentümer dieses Hauses? Sie wusste, dass Camus in Lourmarin die letzten Jahre seines Lebens verbracht hatte, ehe diesem durch einen tragischen Verkehrsunfall ein Ende gesetzt worden war. Auf dem Foto hatte sie ihn sofort erkannt, denn sein Portrait hing neben dem von Simone de Beauvoir an der Wand eines ihrer Lieblingscafés im Quartier Latin in Paris. Apropos Paris! Sie musste Mordent anrufen und ihm von den Enthüllungen des Chauffeurs berichten. Vielleicht konnte er noch mehr über diesen Gideon und seinen mysteriösen Tod in Erfahrung bringen? Nun ja, das war lange her, aber wenn jemand den Schlüssel zur Vergangenheit finden würde, dann er. Da im Nebenzimmer noch immer gespielt wurde, konnte sie den Anruf jetzt gleich erledigen. Sie trat an ein geöffnetes Fenster und wählte die vertraute Pariser Nummer. Er hob sofort ab und sie informierte ihn, wo sie gerade war. Dann berichtete sie mit gesenkter Stimme und in knappen Worten, was sie von Georges André erfahren hatte. Er reagierte begeistert. Oh ja, mit diesen Informationen könne er bestimmt etwas anfangen. Er werde sogleich mit seinen Recherchen fortfahren und sich melden, wenn es etwas Neues gäbe.

Kaum hatte sie aufgelegt, verstummten die Töne im Nebenzimmer und Bruno Amontero öffnete die Tür.

„Gott sei Dank, dass Sie da sind. Der Kommissar aus Avignon hat schon wieder bei mir angerufen und mich um mein Alibi für den vorgestrigen Tag gefragt. Offensichtlich war das der Tag, an dem Madame Petermann ermordet wurde. Ich zähle aus seiner verqueren Sicht noch immer zu den Verdächtigen in diesem katastrophalen Geschehen. Ich gehe ja davon aus, dass die Polizei nach wie vor im Dunklen tappt, was beunruhigend genug ist. Bitte rufen Sie Monsieur Lambert sofort an und sagen Sie ihm, dass er sich um mich keine Sorgen zu machen braucht, da Sie heute den ganzen Tag nicht mehr von meiner Seite weichen werden. Nicht wahr, Madame?"

Florence konnte nur nicken. Ungefähr so hatte sie sich ihren heutigen Auftrag vorgestellt. Babysitterin eines sensiblen und noch dazu berühmten Künstlers! Erstaunlich, wozu sie es gebracht hatte. Ironie, sogar sich selbst gegenüber, war jedoch angesichts der insgesamt ernsten Lage fehl am Platz. So bestätigte sie ihm, dass dies ihr heutiger Plan sei und dass sie ihn, wie versprochen, bis nach seinem Konzert so gut wie möglich von allem Störenden abschirmen werde. Sie versuchte Lambert zu erreichen, aber der hob nicht ab. Unter den beobachtenden Augen von Amontero schrieb sie ihm stattdessen eine kurze SMS, in der sie ihm mitteilte, dass sie den ganzen Tag an der Seite des Pianisten in Lourmarin und La Roque-d'Anthéron verbringen werde. Daraufhin entspannte sich dieser und lud sie zu einem kleinen Spaziergang mit anschließendem Mittagessen ein. Seit sie ihn am Kommissariat von Avignon näher kennen gelernt hatte – oder eigentlich schon seit ihrem allerersten Zusammentreffen in Paris – kannte sie seine ganz speziellen und abrupten Stimmungswechsel, denn seine Miene konnte sehr schnell von abweisend und indigniert auf amüsiert und interessiert umschlagen.

Sie verließen das Haus durch das große Portal. Flirrende Hitze draußen und bald auch ein Gewimmel von Touristen und Einheimischen. Das Städtchen Lourmarin war ähnlich malerisch wie Saignon, lag jedoch im Tal und war von ganz anderem Charakter. Ob er wisse, wo das Haus von Albert Camus sei, fragte ihn Florence, denn sie wollte ihn mit einem unverfänglichen Gesprächsthema aus seiner trüben Stimmung herausholen, ehe sie auf die Fragen zurückkam, die ihr unter den Nägeln brannten.

Und ob er das wisse, antwortete er ihr mit einem amüsierten und triumphierenden Unterton in der Stimme. Schließlich sei sein Vater, ein Verleger in Paris, mit dem Nobelpreisträger befreundet gewesen. Das sei auch der Grund, warum der Vater damals auf das Städtchen Lourmarin aufmerksam geworden sei.

„Verraten Sie mir auch, wo das Haus dieses berühmten Schriftstellers liegt?"

„Aber gerne. Wir können einen kurzen Abstecher machen. Sehen werden Sie aber nur ein paar hohe Mauern, denn seine Tochter ist bemüht, ihre Privatsphäre zu schützen und öffnet keinem der neugierigen Touristen die Tür."

„Aber Sie kennen das Haus bestimmt von innen und haben vielleicht auch Kontakt zu der Tochter?"

„Ich war in meiner Kindheit einmal mit meinem Vater zu Besuch bei Camus, habe aber kaum mehr eine Erinnerung daran. Seine Tochter kenne ich nicht persönlich. Ich respektiere ihr Bedürfnis nach Privatheit und habe selbst das größte Verständnis dafür. Warum auch – bitte sehr – sollte ich ihren Kontakt suchen?" Er klang verärgert.

„Nun, es wäre ja möglich gewesen, dass Sie sie durch Ihren Vater kennen gelernt haben, aber vermutlich waren ihrer beiden Lebenswege zu verschieden und in Ihrer Kindheit und Jugend hat sich bereits alles nur um die Musik gedreht!"

„Damit haben Sie nicht unrecht, Madame. Die Musik lag mir immer näher als die Dichtkunst, und wer eine Karriere wie ich sie habe, anstrebt, hat in der Jugend wenig Zeit zum Bücherlesen."

„Dann waren Sie also als junger Mann hauptsächlich in Musikerkreisen unterwegs und waren mit Leuten wie Madame Petermann und Monsieur Lemercier befreundet."

„Warum erwähnen Sie das jetzt, Madame? Das wissen Sie doch schon alles. Können Sie mich bitte im Moment mit den alten Geschichten in Ruhe lassen?"

Sie waren inzwischen am Ende der Rue Albert Camus angekommen, die zu dessen Lebzeiten noch Rue de l'Eglise hieß, und bogen in eine recht belebte Gasse mit kleinen Geschäften ein, die ins Zentrum des Ortes führte.

Florence blieb kurz stehen und öffnete ihre Arme in einer bedauernden und gleichzeitig einladenden Geste.

„Sehr verehrter Herr Amontero – es tut mir leid. Diese alten Geschichten, wie Sie sie nennen, könnten leider auch der Schlüssel zu den beiden grausigen Mordtaten sein. Wenn ich dazu beitragen soll, diesem Spuk ein baldmöglichstes Ende zu bereiten, dann muss ich alles wissen, was damit in einem Zusammenhang stehen könnte. Dafür haben Sie mich doch auch angefordert und bestimmt nicht deshalb, weil Ihnen meine Nase gefällt? Im Übrigen bin ich derzeit am Vorleben der Madame Petermann und nicht an dem Ihren interessiert."

Sie hatte erneut auf Schocktherapie gesetzt und die tat – ähnlich wie zuvor bei Monsieur André – ihre Wirkung.

„Das beruhigt mich, aber Sie sehen ja, was hier los ist! Das ist nicht der Ort, um solche Gespräche zu führen. Wir sind jetzt ohnedies gleich im Café ‚Louis Armstrong'. Das hat um diese Zeit noch geschlossen. Da der Besitzer jedoch ein Freund ist, macht er mir auch heute so wie vor jedem Konzert eines seiner berühmten Steaks. Er weiß bereits, dass ich mit einer Begleiterin komme. Einer mit einer durchaus sehenswerten Nase übrigens. Wenn wir dort sind, können Sie mir meinetwegen noch Ihre Fragen zu Madame Petermann stellen. Dann will ich aber für den Rest dieses Wochenendes nichts mehr von diesem Thema hören."

Florence nickte zustimmend, bezweifelte aber gleichzeitig, dass damit das Thema für ihn erledigt sein würde.

Das Café ‚Louis Armstrong' befand sich zwischen anderen Lokalen auf einem zentralen Platz von Lourmarin. Der Besitzer schien schon auf Monsieur Amontero gewartet zu haben, denn er stand rauchend vor der geschlossenen Tür des Lokals.

„Enchanté, Madame", sagte der große, kräftige Mann mit Rauschebart, drückte seine Zigarette in einem dafür bereitstehenden Behälter aus und legte dem berühmten Pianisten eine Hand auf die Schulter. Dann nahm er einen Schlüssel aus der Tasche seines bunt gemusterten Gilets und begleitete die Gäste in den vorderen Raum des dem Platz zugewandten Lokals. Durch dessen geschlossenen Jalousien war an diesem Tag noch kein Sonnenstrahl gedrungen und es roch so, wie es vormittags in allen Nachtlokalen roch: säuerlich, metallisch, irgendwie kalt und keineswegs einladend. Dass sich das in diesem Fall gleich ändern würde, war jedoch klar. Der Gastgeber, der mit dem Nachnamen Chevalier hieß und von Amontero mit Maurice angesprochen wurde, führte die beiden zu einem bereits gedeckten Tisch direkt vor dem Tresen, hinter dem sich eine offene Küche anschloss. Dann schaltete er das Licht an und ein orangegelber Schein ergoss sich über diesen Bereich des Lokals.

„Für dich den üblichen Kaffee, Bruno?", fragte Maurice Chevalier, und zu Florence gewandt: „Trinken Sie auch einen Espresso, Madame?" Diese fand zwar den Zeitpunkt zum Kaffeetrinken etwas ungewöhnlich, nickte aber, denn es war ihr klar, dass dies hier Teil eines vertrauten Rituals war. Kurz darauf ertönte das tiefe und laute Brummen einer Espressomaschine und der Duft von frisch gemahlenem Kaffee erfüllte den Raum.

Maurice stellte zwei kleine Tassen Espresso auf den Tisch und verschwand gleich wieder, um sich der Zubereitung der Steaks zu widmen. Keiner der beiden Männer hatte Florence gefragt, ob sie auch eines wolle. Es war ihr klar, dass es unter diesen speziellen Umständen auch keine Alternative gab.

„Es wundert Sie vielleicht, Madame Florence, dass ich vor dem Essen noch einen Kaffee trinke, aber dies ist Teil meiner Gewohnheiten am Tage eines Konzerts. Es ist mein letzter Kaffee an diesem Tag, denn ich will keine unruhigen Hände riskieren. Mittags esse ich an Konzerttagen immer ein Steak mit Kartoffeln und abends vor dem Konzert höchstens einen leichten Salat. Ein befreundeter Dirigent hat mir einmal zu dieser Speisefolge am Tage eines Auftritts geraten. Das hat mir immer gutgetan. Im Übrigen werde ich nach dem Essen zu Hause noch eine kleine Siesta halten. Um sechzehn Uhr fährt uns meine Assistentin nach La Roque-d'Anthéron. Ab dem Essen will ich wirklich nur mehr entspannen, deshalb schießen Sie jetzt in Gottes Namen los mit Ihren Fragen!"

Florence nickte. Eine ähnliche Situation hatte sie heute schon einmal erlebt, als sie Monsieur André gegenübersaß. Am besten, sie fiel gleich mit der Tür ins Haus:

„Wie Sie wissen, hat mich heute der ehemalige Chauffeur von Monsieur Lemercier hierhergebracht. Haben Sie ihn wirklich zur Zeit Ihres Studiums noch nicht gekannt?"

„Warum sollte ich? Ich hatte damals bestimmt nicht das Geld, um mir Taxifahrten zu leisten!"

„Nein nein. Ich meine nicht, dass Sie ihn als Taxifahrer kennen gelernt haben, sondern als Musikstudenten und Teil des Quatuor Céleste, von dem Sie doch bestimmt gehört haben."

Bruno Amontero sah sie erstaunt an.

„Dieses Quartett haben Stephan und Anne-Marie natürlich hin und wieder erwähnt. Zum Zeitpunkt, zu dem ich die beiden kennen gelernt habe, war es bereits aufgelöst. Ich hatte nicht den Eindruck, dass sie gerne davon sprachen. Aber was hat das mit Monsieur André zu tun?"

„Nun, wie er mir heute selbst bestätigt hat, war er in seinem früheren Leben Musikstudent und Teil des Quartetts."

Amonteros Überraschung wirkte echt.

„Nun ist es Ihnen wirklich gelungen, mich in Erstaunen zu versetzen. Das höre ich zum ersten Mal! Weder Anne-Marie noch Stephan haben je ein Wort darüber verloren. Und Monsieur Georges André auch nicht. Aber ja, der Bratschist dieses Quartetts hieß tatsächlich Georges. Der Zusammenhang ist mir noch nie aufgefallen. Wieso sollte er auch? Georges ist ja kein ungewöhnlicher Name!"

„Dann kennen Sie aber bestimmt auch den Namen des vierten Mitglieds dieses Quartetts?"

„Ist das ein Prüfung, Madame? Wenn ja, erweise ich mich prompt als Musterschüler!" Mit einem amüsierten Lächeln blickte er sie an. „Er hieß Gideon Mullier und von ihm und seinem tragischen Schicksal hat mir Anne-Marie einmal erzählt. Die beiden waren damals ineinander verliebt und über seinen Selbstmord ist sie, wie sie sagte, lange nicht hinweggekommen. Wie Sie wahrscheinlich auch schon wissen, hat er sich eines Tages vom Dach des Konservatoriums gestürzt. Davon wurde dort natürlich tagelang gesprochen. Aber wie schon gesagt, ich hatte zu diesem Zeitpunkt noch nicht die Bekanntschaft von Anne-Marie und Stephan gemacht."

„Hat man denn je erfahren, was den jungen Mann in den Selbstmord getrieben hat?"

„Wie soll ich denn das wissen? Ich war ja nicht dabei. Und andere auch nicht. Anne-Marie hat nur gesagt, dass ihn einer seiner Lehrer ziemlich entmutigt haben soll. Sein Vibrato werde nie gut genug sein, um einen wirklich herausragenden Cellisten aus ihm zu machen. Laut Aussage von Anne-Marie war das lächerlich. Gideon soll wie alle im Quatuor Céleste überaus ehrgeizig und gleichzeitig ein besonders sensibler Typ gewesen sein. Eine Seele von einem Menschen, wie mir Anne-Marie mit Tränen in den Augen erzählt hat."

„Aber war sie nicht zu dem Zeitpunkt, zu dem Sie Madame Petermann kennen lernten, schon mit Stephan Lemercier zusammen?"

Amontero seufzte. „Guter Gott, Madame, müssen wir jetzt wirklich in alle Details gehen? Ja, da war sie schon mit ihm zusammen. Stephan ist ihr nach dem Tod des Freundes in besonderer Weise zur Seite gestanden und das Leben musste weitergehen! Ich glaube jedoch, dass sie in Stephan nie so verliebt war, wie er damals in sie. Er hat sie im wahrsten Sinne des Wortes auf Händen getragen."

„Anne-Marie Petermann hat also die Zuneigung von Stephan Lemercier nicht in gleicher Weise erwidert. Das muss ja eine ziemliche Enttäuschung und gleichzeitig eine Kränkung für sein nicht gerade kleines Ego gewesen sein."

„Möglicherweise, aber Anne-Marie Petermann war wohl ein Sonderfall in seinem Leben. Sie war Jugendliebe, Kollegin, Kumpanin und was weiß ich sonst noch. Diese zwei waren ein Leben lang zusammen und haben vieles geteilt."

„Hat das nicht die anderen Frauen an seiner Seite nervös gemacht?"

„Seine erste Frau, mit der er immerhin zehn Jahre verheiratet war, bestimmt. Bei Eliette Lemercier hatte ich allerdings nie diesen Eindruck. Dazu war sie sich ihrer Bedeutung für ihn viel zu sicher."

„Die sich aber im Laufe der Zeit auch gewandelt hat. Wie Sie mir erst neulich erzählt haben, scheint er ja eines Tages auch an ihr das Interesse verloren zu haben. Vielleicht hat es ihm nicht gereicht, eine zwar schöne und reiche, sonst aber eher oberflächliche Frau zu haben."

Florence hatte wieder einmal absichtlich provoziert – und es wirkte.

„Also, dass Sie auch in solchen Klischees denken, Madame Beaumarie, das hätte ich nicht gedacht. Madame Lemercier ist eine großartige Frau. Jeder sieht sie immer nur als das reiche und schöne Model, welches sie natürlich auch einmal war. Sie ist aber hochintelligent und eine großartige Musikkennerin. Das hat sie ja überhaupt erst mit Stephan zusammengeführt. Es war lange Zeit von beiden Seiten eine sehr schöne Beziehung. Natürlich, Stephan konnte die Frauen immer becircen. Bei Eliette hat er es allerdings genauso ernst gemeint wie damals bei Anne-Marie. Dennoch ist seine Leidenschaft für sie wieder abgeflaut. Seine wahre Liebe war die Musik. Gepaart mit seiner Eitelkeit und in der Hoffnung, einst als weltberühmter Dirigent das Zeitliche zu segnen, hat er dieser immer den ersten Rang in seinem Leben eingeräumt. Vielleicht hat dank der Musik seine Beziehung zu Anne-Marie Petermann alle Schwierigkeiten überdauert. Mir war und blieb er jedenfalls ein guter und auch interessanter Freund. Nicht alle seine Charakterzüge haben mir gefallen, aber diesbezüglich halte ich es mit Mister Osgood am Ende von *Some like it hot*, einem meiner Lieblingsfilme. Dort heißt es ‚Nobody is perfect'. Sie kennen den Film?"

Amontero gelang es, nach dieser langen Rede in einem eleganten Schwung zu einem anderen Thema zu wechseln. Zu diesem Zeitpunkt näherte sich auch schon der Küchenchef mit zwei Tellern, auf denen je ein mittelgroßes Steak samt Kartoffeln sehr appetitlich angerichtet war. Florence war klar, dass sie ab nun nicht mehr viel von Amontero erfahren würde. Der Wirt stellte die Teller vor seine Gäste, eilte noch einmal in die Küche und kam mit einer großen Schüssel Salat zurück. Mit einem „Bon appétit" überließ er sie ihrer Mahlzeit, die tatsächlich köstlich war.

Während sie schweigend aßen, entdeckte Florence auf einer der Wände des Lokals einige Fotos berühmter Chansonsänger und Jazzmusiker. Auch ein Bild von Amontero war darunter. Er saß an dem schwarzen Stutzflügel, der in einer Ecke von Chevaliers Speisesaal stand, an seiner Seite Maurice Chevalier mit einem Mikrofon in der Hand. Florence lächelte in sich hinein. Hier spielte Bruno Amontero bestimmt keine klassische Musik. Irgendwann wollte sie sich danach erkundigen. Jetzt musste sie ihn aber unbedingt noch danach fragen, ob er wisse, dass Madame Lemercier nun doch noch zum Konzert kommen wolle und ob denn unter diesen Umständen die Konzerttickets für Charles und Chantal nach wie vor zur Verfügung stünden.

Wie sich herausstellte, war Amontero über Madame Lemerciers Ankunft informiert. Das mit den Tickets sei kein Problem, denn von drei Tickets, die er ursprünglich für die Lemerciers zur Seite habe legen lassen, sei noch eines übrig. Außerdem würde es für seine Freunde immer ein Ticket geben. In La Roque-d'Anthéron sei man diesbezüglich sehr flexibel und freigiebig.

25

Die Ankunft in La Roque-d'Anthéron gestaltete sich in einer Weise, die Florence beeindruckte. Amontero wurde von der Festivaldirektion als der Star empfangen, der er ohne jeden Zweifel war. Während der einstündigen Fahrt war wenig gesprochen worden, der Künstler war in sich gekehrt, und Florence nach den Ereignissen des Vormittags etwas ermattet. Am Steuer von Amonteros Wagen, einem Citroën der Extraklasse, saß eine schweigsame und etwas mürrische Mademoiselle McCarthy. Als sie den Festivalort erreichten, änderte sich die Atmosphäre im Auto. Die Assistentin richtete sich auf, wurde einige Zentimeter größer und lenkte ihr Fahrzeug langsam und hoch erhobenen Hauptes durch eine lange Allee von Platanen, in der bereits zahlreiche Festivalgäste zu Fuß in Richtung Waldbühne unterwegs waren. Die Zufahrt mit dem Auto war nur den Künstlern und der Direktion gestattet.

Wie Mademoiselle McCarthy Florence erklärte, kamen die Gäste hier früh, um noch einen guten Parkplatz zu ergattern, ein wenig zu flanieren oder sich schon ein Plätzchen für das Pausenpicknick auszusuchen. In den Konzertpausen wurden nämlich im romantischen Areal um die Waldbühne herum opulente Picknicks veranstaltet. Einige der Leute bemerkten, dass gerade der Star des Abends an ihnen vorbeifuhr und winkten ihm zu. Unbeeindruckt davon rollte der Wagen zum Eingangstor, wo sofort ein Schranken für sie hochging.

Der Künstler und seine Begleitung waren kaum aus dem Wagen ausgestiegen, als sich auch schon eine Gruppe von Menschen auf sie zubewegte, angeführt von einer Dame mit flammend rotem Haar in einem zitronengelben Kostüm. Florence starrte fasziniert auf ihre extrem hohen Stilettos, auf denen sie sich trotz des unebenen Bodens sicher und majestätisch bewegte. Für einen Augenblick fragte Florence sich, ob sie dem Anlass und ihrem Status hier angemessen gekleidet sei. Da sie Bruno Amontero als so etwas wie seine Leibwächterin eingestellt hatte, hatte sie sich für ein Outfit vorwiegend in Weiß entschieden, das sich im Stil dem seinen anpasste, ohne ihn zu imitieren: weiße Leinenhose, weiße Bluse mit zartem orangeroten Muster und – wenn schon Bodyguard – Schuhe mit einem ordentlichen Profil für Verfolgungsjagden.

Aber was war eigentlich ihr offizieller Status? Soeben stellte sie Amontero der Dame im gelben Kostüm als seine Beraterin und gleichzeitigen Bodyguard für den Abend vor, der man bitte Zugang zu sämtlichen Einrichtungen des Festivalgeländes gewähren möge.

Die Dame, ihres Zeichens Kommunikationsdirektorin des Festivals, runzelte die Stirn und bemerkte, dass Madame Beaumarie ein etwas ungewöhnlicher Bodyguard war. Wenn es aber schon so sei, dann müsse sie bitte noch einen besonderen Sicherheitscheck über sich ergehen lassen, ehe man ihr einen entsprechenden Pass aushändigen könne. Einer ihrer Assistenten begleitete Florence daraufhin zum Sicherheitschef des Festivals, der ihr einige Fragen stellte und sie einer Leibesvisitation unterzog. Als sich herausstellte, dass sie keine Waffe trug und auch sonst unbedenklich zu sein schien, bekam sie tatsächlich einen in Folie eingeschweißten Pass um den Hals gehängt, der sie als V.I.P. mit freiem Zugang zu sämtlichen Einrichtungen vor Ort auswies.

Bruno Amontero war in der Zwischenzeit von der Kommunikationschefin in einen eigens dem Stargast vorbehaltenen Probenraum geleitet worden. Als Florence dort wieder zu ihm stieß, erklärte er, dass er sich jetzt noch einmal einspielen und sich dann vor dem Konzert auf einen schattigen Platz direkt hinter der Bühne begeben werde. Mademoiselle McCarthy könne ihr diesen Ort schon einmal zeigen. Sie sei ihm dort natürlich willkommen. In der Zwischenzeit könne sie gerne das Festivalgelände sondieren, denn im Proberaum fühle er sich angesichts der Sicherheitsvorkehrungen, die hier getroffen würden, keinem persönlichen Risiko ausgesetzt. Sollte sich jedoch erneut die Polizei bei ihm melden, so hätte Mademoiselle McCarthy den strikten Auftrag, diese sofort an Florence weiter zu verweisen.

Es war, als hätte er den Teufel an die Wand gemalt, denn kaum hatte sie den Probenraum verlassen, sah sie Leonie Perrin mit einem Kollegen auf sich zukommen. Nach einer kurzen, nicht unfreundlichen Begrüßung kam Perrin sofort zur Sache:

„Wir müssen dringend noch einmal mit Amontero sprechen. Wie Sie ja sicher wissen, fand zehn Tage vor dem Mord an Lemercier ein Empfang in dessen Strandvilla statt. Von einem Zeugen haben wir nun erfahren, dass Amontero damals mit Madame Lemercier in genau jenem Zimmer verschwunden sein soll, in dem nun die Leiche von Madame Petermann gefunden wurde. Außerdem soll er am Tag nach dem Fest zusammen mit Madame Petermann nach Paris gereist sein. Alles sehr seltsame Koinzidenzen, für die er uns Rede und Antwort stehen muss."

„Es tut mir wirklich leid, Kommissarin", Florence stellte sich schützend vor die Tür des Probenraums, aus dem bereits die Klänge des Klaviers zu vernehmen waren, „wie Sie selber hören, bereitet sich Monsieur Amontero gerade auf sein bevorstehendes Konzert vor. Wenn wir ihn jetzt stören, gefährden wir den Erfolg dieses Abends, zu dem Hunderte von Menschen angereist sind."

„Das kann schon sein. Aber gerade Sie als ehemalige Mitarbeiterin der Polizei müssten doch wissen, dass die Aufklärung einer Gewalttat keine solche Rücksichtnahme erlaubt."

„Das weiß ich sehr wohl, aber Monsieur Amontero entkommt Ihnen nicht. Er hat mich als seinen persönlichen Schutz angeheuert, und ich werde bis zum Ende dieses Abends an seiner Seite sein. Ich habe mittlerweile sein volles Vertrauen und ich garantiere Ihnen, dass ich ihm heute noch die Fragen stellen werde, die Sie mir soeben genannt haben. Ganz bestimmt wird er mir mehr erzählen als zwei Polizistinnen, die ihn ausgerechnet vor dem großen Konzert aus seinen Vorbereitungen reißen."

Leonie Perrin seufzte, zog wortlos ihr Telefon aus der Tasche und entfernte sich ein paar Schritte. Es war klar, dass sie nun mit ihrem Chef telefonieren musste. Nach Ende des Gesprächs berichtete sie, dass dieser damit einverstanden sei, dass Madame Beaumarie im Laufe des Abends das Verhör des Pianisten übernehmen und ihm noch an diesem Abend von dessen Ergebnissen berichten müsse.

„Eines müssen wir aber dennoch erledigen. Wir brauchen noch ein Haar von Amontero, da wir alle DNA-Spuren überprüfen, die sich im Schlafzimmer von Madame Lemercier finden."

„Natürlich! Kommen Sie bitte mit, Kommissarin. Das können wir ihm wirklich nicht ersparen."

Florence klopfte an die Tür des Probenraums und öffnete sie, ohne eine Antwort abzuwarten, denn natürlich hatte der übende Pianist das Klopfen nicht gehört. Erwartungsgemäß war er ungehalten. Als ihm Florence unmissverständlich klar machte, dass er mit einer Weigerung nur sich selbst schaden würde, trennte er sich von einem seiner langen Haare und überreichte es Leonie Perrin.

Als diese wieder gegangen war, erklärte ihm Florence, dass sie ihn gerade vor größerer Unbill – nämlich einem Verhör durch die Polizei – bewahrt hatte. Er versprach, ihr nach dem Konzert für weitere Fragen zur Verfügung zu stehen, denn in der Konzertpause sähe er sich dazu nicht in der Lage.

Wieder im Freien entdeckte Florence einen Stand, an dem es Kaffee gab. Sie hätte jetzt gerne einen getrunken, beschloss aber, den Eingang zum Festivalgelände nicht aus den Augen zu lassen, lehnte sich an einen Baumstamm und begnügt sich mit einem Schluck lauwarmen Wassers, das sie in einer Flasche in ihrem Rucksack mitgebracht hatte. Dieses Opfer trug den unmittelbaren Lohn in sich, denn gleich darauf entdeckte sie den Pfarrer, Monsieur Benoît, der in der Schlange vor dem Eingangstor wartete. Auch er trug einen Picknickkorb, den er in diesem Moment einem neben ihm stehenden, sichtlich jüngeren Mann überreichte, um in seiner Hosentasche das Ticket zu suchen. Dass er ein Geistlicher war, war ihm nicht anzusehen. Er trug eine sandfarbene Leinenhose und ein dunkelrotes Polohemd und selbst aus der Distanz konnte Florence erkennen, dass er um den Hals einen bunten Ethnoschmuck trug. Der Mann an seiner Seite war eine auffallende Erscheinung: lange schwarze Haare – ähnlich wie bei Amontero am Rücken zusammengebunden – weites, buntes, afrikanisch anmutendes Hemd, geflochtene Sandalen an den nackten Füßen. Beide Männer trugen Strohhüte und das geschulte Auge von Florence stellte fest, dass diese bestimmt von ein- und demselben Hutmacher stammten. Das hatte zwar nichts zu bedeuten, aber ihr Interesse war geweckt und die Sehnsucht nach einem Becher Kaffee war vergessen. Als die zwei das Eingangstor passiert hatten, entschloss sie sich, ihren Wachtposten zu verlassen und ihnen unauffällig zu folgen.

Monsieur Benoît und sein Begleiter strebten einer Gruppe von Bäumen zu, unter denen einige Tische und Bänke standen. „Aha, man sichert sich einen Picknickplatz für die Pause." Sie hatte recht. Der Begleiter des Pfarrers holte ein großes Tischtuch aus dem Korb, breitete es auf dem Tisch aus, beschwerte es mit einem Stein und schob ein beschriftetes Blatt Papier darunter. Eine Art der Tischreservierung, die sie auch schon bei anderen Gästen bemerkt hatte.

Sollte sie auf sich aufmerksam machen? Länger als zehn Minuten konnte sie hier nicht mehr bleiben. Das Paar faszinierte sie. In welcher Beziehung die beiden wohl zueinander standen? Fünf Minuten später hatte sie daran keinen Zweifel mehr. Die beiden verband mehr als nur eine Freundschaft. Die Blicke, die sie sich zuwarfen und ihre Hände, die sich unter dem Tisch berührten, erzählten die gleiche Geschichte. Sie entschloss sich zur Offensive und steuerte auf den Tisch des Paares zu.

„Hallo Monsieur Benoît, jetzt laufen wir uns doch schon heute über den Weg. Monsieur Amontero hat mich zu seinem Konzert eingeladen."

Bei ihrem Anblick wurde das von der Hitze gerötete Gesicht des Pfarrers noch eine Spur röter. Um eine Antwort war er jedoch nicht verlegen.

„Madame Florence, so etwas! Den Leuten zufällig über den Weg zu laufen, scheint ja Ihre Spezialität zu sein." Obwohl er bei diesen Worten lächelte, hatte seine Stimme einen ärgerlichen Unterton.

Sie blieb gelassen. „Nun, wenn man sich an denselben Orten aufhält, kann das schon passieren. Sie haben also auch ein Picknick für die Konzertpause mitgebracht? Wie schön! Ich selbst habe ja die Ehre, mich in der Pause mit dem Künstler, Monsieur Amontero zu treffen."

„Dann haben Sie ihn also auch schon näher kennen gelernt. Offensichtlich besitzen Sie ein besonderes Talent, wenn es darum geht, interessanten Leuten zu begegnen. Wo ist denn Ihr Platz während des Konzertes?"

Es fiel ihr auf, dass sie das noch gar nicht wusste, aber sie hatte jetzt nicht die Absicht auf die Frage einzugehen. Besser sie kam gleich zur Sache.

„Möchten Sie mir nicht Ihren Begleiter vorstellen, Monsieur Benoît?"

Seit dem Eintreffen von Florence war der Mann, der ihr aus der Nähe erheblich jünger als der Pfarrer erschien, zentimeterweise von diesem abgerückt. Monsieur Benoît gab sich einen Ruck. Welche Geschichte würde er Florence wohl jetzt auftischen?

„Aber gerne, Madame. Francois Herouard ist der Sohn meiner Schwester und weil er im Juli Geburtstag hat, habe ich ihm eine Einladung zu diesem Konzert geschenkt."

„Schon wieder eine Lüge", ging es Florence durch den Kopf, dann sagte sie: „Wie schön, dann will ich Sie beide nicht mehr länger stören. Wir sehen uns ja morgen in Saignon! Bleibt es dabei?"

„Aber natürlich, Madame. Einen vergnüglichen Abend und bis morgen!"

Er war sichtlich erleichtert, sie wieder los zu werden. Sie war aber noch keine fünf Schritte gegangen, als sie sich noch einmal umdrehte: „Eine Frage noch, Monsieur Benoît! Wie lange kannten Sie Lemercier denn eigentlich schon?"

„Bestimmt schon länger als Sie, Madame." Jetzt war er wirklich genervt. „Wenn Sie all die Fragen, die Sie offensichtlich an mich haben, gleich jetzt stellen wollen, brauchen wir uns morgen gar nicht mehr zu treffen. Ich würde mich nun aber gerne meinem Neffen widmen und es vorziehen, unser Gespräch morgen Vormittag fortzusetzen."

„Wie Sie wünschen, Monsieur Benoît!"

Während sie in Richtung Probenraum zurückging, fragte sie sich, ob es vernünftig gewesen war, ihn mit ihren Fragen in Unruhe zu versetzen. Sollte irgendetwas bei ihm tatsächlich nicht stimmen, war er nun vorgewarnt. Seine Gereiztheit konnte natürlich ausschließlich auf den Umstand zurückzuführen sein, dass sie ihn bei einem geheimen Tête-à-Tête angetroffen hatte. Bezüglich seiner Beziehung zu diesem Herouard hatte er sie bestimmt angelogen.

Der Pfarrer war ihr von Anfang an sympathisch gewesen. Ein origineller und freundlicher Mann. Dennoch musste sie herausfinden, was hinter seinen Lügen steckte. Was hatte Kommissar Lambert vor einigen Tagen gesagt, als er ihr den Ablauf des Mordes geschildert hatte? Dass sich der Pfarrer bei der Auffindung des Toten irgendwie verdächtig verhalten habe und merkwürdig emotionslos geblieben sei. Die Sakristei, in der er ihn entdeckt hatte, habe er gar nicht betreten, er habe auch nicht versucht, diesem noch in irgendeiner Form geistlichen Beistand zu gewähren. Madame Petermann habe er zunächst mit der Lüge abgespeist, dass der Dirigent erkrankt sei. Auch wenn diese Lüge zur Abwendung einer größeren Panik in der Kirche sinnvoll gewesen war, war sie – wie auch schon der Kommissar bemerkt hatte – für einen Geistlichen doch seltsam. Jedenfalls musste er gewusst haben, dass Anne-Marie Petermann in der Lage sein würde, anstelle von Lemercier den Dirigentenstab zu übernehmen.

26

Noch eine Dreiviertelstunde bis zum Konzert! Das weitläufige Gelände hatte sich inzwischen mit Menschen in Festtagslaune gefüllt. Florence entdeckte, dass sie noch gar keine Gelegenheit gefunden hatte, die großartig angelegte Waldbühne zu bewundern. Dass hier mehrere hundert Leute Platz finden mussten, konnte man sich gut vorstellen.

Sie blieb stehen. So sehr hatte sie sich darauf konzentriert, ihre Umgebung nach bekannten oder auffälligen Personen abzusuchen, dass sie den „Parc du Château de Florans" noch gar nicht in seiner ganzen Vielfalt wahrgenommen hatte.

Unwillkürlich musste sie an ein Poster denken, das lange Zeit im Büro eines ihrer ehemaligen Chefs gehangen hatte. Auf diesem Bild von Sandro Botticelli entsteigt die griechische Göttin Venus einer wunderbar geformten Muschel. Auch die Konzertbühne hier war von einer riesigen, grünen Muschel überwölbt und von einem kleinen Wassergraben umgeben. Dieser Muschel würde in Kürze eine göttliche Musik entströmen. Ein großer, schwarzer Flügel stand schon bereit. Florence überkam eine große Ehrfurcht, wenn sie sich vorstellte, dass Bruno Amontero ganz alleine dort sitzen und all die Menschen, die hierhergekommen waren, mit seiner Musik erfreuen würde. Wenigstens für einen Augenblick wollte sie jetzt nicht an Mord und an das Böse denken! Obwohl auch hier bei jedem Schritt die Hitze des Südens zu spüren war, war die Atmosphäre im Areal der Waldbühne anders, irgendwie erfrischend! Die Bühne und die ansteigenden Sitzreihen waren zur Gänze von mächtigen alten Bäumen umsäumt. Auch die Sitze waren grün gestrichen. Schon zuvor hatte sie bemerkt, dass hinter der Bühne eine ganze Kolonie von höchst beeindruckenden Mammutbäumen aufragte, Sequoias hatte Mademoiselle McCarthy ihr erklärt.

Sie gab sich einen Ruck. Es wurde Zeit, auf ihren wertvollen Schützling aufzupassen. Er hatte inzwischen das Einspielen beendet und sich ins Freie hinter der Bühne begeben. Dort wurden die Künstler durch eine niedrige Holzwand vom Publikum abgeschirmt. Seine Assistentin, Mademoiselle McCarthy, hatte es sich mit einem Buch in einem Liegestuhl bequem gemacht. Von der Festivalleitung war niemand anwesend.

Bruno Amontero saß in einem Gartensessel und bot Florence einen Drink an.

„Merci, Madame, dass Sie mir die Polizei vom Hals geschafft haben. Ich habe gewusst, dass Sie Gold wert sind."

„Ich hoffe, diese Störung hat Sie nicht allzu sehr aus Ihrer Konzentration gebracht."

„Es hat sich in Grenzen gehalten. Dank Ihnen blieb mir diesmal eine direkte Begegnung mit den Vertretern des Gesetzes erspart – und dann hat Johann Sebastian Bach dazu beigetragen, dass ich mich wieder voll konzentrieren konnte. Wenn man, aus welchem Grund auch immer, zu seiner inneren Mitte finden will, gibt es nichts Besseres als ein paar Takte Bach."

Auf dem Boden vor ihm lag ein kleiner Stapel Broschüren. Er nahm eine davon und gab sie Florence.

„Hier ist das Programm für das Konzert. Ich wette, Sie haben noch gar keine Zeit gefunden, sich eines zu besorgen."

„Da haben Sie leider recht. Was werden Sie denn spielen?" Während sie das Programm überflog, schaute er sie mit einer spitzbübischen Neugier an.

„Oh Monsieur, Sie spielen ja heute gar keinen Bach – nur Chopin und Schuhmann!?"

„Tut mir leid, Madame, wenn ich Sie jetzt enttäuscht habe. Sie haben mir ja bereits verraten, dass Sie eine Liebhaberin der Barockmusik sind und mit der Romantik wenig anfangen können, aber Barock kann ich Ihnen heute leider nicht bieten. Den Bach habe ich nur kurz zur Beruhigung meiner Nerven gespielt. Ein paar Takte wohltemperiertes Klavier und die Welt ist wieder in Ordnung. Wie haben Sie sich denn inzwischen die Zeit vertrieben?"

„Ach, ich habe mich nur ein bisschen umgeschaut. Sehr beeindruckend, dieses Festivalgelände! Stellen Sie sich vor, ich bin doch tatsächlich dem Pfarrer, Monsieur Benoît, über den Weg gelaufen!"

„Wie schön, ich dachte mir doch, dass mein alter Freund kommen würde. Er ist ein großer Musikliebhaber. War er in Gesellschaft?"

„Allerdings – und zwar in Gesellschaft eines sehr attraktiven jüngeren Mannes, den er mir als seinen Neffen vorgestellt hat. Ich hatte allerdings nicht den Eindruck, dass es sich bei diesem Francois Herouard wirklich um seinen Neffen handelt. Die Art, wie sie miteinander umgegangen sind, war intimer als zwischen Onkel und Neffen."

Florence wunderte sich selbst, dass sie die Chuzpe hatte, den großen Pianisten unmittelbar vor seinem Konzert noch auf ein heikles Thema anzusprechen. Dieser stieß einen Seufzer aus, reagierte aber gelassen. „Natürlich entgeht Ihnen nichts, Madame, und weil Sie es ja ohnedies herausfinden werden, verrate ich es Ihnen. Ja, François ist tatsächlich der Lebenspartner von Auguste. Ich weiß schon seit unserer Studienzeit, dass Auguste schwul ist. Aber bitte, verraten Sie es niemanden! Auguste hat erst vor fünf Jahren die Stelle hier in Avignon angenommen, nachdem es in seiner Pariser Pfarre Saint-Sulpice einen kleinen Skandal wegen seiner sexuellen Neigung gegeben hat. Hier in Avignon hat er vor zwei Jahren François kennen gelernt und ist wirklich sehr glücklich mit ihm. Üblicherweise stellt er ihn einfach als seinen Freund vor. Warum ihm heute eingefallen ist, ihn Ihnen gegenüber als seinen Neffen zu bezeichnen, ist mir rätselhaft. In kirchlichen Kreisen betrachtet man Auguste und François einfach als Freunde. Männerfreundschaften sind da prinzipiell nichts Ungewöhnliches und werden toleriert, solange niemand darüber redet. François ist nämlich auch Priester."

Amontero schwieg für einen Augenblick und sah Florence mit gerunzelter Stirn an, auf der sich mittlerweile einige Schweißtropfen zeigten.

„Das Gespräch wird mir nun zu anstrengend, Madame. Wenn Sie mir aber versprechen, nicht mehr weiter zu bohren, verrate ich Ihnen noch ein Allerletztes."

Florence nickte stumm.

„Unser unglücklicher Stephan dürfte leider die Situation von Auguste schamlos ausgenützt haben. Ich fürchte, er hat ihn mit dem Wissen um seine Freundschaft mit François Herouard erpresst und so für sein Konzert in der Kirche alles bekommen, was er wollte. Immerhin war er es, der die beiden miteinander bekannt gemacht hat, denn Herouard ist Vikar in Sanary-sur-Mer. Jaja, Stephan Lemercier war leider ein Meister darin, andere unter Druck zu setzen."

Amontero gab sich einen Ruck. „Mehr habe ich dazu jetzt aber wirklich nicht mehr zu sagen. Mademoiselle McCarthy wird Ihnen gleich Ihren Sitzplatz für das Konzert zeigen. Er ist so gelegen, dass Sie ihn jederzeit unauffällig verlassen können, falls Sie etwas Verdächtiges beobachten oder gar die Polizei wieder auftaucht."

Es waren höchstens noch zehn Minuten bis zum Konzert und natürlich brauchte Amontero jetzt seine Ruhe. Florences Platz lag am Rande der zweiten Reihe und von dort aus konnte sie wunderbar überblicken, wer kam und wer ging. Direkt vor ihr hatten bereits Chantal und Thomas ihre Plätze eingenommen. Das junge Paar war so ineinander versunken, dass es Florence zunächst gar nicht wahrnahm. Zu ihrer nicht geringen Verwunderung fehlte jedoch von Charles jede Spur. Sie blieb neben den Plätzen stehen, denn in ihrer Reihe hatte noch kaum jemand Platz genommen. Wenn sie sich jetzt hinsetzte, würde sie nur ständig aufstehen müssen, um die Leute durchzulassen.

„Florence, hier bist du ja. Wir haben uns schon gewundert, wo du bleibst."

Chantal hatte sich umgedreht und sie endlich entdeckt. Gefolgt von Thomas sprang sie von ihrem Sitzplatz auf, um Florence zu begrüßen.

„Noch einmal vielen, vielen Dank. Das sind ja die allerbesten Plätze hier. Wo sitzt denn du?"

Als ihr Florence erklärte, dass sie direkt hinter ihnen säße, bot Chantal ihr sofort ihren Platz in der ersten Reihe an. Florence erklärte, dass sie genau den richtigen Platz habe und das junge Paar ganz sicher nicht auseinanderreißen würde!

„Aber wo ist denn eigentlich Charles?", fragte sie.

„Ach, Papa hat Thomas seinen Sitz überlassen, nachdem der leider keine Karte mehr bekommen konnte."

„Das war wirklich sehr nett von Monsieur Florentin. Ich wollte seine Großzügigkeit zunächst gar nicht in Anspruch nehmen, aber dann hat er mich überredet!" Die Worte von Thomas waren von einem reuevollen Gesichtsausdruck begleitet, dem man jedoch das Bedauern nicht ganz abnehmen konnte.

„Und was macht Charles in der Zwischenzeit?"

„Nun ja, Papa ist eingefallen, dass er in Cucuron, einem schönen Ort hier in der Gegend, einmal ganz köstlich gespeist hat, dorthin ist er jetzt gefahren und wird uns nach dem Konzert wieder abholen. Er lässt dich natürlich grüßen und freut sich schon darauf, wenn du mit uns gemeinsam zurückfährst. Er hofft, dass wir alle den Abend mit einem Glas Wein auf unserer Terrasse in Saignon abschließen können."

„Nun, wie werden sehen, Chantal! Ich glaube, es wird Zeit, die Plätze einzunehmen. Hier kommt gerade jemand auf die Bühne."

Es war nicht Bruno Amontero, der in diesem Augenblick an den Rand der Waldbühne trat. Für einen Moment hatte Florence ein beängstigendes Déjà-vu. Gab es auch hier schon wieder Unheilvolles zu verkünden? Gleich darauf konnte sie sich beruhigt zurücklehnen. Der Mann von der Festivalleitung hatte nur das Publikum begrüßt und es gebeten, alle Handys auszuschalten. Es dauerte noch einige Minuten, bis der Stargast des Abends erschien. Florence stellte fest, dass auch der Pfarrer und sein Freund am anderen Ende der ersten Reihe ihre Plätze eingenommen hatten. Bis auf den einen Sitz neben Chantal, der noch leer war, waren alle Plätze besetzt. Aber schon erblickte Florence ein zitronengelbes Kostüm, das ihr bereits vertraut war. Die Kommunikationschefin begleitete eine hochgewachsene Dame in einem dunkelgrauen Leinenanzug zum letzten freien Platz. Obwohl deren Gesicht zur Hälfte von einer großen dunklen Sonnenbrille bedeckt war, konnte Florence unschwer Madame Lemercier in ihr erkennen. Ihre langen, blonden Haare wurden von einem breiten, schwarzen Band aus der Stirn gehalten und selbst hier, wo sich viele um Eleganz bemühten, fiel sie durch ihre besondere Attraktivität und Distinguiertheit auf. Als sie Platz genommen hatte, betrat endlich der Künstler unter Applaus die Bühne. Erleichtert lehnte sich Florence zurück. Das Konzert konnte beginnen.

Wie sanfte Wellen in einer Bucht an der Küste der Provence breiteten sich die Töne des Klaviers über die Waldbühne aus, unterbrochen von wilden Passagen, die dem Aufbäumen der Meereswellen vor einer Felsklippe glichen. Keine Zweifel, Amontero spielte hinreißend. Zu ihrem Bedauern konnte Florence sich dennoch nicht auf die Musik konzentrieren. Zu frisch waren die Erinnerungen an die Fülle neuer Informationen, die sie heute erhalten hatte.

Beim Anblick des Pianisten vor seinem schwarzen Flügel und des Hinterkopfes von Madame Lemercier gingen ihr seine Worte nicht aus dem Kopf. Besonders Amonteros letzte Bemerkung hatte ihre Wirkung getan. Hatte Lemercier möglicherweise nicht nur auf den Pfarrer, sondern auch auf den Pianisten Druck ausgeübt? Beinahe eine halbe Stunde hielt sie es auf ihrem Sitz aus, dann trieben sie all diese Gedanken dazu, ihren Platz zu verlassen. Sie umrundete die Bühne und ging in Richtung Haupteingang. Irgendwo in der Nähe hielt sich vielleicht auch der Chauffeur von Madame Lemercier auf, an den sie noch einige Fragen gehabt hätte. Da er nicht zu sehen war, setzte sie sich auf eine Bank unter den Mammutbäumen, holte einen Kalender aus ihrer Tasche und notierte auf einem leeren Blatt all die neuen Informationen, die sie heute schon erhalten hatte. Es waren so viele, dass sogar sie Sorge hatte, etwas zu übersehen. Erst als von den Sitzreihen her tosender Applaus zu hören war, blickte sie auf. Die ersten Konzertbesucher verließen ihre Sitze. Pause!

Rasch überflog sie noch einmal ihre Liste. Sie war noch unvollständig. Dennoch zerriss sie sie gleich darauf in kleine Stücke. Sie hatte ihre Gedanken geordnet und benötigte sie nicht mehr. Aber was für eine Geschichte! Alles wies darauf hin, dass zumindest die Motive für die Tat in der Vergangenheit und der Persönlichkeit der Opfer zu finden waren. Mordent in Paris hatte bestimmt Ähnliches zu berichten. Keine Frage, sie waren dem Täter oder der Täterin auf der Spur! Was aber, wenn die Morde nicht von ein und derselben Person verübt worden waren?

Plötzlich tippte ihr jemand von hinten auf die Schulter. Als sie sich umdrehte, stand Charles Florentin vor ihr und lächelte spitzbübisch.

„Oh, la, la, Charles. Was machst du denn schon hier? Ich dachte du hast kein Ticket und widmest dich gerade kulinarischen Genüssen?"

„Nicht mehr, Florence, nicht mehr. Ich war nur kurz in Cucuron. Im Rôti de César waren, wie zu erwarten war, alle Tische reserviert und so habe ich mich dort nur an der Bar mit einem Gläschen Champagner und einem kleinen Hors d'oeuvre begnügt. Außerdem konnte ich es nicht mehr erwarten, dich zu sehen, und da man sich während des Konzerts recht problemlos hier hereinschleichen kann … Voilà! Da bin ich!"

Noch vor einer Sekunde hätte Florence nicht gedacht, dass sie den Fall Lemercier so schnell vergessen könnte, aber schon strebte alles in ihr diesem Mann entgegen, den sie mittlerweile auf ganz besondere Weise in ihr Herz geschlossen hatte.

„Darf ich dich auf ein Gläschen Champagner in das Café einladen, meine Liebe?", fragte er.

„Ich dachte, du hättest soeben schon dein Gläschen Champagner gehabt", neckte sie ihn und er grinste zurück.

Rundherum hatten sich Konzertbesucher auf Decken zu einem Picknick niedergelassen, ergötzten sich an den mitgebrachten Quiches, an Baguette und Käse und prosteten sich mit Champagnergläsern zu. Andere standen in Grüppchen zusammen und hielten ihre blitzenden Gläser in die letzten Strahlen der Abendsonne. Einige schlenderten alleine herum und beobachteten das Geschehen. Unter ihnen entdeckte sie Georges André und sofort wusste sie wieder, weswegen sie hier war. Bedauernd blickte sie Charles an.

„Es tut mir leid, Charles, aber wie du weißt, ist es hier meine Aufgabe, ein Auge auf Bruno Amontero zu haben, und das habe ich gerade sträflich vernachlässigt. Ich muss jetzt zu ihm. Wir sehen uns nach dem Konzert!"

Abrupt hatte sie sich von ihm abgewandt und ihn irritiert zurückgelassen. Sie konnte sich jetzt wirklich nicht mehr mit langen Erklärungen aufhalten, denn es war allerhöchste Zeit, den Pianisten in der Pause zu bewachen. Das war nun eigentlich wichtiger als dem Chauffeur nachzulaufen, der gerade hinter einem Baumstamm verschwunden war. Als sie auf dem Weg zu Amontero an den vielen fröhlichen Menschen vorbeiging, überkam sie beinahe Selbstmitleid.

„Na großartig, Florence!", sagte sie zu sich. „Du könntest jetzt auch deinen Spaß haben, wie alle hier. Stattdessen bist du wieder einmal auf der Suche nach einem gefährlichen Verbrecher!"

Gleich darauf verbat sie sich diese Stimmung und entdeckte Amontero in Gesellschaft von Eliette, seiner schönen Herzensdame, mit der er sich angeregt unterhielt. Florence beschloss, sich wie ein echter Bodyguard zu verhalten, blieb am Rande des Künstlerbereiches stehen und beobachtete die zwei aus gehörigem Abstand. Als Amontero sie sah, winkte er ihr zu, forderte sie jedoch nicht auf, sich ihnen anzuschließen. Lange dauerte es allerdings nicht, bis sich erneut die Kommunikationschefin näherte. Sie blieb direkt neben Florence stehen. Die Strapazen ihrer Tätigkeit waren ihr anzusehen. Das Leinenkostüm wirkte nicht mehr ganz so frisch und unterhalb ihrer Augen zeigten sich Spuren von Wimperntusche.

„Alles in bester Ordnung, Madame Beaumarie", sagte sie. „Das Konzert ist ein Riesenerfolg. Sie hätten Ihren Sitzplatz nicht verlassen müssen! Unsere Security hat alles im Griff!" Florence lächelte freundlich und Madame Dubois setzte fort: „Die Konzertpause ist gleich vorbei und ich muss Monsieur Amontero zur Bühne bringen."

Dieses Vorhaben schien jedoch nicht von Erfolg gekrönt, denn nach einem kurzen Wortwechsel mit Amontero blieb dieser alleine zurück und der Zitronenfalter entfernte sich in Begleitung von Madame Lemercier. Amontero winkte Florence zu sich.

„Na, meine Liebe", fragte er, als sie bei ihm angekommen war, „keine auffälligen Beobachtungen mehr gemacht? Es tut mir ehrlich leid, dass ich mich Ihnen in der Pause nicht widmen konnte, aber Sie sind schließlich auch ein wenig spät gekommen!" Er erhob tadelnd den Zeigefinger und sah sie bedauernd an.

„Ich habe mich nur ein bisschen umgesehen und Sie waren ja schließlich in bester Gesellschaft."

„Ach ja, Eliette! Erstaunlicherweise scheint sie sich nach all den schrecklichen Ereignissen schon wieder recht gut zu amüsieren. Zu meinem Bedauern besteht sie darauf, heute bei mir in Lourmarin zu übernachten. Na ja, ich fahre ohnedies nach jedem Konzert gleich zurück und lasse dann den Abend im ‚Louis Armstrong' im kleinsten Freundeskreis ausklingen. Sie kommen doch auch noch mit?"

„Es tut mir sehr leid", antwortete Florence, „ich habe meinen Freunden versprochen, nach dem Konzert mit ihnen nach Saignon zurückzufahren. Ich muss Sie aber bitten, mir hier nach dem Konzert noch wie versprochen die Fragen zu beantworten, die die Polizei an Sie hat."

„Erinnern Sie mich bitte jetzt nicht daran, sondern sagen Sie mir, ob diese Freunde dieselben sind, denen ich die Konzertkarten überlassen habe?" Sie nickte.

„Also dann handelt es sich bestimmt um sympathische und interessante Leute. Die werden vermutlich nichts dagegen haben, den Pianisten, dessen Konzert sie soeben gehört haben, persönlich kennen zu lernen. Bringen Sie sie doch einfach nach Lourmarin mit. Ich werde Ihnen auf der Fahrt dorthin Ihre Fragen beantworten." Sprach es, ließ Florence stehen, und war schon auf dem Weg in Richtung Bühne.

27

Als Florence am Ende dieses langen Tages in Charles' Auto saß, war es draußen dunkel und ein wilder Wind durchbrauste die Gegend. „Jetzt ist er tatsächlich da, der Mistral", sagte Charles, als sie zu viert das ‚Louis Armstrong' verließen, „jetzt müssen wir uns wärmer anziehen. Um diese Jahreszeit wird es zwar trotz dieses Windes nicht wirklich kalt, aber mit der großen Hitze und den dünnen Sommerkleidern ist es erst einmal vorbei."

Recht schweigsam fuhren sie durch die Nacht. Charles, weil er sich in diesem unheimlichen Gelände auf die Fahrbahn konzentrieren musste, die jungen Leute, weil sie im Fond des Wagens gänzlich mit sich selbst beschäftigt waren, und Florence, weil sie müde war und außerdem genug zum Nachdenken hatte. Nur einmal zischte sie leise „Charles, pass auf die Straße auf!", denn dieser hatte ihr kurz seine Hand auf das Knie gelegt.

Dieser Abend war für alle ein interessantes Erlebnis gewesen. Die Einladung des gefeierten Pianisten hatte insbesondere Chantal und Thomas außerordentlich beeindruckt. Charles hatte zunächst zwar gemurrt und festgestellt, dass er sich schon auf einen ruhigen Ausklang des Tages auf seiner Terrasse gefreut habe, hatte sich dann aber im Lokal von Monsieur Chevalier sichtlich amüsiert und sich mit diesem in ein langes Gespräch über Bücher und Jazzmusik vertieft.

Bald nach dem Konzert in La Roque-d'Anthéron war man in mehreren Autos in Richtung Lourmarin aufgebrochen. Eliette Lemercier, die offensichtlich erwartet hatte, von Amontero mitgenommen zu werden, war von diesem höflich, aber bestimmt gebeten worden, mit ihrem Chauffeur zu fahren. Er habe noch Wichtiges mit Madame Beaumarie zu besprechen. Sichtlich indigniert hatte sie sich der Anweisung gefügt.

Im Wagen, der wieder von Mademoiselle McCarthy chauffiert worden war, hatte sich Amontero zu Florence auf den Rücksitz gesetzt. Mit seinen langen Beinen hätte er es vorne wesentlich bequemer gehabt, aber er schien entschlossen, die Befragung möglichst rasch hinter sich zu bringen.

„Schießen Sie los, Florence! Was will die Polizei nun wieder von mir wissen?"

Florence war es nicht leichtgefallen, von der Begeisterung, die sie während des zweiten Teils des Konzerts erfasst hatte, auf das Verhör des gefeierten Künstlers umzuschalten. Sie war sich nicht mehr sicher, ob sie unter diesen Umständen viel aus ihm herausholen würde. Er hatte es ihr jedoch nicht schwergemacht und überraschend freimütig und ausführlich von der Party in Sanary-sur-Mer berichtet, auf der er angeblich mit Eliette Lemercier beim Betreten ihres Schlafzimmers beobachtet worden war.

„Ja, ich war zu dieser Party eingeladen", hatte er gesagt und sich in seinem Sitz aufgerichtet. „Ich war auch Übernachtungsgast der Lemerciers. Es war ein verrückter Abend und mittlerweile habe ich das Gefühl, dass damals das ganze Unheil von Stephan und Anne-Marie seinen Anfang genommen hat."

Nach dieser spannenden Einleitung hatte er sich wieder in den Sitz zurückfallen lassen und mit seiner Erzählung begonnen.

„Es war keine besonders große Gesellschaft. Einige persönliche Freunde der Lemerciers waren da, einige Leute aus der hiesigen Kunstszene, einige Musiker aus dem Orchester und Anne-Marie natürlich. So um die dreißig Leute, schätze ich. Auguste Benoît war auch eingeladen und hat seinen Freund mitgebracht. Den haben Sie ja heute kennen gelernt. Stephan hat dann eine kleine Rede gehalten. Er hat sich bei allen bedankt, die ihn bei der Ausrichtung des Festivals unterstützt haben, insbesondere auch bei Auguste dafür, dass er ihm die Kirche zur Verfügung gestellt hat."

Er machte eine kurze Pause und erzählte dann weiter.

„Das war alles sehr förmlich und erwartbar. Eigenartig war aber dann die Würdigung, die er Anne-Marie zukommen ließ. Natürlich war sie allen Anwesenden als langjährige Konzertmeisterin seines Orchesters bekannt. Jetzt hat er aber gar nicht mehr damit aufhören können, von der Zusammenarbeit mit ihr zu schwärmen und hat auch erzählt, dass er schon seit dem Musikstudium mit ihr befreundet sei. Am Ende seiner Rede ist er spontan auf sie zugegangen und hat sie umarmt. Eliette, seine Frau, hat er in seiner Rede überhaupt nicht erwähnt."

Amontero hatte den Kopf geschüttelt, erneut eine kleine Pause eingelegt und war zu dem Teil der Geschichte gekommen, der ihn persönlich betraf.

„Mir hat sie leidgetan und deshalb bin ich nach der Rede spontan auf sie zugegangen. Sie war es doch, die dieses Fest für ihn ausgerichtet hat und sie hat sich das alles mit steinerner Miene angehört. Wir haben uns dann vom Buffet etwas zum Essen und Trinken geholt und sind in den Garten gegangen. Dort wurde auch Champagner serviert. Ich konnte nicht verhindern, dass sie hastig mehrere Gläser hinunter gestürzt hat. Natürlich hatte sie bald darauf heftige Kopfschmerzen und bat mich, sie ins Haus zu begleiten. Beschwipst wie sie war, hakte sie sich am Weg nach oben bei mir ein.

Das haben bestimmt einige der Gäste beobachtet. Oben in ihrem Zimmer hat sie sich dann bitter über ihren Mann beklagt. Er behandle sie nur mehr wie Dreck, hat sie gesagt und wenn er sie registriere, dann nur, um auf irgendjemanden eifersüchtig zu sein. An diesem Nachmittag war das wieder einmal Luc Daillon gewesen, mit dem sie nur einen kurzen Spaziergang gemacht hatte. Jedenfalls habe ich – so gut ich es vermochte – versucht sie zu trösten, was angesichts ihres seelischen Zustandes nicht ganz einfach war."

Florence hatte ihn gefragt, ob er sich später noch einmal unter die Festgäste gemischt habe.

„Oh ja", hatte er ihr geantwortet, „Eliette war an jenem Abend so müde, dass sie bald eingeschlafen ist. Ich bin wieder nach unten gegangen, wollte noch mit Stephan reden, konnte ihn aber unter all den angeheiterten Menschen nicht finden. Mir reichte der Trubel und um meine Ruhe zu haben, habe ich mich an den Strand begeben. Die Dämmerung hatte eingesetzt, und als ich zum Bootshaus kam, sah ich, dass dort Licht brannte. Dort hatte sich Stephan also hin geflüchtet. Ich beschloss, mich ihm anzuschließen. Vermutlich wollte ich ihm beweisen, dass er bei mir keinen Grund zur Eifersucht hatte. Es konnte ja sein, dass er gesehen hatte, wie ich mit Eliette nach oben verschwand. Als ich mich der Tür näherte, erklang von innen laute Musik. Händels Wassermusik genaugenommen, die er bestimmt schon tausend Mal gehört hatte, aber immer noch besonders schätzte. Auf mein Klopfen reagierte er nicht und als ich die Tür einen Spalt breit öffnete, sah ich, dass er nicht alleine war. Gemeinsam mit Anne-Marie Petermann lag er in eindeutiger Pose auf einer breiten Liege. Rasch habe ich die Tür wieder geschlossen und bin unbemerkt von den Beiden zurück an den Strand. Ich hatte wirklich genug von allem und habe mich einfach in den Sand fallen lassen."

Nach diesem Bericht hatte Florence angenommen, dass sie nun alles über diesen Abend erfahren hatte, aber Amontero war noch nicht fertig.

„Ja, Madame, das war wirklich ein seltsamer Abend. Ich dachte schon, ich sei ganz alleine am Wasser, aber dann habe ich direkt neben dem Bootshaus einen Schwimmer beobachtet. Natürlich gibt es immer Leute, die nachts im Mittelmeer schwimmen, aber dieser war so nahe am Bootshaus dran, dass er von dessen Lichtschein erfasst wurde. Ich wurde neugierig und erhob mich. Wahrscheinlich hat er mich bemerkt, denn er tauchte unter und ich habe ihn nicht mehr gesehen. Sie müssen wissen, dass man vom Meer aus schwimmend in die Bootshütte hineingelangen kann, und ich fragte mich sogar, ob Stephan und Anne-Marie in Gefahr waren. Ich habe aber nichts unternommen und es ist ja auch nichts passiert, denn am nächsten Morgen habe ich die zwei frisch und munter beim Frühstück angetroffen."

Amontero war am Ende seines Berichtes. „Danach bin ich ins Bett gegangen, habe in dieser Nacht aber sehr schlecht geschlafen. Die Ereignisse des Abends haben mir die verrücktesten Träume beschert und ich bin viel zu früh wieder aufgewacht. Da habe ich beschlossen noch am selben Nachmittag mit dem TGV nach Paris zu reisen. Paris erschien mir auf einmal der einzige Ort zu sein, an dem ich mich ungestört auf meine bevorstehenden Konzerte vorbereiten konnte. Um diese Zeit ist praktisch keiner meiner Bekannten in Paris, während mir hier im Süden und in Lourmarin ständig Bekannte über den Weg laufen."

„Und wie kam es dann, dass Sie gemeinsam mit Madame Petermann nach Paris gefahren sind?"

Das sei reiner Zufall gewesen, hatte Amontero geantwortet. Warum Anne-Marie Petermann ebenfalls den Entschluss gefasst hatte, an diesem Tag nach Paris zu reisen, wisse er nicht. Mehr, als dass sie dort etwas Persönliches zu erledigen habe, habe sie ihm nicht verraten. Er habe sie erst am Bahnhof getroffen, und da sie eine Reservierung in einem anderen Zugabteil hatte, hatten sie nicht viel miteinander gesprochen.

Nach diesem Bericht hatte Amontero für den Rest der Fahrt geschwiegen, während Florence sich die neuen Informationen durch den Kopf gehen ließ. Hochinteressante Informationen übrigens, auch wenn sie noch immer nicht eindeutig zu einem Täter führten. Der Kreis der Verdächtigen war eher größer als kleiner geworden. Das störte sie aber nicht. Früher oder später mussten all die Puzzleteile ein logisches Bild ergeben.

Im Lokal von Maurice Chevalier hatte sich inzwischen eine kleine, aber gut gelaunte Gruppe von Freunden Amonteros eingefunden. Während die anderen sich amüsierten, war Florence momentan nur an ihrem Fall interessiert. Sollte sie noch einmal den Pfarrer, der ebenfalls anwesend war, ins Gebet nehmen? Nein, den würde sie ja am nächsten Vormittag treffen. Vielleicht wusste aber Monsieur André noch mehr über ihn, denn der schien seine Augen überall zu haben. Da er alleine und ohne Gesellschaft an einem Nebentisch saß, hatte sie sich ihm angeschlossen und ein Gespräch begonnen. Es hatte nicht lange gedauert und er war mit einer Geschichte herausgerückt, die sich einige Tage vor dem Mord an Lemercier zugetragen hatte. An jenem Tag hatte er Stephan zur Pfarre St. Antoine gefahren, da dieser noch einmal die Ausstattung des Kirchenraums für das Konzert besprechen wollte. Unbemerkt vom

Pfarrer und von Stephan war er ganz hinten in einer Kirchenbank gesessen. Von Anfang an war ihm aufgefallen, wie schroff und befehlend der Ton des Dirigenten dem Pfarrer gegenüber gewesen war. Dieser war allen seinen Wünschen nachgekommen, aber einmal war ihm der Kragen geplatzt. Stephan hatte von ihm verlangt, die große Statue des Heiligen Antoine aus dem Altarraum zu entfernen, um noch mehr Platz für sein Orchester zu haben. Der Pfarrer hatte sich standhaft geweigert und es war ein kurzer Streit entstanden, im Zuge dessen Stephan eine Drohung ausstieß. „Was Stephan da zum Pfarrer gesagt hat, konnte ich nicht mehr vergessen", hatte der Chauffeur in dem Gespräch mit Florence bemerkt, „er hat ihm nämlich damit gedroht, das Geheimnis, das ihn schon einmal seinen Arbeitsplatz gekostet habe, auch hier in Avignon publik zu machen – und sofort hat der Pfarrer versprochen, die Statue zu entfernen. Ich verstehe nicht", hatte Monsieur André seinen Bericht beendet, „wie Stephan so tief sinken und zu solchen Mitteln greifen konnte. Aber gut, er hat ja auch schon während des Studiums nicht nur die feine Klinge geführt!"

Jetzt, während der nächtlichen Fahrt von Lourmarin nach Saignon, hatte Florence den Chauffeur wieder vor Augen. Sein weiches, fast mädchenhaftes Gesicht, das nur wenig Spuren des Alters trug. Das dunkle Haar mit den silbergrauen Fäden fiel ihm schwungvoll in die Stirn. Seine Körperhaltung sprach hingegen eine andere Sprache. Gebeugt und fragil zeugte sie von seinen Lebensjahren und seinem Schicksal. Auch er könnte heute ein großer Künstler sein, musste sich jedoch mit der Rolle eines Zaungastes bei seinen früheren Studienkollegen begnügen. Ein schweres Los, welches er ergeben zu tragen schien. Wie sich der Verlust seines

Freundes und Gönners auf ihn auswirken würde, wagte sie nicht zu prognostizieren.

Mit Eliette Lemercier war sie jedenfalls nicht ins Gespräch gekommen. Sie war an diesem Abend von ihr wie Luft behandelt worden. Es war klar, dass Madame Lemercier Amontero ganz für sich haben wollte, und sie war ihm auch nicht von der Seite gewichen.

Im Wagen war es jetzt ganz still und Florence blickte zum Fenster hinaus. Ob sie schon bald in Saignon waren? Die Fahrt war nicht ungefährlich, denn der Mistral hatte seine Freude daran, Äste von den Bäumen zu reißen und sie gemeinsam mit anderen Gegenständen wie Gespenster durch die Luft wirbeln zu lassen. Dafür war der Sternenhimmel fantastisch! In ihrem ganzen Leben hatte Florence noch nie so viele Sterne auf einmal um die Wette funkeln sehen.

„Flittchen", sagte Thomas plötzlich in das Schweigen hinein.

„Wer ist ein Flittchen?", kam es entrüstet und wie aus der Pistole geschossen aus dem Mund von Chantal.

„Madame Lemercier natürlich! Ich habe nur laut gedacht. Du hast doch nicht für einen Augenblick angenommen, dass du gemeint sein könntest?"

„Was weiß man schon!", Chantals Stimme klang ungehalten. „Wie kommst du jetzt ausgerechnet auf Madame Lemercier?"

„Habt ihr nicht gesehen, wie sie sich an Amontero herangemacht hat?"

„Allerdings", antwortete ihm Chantal, „und nebenbei hat sie auch noch dir schöne Augen gemacht."

„Das hast du also auch bemerkt. Dann kann ich dir ja gleich erzählen, dass sie schon einmal versucht hat, sich an mich heranzumachen. Das ist schon eine Weile her. Es war nach einem Konzert in der Saint Chapelle in Paris. Wir waren nur ein kleines Ensemble und danach haben Lemercier und seine Frau uns noch in ein Lokal an der Seine eingeladen. Es war eine lauschige Sommernacht und als ich aufstand, um mir ein wenig die Füße zu vertreten, hat sie sich mir angeschlossen."

„Und was ist passiert?" Chantals Stimme war mindestens um eine Terz höher als zuvor.

„Nichts, Cherie, beruhige dich! Sie hat mich nur für mein Bratschensolo gelobt und dann noch hinzugefügt, dass dieses umso schöner gewesen sei, da es von einem so schönen Mann gespielt wurde. Ich erzähle das jetzt nur", beeilte er sich hinzuzufügen, „weil ich der Lemercier einiges zutraue."

„Du meinst, sie selbst hat ihren Mann und dann noch eine Rivalin um die Ecke gebracht? Hatten Madame Petermann und er denn auch etwas miteinander?"

„Naja, man munkelte in letzter Zeit diesbezüglich so einiges im Orchester. Aber nein, das sind reine Spekulationen!"

Sie waren am Parkplatz von Saignon angekommen und als Charles die Autotür öffnete, waren sie so mit den Gewalten der Natur beschäftigt, dass das Gespräch sein natürliches Ende fand.

Wieder begleitete Charles Florence bis zur Tür ihrer Pension. Gemeinsam kämpften sie gegen den Sturm an, der mit jeder Minute heftiger wurde. Florence dachte, dass sie an diesem Tag zwar mit vielen Menschen, aber am allerwenigsten mit Charles gesprochen hatte. Als sie daher bei der Pension von Madame Gilbert ankamen, zog sie ihn noch in den Flur, bedankte sich für seine Geduld und fragte ihn nach seinen Plänen für den kommenden Tag.

Er zuckte mit den Schultern. „Die hängen ganz von dir ab, denn mir ist schon klargeworden, dass du deine eigenen Wege gehst. Irgendwie hatte ich an diesem Wochenende mehrmals das Gefühl, in einen Roman hinein geraten zu sein. Einen, in dem ich übrigens nur eine Nebenrolle spiele."

Im Flur war automatisch ein Licht angegangen und sie sah seinen resignierten Gesichtsausdruck.

„Es tut mir leid, Charles. Die Umstände sind derzeit ungewöhnlich und du lernst mich gerade in einer Rolle kennen, die ich Zeit meines Lebens gespielt habe. Geplant hatte ich das für meinen Aufenthalt hier bestimmt nicht. Im Gegenteil! Ich hatte mich auf einen ruhigen Urlaub gefreut. Das Schicksal hat mir aber einen Streich gespielt und jetzt kann ich bestimmt nicht mehr aufgeben, bis alles aufgeklärt ist."

Er zuckte mit den Schultern. „Das dachte ich mir schon, meine Liebe. Seit gestern hänge ich ja selbst mit drinnen und ich bereue es schon, dass ich dich nicht dazu gedrängt habe, wegen der Sache mit der Geige sofort die Polizei zu verständigen."

„Ja, vielleicht wäre es klüger gewesen, aber spätestens morgen bist du die Geige wieder los und ich werde sie am Montag Lambert übergeben."

„Na gut, Florence. Heute ist es ohnedies schon spät. Wir sehen uns morgen beim Konzert und dann sehen wir weiter! Ich hoffe, die Geschichte ist bald zu Ende, denn auf Dauer wäre ich solch einem aufregenden Dasein nicht gewachsen. Mir ist es lieber, wenn sich die Aufregungen zwischen den Buchdeckeln abspielen und es im wirklichen Leben einigermaßen ruhig zugeht. Gute Nacht, Florence!"

Er legte zwei Finger an die Lippen, schickte ein Küsschen durch die Luft, lächelte schicksalsergeben und ging. Als sich die Tür hinter ihm schloss, dachte Florence an den vorherigen Abend. Der Unterschied zwischen gestern und heute hätte nicht größer sein können. Es war, als hätte sie den bezaubernden Abend im Freiluftrestaurant vor der Kirche nicht erst gestern, sondern in einem anderen Zeitalter erlebt.

Müde stieg sie die Treppe zu ihrem Zimmer hoch. Im Haus war es ganz still und in ihrem Kopf drehten sich die Gedanken im Kreis. Offensichtlich hatte Charles sie mit seiner Resignation angesteckt, denn die Spannung und Zuversicht, die sie noch im Auto von Amontero verspürt hatte, waren wie weggeblasen. War sie nun tatsächlich an jenem fatalen Punkt angekommen, an dem man den Wald vor lauter Bäumen nicht mehr sah? Die Fülle neuer Informationen hatte die Lösung des Rätsels nicht einfacher gemacht. Vielleicht war ja alles ganz banal und sie war mit ihren komplizierten Gedankengängen völlig auf dem Holzweg. Ihre Situation hier war jedenfalls ganz anders als im Pariser Kommissariat und ihre Einmischung konnte ihr und ihren Freunden auch gefährlich werden.

„Wie wäre es, wenn du einfach abreisen und das alles hinter dir lassen würdest?" Sie war auf der obersten Treppenstufe angekommen. Der Gedanke war verlockend. Sie könnte wirklich Reißaus nehmen, denn sie war frei und an keinerlei Dienstpflichten gebunden. Einfach den Koffer packen, in einen Zug oder in ein Flugzeug steigen und all den Schlamassel hinter sich lassen. Natürlich wusste sie, dass das nicht ging. Sie war erschöpft und dieser Mistral schien ihr auch zuzusetzen. Wahrhaft ein Wechselbad der Gefühle!

Jedenfalls hatte Charles recht. Es war verdammt unvernünftig gewesen, den Vorfall mit der Geige nicht sofort Lambert zu melden. Den musste sie noch heute anrufen. Schließlich hatte sie ihm hoch und heilig versprochen, ihn über das Ergebnis des Gesprächs mit

Amontero zu informieren. Die Kraft, ihm auch noch von der Geige zu erzählen, würde sie aber heute nicht mehr aufbringen.

28

Als Florence am Samstagmorgen erwachte, wusste sie zunächst überhaupt nicht, wo sie war. Ihr Schädel brummte und im Zimmer war es stockdunkel. Sie legte eine Hand auf die Stirn und blieb regungslos liegen, bis sich ihre Erinnerung wieder einstellte. Natürlich, sie war in der Pension einer gewissen Madame Gilbert im Süden Frankreichs. Wie unwirklich ihr das vorkam! Sie suchte nach ihrem Handy und stellte mit Entsetzen fest, dass es schon acht Uhr war. Hatte sie nicht eine Verabredung? Ach ja, um zehn, mit dem Pfarrer, Monsieur Benoît! Aber warum war es so dunkel im Zimmer? Sie konnte sich nicht erinnern, gestern irgendwann die hölzernen Fensterläden geschlossen zu haben. Das hatte beim Losbrechen des Mistrals wahrscheinlich die Zimmerwirtin erledigt.

Sie ging zu dem Fenster, das zum Garten hinausging, und öffnete die Läden. Sofort musste sie ihre Augen wieder schließend, denn das Tageslicht blendete sie. Als sie sich endlich daran gewöhnt hatte, blickte sie staunend auf den Garten. Alles erstrahlte in den intensivsten Farben. Auf den Bäumen und Sträuchern tanzten silberne Sternchen. War denn der Spuk mit dem Mistral schon wieder vorbei? Gerade als sie dies dachte, knallte ihr der Flügel des offenen Fensters gegen die Stirn. Kein Zweifel, der Mistral war nach wie vor höchst aktiv! Unter diesen Umständen würde sie wohl kaum mit Monsieur Benoît im Freien sitzen können. Die Bäckerei war innen winzig und vor dem Konzert waren dort sicher viele Menschen. Sie würde Madame Gilbert fragen, ob sie sich hier im Haus mit ihm in Ruhe unterhalten könnte. Diese hatte den Frühstückstisch im selben Raum wie am Vortag gedeckt.

„Nehmen Sie nur Platz, Madame! Sie sind mein einziger Frühstücksgast. Die Kunststudenten bereiten sich ihr Frühstück selbst auf den Zimmern zu. Ich bringe Ihnen gleich alles!"

Schon war sie wieder weg. Als sie mit dem Frühstückstablett zurückkam, war sie vom Kaffeeduft umhüllt und hatte auch für sich selbst eine Tasse mitgebracht.

„Ich will nicht aufdringlich sein", sagte sie, „aber wenn ich darf, würde ich Ihnen gerne ein wenig Gesellschaft leisten. Ich muss noch immer an unser interessantes Gespräch von vorgestern denken und habe gerade Lust auf einen zweiten Kaffee."

„Aber gerne. Bitte nehmen Sie Platz, ich freue mich! Leider kann ich nur kurz bleiben, da ich eine Verabredung habe."

Elena Gilbert nahm sich einen der zierlichen Sessel und setzte sich auf eine Weise hin, die signalisierte, dass sie nur vorübergehend zu bleiben gedachte. Natürlich drehte sich das Gespräch zunächst um den Mistral und Elena war ebenfalls der Meinung, dass man heute unmöglich im Freien vor der Bäckerei sitzen konnte. Von sich aus schlug sie vor, das Treffen zwischen Florence und dem Pfarrer hierher in den Frühstücksraum zu verlegen, und Florence nahm dankbar an. Dann erkundigte sie sich nach dem gestrigen Tag und war beeindruckt, als sie hörte, dass Florence Bruno Amontero persönlich kannte.

„Ich bewundere seine Kunst", erklärte sie. „Ich stamme aus Russland, aber ich liebe Chopin und für mich ist er – abgesehen von Ivo Pogorelich vielleicht – der größte Chopin-Interpret. Ich habe auch ein Ticket für sein heutiges Konzert. So, jetzt lasse ich Sie aber wieder alleine, damit Sie Ihren Bekannten anrufen können. Sagen Sie ihm doch, dass er gleich hierherkommen soll. Sie werden doch nicht bei diesem Wind draußen auf ihn warten!"

Mit der leeren Kaffeetasse in der Hand verschwand sie in Richtung Treppe. Florence hatte der Einfachheit halber erzählt, dass sie Amontero zufällig am Gare de Lyon in Paris kennen gelernt und er sie daraufhin zu seinen Konzerten hierher eingeladen habe. Über ihre eigene Verwicklung in die spektakulären Mordfälle in der Musikszene und ihre und Amonteros Verwicklung darin hatte sie kein Wort verloren. Als sie nun den Pfarrer anrief, meldete er sich nicht. Auch bei ihren weiteren Versuchen erhielt sie nur die Nachricht, ihr Gesprächspartner sei derzeit leider nicht erreichbar. Nur mehr eine Viertelstunde bis zu ihrem Treffen! Wenn sie ihn auf diesem Weg nicht erreichte, musste sie nun doch hinaus und vor dem Café auf ihn warten.

Eine Stunde später ging Florence noch immer fröstelnd vor dem Café auf und ab. Mehrmals hatte sie noch versucht, Benoît telefonisch zu erreichen, leider vergebens. Sein Fernbleiben und das Wüten des Mistrals blieben nicht ohne Wirkung auf ihre Befindlichkeit. Sie war nicht in der Lage, die Zeit des Wartens für ein geordnetes Nachdenken zu verwenden. Zumindest konnte sie die Umgebung der Kirche observieren, so wie sie es Amontero versprochen hatte. Der Pianist würde eine halbe Stunde vor Konzertbeginn eintreffen und sich dann sogleich durch einen Hintereingang in die Sakristei der Kirche begeben, hatte er ihr gestern angekündigt. Diesmal würde ihn der Sohn seines Nachbarn, ein kräftiger und zuverlässiger junger Mann, chauffieren, in dessen Gesellschaft er sich sicher fühle.

In der winzigen Bäckerei gingen inzwischen die Leute ein und aus. Einige standen mit einem Becher dampfenden Kaffees in der Hand im Freien, andere versorgten sich mit Proviant. Beim Konzert war freie Platzwahl und Florence sah, dass sich vor dem Eingang der Kirche bereits eine Warteschlange gebildet hatte. Als sie zuvor in der Bäckerei nachgesehen hatte, hatte sie Monsieur Benoît nicht entdeckt. Aber vielleicht hatte sie ihn unter den vielen Leuten übersehen? Sie ging erneut hinein – und hatte Glück. Soeben war am Tischchen direkt neben dem Tresen ein Platz frei geworden. Ein weiterer Kaffee wäre nicht schlecht. Schon stand ein guter Espresso vor ihr. Ein Wunder! Während sie trank fiel ihr Blick auf ein Plakat, auf dem ein rotes Fahrrad mit weißen Streifen abgebildet war. „FAHRRADVERLEIH" stand mit großen Lettern darübergeschrieben. Woran erinnerte sie das? Sie schloss die Augen und es fiel ihr wieder ein. Kurz vor dem Mord an Lemercier war genauso ein Fahrrad, wie es hier abgebildet war, hinter der Kirche abgestellt gewesen. Halb verdeckt von einem Busch. Sie hatte sich nichts dabei gedacht und angenommen, dass es wohl dem Pfarrer oder sonst jemandem aus der Pfarre gehörte. Wenn das aber ein Leihfahrrad gewesen war, dann könnte es interessant sein, der Sache nachzugehen.

„Florence, was machst du denn hier? Wolltest du dich denn nicht mit dem Pfarrer treffen?" Charles Florentin hatte sich ebenfalls ins Café geflüchtet. Das Lokal war jetzt überfüllt. Er hatte sich durch die Wartenden hindurch zu ihr gedrängt und wurde von den umstehenden Leuten derart in ihre Richtung gedrückt, dass sich sein Kopf direkt über dem ihren befand.

„Ja, das wollte ich Charles, aber er ist nicht erschienen. Ich habe ihn mehrmals angerufen und auch draußen schon gewartet. Dann hatte ich Glück und hab diesen Platz hier ergattert. Jetzt muss ich aber schon wieder los. Schließlich habe ich Amontero versprochen, vor dem Konzert ein Auge auf die Leute zu haben, die in die Kirche gehen. Magst du meinen Platz hier?"

„Nein danke. Schön langsam könnte man meinen, du wärst vor mir auf der Flucht. Ich gehe jetzt mit dir observieren. So nennt man das doch? Bei dem Lärm hier drinnen können wir uns eh nicht unterhalten."

Sie nickte und zusammen zwängten sie sich in Richtung Ausgang.

„Jetzt hast du gar keinen Kaffee bekommen, Charles", sagte sie, als sie im Freien waren und zur Kirche hinaufgingen.

„Das werde ich überleben. Dafür habe ich dich gefunden. Komm, wir stellen uns kurz hier unter, da sind wir vor dem Wind geschützt." Er deutete auf den Mauervorsprung an einem der Häuser, die den breiten Aufgang zur Kirche säumten. „Ich möchte den heutigen Tag planen. Ich habe Sorge, dass du mir wieder entschlüpfst – und um ein gewisses Musikinstrument müssen wir uns auch noch kümmern."

„Natürlich. Daran habe ich auch schon gedacht und ich wiederhole, was ich schon einmal gesagt habe. Es tut mir leid, dass es so läuft. Ich hätte uns beiden hier an diesem schönen Ort liebend gerne mehr Zeit gewidmet."

„Oh, das klingt schon besser, teuerste Florence. Der Mistral hat sich gestern Nacht auch auf meine Stimmung geschlagen und da hatte ich schon befürchtet, dass unser alter Familienfluch erneut wirksam würde. Kaum fühle ich mich zu einer Frau hingezogen, entschwindet sie mir wieder." Er seufzte. „Aber auch für dieses Gespräch ist jetzt nicht der Ort und die Zeit. Können wir wenigstens zusammen zu Mittag essen? Chantal und Thomas sind schon am Weg zurück nach Avignon."

„Aber ja, ein kleines Mittagessen um dreizehn Uhr müsste möglich sein. Wann planst du denn die Rückfahrt nach Avignon?"

„Üblicherweise breche ich hier am späten Nachmittag auf, aber das hängt nun auch von deinen Plänen ab."

„Sehr gut. Essen wir zusammen zu Mittag, aber lass uns bitte bald danach zurück nach Avignon fahren. Ich habe mich entschlossen, noch heute Lambert aufzusuchen und die Violine aufs Präsidium zu bringen. Bis dahin habe ich noch einiges zu erledigen. Vor allem muss ich herausfinden, was mit dem Pfarrer los ist. Ich bin entschlossen, mich gleich nach Beginn des Konzerts wieder aus der Kirche zu schleichen. Könntest du mir bitte eine SMS schicken, sobald das Konzert zu Ende ist? Ich habe Amontero versprochen, ihn danach zu treffen."

„Alles klar, Commandant Beaumarie! Bin wieder im Dienst, begleite Sie jetzt zur Kirche hinauf und rufe Sie am Nachmittag an! Um einen Tisch für das Mittagessen kümmere ich mich auch. 13:30?" Er salutierte andeutungsweise.

„Eigentlich kenne ich ihn ja noch viel zu wenig", dachte sich Florence, „aber von allem, was ich bisher an ihm kennen gelernt habe, ist es besonders diese Mischung aus Grandezza, Humor und Intelligenz, die mich so anzieht."

„Danke für dein Verständnis, Charles!", sagte sie. „Ich verspreche, mich nach dem hoffentlich baldigen Ende dieser Geschichte von meiner besten Seite zu zeigen."

„Na dann, Florence", antwortete er, „machen wir uns wieder ans Observieren."

Wie sich in der nächsten Viertelstunde herausstellte, gab es allerdings nichts Auffälliges zu beobachten. Außer Elena Gilbert entdeckte Florence keine bekannten oder gar verdächtigen Personen vor dem eindrucksvollen romanischen Kirchenportal. Was sie zunehmend in Unruhe versetzte, war allerdings, dass es vom Pfarrer nach wie vor keine Spur gab. Als das Konzert schließlich seinen Anfang nahm und Bruno Amontero unter großem Applaus den Altarraum betrat, hatte Charles Florentin einen Platz in den vorderen Reihen gefunden, während Florence an eine Säule gelehnt ganz hinten stehen geblieben war. Sie hatte den Eindruck, dass der Pianist suchend in das Publikum blickte.

„Hält er etwa Ausschau nach mir?" Sie fand es immer noch amüsant, dass jener Mann, den sie am Gare de Lyon vor nicht allzu langer Zeit für einen Scharlatan gehalten hatte, hier als umschwärmter Star ein Konzert gab und sie eine seiner Vertrauten war. Als er nach wenigen Minuten gänzlich in das Spiel der Goldbergvariationen von Johann Sebastian Bach versunken war, schlich sie sich bedauernd aus der Kirche. Das hätte sie zu gerne gehört, aber momentan gab es Wichtigeres. Erstens musste sie Mordent anrufen und zweitens musste sie versuchen, etwas über den Verbleib des Pfarrers herauszufinden.

Während sie durch den nun menschenleeren Ort ging, kam ihr eine Idee. Als sie den Termin mit Auguste Benoît vereinbarte, hatte er ihr am Telefon mitgeteilt, dass er an diesem Wochenende bei einem Freund übernachten werde, der in Buoux ein Restaurant besitze. Sie musste diesen Freund ausfindig machen! Kurz entschlossen betrat sie erneut die kleine Bäckerei, über deren Tür das Schild „Chez Sophie" prangte. Hier erfuhr sie vielleicht, wer der Besitzer eines Restaurants in Buoux war. Im Lokal war niemand zu sehen, von einer Sophie oder ihrem Mann keine Spur. Florence betrachtete die unterschiedlichen kleinen Gebäckstücke und Pralinen, die, hübsch nach Farben sortiert, verlockend in der gläsernen Vitrine angerichtet waren. Bald wurde sie aber ungeduldig, denn sie hatte wirklich keine Zeit zu verlieren.

„Madame Sophie", rief sie laut, „kann ich Sie etwas fragen?"

Der Kopf der Besitzerin erschien im Türrahmen hinter dem Tresen. „Jaja, ich komme gleich." Ihre Miene war finster und ihre Stimme klang ungehalten. Es dauerte noch eine Weile, bis sie mit einem Becher Kaffee in der Hand im Verkaufsraum erschien.

„Was wollen Sie wissen, Madame?"

Florence beschloss, nicht auf die schlechte Stimmung der Frau einzugehen, entschuldigte sich in freundlichem Ton für die Störung und erkundigte sich nach dem Restaurant in Buoux.

„Ach, Sie meinen wohl Xavier? Mittlerweile gibt es dort nur mehr dieses eine Restaurant. Warten Sie, ich habe hier seine Telefonnummer."

Sie schrieb die Nummer auf ihren Rechnungsblock, riss den Zettel ab und überreichte ihn Florence. Diese bedankte sich und ging in Richtung Ausgang. Dann fiel ihr noch etwas ein.

„Eine Frage noch, Madame. Gibt es die Leihfahrräder, die auf diesem Plakat angeboten werden, nur in Saignon?"

„Aber nein! Das ist ein Unternehmen, das seinen Sitz in Avignon hat. Ich habe sie in Kommission und werde sie bestimmt bald wieder aufgeben. Das verursacht nur einen Aufwand und bringt nicht viel. Bei diesen steilen Straßen hier im Luberon will sich niemand ein Rad ausleihen."

„Könnten Sie mir bitte die Adresse und Telefonnummer des Firmensitzes in Avignon geben?"

„Was Sie alles wollen! Aber meinetwegen. Voilà!"

Madame Sophie reichte Florence erneut einen Rechnungszettel, auf den sie eine Telefonnummer gekritzelt hatte, und war gleich darauf nach hinten verschwunden. Auch Florence hatte es nun eilig. Sie ging zurück in ihre Pension und setze sich noch einmal in den Frühstücksraum. Dann wählte sie die Nummer des Restaurants in Buoux.

„Restaurant Cheval Noir, Xavier am Apparat", meldete sich nach mehrmaligem Läuten eine tiefe und wohltönende Männerstimme. Unwillkürlich sah sie einen attraktiven und würdevollen Küchenchef vor sich, der ganz in Weiß gekleidet war. Sie erklärte ihm, dass sie sich am Vormittag mit einem gewissen Auguste Benoît in Saignon hätte treffen wollen, und fragte, ob dieser Monsieur Benoît bei ihm genächtigt habe.

„Ja, das hat er", kam die sofortige Antwort. „Er müsste sich ja schon längst mit Ihnen getroffen haben."

„Deshalb rufe ich ja an! Leider ist Monsieur Benoît hier nicht erschienen."

„Das gibt es doch nicht, Madame!" Die Stimme am anderen Ende der Leitung klang erregt. „Er ist um halb zehn in Richtung Saignon aufgebrochen und er hat sich auf das Konzert gefreut. Auch vom Treffen mit Ihnen, Madame, hat er beim Frühstück gesprochen. Da muss etwas passiert sein."

„Vielleicht eine Straßensperre, Monsieur, verursacht durch den Mistral?"

„Das wäre möglich, aber dann wäre er doch längst wieder umgekehrt und zurückgekommen. Er ist doch schon seit zwei Stunden weg."

„Vielleicht hat er einen Umweg genommen, oder es sich anders überlegt."

„Beides kann ich mir nicht vorstellen. Auguste Benoît ist der zuverlässigste Mensch, den ich kenne. Er hätte sich längst bei Ihnen oder mir telefonisch gemeldet."

„Sie haben recht, Monsieur. Sagen Sie, war er eigentlich alleine bei Ihnen? Gestern Abend in Lourmarin war er noch in Begleitung seines Neffen."

„Davon weiß ich nichts, Madame. Ich kann im Moment hier nicht weg. Ich habe noch acht verschiedene hors d'œuvres vorzubereiten. Haben Sie denn die Möglichkeit, die Strecke mit dem Auto abzufahren?"

„Die habe ich bedauerlicherweise nicht. Ich bin ohne Wagen da."

„Na gut, ich schicke jemanden. Ich rufe Sie an, Madame, wenn ich etwas weiß. Geben Sie mir bitte noch Ihre Nummer!"

Das tat sie, verabschiedete sich und legte auf. Sie lehnte sich in ihrem Sessel zurück und fühlte sich auf einmal ungewohnt zittrig. Ihr Kopf war ganz heiß. Ohne einen Beweis dafür zu haben, war sie sich auf einmal sicher, dass es schon wieder eine Katastrophe gab.

„Jetzt rege dich nicht auf, Florence!", ermahnte sie sich. „Du kannst jetzt nichts unternehmen. Konzentriere dich lieber auf das, was sonst noch zu erledigen ist!"

Sie hatte ihr Telefon noch in der Hand und so wählte sie die Nummer von Mordent. Der hob sofort ab und zeigte sich ungehalten darüber, dass sie sich so lange nicht gemeldet hatte. Nach einem kleinen Wortgeplänkel berichtete er, dass er noch einiges über den Selbstmord von Gideon Mullier herausgefunden habe und sich ein Dossier dazu bereits unter ihren Mails befinde. Außerdem sei er noch einmal bei Madame Martínez im Lokal gewesen und habe sie mit seinen neuen Informationen konfrontiert. Er habe sie diesmal etwas härter angefasst und daraufhin sei sie recht gesprächig geworden.

„Du wirst es nicht glauben, Florence", sagte er mit einem deutlichen Triumph in der Stimme, „Madame Martínez hat in der letzten Zeit nicht nur von Stephan Lemercier, sondern auch noch von anderen Personen Besuch erhalten. Schon vor drei Monaten hat sie ein

Mann aufgesucht, der wissen wollte, ob sie sich noch an das Quatuor Céleste erinnere. Als sie das bejahte, hatte er sich als der damalige Antonio Salieri vorgestellt. Sie haben sich eine Weile über die alten Zeiten unterhalten und schließlich hat sie ihm auch erzählt, dass Lemercier erst vor kurzem wieder einmal aufgetaucht sei! Sie hat ihm auch von jenen Noten erzählt, die sie ihrem alten Freund Lemercier endlich zurückgegeben habe. Übrigens hat er ihr seinen richtigen Namen nicht verraten."

„Wie hat sie ihn beschrieben?"

„Ein kleiner Mann, vielleicht Ende fünfzig. Altmodisch elegant gekleidet. Sehr liebenswürdig. Er schien ihr gefallen zu haben, obwohl sie sich an sein Gesicht nicht erinnerte. Ich kann mir einfach keine Gesichter merken, hat sie gesagt und hinzugefügt, dass sie das aber nie besonders gestört habe. Sie ist eine auffallende Erscheinung und muss in ihrer Jugend sehr schön gewesen sein."

„Georges André also", dachte sich Florence, sagte aber nichts, denn Mordent sprach bereits von einem weiteren Besuch bei Madame Martínez, und der war mindestens genauso interessant. Es hätte sie nämlich auch eine Madame Petermann aufgesucht und auch diese hätte sich nach diesen Noten erkundigt. Sie sei sehr neugierig gewesen und habe auch wissen wollen, wie die Notenblätter in den Besitz von Madame Martínez gekommen seien und ob schon jemand anderer danach gefragt habe.

„Wie wir vor kurzem besprochen haben, Florence, der Schlüssel zu diesen Verbrechen liegt in der Pariser Vergangenheit der Beteiligten und die Geschichte mit den alten Noten dürfte eine Rolle spielen. Auch Madame Martínez scheint das zu ahnen, denn auf einmal befürchtete sie, dass sie ihren beiden Besuchern zu viel verraten hat."

„Du hast recht, Honoré, wie immer! Einen konkreten Täter haben wir damit aber leider noch immer nicht."

„Natürlich nicht, meine Liebe! Aber schließlich ist die schlaueste Ermittlerin, die ich kenne, vor Ort und die wird die Fäden schon entwirren. Ruf mich doch bitte bald wieder an und erzähle, was du in der Zwischenzeit herausgefunden hast! Ich muss los, denn ich habe meiner lieben Frau versprochen, sie vom Flughafen abzuholen."

29

Das Gespräch mit Mordent hatte Florence fast den verschwundenen Pfarrer vergessen lassen. Eine vertraute Erregung erfasste sie. Sie spürte, dass sie der Auflösung des Falles schon sehr nahegekommen war. Auch war sie sich sicher, dass die beiden Taten von ein und derselben Person verübt worden waren. Groß und schemenhaft tauchte eine Figur vor ihrem inneren Auge auf. Jawohl, sie hatte einen Verdacht, wagte aber noch nicht, ihn in Worte zu fassen. Immer wieder schoben sich andere Figuren dazwischen und verwischten das Bild. Vielleicht hatte es Komplizen gegeben? Immerhin eine Möglichkeit! Aber auch dieser Gedanke gefiel ihr nicht. Irgendetwas war hier ganz anders als in den bisher von ihr gelösten Fällen. Sonderbar. Immer wenn sie sich den Täter oder die Täterin vorzustellen versuchte, schallte ihr ein mehrfaches Echo entgegen. Florence Beaumarie hatte ganz vergessen, dass sie im Frühstückszimmer einer Pension in Saignon saß. Sie hatte sich ganz in die Welt ihrer Vorstellungen zurückgezogen. Wie in einer Laterna Magica drehten sich die möglichen Beteiligten an diesem Drama vor ihr im Kreis.

Zum tausendsten Mal wurde sie von ihrem Handy aus den Gedanken gerissen. Sofort hob sie ab. Was war mit dem Pfarrer passiert?

Die Stimme am anderen Ende der Leitung hatte ihr samtiges Timbre verloren. Der Restaurantbesitzer teilte ihr mit, dass der Pfarrer einen Autounfall gehabt habe. Er sei schwer verletzt und liege auf der Intensivstation des Krankenhauses in Apt. Er habe gerade im Krankenhaus angerufen und erfahren, dass Auguste Benoît derzeit nicht ansprechbar sei. Gérard, sein Mitarbeiter, der die Strecke abgefahren sei, habe am Unfallort mit der Polizei gesprochen. Die Beamten hätten ihm aber noch keine Auskünfte über die Ursache des Unglücks geben können. Gérard habe jedoch den Eindruck gewonnen, dass es sich nicht um einen gewöhnlichen Unfall handelte. Eine ungewöhnlich große Anzahl von Polizisten und Personen in weißen Schutzanzügen seien anwesend gewesen und hätten das Autowrack auf das Genaueste untersucht.

Mit zitternden Händen legte Florence ihr Handy auf den Tisch zurück, stand auf und begann in dem großen, hellen Raum auf und ab zu gehen. Etwa eine halbe Stunde noch bis zum Ende des Konzerts. Sie musste natürlich Amontero über das Geschehen informieren. Er würde geschockt sein.

Ob die Polizei bereits einen möglichen Zusammenhang dieses Unfalls mit den Mordfällen in Avignon und Sanary-sur-Mer hergestellt hatte? Erneut griff sie zu ihrem Telefon und wählte die Nummer von Lambert. Dieser hob sofort ab.

„Wissen Sie schon Antoine, dass ..."

„Ich habe es vor kurzem erfahren, Florence, und bin auf dem Weg zur Unfallstelle. Woher wissen Sie es denn schon wieder so schnell?"

„Ich wollte mich heute Vormittag hier in Saignon mit Monsieur Benoît treffen, aber er ist nicht erschienen. Ich habe in Buoux angerufen, wo er übernachtet hat, und soeben auf diesem Weg vom Unfall erfahren."

„Florence, Sie haben bestimmt schon wieder mehr Informationen als ich. Wie lange sind Sie noch in Saignon?"

„Bis heute Nachmittag, Antoine. Ich treffe jetzt noch Amontero, das Konzert in der Kirche geht gerade seinem Ende zu."

„Bleiben Sie, wo Sie sind, Florence! Sobald ich am Unfallort fertig bin, komme ich nach Saignon. Ich will mit Ihnen reden."

Kaum hatte er aufgelegt, erhielt Florence auch schon eine SMS von Charles. Das Konzert werde bald zu Ende sein und Amontero habe bereits mit dem Spielen der ersten Zugabe begonnen. Am Weg zur Kirche kam ihr Madame Elena entgegen. Sie war anders gekleidet als am Morgen und kam offensichtlich vom Konzert. In ihrem glockenförmigen, mit roten Mohnblumen bestickten Rock, ihrer bunten Strickjacke und mit dem zu einer Krone hochgesteckten Zopf wirkte sie auf bezaubernde Weise ländlich und exotisch zugleich. Dass sie darüber ihre schwarze, ärmellose Daunenjacke trug, tat der prächtigen Erscheinung keinen Abbruch. Trotz ihrer inneren Anspannung konnte sich Florence einen bewundernden Kommentar nicht verkneifen.

„Sehr chic, Madame Gilbert! Sie kommen schon vom Konzert?"

„Vielen Dank und ja! Ich musste leider gehen, weil ich Gäste erwarte, die jeden Augenblick kommen können. Aber Sie waren ja gar nicht im Konzert, Madame Beaumarie!"

Florence murmelte, dass sie etwas zu erledigen gehabt hätte, und fragte, wie ihr denn das Konzert gefallen habe. Elena runzelte die Stirn.

„Bruno Amontero hat natürlich wie immer gut gespielt. Dennoch ... entweder der Bach liegt ihm nicht so wie der Chopin oder er war heute nicht in der allerbesten Verfassung. Ich finde, seinem Spiel fehlte ein wenig der Tiefgang. Er wirkte müde und erschöpft auf mich und gegen Ende der Goldbergvariationen schlief ich beinahe ein."

„Nun, er hat ja auch schon gestern ein großes Konzert gegeben", bemerkte Florence ohne viel Überzeugung, denn es war ihr klar, dass ein Pianist seines Formats unter normalen Umständen deswegen nicht beeinträchtigt sein durfte. Sie musste nun rasch zu ihm und verabschiedete sich von ihrer Gastgeberin.

„Entschuldigen Sie mich, Madame, ich muss los. Ich will Sie auch nicht länger aufhalten. Wie versprochen melde ich mich eine halbe Stunde, bevor ich abreise."

„Schade, dass Sie schon fahren müssen." Madame Elena lächelte und wünschte Florence noch einen schönen Tag.

Keine fünf Minuten später konnte sich Florence selbst davon überzeugen, dass Bruno Amontero in keiner guten Verfassung war. Sie hatte es gerade noch geschafft, sich während des nicht enden wollenden Applauses unter die Konzertbesucher zu mischen. Das Publikum schien jedenfalls zufrieden zu sein, na ja, bis auf Elena Gilbert vielleicht.

Durch die Menge, die dem Ausgang zustrebte, drängte sie sich in Richtung Altar. Charles konnte sie dabei nicht entdecken. In der Sakristei traf sie Amontero jedoch nicht alleine an. Eine größere Anzahl von Frauen und einige wenige Männer stand Schlange, um ihm zu gratulieren oder ein Autogramm zu ergattern.

Florence schloss sich den Wartenden an. Hinter ihr kamen immer noch neue Leute dazu. Gerade unterhielt er sich ausgiebig mit einem blassen, hoch aufgeschossenen Mädchen, das ihm eine weiße Rose überreichte.

„Die ist bei jedem seiner Konzerte", hörte Florence eine Dame zu ihrem Begleiter sagen. „Eine Stalkerin?", fragte dieser zurück. „Blödmann", antwortete sie ihm, „eine Bewunderin natürlich – und selbst Klavierstudentin. Es wurde sogar schon einmal in Radio France Culture über sie berichtet."

Endlich war Florence an der Reihe. Amontero, dessen Gesichtsausdruck in den letzten Minuten einer höflich lächelnden Maske geglichen hatte, schaute sie mit müden Augen an.

„Florence. Gut, dass Sie da sind. Sie hätten sich doch nicht anstellen müssen. Nehmen Sie bitte hier irgendwo Platz, bis ich mit den Leuten fertig bin."

Florence nickte, blieb jedoch stehen und beobachtete das Geschehen. Als der Aufmarsch der Bewunderer kein Ende nehmen wollte, tauchte plötzlich Mademoiselle McCarthy vor dem Eingang der Sakristei auf und erklärte den noch Wartenden höflich, aber bestimmt, dass ihr Chef noch einen Termin hätte und für weitere Gespräche nicht mehr zur Verfügung stünde. Sie hielt ein Päckchen mit signierten Autogrammkarten in ihren Händen und überreichte sie als Trostpflaster den enttäuschten Fans. Zwei Minuten später war die Tür zur Sakristei geschlossen und Florence befand sich mit Bruno Amontero alleine in dem mit altem Mobiliar vollgestopften Raum. Er ließ sich in einen mit kardinalrotem Samt bezogenen Lehnsessel fallen und wirkte darin auf einmal ganz klein und matt. Da es noch einen zweiten Sessel dieser Sorte gab, tat Florence es ihm gleich.

„Gratulation zum Konzert! Die Leute waren ja begeistert."

„Na ja, die sind hier im Süden immer begeistert. Die Pariser sind kritischer, aber ich war heute überhaupt nicht mit mir zufrieden und Ihnen, Madame Florence, hat es offensichtlich auch nicht gefallen. Sonst hätten Sie sich nicht schon gleich nach Beginn des Konzertes aus der Kirche geschlichen."

„Das haben Sie bemerkt? Sie waren doch gänzlich auf Ihr Spiel konzentriert?"

„Unterschätzen Sie mich nicht! Ich kann beim Spielen auch auf Autopilot schalten!" Trotz seiner offensichtlichen Erschöpfung blitzte kurz der ihr bereits vertraute Schalk aus seinen Augen. „Und ja, das habe ich heute tatsächlich getan", fügte er mit bekümmertem Gesichtsausdruck hinzu. „Die Kenner werden es gemerkt haben und die Kritiker sowieso."

Florence musste an Madame Elena denken. Die war demnach eine Kennerin.

„Was hat Sie denn heute so aus der Fassung gebracht? Gestern Abend waren Sie doch noch recht gut gelaunt."

Es schien ihr, als sänke er noch ein wenig mehr in sich zusammen.

„Das kann ich Ihnen gerne sagen. Als mich heute Morgen der Sohn meines Nachbarn abgeholt hat, wollten wir eigentlich mit meinem Wagen fahren. Florian – er ist gelernter Automechaniker – hat den Wagen auf meine Bitte hin noch einmal kontrolliert und dabei bemerkt, dass drei der Reifen fast keine Luft mehr hatten. Da wir aber schon spät dran waren, hat er diesbezüglich nichts weiter unternommen und rasch seinen eigenen Wagen geholt. Er hat mir gesagt, dass es sich dabei wohl um einen bösen Streich handeln müsse, denn es sei völlig auszuschließen, dass drei Reifen gleichzeitig durch Zufall beschädigt würden."

„Ja, das ist seltsam und tut mir leid für Sie. Ein Glück, dass Sie Ihr freundlicher Nachbar trotzdem noch rechtzeitig hierher chauffieren konnte!" Florence musste natürlich sofort an den Unfall des Pfarrers denken.

„Sie sagen es! Es gab aber noch ein weiteres Hindernis auf dieser Fahrt. Es war nicht mehr weit bis Saignon, als wir auf eine Polizeisperre gestoßen sind. Angeblich ein Unfall! Wir mussten einen Umweg nehmen und sind erst ganz knapp vor dem Konzert hier angekommen. Wundert es Sie nun, dass ich mit den Nerven fertig bin?"

„Nein, das tut es nicht. Aber sagen Sie, warum ist denn Madame Lemercier nicht mitgekommen?"

„Das ist zu dem ganzen Desaster noch dazugekommen. Wir hatten am Morgen einen Streit und sie ist mit ihrem Chauffeur bereits vor dem Frühstück abgerauscht. Ich weiß nicht einmal, ob sie nach Avignon oder nach Sanary-sur-Mer gefahren sind."

Florence stöhnte innerlich. Nun musste sie ihm noch eine weitere Hiobsbotschaft zumuten. Er hatte ihre Besorgnis bereits bemerkt.

„Was ist, Madame Florence? Sie schauen auf einmal so betroffen aus."

„Ja, Monsieur Amontero, weil ich leider noch eine weitere schlechte Nachricht habe. Monsieur Benoît hatte heute Vormittag auf dem Weg hierher einen Autounfall und liegt schwer verletzt im Krankenhaus von Apt."

Amontero war totenbleich geworden.

„Um Gottes Willen, Florence! Einen Autounfall? Dann sind wahrscheinlich auch seine Reifen manipuliert worden und er hat es nicht bemerkt?"

Amontero hatte eine schnelle Auffassungsgabe und Florence antwortete ihm mit tonloser Stimme. „Das könnte wahrscheinlich so sein."

„Dann bin ich vermutlich das nächste Opfer eines Verrückten? ... Nein, das lasse ich nicht zu! Ich sage alle weiteren Konzerte hier im Süden ab und reise noch heute nach Paris."

Amontero war aufgesprungen. Es sah so aus, als wolle er seinen Worten sofort die Tat folgen lassen.

„Bitte beruhigen Sie sich, Monsieur, und setzen Sie sich noch einmal hin!" Florence hatte sich vor ihn gestellt und ihm die Hand auf eine Schulter gelegt. „Wir wissen ja noch gar nicht, was wirklich passiert ist, und müssen in Ruhe besprechen, was zu tun ist."

„Was heißt in Ruhe?" Er macht einen großen Schritt zurück und sah sie entrüstet an. „Mit meiner Ruhe ist es jetzt endgültig vorbei. Das können Sie sich ja denken. Sie haben doch gesehen, was ich in der letzten Zeit mitgemacht habe!"

„Verehrter Monsieur Amontero! Das weiß ich natürlich und ich habe volles Verständnis für Ihre Situation. So ungern ich es sage, aber da Sie selbst die Möglichkeit eines Zusammenhangs zwischen der Manipulation an Ihrem Wagen und dem Unfall von Monsieur Benoît nicht ausgeschlossen haben, sollte zuallererst die Polizei davon erfahren."

„Polizei, Polizei, ich habe schon genug von der Polizei!"

Er stieß einen tiefen Seufzer aus, ließ sich wieder in den Lehnsessel fallen und blickte dann zu Florence hoch. Sie kannte ihn nun schon gut genug, um zu wissen, dass nach seinen Gefühlsausbrüchen rasch wieder die Stimme der Vernunft die Oberhand gewann und so war es auch diesmal.

„Also gut, Florence. Ich werde in Lourmarin zur Polizei gehen, aber Sie müssen jetzt mit mir dorthin fahren!"

„Das wird leider nicht gehen. Ich erwarte hier in Kürze Monsieur Lambert, den Chef der Polizeistation von Avignon. Sie kennen ihn ja bereits."

„Allerdings ... und ich bin überhaupt nicht erpicht darauf, ihn zu sehen." Er fuhr sich mit einer Hand über die Stirn, legte den Kopf auf die Lehne seines Sessels und atmete tief ein. Gleich darauf richtete er sich wieder auf. „Ich halte diesen muffig-klerikalen Geruch hier drinnen nicht mehr aus. Gibt es einen Ort, wo wir hingehen können?"

Aha, ein Freund der Kirche schien er nicht zu sein. Florence überlegte. Es musste schon knapp nach Eins und somit Zeit für das vereinbarte Essen mit Charles sein. Sie wusste noch nicht einmal, wo das Lokal war, in dem sie ihn treffen sollte. Ein kurzer Blick auf ihr Handy zeigte ihr, dass er sich schon bei ihr gemeldet hatte. „Erwarte Dich im DEUX FEMMES schräg gegenüber dem Dorfbrunnen." Nein, sie konnte Charles wirklich nicht zumuten, dass sie mit Amontero und seinem Chauffeur überraschend zum Essen aufkreuzte. Sie wollte wenigstens so lange mit ihm alleine sein, bis Lambert auftauchte.

Sie überzeugte Amontero davon, dass es das Vernünftigste sei, sich jetzt von seinem Chauffeur nach Lourmarin chauffieren zu lassen. Sie würde dem Kommissar von der Manipulation an den Autoreifen berichten und der würde dann das Nötigste veranlassen. Natürlich konnte sie ihm seine Ängste nicht nehmen, aber sie konnte ihn dazu überreden, erst einmal bis Dienstag in Lourmarin zu bleiben.

„Ich verspreche Ihnen jetzt etwas, lieber Monsieur Amontero. Ich werde spätestens bis Dienstagvormittag wissen, wer hinter all diesen Taten steckt. Ich weiß, wie ich ticke, und ich bin jetzt an dem Punkt angekommen, an dem es nur mehr ganz weniger Schritte bedarf, bis sich aus all dem, was ich bereits weiß, ein logisches Bild ergibt."

Fünfzehn Minuten später saß sie Charles Florentin am Fenstertisch eines kleinen Restaurants gegenüber und erzählte ihm ungefähr das Gleiche wie Amontero.

Auch ihn bat sie, noch bis Dienstag Geduld zu haben, weil sie überzeugt sei, dass spätestens dann der ganze Spuk zu Ende sei. Als er nachbohrte und den Grund für ihre Gewissheit wissen wollte, speiste sie ihn damit ab, dass das nun einmal so sei und dass sie sich diesbezüglich in ihrer langen Karriere als Ermittlerin nur selten getäuscht habe.

„Ich freue mich darauf", sagte sie, „der privaten Dokumentation meiner Kriminalfälle eine weitere Story hinzufügen zu können."

Mit dieser Aussage hatte sie das Interesse des Buchhändlers Florentin geweckt. Er erkundigte sich nach der Art und Weise, wie sie ihre Fälle dokumentierte. Als sie ihm von ihren grünen und roten Clairefontaine-Notizbüchern erzählte, fing er auf der Stelle Feuer.

„Hast du noch nie daran gedacht, diese einmal in Buchform zu veröffentlichen?"

Sie musste lachen. „Nein, Charles, daran habe ich noch nie gedacht. Eine Schriftstellerin bin ich ganz gewiss nicht und mein wildes Geschreibsel kann ohnedies nur ich entziffern."

„Schade", sagte er, „aber was nicht ist, kann noch werden. Vielleicht gelingt es mir ja eines Tages, dich dazu zu überreden. Denn, meine Liebe, wenn du mir auch bald nach Paris entfliehst, der Kontakt zwischen uns darf nicht abbrechen. Ich glaube, du weißt, wie viel du mir mittlerweile bedeutest."

Sie lächelte ihm zu und blickte dann an ihm vorbei auf die beeindruckende Landschaft, auf rote Ziegeldächer, blaue Lavendelfelder, auf hell- und dunkelgrüne Farbtupfer und auf das silbergraue Band der Straße. Diesmal gestattete sie sich jedoch kein Bedauern darüber, dass sie all dies im Moment nicht genießen konnte. Ihr Hirn glich im Moment einem Computer, der im

Hintergrund unentwegt neue Berechnungen anstellte und da spukten ganz andere Bilder herum. Nein, sie hatte jetzt keine Zeit, sich mit ihrer Beziehung zu Charles zu beschäftigen. Irgendwann aber würde sie sich über ihre Gefühle für ihn klarwerden müssen.

30

Als Florence und Charles eine knappe Stunde später gesättigt von fein komponierten Speisen das Restaurant verließen, hatte Florence von Lambert noch immer nichts gehört. Es war nicht wahrscheinlich, dass er sie vergessen hatte, und sie beschloss, ihm noch eine Stunde zu geben, bevor sie ihn anrief. Während des Essens hatte sie sich jedes weitere Gespräch über den Kriminalfall verboten und sich mit Charles über den Vorabend unterhalten. Er gab zu, dass er das Zusammensein mit Amontero wider Erwarten genossen und insbesondere das Gespräch mit dem Besitzer des ‚Louis Armstrong' sehr geschätzt hatte.

„Dieser Monsieur Chevalier ist ja ein hochinteressanter Gesprächspartner", war sein heutiger Kommentar dazu. „Ich habe ihn natürlich nach Albert Camus gefragt und er hat erzählt, dass er sich noch gut an ihn erinnern kann. Er war oft im ‚Louis Armstrong' zu Gast, damals hat es noch Chevaliers Vater gehört und hieß ‚Café Napoleon'. Monsieur Chevalier hat mir erzählt, dass er acht Jahre alt war, als der Nobelpreisträger damals bei diesem schrecklichen Autounfall ums Leben kam. Für den fünfundfünfzigsten Todestag des Dichters im nächsten Jahr plane ich in der Buchhandlung eine Ausstellung zum Thema „Albert Camus in der Provence" und Maurice Chevalier wird mich dabei unterstützen."

Dass er am Abend mit Amontero nicht ins Gespräch gekommen war, schien er nicht wirklich zu bedauern. „Der war ja vollkommen von Madame Lemercier in Beschlag genommen. Die hat ja auch dich nicht an ihn herangelassen, Florence. Na ja, ich kann ihr ja dankbar sein, dass sie ihn so gut bewacht hat, so kamst du nicht in Versuchung …"

Beim abschließenden Kaffee waren sie dann doch noch einmal auf die momentane Situation zurückgekommen. Florence bestätigte ihr Vorhaben, noch an diesem Nachmittag Lambert die Violine zu übergeben und dann mit Charles nach Avignon zurückzufahren.

Zusammen gingen sie noch die wenigen Schritte bis zum Dorfbrunnen. Sie versprach, sich zu melden, sobald sie mit Lambert fertig war. Dann trennten sich ihre Wege. Der Wind hatte sich etwas gelegt und in der nun stilleren Atmosphäre konnte man das besondere Licht, das der Mistral hervorbrachte, deutlicher wahrnehmen. Es dauerte aber nicht lange, bis erneut ein Windstoß alles durcheinander wirbelte und, wie es schien, gleichzeitig den Kommissar aus Avignon herbeizauberte. Der tauchte nämlich urplötzlich auf und wäre, ebenfalls irritiert von den himmlischen Strömungen, beinahe mit ihr zusammengestoßen. Beide hatten sich schnell gefangen und in das Brausen des Windes hinein fragte er, ob sie einen ruhigen Ort wüsste, wo sie sich besprechen könnten.

„Das können wir sicher in meiner Pension machen", antwortete sie. „Wir sind schon fast da."

Kurz darauf ging sie ihm den schmalen, ihr nun schon vertrauten Gang im Haus der Gilberts voraus. Vom Ehepaar Gilbert war ausnahmsweise nichts zu sehen und so nahm sie sich die Freiheit, ihn in das Frühstückszimmer zu führen. Nachdem sie Platz genommen hatten, kam er ohne Umschweife zur Sache.

„Die Lage ist ernst, Florence." Mit dem Zeigefinger seiner rechten Hand berührte er die Spitze seiner Spürnase. Dann fuhr er fort. „Außerdem äußerst verworren. Der Unfall des Pfarrers war mit Gewissheit fremdverschuldet. In exakt drei Reifen seines Wagens wurde ein Nagel eingetrieben, der dort langsam die Luft entweichen ließ und den Wagen schließlich bergab in einer engen Kurve ins Schleudern brachte. Ein Unfall, der ihn bestimmt für einige Zeit außer Gefecht setzen wird. In Lebensgefahr schwebt er nicht, haben die Ärzte gesagt. Er hat ein schweres Schädel-Hirntrauma und einige Knochen sind gebrochen. Noch dürfen wir nicht zu ihm, aber es sieht so aus, als wäre er bald wieder ansprechbar. Wenn es der Täter darauf abgesehen hätte, den Pfarrer zu ermorden, hätte es allerdings sicherere Methoden gegeben. Vielleicht war es als Warnschuss gedacht. Mit den Morden an Lemercier und der Petermann hängt das Ganze aber bestimmt zusammen. Wir haben nämlich im Auto einen interessanten Fund gemacht. Im Kofferraum lag ein in eine Decke gehüllter Geigenbogen. Er ist kaum beschädigt worden. Ich habe ihn fotografiert und das Bild umgehend an den neuen Konzertmeister des Orchesters geschickt. Der hat ihn sofort als denjenigen identifiziert, der zu der noch immer vermissten Violine der Petermann gehört. Er wisse das sicher, sagte er, denn sie sei sehr stolz auf ihren Bogen gewesen und schließlich habe er jahrelang mit ihr an einem Pult gesessen."

Er schwieg, kratzte sich an der Nasenspitze, zog dann seinen Finger mit einem kleinen Schmerzenslaut zurück und richtete ihn auf Florence.

„Ich nehme an, auch Sie haben neue Informationen? Oder haben Sie sogar schon den Schlüssel zur Lösung in der Hand, den Sie uns offiziellen Stellen noch vorenthalten?"

Er klang gereizt. Keine gute Voraussetzung, jetzt mit der Geige herauszurücken. Florence wusste aber, dass sie nun, da der Geigenbogen im Auto des Pfarrers gefunden worden war, wirklich keine andere Wahl mehr hatte. Kurz zögerte sie noch. Was wäre, wenn der Pfarrer dahintersteckte? Dann wäre er natürlich auch für die beiden Morde ein Tatverdächtiger! Auf ihrem imaginären Schachbrett war Monsieur Benoît nie im Zentrum des Geschehens gestanden. Hatte sie sich getäuscht oder war er tatsächlich nur eine Art Bauernopfer?

„Bitte Florence! Hätten Sie die Freundlichkeit, mir meine Frage zu beantworten?"

„Verzeihung, Lambert! Nein, den Schlüssel zur Lösung des Falles habe ich noch nicht in der Hand, aber ich muss Ihnen etwas beichten, das im Zusammenhang mit dem Fund des Geigenbogens von Interesse ist. Bitte hören Sie sich die Geschichte in Ruhe an, bevor Sie mich dem Schafott ausliefern!"

Seine Augenbrauen schossen in die Höhe und auch seine Nasenspitze zeigte nach oben, als er mit wachsendem Erstaunen ihrer Geschichte lauschte. Es war zwar nicht das Schafott, das Antoine Lambert im Auge hatte, nachdem Florence ihm alles gebeichtet hatte, aber sehr viel milder fiel seine Reaktion auch nicht aus.

„Madame Beaumarie", sagte er mit leiser Stimme und zusammengepressten Lippen. „Ich muss Sie in Sicherheitsgewahrsam nehmen. Sie enthalten uns wichtige Informationen vor. Man kann Sie nicht mehr frei herumlaufen lassen. Ich lasse jetzt sofort zwei Kollegen kommen, die Sie und diese Violine nach Avignon auf das Revier bringen werden und mit diesem Monsieur Florentin, der Sie bei der Verschleierung einer maßgeblichen Information unterstützt hat, werde ich auch noch ein Wörtchen zu reden haben. Machen Sie sich bitte bereit."

Florence blieb der Mund offenstehen. Mit einer derartigen Reaktion hatte sie trotz allem nicht gerechnet.

Natürlich hatte sie falsch gehandelt, aber sie hatte auch darauf gebaut, dass er ihr eingedenk der alten Zeiten, in denen sie ihm mehrmals aus der Patsche geholfen hatte, vielleicht sogar ein gewisses Verständnis entgegenbringen würde. Kommissar Lambert hatte jedoch schon sein Handy hervorgeholt und eine Nummer eingetippt.

„Warten Sie bitte noch einen Augenblick, Lambert! Ich weiß, ich habe einen Fehler gemacht und das tut mir aufrichtig leid, aber Sie wissen doch aus eigener Erfahrung, dass man als Ermittler in einem Mordfall manchmal eine Spur so eigensinnig verfolgen muss, dass man alles andere vergisst und gewisse Informationen erst teilen will, wenn man die Lösung in der Hand hat."

Als er keinerlei Anzeichen zeigte, sein Handy zur Seite zu legen, fügte sie noch hinzu: „... und ich brauche Sie wohl nicht daran zu erinnern, dass ich Ihnen in den alten Pariser Zeiten oft den Rücken gedeckt habe, wenn Sie sich in einer vergleichbaren Lage befunden haben."

Er blieb unbeeindruckt. „Beschwören Sie jetzt nicht die alten Zeiten, Florence! Das bringt uns hier nicht weiter. Mein Ruf als leitender Kommandant und die Aufklärung eines Falles, der in der Öffentlichkeit schon genug Aufsehen erregt hat, stehen auf dem Spiel. Mein Entschluss steht fest. Sehen Sie es meinetwegen so, dass ich Sie ab nun ganz in meiner Nähe haben und Sie außerdem keiner weiteren Gefährdung aussetzen will. Eingedenk der alten Zeiten, wenn Sie so wollen."

Florence hatte keine Lust mehr noch länger zu Kreuze zu kriechen und fügte sich in ihr Schicksal.

Zehn Minuten später musste eine sehr blasse Elena Gilbert mitansehen, wie mehrere Polizisten ihr Haus und ihren Garten auf der Suche nach eventuell noch verbliebenen Spuren eines Eindringlings durchkämmten und schließlich sie selbst noch ausgiebig befragten.

Ihr Gast hatte da schon den Koffer gepackt und stand bewacht von einem jungen Polizisten zum Abtransport nach Avignon bereit.

Finale Furioso

31

Wieder einmal saß Florence Beaumarie auf dem Rücksitz eines Autos und wurde durch eine ihr nun schon vertraute Landschaft kutschiert. Trotz der schmutzigen Fenster konnte sie erkennen, wie schön die Gegend war. Der Mistral hatte zu dieser Schönheit noch einen dramatischen Akzent hinzugefügt. Sie fühlte sich wie in einem seltsamen Traum. War das wirklich sie selbst, die in diesem übel riechenden Wagen saß? Diesmal war es nicht der private Chauffeur eines berühmten Dirigenten, der den Wagen lenkte und den sie, wenn sie Lust hatte, in ein interessantes Gespräch verwickeln konnte. Zwei Polizisten, die kein Wort mit ihr wechselten, saßen auf den Vordersitzen. Sie rieb sich die Augen und blickte auf die Hinterköpfe der Männer.

„Die angemessene Begleitung für eine Verbrecherin!" Bei diesem Gedanken musste sie schon wieder grinsen. Wer jetzt dachte, dass sie klein beigeben würde, hatte sich getäuscht. Auch ein gewisser Polizeichef in Avignon würde das bald feststellen und sie rasch wieder entlassen müssen. Ihre Festnahme ohne offiziellen Haftbefehl war ohnedies eine Farce. Er würde sich hüten, die zuständige Staatsanwältin den Haftbefehl für eine gewisse Florence Beaumarie ausstellen zu lassen.

Die Abreise von Saignon war allerdings alles andere als angenehm gewesen. Der Anblick einer unter Schock stehenden Madame Gilbert und des nicht minder entsetzten Charles hatten ihr zugesetzt. Mit zitternden Händen hatte Charles dem Kommissar die Schachtel mit der Violine übergeben.

„Wenn ich Sie wäre, Lambert, würde ich jetzt als Allererstes im Pfarrhaus nach dem Geigenkasten suchen", hatte Florence zu Lambert gesagt. Lambert hatte nicht geantwortet, finster vor sich hingestarrt und an den Beamten, der ihn begleitete, das wertvolle Instrument weitergereicht.

Charles hatte Lambert angeboten, Florence in seinem Auto nach Avignon zu fahren, aber dieser blieb hart. Er ersuchte den konsternierten Buchhändler und ehemaligen Direktor des Papstpalastes von Avignon sich gefälligst aus dieser Sache herauszuhalten.

„Warum nur ist Lambert gar so sauer?", fragte sich Florence, als sie schließlich in einer winzigen Zelle auf dem Polizeikommissariat jeweils zwei Schritte auf und ab ging. Bei ihrer Einlieferung hatte sie noch gescherzt, dass nun auf die babylonische Gefangenschaft der Päpste in Avignon auch noch die Gefangenschaft der Florence Beaumarie folgte, als sie aber die Ausmaße ihrer Zelle zu Gesicht bekam, hatte sie diesen Vergleich dann doch nicht passend gefunden.

Der Raum war nur mit einem schmalen Bett, einem wackeligen Sessel sowie einem kleinen Holztischchen ausgestattet und besaß keine Toilette. Florence sah sich um. Wenigstens war diese Zelle nicht für einen Daueraufenthalt gedacht, sonst gäbe es hier zumindest noch ein Klo und ein Waschbecken. Unangenehm war vor allem die Kälte in dem fensterlosen Raum und so hatte sie den Beamten, der sie hierhergeführt hatte, um eine zusätzliche Decke gebeten, denn auf dem Bett lag nur ein dünnes Leintuch. Der hatte diese zusammen mit einer Tasse Tee gebracht und schließlich auf einen Klingelknopf neben der Tür gezeigt. „Falls Sie etwas benötigen oder aufs Klo müssen."

Sie war sich ziemlich sicher, dass Lamberts überzogene Reaktion auf ihr Verhalten nicht ausschließlich mit ihr selbst, sondern noch mit etwas Anderem zu tun haben musste. Ihre Erfahrung sagte ihr, dass ihm jemand im Nacken saß, vor dem oder der er sich keine Blöße geben durfte. Wahrscheinlich die Staatsanwältin, die er aus irgendeinem Grund fürchtete. Dass sie mit dieser Vermutung recht hatte, sollte sie noch am gleichen Abend erfahren.

Mittlerweile hatte sie sich auf dem Sessel niedergelassen und hielt den Becher mit dem Tee in beiden Händen. Trotz seines Unfalles war nun auch der Pfarrer verdächtig geworden. Dass er sogar ein Motiv für die Ermordung Lemerciers hatte, wusste allerdings vermutlich nur sie. Was hatte sie Lambert in der Sache bisher noch vorenthalten? Oh Gott, sie hat doch tatsächlich vergessen, ihm von der Manipulation am Wagen Amonteros zu berichten. Das musste sie allerdings auf der Stelle nachholen. Sie stand auf und betätigte den Klingelknopf. Der Beamte war sofort zur Stelle. Sie gab ihm den Auftrag, seinen Vorgesetzten umgehend davon zu informieren, dass es am Morgen auch am Wagen von Monsieur Amontero einen Sabotageakt gegeben habe und dass dieser möglicherweise eine Parallele zum Autounfall von Auguste Benoît darstelle.

Danach blieb nichts mehr zu tun und eine tiefe Stille breitete sich um sie herum aus. Der Mistral, der auch durch Avignon brauste, war durch die Mauern ihres Gefängnisses hindurch nur mehr als leises Flüstern zu hören. Nun gut, dachte Florence, luxuriös habe ich es hier gerade nicht, aber wenigstens habe ich nun ausgiebig Zeit zum Nachdenken. Erneut ließ sie das Schachbrett mit den Figuren des Dramas in ihrem Kopf erscheinen und bald hatte sie die triste Umgebung um sich herum vergessen, denn die Figuren hatten sogleich begonnen ein Eigenleben zu entfalten und füllten den ganzen Raum aus.

Auf einmal stand der Läufer, der den Pfarrer verkörperte, mit einem großen, glänzenden Schlüssel in der rechten Hand direkt vor ihr. Mit seiner Linken deutete er auf die anderen Figuren, die sich nun wie bei einem Totentanz um sie und ihn herumbewegten: der Dirigent und die Konzertmeisterin, eingehüllt in einen grauen Nebel, der berühmte Pianist und seine Assistentin, die Frau des Dirigenten, der Trompeter und Schwiegersohn des Dirigenten, der Chauffeur und ehemalige Studienfreund, der Theaterregisseur aus Avignon und der wohl unbedeutende Cellist. Ebenfalls in grauem Nebel eingehüllt hatte sich aber nun noch eine weitere Figur in den Tanz mit eingereiht. In einer Eingebung glaubte sie, in ihm Gideon, das vierte und früh verstorbene Mitglied des Quatuor Céleste zu erkennen. Während der Pfarrer unbeweglich vor ihr stehen blieb, drehte sich der Reigen beständig weiter und sie begriff, wie die Rollen in dem Drama verteilt waren. Schicksalshaft waren sie miteinander verknüpft und jede von ihnen trug auf ihre Weise zu dem bei, was geschehen war. Dennoch gab es nur eine Person, die bis zum Äußersten gegangen und zum Verbrecher geworden war. Florence brauchte nur mehr einen letzten Beweis, um diese Person der Gerechtigkeit überführen zu können.

Der wackelige Sessel neigte sich bedenklich zur Seite und ein jäher Schmerz im Nacken ließ sie auffahren. Sie war auf dem Sessel eingenickt und ihr Kopf war nach vorne gefallen. Ihr Nacken wollte sich nicht mehr bewegen und sie musste ihren Kopf in die Hände nehmen, um ihn wieder aufzurichten. Ächzend erhob sie sich vom Sessel, fiel auf das ebenfalls ächzende Bett und war sofort wieder eingeschlafen.

Als gegen einundzwanzig Uhr Lambert ihre mittlerweile schon dunkle Zelle betrat, war sie wieder wach und hatte wenigstens in ihrem Kopf eine gewisse Klarheit geschaffen. Äußerlich sah man ihr das allerdings nicht an, denn sie lag noch immer auf dem Bett und fühlte sich schmuddelig und derangiert.

„Ich sehe aus wie ein Clochard", vermutete sie, denn als Lambert das grelle Licht einschaltete, las sie Bestürzung und sogar einen Anflug von Schuldbewusstsein in seinen Augen.

Wortlos richtete sie sich auf und stellte die Füße auf den Boden. Dann griff sie zu ihrem Rucksack, den man ihr zu Beginn ihrer Inhaftierung nach einer kurzen Inspektion wieder gegeben hatte, und holte eine Flasche ihres Eau de Vichy, eine Puderdose und einen Kamm heraus. Sie ließ sich Zeit, spritzte sich Wasser ins Gesicht, puderte sich die Nase, fuhr sich mit dem Kamm durch die Haare und richtete sich schließlich zu ihrer vollen Größe auf. Der Kommissar hatte sich inzwischen den Sessel genommen, sich ihr gegenübergesetzt und ihr schweigend zugesehen. Sie sagte noch immer nichts, denn sie hatte beschlossen, ihn den Anfang machen zu lassen.

„Florence", sagte Lambert mit leiser und gleichzeitig erregter Stimme, „wir haben unseren Täter. Es deutet nun wirklich alles darauf hin, dass es der Pfarrer war, und zwar in beiden Mordfällen. Die Staatsanwältin wird morgen früh eine Presserklärung abgeben. Gleich nachdem wir mit Benoît gesprochen haben werden, geht sie an die Öffentlichkeit. Angeblich ist er schon ansprechbar, aber die Ärzte lassen uns noch nicht mit ihm reden. Wenn wir Glück haben, können wir ihn morgen früh zum ersten Mal vernehmen."

„Was macht Sie denn so sicher, dass er der Täter ist, Lambert?" Florence Stimme klang resigniert. „Haben Sie denn ausreichend Beweise?"

„Oh doch, haben wir. Mein Team hat mittlerweile im Pfarrhaus ganze Arbeit geleistet. Wir haben in einem Tresor, in dem wertvolle Altargeräte aufgehoben werden, einen leeren Geigenkasten gefunden und – jetzt halten Sie sich fest – im Schuppen mit den Gartengeräten haben wir ein Messer entdeckt und es ist bereits erwiesen, dass es das Messer ist, mit dem Lemercier erstochen wurde."

„Gratulation Lambert! Aber sagen Sie, wurde dieser Schuppen denn nicht gleich nach der Tat an Lemercier untersucht?"

„Aber ja! Wir haben damals alles in der Umgebung des Tatortes durchsucht, und ich habe ein exzellentes Spurensicherungsteam! Die schwören Stein und Bein, dass das Messer damals nicht dort lag, aber diesmal ist es nicht zu übersehen gewesen."

„Dann hat es jemand im Nachhinein dorthin gelegt, um den Pfarrer zu belasten. Etwas anderes ist doch kaum vorstellbar!"

„Daran habe ich natürlich auch gedacht, Florence, aber er könnte es doch selbst nach der ersten Durchsuchung dort deponiert haben. Mit einer weiteren Durchsuchung war ja nicht zu rechnen."

„So blöd ist Monsieur Benoît bestimmt nicht, Lambert, und das wissen Sie auch. Mir sieht es eher danach aus, als wollte da jemand dem Pfarrer die Tat in die Schuhe schieben."

„Und was ist mit dem Geigenkasten? Und der Geige und dem Geigenbogen? Das kann doch nur Benoît gewesen sein. Wenn Sie das sofort gemeldet hätten, hätten wir sicher noch Zeugen aufgetrieben, die ihn an dem Tag in Saignon gesehen haben."

„Und wer, mein lieber Lambert, hat dann die Reifen am Wagen des Pfarrers manipuliert – und obendrein die am Auto von Monsieur Amontero? Hat sich Monsieur Benoît etwa selbst umzubringen versucht und vorher noch die Reifen des Pianisten zerstört? Das passt doch alles noch nicht zusammen und ist definitiv nicht genug, um damit in die Öffentlichkeit zu gehen."

„Ach, es gibt noch mehr interessante Indizien. Zum Beispiel haben wir herausgefunden, dass Auguste Benoît am Tag, nach dem Anne-Marie Petermann verschwunden ist, eine Fahrt nach Sanary-sur-Mer gemacht hat. Alleine! Mit seinem nicht gerade kleinen Auto. Nach dem Unfall wird der Nachweis, dass in dem Auto eine Leiche transportiert wurde, allerdings schwer zu erbringen sein. Der Staatsanwältin reicht es aber schon jetzt. Sie will endlich Resultate. Der Fund des Messers im Pfarrhaus ist für sie tatsächlich etwas Herzeigbares! Was glauben Sie, was sich in Avignon derzeit abspielt? Sie waren ja die letzten Tage in Ihrem beschaulichen Saignon, aber hier ist alles in Aufruhr. Seit Madame Petermann in der Villa der Lemerciers entdeckt wurde, haben wir die ganze Presse Frankreichs am Hals. Und die internationale noch dazu. Und alle gehen mit den bizarrsten Details an die Öffentlichkeit! Sogar der Regisseur des Theaterfestivals ist wieder als Täter im Gespräch. Ein gefundenes Fressen für die Presse! Dabei war er es bestimmt nicht, er hat ein Alibi in beiden Fällen. Er setzt die Bürgermeisterin unter Druck, und die setzt die Staatsanwältin unter Druck, und beide setzen mich unter Druck. Ach, Florence ...!" Auf einmal fiel er in sich zusammen und der knarzende Sessel beinahe zusammen mit ihm. Dann kam er ganz nahe an Florence heran und seine Stimme war nur mehr ein Flüstern.

„Ich habe das alles hier schon so satt. Diese Provinzintrigen sind wirklich nicht mein Ding. Und eigentlich auch nicht die Chefposition. Ich weiß doch auch, dass der Fall noch nicht abgeschlossen ist. In Paris hätte ich erst jetzt so richtig zu schnüffeln begonnen – gemeinsam mit Ihnen – aber in meiner Position werden Ergebnisse gefordert."

„Ach was, Lambert", sie hatte keine Lust, jetzt in die Rolle der Trösterin zu wechseln, „Sie sind ein ausgezeichneter Chef. Das habe ich gesehen. In so einem verrückten Fall dreht jeder einmal durch. Das wissen Sie! Sie dürfen jetzt nicht den Kopf verlieren und sollten einzig das machen, was Ihnen Ihr erprobter Instinkt und Ihr Verstand eingeben. Aber lassen Sie mich bitte endlich hier raus. Hier ist es unmöglich, einen klaren Kopf zu bewahren. Außerdem bin ich schon hungrig, denn Sie haben mich hier nur auf Wasser und nicht einmal auf Brot gesetzt. Ich schlage vor, dass wir zwei noch irgendwo in der Nähe etwas essen gehen. Dort werde ich Ihnen alles erzählen, was ich weiß und was Sie noch nicht wissen. Es wird Zeit, dass wir alle Fakten, die wir haben, auf den Tisch legen. Dann werden Sie morgen früh wissen, was zu tun ist! "

Er brauchte nicht viel Zeit zum Überlegen. „Na gut, Florence, machen wir es so! In ein Restaurant will ich aber jetzt nicht mit Ihnen gehen. Ich will nicht, dass uns jemand zusammen sieht. Außerdem wartet meine Frau schon seit zwei Stunden mit dem Essen auf mich. Ich rufe sie schnell an und frage, ob es genug für uns beide gibt. Es wird sowieso Zeit, dass Sie sie auch einmal kennen lernen!" Während Lambert seine Frau anrief, tätigte Florence ebenfalls einen Anruf. Da sie noch im Besitz eines Nachtschlüssels zur Pension von Madame Robert war, bat sie diese, nicht auf sie zu warten, da sie noch bei Freunden zum Abendessen eingeladen sei.

32

„Das ist also die berühmte Madame Florence aus Paris! Endlich lerne ich Sie kennen!"

Lambert und Florence hatten mehrere Stockwerke eines alten Stadthauses erklimmen müssen, ehe sie im hellen Flur einer Wohnung im obersten Stock der Ehefrau des Kommissars gegenüberstanden. Sie hatte eindeutig afrikanische Wurzeln, war hochgewachsen und wirkte mit ihren kunstvoll hochgesteckten Haaren noch größer als ihr Mann. Sie war sehr schlank, trug hellblaue Jeans und darüber ein langes weißes Männerhemd. Auf der Nase ihres bronzefarbenen Gesichts saß eine große weiße Brille, die mit ihren schönen weißen Zähnen harmonierte.

„Meine Frau Durya", stellte Lambert sie vor.

„Enchantée, Madame Lambert. Da hat Ihnen mein alter Pariser Kollege offensichtlich mehr von mir erzählt als mir von Ihnen. Allerdings hat er sich auch in Paris schon immer sehr bedeckt gehalten, wenn es um sein Privatleben ging."

„Das war aber bei Ihnen nicht viel anders, Florence! Von Ihrem Sohn habe ich doch auch erst sehr spät erfahren", verteidigte sich Antoine Lambert.

Seine Frau lachte. „Dabei habe ich Antoine in Paris kennengelernt und wir sind erst nach sechs Jahren hierher gezogen. Es hat gedauert, bis ich ihn zu einem Leben im Süden überreden konnte. Aber bitte, kommen Sie doch gleich in die Küche! Ich habe bereits mit Ada gegessen. Das ist unsere Tochter und von ihr hat er Ihnen wahrscheinlich auch noch nichts erzählt. Immerhin ist sie auch erst in Avignon zur Welt gekommen."

Sie ging ihnen in eine geräumige Küche voraus, offensichtlich das Zentrum des Familienlebens. Ein großer Esstisch stand unter einer verglasten Dachschräge. Die Tür zu einer kleinen Dachterrasse war geschlossen.

Florence nahm zusammen mit Lambert Platz und blickte dann durch die Glasscheiben nach oben auf einen Himmel, an dem – trotz der Stadtbeleuchtung – die Sterne funkelten.

„So eine schöne Dachwohnung, Antoine. Ein kleines Paradies mitten in der Stadt!"

„Oh ja, wir fühlen uns hier wohl. Allerdings kann es im Sommer schon furchtbar heiß werden – wenn nicht gerade der Mistral weht. Dann flüchten wir an den Atlantik, den lieben wir im Sommer mehr als das Mittelmeer. Wie Sie sehen", er deutete auf einen Koffer und ein paar Gepäckstücke in der Ecke des Zimmers, „hat Durya schon mit dem Packen begonnen, denn eigentlich soll es ja am Freitag nach Biarritz gehen." Er seufzte.

„Verstehe, und auch deswegen sollte der Fall bald abgeschlossen sein!"

„Schön wäre es. Aber bei all den Komplikationen weiß ich nicht, ob sich das machen lässt. Na ja, Durya und Ada sind es gewohnt, ohne mich losfahren zu müssen."

Florence lehnte sich in ihrem Sessel zurück. „Ich bin mir sicher, dass die Sache bis dahin abgeschlossen ist."

Madame Lambert, die sich kurz am Herd zu schaffen gemacht hatte, kam mit einer großen flachen Schüssel zurück, die sie auf den Tisch stellte. Sie war mit dampfendem Couscous gefüllt, in dessen Mitte ein Ragout aus Fleisch- und Gemüsestückchen thronte.

„Kann ich Ihnen ein Glas Wein bringen", fragte sie Florence, „oder lieber einen Minztee?"

„Bitte einen Tee. Ich muss einen klaren Kopf bewahren, denn wir beide haben noch zu arbeiten. Merci, Madame Lambert!"

„Kommt sofort! Im Übrigen weiß ich, dass mein Mann Sie heute schon furchtbar schlecht behandelt hat." Sie schickte einen vorwurfsvollen Blick in Richtung ihres Mannes. „Lassen Sie sich das Essen schmecken. Ich werde mich gleich mit meinen Kopfhörern und meinem Wein in eine Ecke zurückziehen und euch in Ruhe arbeiten lassen. Antoine, sei so nett und bring die Gläser für den Tee!"

„Merci, Madame!", sagte Florence noch einmal und versuchte erst gar nicht, sich bei der Gastgeberin dafür zu entschuldigen, dass sie sie nicht zu sich an den Tisch einlud. Diese machte den Eindruck einer sehr klugen Frau, der man sowieso nichts zu erklären brauchte.

Nachdem Florence und Lambert sich ausgiebig dem Essen gewidmet hatten, legte Florence das Besteck beiseite.

„Ich erzähle Ihnen jetzt einmal alles, Lambert, was ich mittlerweile in Erfahrung gebracht habe. Anschließend sind Sie dran. Erst einmal ein reiner Informationsaustausch! Nachher können wir uns den Hypothesen widmen. Ich habe mittlerweile schon eine ganz brauchbare Theorie darüber, wie es sich abgespielt haben könnte."

Lambert schaffte es tatsächlich, sich jeden Kommentars zu enthalten, als ihm Florence peu à peu und gleichsam zum Dessert alle Fakten und Erkenntnisse servierte, die sie bis dato noch für sich behalten hatte. Sie begann mit ihrem Bericht im Paris der 60er Jahre und schilderte alles, was sie und Mordent über das Quatuor Céleste, also über Stefan Lemercier, Anne-Marie Petermann, Georges André, Gideon Mullier und dessen Selbstmord herausgefunden hatten. Sie berichtete ihm vom späteren Zusammentreffen Lemerciers und der Petermann mit Auguste Benoît, dem Theologiestudenten, und dem angehenden Pianisten Bruno Amontero in einem Seminar zum gregorianischen Choral. Weiters von der Barbesitzerin Madame Martínez und den Besuchen dieses Jahr von Anne-Marie Petermann und Georges André und davon, wie sich zwei einstige Freunde, der Dirigent und der nunmehrige Taxifahrer, wiedergefunden hatten. Schließlich offenbarte sie ihm, was sie über den Pfarrer Auguste Benoît und seinen Freund, den Vikar aus Sanary-sur-Mer, wusste. Auch die Tatsache, dass Lemercier den Pfarrer wegen seiner sexuellen Orientierung unter Druck gesetzt hatte, enthielt sie ihm nicht vor. Mit dem, was sie über die Party in Sanary-sur-Mer wusste, beendete sie ihren Bericht.

Abgesehen davon, dass Lambert während ihrer Schilderung einige Male erstaunt die Augenbrauen hochzog, hielt er sich an ihre Vorgaben, hörte aufmerksam zu, enthielt sich jeglichen Kommentars. Erst als sie geendet hatte, stellte er seine Frage.

„Aus Ihrer Sicht, Florence, scheint die alte Geschichte um Gideon Mullier also DER Schlüssel zu all den aktuellen Ereignissen hier in Avignon zu sein?"

Florence nickte.

„Eine schöne Theorie, Florence, aber wir sollten uns nicht von einer Theorie verführen lassen, nur weil sie in unseren Augen ganz wunderbar aussieht. Mir ist diese romantische Geschichte aus ferner Vergangenheit etwas zu schön, aber auch etwas zu weit entfernt, um eine plausible Erklärung für unsere heutigen Morde zu liefern. Sie können sich ja gerne weiter damit beschäftigen, aber ich halte mich lieber an die Fakten, die uns derzeit vorliegen. Da gibt es übrigens einiges, was Sie noch nicht wissen!"

Florence sah ihn interessiert an und Lambert fuhr fort:

„Sie können sich denken, Florence, dass ich und meine Truppe ebenfalls nicht müßig waren. Was den Mord an Lemercier betrifft, so habe ich Ihnen ja schon vor Tagen fast alles berichtet. Interessieren wird Sie aber bestimmt noch, dass der Gerichtsmediziner festgestellt hat, dass der Dirigent tatsächlich durch einen gezielten Messerstich direkt ins Herz ums Leben gekommen ist. Der Versuch, ihn mit der Cello-Saite quasi zu enthaupten, könnte einem besonderen Rachebedürfnis entsprungen sein und dürfte einen symbolischen Charakter gehabt haben. Der Täter hat jedenfalls gewusst, was er tut, denn wir haben am Tatort keine relevanten Spuren gefunden. Was Sie auch noch nicht wissen, ist, dass unser Täter durch eine Tapetentür, die nur von innen zu öffnen ist und sich hinter einem großen Lehnstuhl befindet, in das Freie geflohen sein muss. Solche Fluchtwege findet man hier in alten Kirchen häufig. Diese führt übrigens in den Keller eines der benachbarten alten Häuser, das in früheren Zeiten einmal zur Kirche gehört hat.

„Nein, Antoine. Dieses Detail haben Sie mir vorenthalten. Tapetentüren als Fluchtwege kommen eigentlich nur in schlechten Komödien vor. Jedenfalls muss es jemand gewesen sein, der die Sakristei gut kannte und von einer Geheimtüre wusste."

„Ja, sehen Sie, Florence, auch das weist wieder auf den Pfarrer hin. Zugegebenermaßen können aber mehr Leute von der Tür gewusst haben. So ein reizvolles Geheimnis wird ja besonders gerne unter dem Siegel der Verschwiegenheit weitererzählt."

„Sie sagen es. Bei den Verhören der Tatverdächtigen haben Sie aber diesbezüglich nichts erfahren?"

„Leider nein. Mittlerweile haben wir ja wirklich alle Personen im Umkreis des Dirigenten gründlich befragt.

Wir hatten bald mehrere Verdächtige und der Pianist gehörte auch dazu. Die Cellosaite in seiner Tasche und sein Nahverhältnis zu Madame Lemercier haben einen Mord aus Eifersucht, Rache oder was auch immer durchaus wahrscheinlich scheinen lassen und dass das Notenblatt von diesem Komponisten Marais ausgerechnet bei ihm gelandet ist, hat ihn auch nicht gerade entlastet. War es wirklich notwendig, es Lemercier noch vor dem Konzert zu übergeben? Na gut, ich gebe zu, dass ihn Madame Lemercier diesbezüglich entlastet hat. Die beiden waren übrigens nachweislich die Einzigen, die beim Betreten und Verlassen der Sakristei gesehen wurden."

„Aber könnte der Täter die Sakristei nicht auch durch den alten Fluchtweg, also durch die Tapetentür betreten haben, durch die er sie verlassen hat?"

„Das ist auszuschließen. Diese Türe ist von außen nur mit sichtbarer Gewaltanwendung zu öffnen und da hätte es deutliche Spuren geben müssen, die wir jedoch nicht gefunden haben. Wenn jemand diesen Fluchtweg aber genau gekannt hat, dann der Pfarrer."

„Sie haben sich also tatsächlich auf den Pfarrer als Täter festgelegt, Lambert?"

Er nickte, dann verschränkte er seine Arme im Nacken, lehnte sich in seinem Sessel zurück und blickte durch das Glasdach zum Sternenhimmel hinauf. Nach einer Weile des Nachdenkens wandte er sich wieder Florence zu.

„Oh ja", sagte er. „Ich bleibe dabei. Mit der Information, Florence, dass Lemercier ihn unter Druck gesetzt, oder sagen wir lieber erpresst hat, haben Sie mir doch gerade noch ein weiteres Motiv geliefert. Wir werden ja sehen, was er morgen sagt. Ich hoffe doch, dass wir mit ihm reden können. Die Beweislast ist jedenfalls erdrückend. Wenn Sie mich fragen, er ist unser gesuchter Täter – und zwar in beiden Mordfällen!"

„Und was hätte er für ein Motiv gehabt, Madame Petermann umzubringen? Die wird ihn doch bestimmt nicht erpresst haben!"

„Was weiß ich. Vermutlich ist sie draufgekommen, dass er der Mörder von Lemercier ist, und er hat die Zeugin beseitigen müssen. Das ist doch das häufigste Motiv für eine Folgetat. Außerdem ist und bleibt die Tatsache, dass er die Geige hatte, der beste Beweis."

„Aber warum sollte er dann die Geige heimlich bei mir deponieren und den Bogen behalten? Und mich noch dazu auffordern, den Mörder zu finden?"

„Florence, geben Sie es zu! Der Pfarrer ist Ihnen sympathisch und Sie wollen ihn nicht als Mörder sehen."

„Sie wissen genau, dass das nicht der Fall ist, und Objektivität können Sie mir gewiss nicht absprechen. Sie reden immer von Beweisen, aber das sind doch alles nur Indizien. Durchaus überzeugende zwar, aber wie Sie wissen, sind die meisten der großen Justizirrtümer aufgrund solcher Indizien geschehen."

Antoine Lambert sah noch einmal zu den Sternen hinauf. „Ich schaue mir von hier aus gerne den Sternenhimmel an, Florence. Myriaden von Sternen und eigentlich ein Chaos, könnte man meinen. Trotzdem ist in diesem Chaos eine Ordnung zu erkennen. Es zeichnen sich Muster ab. Hier, der große Wagen zum Beispiel. Da gibt es einen eindeutigen Zusammenhang zwischen einzelnen Sternen und dann ergibt sich auch ein Sinn. Der Ausweg aus jedem Chaos ist es doch, einen Zusammenhang zwischen den einzelnen Elementen zu finden und irgendwann zeigt sich jenes Muster, das plausibler ist als alle anderen."

„Plausibilität reicht aber noch nicht in einem Mordfall. Das wissen Sie so gut wie ich. Sie sollten über Ihre Indizien noch einmal gründlich nachdenken und ich denke weiterhin über das nach, was mich an der Geschichte nach wie vor stutzig macht. Diesmal sieht es so aus, als würden wir zusammen auf keinen grünen Zweig kommen. Sie werden hoffentlich nichts dagegen haben, wenn ich weiter meine eigenen Überlegungen anstelle. Jetzt, wo Ihr Täter nichts mehr anrichten kann, bin ich ja außer Gefahr."

Lambert seufzte. „Also bitte, Florence. Halten Sie mich nicht für dumm! Natürlich weiß ich, dass noch ein Restrisiko besteht und ich auf dem Holzweg sein könnte. Eigenmächtige Schritte kann ich Ihnen deshalb nicht gestatten. Denken können Sie natürlich gerne, was Sie wollen. Ich werde jedenfalls morgen alles daransetzen, um den Pfarrer endgültig zu überführen. Morgen Abend haben wir sein Geständnis."

„Na gut, Lambert. Wir werden sehen. Ich muss mich sowieso einmal gründlich ausschlafen und vielleicht ist ja der ganze Spuk schon vorbei, wenn ich aufwache. Jetzt berichten Sie mir aber bitte noch, was Sie über die Tat an der höchst bedauernswerten Madame Petermann Genaues herausgefunden haben. Wann und wo wurde sie getötet, wie wurde sie nach Sanary-sur-Mer transportiert? Was hat die Polizei inzwischen herausgefunden?"

„Auch hier tappen wir teilweise noch im Dunklen. Jedenfalls haben wir ihr Hotelzimmer in einem Zustand angetroffen, der nahelegt, dass der Täter oder die Täterin einen gewöhnlichen Einbruch fingieren wollte. Das wäre zwar naiv gewesen, aber so hat es ausgeschaut. Dass die Tat selbst nicht im Hotelzimmer passiert ist, ist eindeutig erwiesen. Madame Petermann muss an einem anderen Ort ermordet worden sein. Sie wurde stranguliert. Wie es aussieht, mit einem dünnen Schal, den wir nicht gefunden haben. Bestimmt keine Cellosaite! Wie sie ins Schlafzimmer der Madame Lemercier gekommen ist, wissen wir noch nicht. Wir nehmen an, dass sie, bald nachdem Sie und Leonie Perrin in dem Haus waren, dorthin transportiert wurde. Da kommt schon wieder der Pfarrer ins Spiel. Er war doch am Tag nach ihrem Verschwinden mit seinem Auto im Süden."

„Ich verstehe nicht, wie der Täter das alles alleine angestellt haben soll. Eine Leiche auf diese Weise verschwinden zu lassen und dabei keinerlei Spuren zu hinterlassen, ist keine Kleinigkeit. Der Mord an Lemercier scheint ja gründlich geplant worden zu sein, aber bei der Petermann …?"

„Ich sag es Ihnen ja, Florence. Die ist dem Täter irgendwie in die Quere gekommen und er musste sie beseitigen. Jedenfalls muss er sie in einem ausreichend großen Fahrzeug nach Sanary-sur-Mer befördert haben und in diesem Fahrzeug hat er den Leichnam vermutlich auch zwischengelagert." Auf einmal sah Lambert furchtbar müde aus. „Ach Florence, ich habe noch kaum einen Fall erlebt, bei dem ein Mörder mit einer so drastischen Vorgehensweise praktisch keine Spuren hinterlassen hat. Dabei haben wir eine exzellente Spurensicherung, die gewiss ihr Bestes gegeben hat."

Er gähnte, legte seine Arme in den Nacken und blickte erneut zu den Sternen, so als wäre dort tatsächlich die Antwort zu finden. Florence hingegen war mit ihren Gedanken unversehens ganz woanders. Das Stichwort „Auto" hatte sie an die allererste Autofahrt erinnert, die sie mit Georges André unternommen hatte. Ihr Gedächtnis hatte ein Detail dieser Fahrt zu Tage befördert, das sie völlig vergessen hatte. Jetzt aber erinnerte sie sich an das Geräusch, an diesen Rumpler oder dumpfen Knall, den sie während der Fahrt gehört und den der Chauffeur mit einem lockeren Reserverad erklärt hatte. Auf einmal lief es ihr kalt über den Rücken. Was, wenn sie auf dieser Fahrt nicht der einzige Fahrgast von Monsieur André gewesen war? Georges André war schon seit geraumer Zeit zu einem ihrer Hauptverdächtigen avanciert. Seine frühen Verbindungen zu den beiden Mordopfern, die Art und Weise, wie er sich zu seinem ehemaligen Freund Lemercier geäußert hatte, die Geschichte mit Gideon, dessen Tod er irgendwie dem späteren Dirigenten in die Schuhe schob. Er hatte sich im Quatuor Céleste Antonio Salieri genannt. Antonio Salieri ... A. S. ...! War die Drohbotschaft auf ihrem Handy nicht auch mit diesen Buchstaben signiert worden? Antonio Salieri also, der sich auf diese Weise für all das rächte, was ihm das Schicksal und dessen Handlanger in Person eines Stephan Lemercier angetan hatte? Diese beiden Details hatten ihr noch gefehlt, um sich auf einmal sicher zu sein, wer in diesem vertrackten Fall ihr Mörder war. Und dieser Mörder befand sich noch auf freiem Fuß!

Beweise konnte sie allerdings für ihre Theorie genauso wenige vorlegen wie Lambert für die seine. Die Indizienlage war sogar im Fall des Pfarrers überzeugender als im Falle des Chauffeurs. Wenn es wirklich der Pfarrer gewesen war – was sie noch immer nicht ganz ausschließen durfte – musste er alles sehr genau geplant haben. Die Ermordung, die Flucht durch die Tapetentür ins Nachbarhaus, die Beseitigung der Blutspuren an seiner Kleidung. Etwa fünfzehn Minuten nach der Tatzeit war er wieder zur Stelle gewesen und hatte als erster nachgeschaut, was mit Lemercier los war. Na gut, es wäre sich vermutlich ausgegangen.

Lambert war ganz offen zu ihr gewesen. Sie hatte keinen Grund mehr, es ihm gegenüber nicht ebenfalls zu sein. Zeit, ihn wieder von seinen Sternen herunterzuholen.

„Kommen Sie bitte wieder auf die Erde zurück, Lambert! Ich sage Ihnen jetzt, wen ich für den Mörder halte und warum. Benoît ist es meiner Ansicht nach nicht! Vermutlich würde er in seinem wertvollen Saab auch keine Leiche transportieren."

33

Von Ausschlafen konnte am nächsten Tag keine Rede mehr sein. Nachdem Florence am Abend Lambert noch erklärt hatte, warum sie Georges André für den Täter hielt, hatte er einmal mehr darauf hingewiesen, dass dieser bekanntlich für den Tatzeitpunkt ein Alibi hatte. Sie hatte ihm geantwortet, dass dieses Alibi durchaus Teil eines ausgeklügelten Planes sein konnte. Der Chauffeur hätte doch seinen Wagen im Halteverbot parken und dann in einem Taxi zum Tatort fahren können. Etwas beschämt, an diese Möglichkeit nicht gedacht zu haben, hatte Lambert schließlich klein beigegeben.

„Also gut, Florence, Sie haben mich so halb überzeugt", sagte er. „Es sieht so aus, als müssten wir uns diesen Chauffeur tatsächlich noch einmal vornehmen. Möglicherweise ist er ja auch ein Komplize von Benoît."

Trotz fortgeschrittener Stunde hatte er noch einen seiner Beamten angerufen und veranlasst, dass am nächsten Morgen als Allererstes der Aufenthaltsort von Georges André ausgeforscht und der Wagen der Familie Lemercier einer genauen Untersuchung unterzogen würde. Er selbst musste ja in das Krankenhaus nach Apt fahren, um den hoffentlich schon vernehmungsfähigen Pfarrer zu befragen. Er hatte Florence sogar gefragt, ob sie Lust hätte mitzukommen und natürlich hatte sie zugesagt.

So kam es, dass Florence am Montagmorgen schon um sieben Uhr wieder die Pension verließ. Sie war jedoch nicht die einzige, die vergangene Nacht nicht genug Schlaf bekommen hatte. Als sie gegen Mitternacht endlich in ihrem Ferienquartier angekommen war, war Madame Robert noch wach gewesen und hatte sie mit leicht vorwurfsvoller Miene empfangen. „Ich musste doch sicher sein, dass Ihnen nichts zugestoßen ist!"

Florence hatte sich eine Antwort verkniffen, sich freundlich bedankt und angemerkt, dass sie am nächsten Morgen wieder früh das Haus verlassen müsse. Natürlich hatte Madame Robert darauf bestanden ihr zumindest ein kleines Frühstück zuzubereiten und ihr schon um halb sieben das übliche Frühstück mit einer etwas kleineren Auswahl von Marmeladen serviert.

Vor dem blauen Eingangstor der Pension wartete dann jedoch nicht nur der Kommissar, sondern vollkommen überraschend auch Charles Florentin auf sie.

„Aber Charles", Florence ignorierte Lambert, „ich hab dir doch gestern noch eine SMS geschickt und dir mitgeteilt, dass ich heute früh mit dem Kommissar nach Apt fahren muss, um den Pfarrer zu sprechen."

„Genau deswegen stehe ich hier, und zwar genau genommen schon seit sechs Uhr früh. Da ich ohnedies eine schlaflose Nacht hatte und deswegen einen Morgenspaziergang meinem Bett vorgezogen habe, wollte ich mich vergewissern, dass dich der Kommissar tatsächlich wieder aus dem Gefängnis entlassen hat. Ich bin auch gerne bereit, dich und den Kommissar nach Apt zu begleiten. Heute ist unsere Buchhandlung geschlossen – ich habe also Zeit."

„Das ist sehr lieb von dir, Charles, und ich schätze deine Anteilnahme", sagte Florence. „Was meinen Sie, Lambert, kann Monsieur Florentin nach Apt mitkommen?"

Der Kommissar bedauerte. Eine weitere Zivilperson könne er wirklich nicht mitnehmen. Sie seien ohnedies schon zu dritt, da einer seiner Beamten chauffieren werde.

Monsieur Florentin, trotz aller Strapazen der vergangenen Nacht auch an diesem Morgen elegant wie immer, deutete eine Verbeugung an.

„Also gut. Dann werde ich jetzt einmal Madame Robert fragen, ob es in ihrer Pension auch ein kleines Frühstück für einen Bewohner der Stadt Avignon gibt. Es duftet hier so verführerisch, da werde ich ganz hungrig. Rufst du mich an, Florence, wenn du aus Apt zurück bist?"

Florence versprach es. Die Vorstellung, dass Charles Florentin bei Madame Robert frühstücken würde, amüsierte sie. Eine größere Freude als diese konnte man der neugierigen Dame gar nicht machen. Vielleicht würde die gute Madame sogar versuchen, ihr den geschätzten Freund abspenstig zu machen. Man konnte nie wissen.

Zu dieser frühen Stunde gab es noch keine Staus und schon eine dreiviertel Stunde später parkten sie unter Bäumen vor einem kleinen Spitalsgebäude.

Es war noch früh, aber wie in allen Spitälern herrschte auch hier bereits geschäftiges Treiben. Der Kommissar konnte es kaum erwarten, den Pfarrer zu vernehmen, zeigte dem Portier des Krankenhauses seinen Dienstausweis und eilte Florence voraus. Das Zimmer des bedauernswerten Monsieur Benoît war leicht zu finden, da ein Polizist als Wache auf einem Stuhl vor der Tür postiert war. Der sprang beim Anblick seines Vorgesetzten auf, salutierte und meldete, dass der Pfarrer ansprechbar sei, der verantwortliche Arzt aber vor einem Verhör unbedingt mit dem Kommissar sprechen wolle.

Der Arzt war rasch zur Stelle. Der Patient müsse noch geschont werden, erklärte er. Der Kommissar dürfe nur fünf Minuten bei ihm bleiben. Die Verletzungen des Pfarrers seien schwer, aber nicht lebensgefährlich. Voraussichtlich sei mit einem Spitalsaufenthalt von wenigstens drei Wochen zu rechnen. Florence bat er, auf dem Gang zu warten. Er selbst werde den Kommissar ins Zimmer begleiten. Florence fragte sich gerade, wozu sie eigentlich mitgekommen war, als der Arzt und Lambert drei Minuten später schon wieder herauskamen.

„Monsieur Benoît möchte unbedingt mit Ihnen sprechen, Madame", wandte sich der Arzt an sie. Sie sah Lambert fragend an, und dieser fügte hinzu: „Gehen Sie hinein! Der Pfarrer hat mir die Geschichte aufgetischt, dass ihm Madame Petermann persönlich die Violine zur Aufbewahrung übergeben habe. Mehr will er nicht sagen. Er will vorher unbedingt mit Ihnen sprechen. Da Sie nicht dem Beichtgeheimnis verpflichtet sind, werden Sie mir danach ganz genau berichten, was er gesagt hat. Schauen Sie, dass Sie so viel wie möglich aus ihm herausbekommen."

„Aber nicht übertreiben, Madame!", mischte sich der Arzt ins Gespräch und an Lambert gewandt: „Sie haben doch selbst gesehen, Commandant, dass mein Patient noch sehr schwach und schonungsbedürftig ist."

Lambert nickte ergeben. Der Arzt öffnete die Tür zum Krankenzimmer, ging diesmal jedoch nicht mit hinein. Beim Anblick des Pfarrers erschrak sie. Monsieur Benoît bot einen bedauernswerten Anblick. Er war an diverse Schläuche und Flaschen angeschlossen, hatte einen Arm und ein Bein geschient und trug einen Kopfverband. Sein Gesicht wirkte auf merkwürdige Weise verrutscht.

Als sie an sein Bett trat, streckte er ihr seine nicht geschiente Hand entgegen.

„Ich bin froh, dass Sie da sind, Madame. Das, was ich zu sagen habe, muss ich zu allererst Ihnen mitteilen, denn der Kommissar hat mich längst vorverurteilt und als Täter abgestempelt."

Florence verzichtete darauf, sich nach seinem Befinden zu erkunden. Die Zeit war knapp und so drückte sie nur sanft die ihr entgegengehaltene Hand und setzte sich auf den Sessel direkt neben dem Bett.

„Ich höre, Monsieur", sagte sie, „und danke Ihnen für Ihr Vertrauen. Ich werde aber Monsieur Lambert von unserem Gespräch berichten müssen. Ich kenne ihn schon lange und ich weiß, dass er für jedes vernünftige Argument zugänglich ist und nicht ruhen wird, bis er den wahren Täter gefunden hat."

„Also gut, Madame. Ich fange einfach von vorne an. Ich kannte nämlich die beiden Mordopfer schon lange. Wir waren einst Studienkollegen und haben uns bei einem Seminar im Konservatorium angefreundet. Der Kontakt zueinander ist nie ganz abgerissen und ich habe ihre Karrieren mit Bewunderung verfolgt."

„Ja, das habe ich schon in Erfahrung gebracht und würde es gerne auch von Ihnen hören. Leider wurde uns nur wenig Zeit gewährt. Bitte erzählen Sie mir, was Ihnen im Augenblick am meisten am Herzen liegt."

„Das, Madame, ist vor allem die Tatsache, dass ich Sie missbraucht und in die ganze Sache hineingezogen habe. Ich war es nämlich, der die Violine von Anne-Marie in Ihrem Zimmer in Saignon deponiert hat."

Er machte eine Pause und sah sie erwartungsvoll an.

„Das dachte ich mir schon, Monsieur, aber sagen Sie bitte, warum?"

„Nach dem Mord an Stephan hat mich Anne-Marie gebeten, ihre wertvolle Geige bei mir aufbewahren zu dürfen. Sie hätte noch eine weniger kostbare Ersatzgeige und die genüge ihr jetzt, da sie dirigieren müsse. Ich glaube, sie hat geahnt, dass der Mörder Stephans auch hinter ihr her war und wollte das Instrument in Sicherheit bringen. Ich habe nicht lange gefragt und den

Geigenkasten in unseren Tresor gesperrt. Alle bewunderten, wie souverän Anne-Marie nach Stephans Tod die Rolle der Dirigentin übernommen hat. Ich konnte aber auch sehen, wie betroffen und aufgewühlt sie war. Nach ihrem Verschwinden habe ich mir furchtbare Sorgen gemacht. Um Anne-Marie, aber ehrlich gesagt auch wegen der Geige. Was, wenn sie bei mir gefunden würde? Dann würde ich doch sofort verdächtigt, Anne-Marie ermordet zu haben. Mindestens noch zwei andere Leute aus der Pfarre kennen den Code zu unserem Tresor. Ich wagte nicht mehr, das wertvolle Instrument dort zu lassen. Deshalb nahm ich es in einer Schachtel nach Buoux. Ein Geigenkasten wäre zu verräterisch gewesen. Schon als Sie mich anriefen und wir das Treffen in Saignon vereinbarten, hatte ich plötzlich die Idee, die Geige heimlich bei Ihnen zu deponieren. Ihre Unterkunft in Saignon hatten Sie mir ja verraten und ich kannte mich in der Pension von Madame Gilbert aus. Dass Sie im Fall meines ermordeten Freundes Stephan herumspionierten, hatte ich längst bemerkt. Ich hoffte, Sie mit dieser Aktion dazu bewegen zu können, noch intensiver nach dem Mörder von Anne-Marie und Stephan zu suchen. Vor allem aber wollte ich die Geige loswerden und mit der Zeit schien mir dies die einzige, ja geradezu eine geniale Lösung zu sein. Und bei der Umsetzung hatte ich dann einfach Glück."

Seine Stimme war immer leiser geworden. Das Sprechen strengte ihn an. In diesem Moment öffnete sich die Türe und der Arzt schaute herein.

„Die fünf Minuten sind um, Madame. Ich bitte Sie, das Gespräch zu beenden."

„Ein paar Minuten noch, Doktor. Monsieur Benoît hat mir noch Wichtiges mitzuteilen."

Der Doktor sah, dass sein Patient bestätigend nickte.

„Also gut. Fünf Minuten, aber keinen Augenblick länger!"

Kaum war der Arzt draußen, begann der Pfarrer wieder zu sprechen.

„Madame Florence, ich habe in letzter Zeit viel nachgedacht und mich erinnert, dass ich Stephans Chauffeur am Tag des Mordes noch vor der Tür der Sakristei gesehen habe. Das muss kurz vor dem Zeitpunkt gewesen sein, zu dem wir den Toten gefunden haben. Sagen Sie bitte dem Commandant, dass er mir das glauben soll. Mir ist dieser Mann schon länger seltsam vorgekommen. Ständig schlich er um uns herum – und hat sicher mitbekommen, dass mich Stephan unter Druck gesetzt hat."

Das war ja hochinteressant – und ein weiteres Indiz dafür, dass Florence mit ihren Vermutungen richtig lag. Seltsam, dass dem Pfarrer das erst jetzt einfiel. Seine letzten Worte hatte sie nur mehr mit Mühe verstanden, so leise hatte er gesprochen. Sie hatte aber noch eine Frage und rückte näher an ihn heran. Das Mitgefühl, das nun in ihrer Stimme lag, hatte sich ganz von selbst eingestellt.

„Monsieur Benoît, ich weiß, dass Lemercier Sie erpresst hat, und der Kommissar weiß es auch. Lemercier hat genau gewusst, welcher Art Ihre Beziehung zu dem Vikar von Sanary ist. Ich persönlich glaube dennoch nicht, dass Sie es waren."

„So ist es", flüsterte er. „Ich habe mich aber trotzdem an Stephan schuldig gemacht. Warum bin ich nach Entdeckung der Tat nicht sofort zu ihm in die Sakristei hinein? Ich hätte ihm doch noch das heilige Sakrament spenden können und vielleicht wäre er noch zu retten gewesen."

„Nein, das war er nicht mehr, Monsieur. Vielleicht hatten Sie Angst, dort noch seinen Mörder anzutreffen?"

„Nein, die hatte ich nicht. Ich fühlte sogar eine gewisse Erleichterung, dass jemand meinen Quälgeist zum Verstummen gebracht hatte. Das war schäbig und gemein von mir und es ist eine Sünde. Unbewusst habe ich ihm vielleicht den Tod gewünscht."

„Für unbewusste Wünsche können wir nichts! Es sei denn, sie führen zu einer Tat, und das war ja bei Ihnen nicht der Fall."

„Ich danke Ihnen für Ihr Verständnis, Madame, und bitte Sie um Verzeihung für das, was ich Ihnen angetan habe."

Florence dachte sich, dass dieses Gespräch mehr und mehr einer Beichte glich. Mit vertauschten Rollen allerdings. Sie musste zu einem Ende kommen. Auch wenn noch längst nicht alles gesagt war.

„Ich habe Ihnen schon verziehen", sagte sie daher, „Sie müssen mir aber versprechen, dass Sie ab jetzt dem Kommissar gegenüber ganz offen sein werden und ihm wirklich alles sagen, was Sie wissen. Wie gesagt, ich kenne ihn. Er ist ein fähiger Polizist und absolut der Wahrheit verpflichtet. Immerhin hat er Ihnen gestattet, mit mir zu sprechen. Am Ende wird die Wahrheit siegen, Monsieur. Daran müssen gerade Sie als Geistlicher mit jeder Faser Ihres Herzens glauben."

Wieder sah der Doktor bei der Türe herein.

„Die Zeit ist um. Bitte lassen Sie den Patienten jetzt ausruhen! Es gibt keinen Aufschub mehr."

„Au revoir und Alles Gute!", sagte Florence und zu ihrer eigenen Überraschung fügte sie ein „Gott schütze Sie!" hinzu.

34

„Wir haben schon wieder eine Vermisste!"

Die berühmte Spürnase Lamberts pendelte traurig hin und her und glich einer verschrumpelten Karotte. Bei seinem Anblick krampfte sich Florences Magen zusammen.

„Nun sagen Sie schon wer es ist!", forderte sie ihn auf.

Sie befanden sich auf der Rückfahrt nach Avignon. Das Krankenhaus hatten sie aus Sicht des Kommissars unverrichteter Dinge verlassen. Das erhoffte Geständnis hatte er nicht erhalten und ein Transport des Pfarrers ins Krankenhaus von Avignon war aus ärztlicher Sicht noch zu riskant. Erst am späteren Nachmittag könne man eine weitere Einvernahme Benoîts riskieren. Unterwegs hatte Lambert die Staatsanwältin angerufen und ihr mitgeteilt, dass man unter den augenblicklichen Umständen Monsieur Benoît beim besten Willen nicht der Öffentlichkeit als Täter präsentieren könne. Das wäre grob fahrlässig und gerade im Falle eines Geistlichen eine besonders heikle Angelegenheit. Wohl oder übel hatte sie im zugestimmt, war aber äußerst ungehalten.

„Na gut", hatte der Kommissar grimmig festgestellt, „dann werden wir uns eben diesen Chauffeur vorknöpfen!"

Auch dieses Vorhaben war nicht von Erfolg gekrönt, denn die beiden Polizisten, die auf Georges André angesetzt waren, hatte weder seinen Dienstwagen noch ihn selbst ausfindig machen können.

Und jetzt war also schon wieder jemand verschwunden!

„Es handelt sich um Madame Lemercier", sagte der Kommissar. „Eine ihrer Töchter hat angerufen. Ihre

Mutter ist gestern früh von Lourmarin aus in Richtung Avignon aufgebrochen. Sie wollte dort die nächsten Tage in einem Hotel verbringen, das für sie keine belastenden Erinnerungen birgt. Sie ist aber dort nicht wie vereinbart angekommen und ist seither unerreichbar. Im Hotel hat man der Tochter mitgeteilt, dass Madame bisher nicht eingetroffen sei. Commissaire Perrin hat bereits die Suchaktion eingeleitet."

„Vielleicht ist sie ja doch noch einmal nach Lourmarin zu Monsieur Amontero zurück", sagte Florence nachdenklich, „er hat zwar von einer kleinen Unstimmigkeit zwischen ihnen berichtet, aber grundsätzlich scheint er jemand zu sein, dem sie vertraut."

„Den hat Perrin auch schon angerufen. Sie erreicht ihn ebenfalls nicht. Ein Beamter aus Lourmarin ist unterwegs zu seinem Haus."

Den Rest der Fahrt verbrachten sie schweigend. Florence versuchte die Zeit zu nützen, um sich alle Details ihrer bisherigen Überlegungen noch einmal vor Augen zu führen. Ihr Gehirn glich jetzt aber einer Tabula Rasa und auch ihr imaginäres Schachbrett war wie leergefegt. Als sie es sich vorzustellen versuchte, sah sie nur leere schwarze und weiße Felder. Höchst eigenartig! Was war da los?

Wenn einem nichts mehr einfällt, muss man sich an die letzte offene Frage halten, der man noch nicht nachgegangen ist – egal wie bedeutungslos sie erscheint! Eine alte Regel, die sie mit Mordent teilte. Sie kramte eine Weile in ihrem Gedächtnis und da fiel ihr schließlich doch noch etwas ein. Sie hatte ja die Geschichte mit dem Fahrrad, das ihr an der Kirchenmauer aufgefallen war, noch einmal überprüfen wollen! Viel konnte da nicht dran sein, aber wenigstens wäre sie beschäftigt, denn der momentane Zustand war nur schwer zu ertragen. Gerade als sie das Ortsschild von Avignon passierten, meldete sich der Beamte aus Lourmarin. Im Hause von Monsieur Amontero sei niemand anzutreffen gewesen. Was war nur los? Lösten sich in diesem Fall inzwischen alle verdächtigen Personen in Luft auf? Nicht nur alle Verdächtigen, wie sich an diesem Tag noch herausstellen sollte, sondern auch noch andere Personen, die nur am Rande damit zu tun hatten!

Lambert hatte Florence auf ihren Wunsch hin nicht vor ihrer Pension, sondern im Zentrum der Stadt abgesetzt und sie gebeten, sich zur Verfügung zu halten. Sie hatte beschlossen, erst den Fahrradverleih aufzusuchen, dessen Adresse sie von der Bäckerin in Saignon erhalten hatte, und dann Charles Florentin anzurufen. Vielleicht war er ja noch in seinem Geschäft. Plötzlich fiel ihr auf, dass sie keine Ahnung hatte, wo er in Avignon wohnte. Interessant, danach hatte sie bisher weder ihn noch Chantal gefragt. In ihrer Vorstellung hatte sie ihn bisher ausschließlich in seiner Buchhandlung und im Papstpalast angesiedelt.

Auf dem Weg zum Fahrradverleih merkte sie, dass sie hungrig war. Das Frühstück bei Madame Robert war an diesem Morgen wirklich äußerst dürftig gewesen. Und erst der Kaffee! Vielleicht war ja der Mangel an Koffein für diese seltsame Leere in ihrem Kopf verantwortlich. Ein hübsches Straßencafé lockte sie an, der Duft von frischem Gebäck war zudem unwiderstehlich und schon saß sie in einem bequemen Korbsessel und bestellte Kaffee und – na was? Ein Croissant natürlich!

Sie hatte keine zwei Bissen von dem herrlichen Gebäckstück geschluckt, als sich schon wieder Lambert via Handy bei ihr meldete.

„Ich habe eine SMS erhalten", seine Stimme klang erschöpft. „Der Inhalt lautet folgendermaßen: *„Suchen*

Sie nicht nach mir, Commandant Lambert! Ich habe zwei Menschen auf dem Gewissen und entziehe mich der irdischen Gerechtigkeit!" Gezeichnet Eliette Lemercier. Wir haben es schon überprüft, Florence! Die Nachricht kam tatsächlich von Madame Lemerciers Handy!"

Florence blieb der Mund offenstehen. Sie wusste nicht, was sie sagen sollte und legte ihr Croissant auf den Teller zurück. Es war klar, dass sie nun keinen Bissen mehr hinunterbringen würde.

„Verdammt!", sagte sie schließlich, denn der Kommissar schien noch immer auf eine Antwort zu warten. „Und ist der Fall nun für Sie erledigt?", fügte sie in einem beinahe ironischen Tonfall hinzu.

„Natürlich nicht!" Er hörte sich jetzt entschlossener an als in den Stunden davor. „Meine Nase ist wieder die alte, Florence, und sie sagt mir, dass etwas faul ist an dieser SMS. Ich habe alle meine Einsatzkräfte zusammengezogen, um Madame Lemercier ausfindig zu machen – tot oder lebendig. Entschuldigen Sie die Plattitüde. Ich habe eine Bitte an Sie, Florence. Können Sie etwas für mich tun?"

„Natürlich. Soll ich versuchen, Monsieur Amontero anzurufen?"

„Genau das, Florence. Wie haben Sie das nur wieder erraten?"

„Eine leichte Übung! Schließlich scheint er der Letzte zu sein, der Madame Lemercier gesehen hat. Außer dem Chauffeur natürlich! Haben Sie den mittlerweile ausfindig gemacht?"

„Leider auch nicht. Der ist ebenfalls noch nicht aufgetaucht. Auch nach ihm läuft die Fahndung auf Hochtouren! Au revoir, Florence, bitte melden Sie sich, wenn Sie etwas über Amontero in Erfahrung gebracht haben!"

Schon tippte sie auf das Display ihres Smartphones. Die Nummer von Bruno Amontero war längst eingespeichert, aber als sie diese gewählt hatte, war minutenlang nur das Freizeichen zu hören, ohne dass jemand abhob.

„Nicht einmal eine Mobilbox hat er", murmelte sie vor sich hin und die Kellnerin, die gerade vorbeiging und sich angesprochen fühlte, fragte, ob sie noch einen Wunsch habe. Florence verneinte und bat um die Rechnung. Während sie darauf wartete, schrieb sie eine SMS an Amontero: „Wo immer Sie sind, rufen Sie mich unbedingt zurück! BITTE!!! Florence Beaumarie."

Aufgewühlt erhob sie sich von ihrem Platz. Konnte es wirklich sein, dass Madame Lemercier ...? Nein, die Dame war für sie bis dato recht undurchschaubar geblieben, aber als Mörderin hatte sie sie nie im Verdacht gehabt. Das passte hinten und vorne nicht. Da trieb jemand weiterhin sein grausames Spiel und nun also auch mit Eliette Lemercier. Natürlich konnte sie im Augenblick nichts für diese tun, außer weiterhin auf ihre Weise nach dem wahren Mörder zu suchen.

Florence machte sich wieder auf den Weg in Richtung Fahrradverleih. Das musste als Nächstes geklärt werden. Mit Hilfe ihres Stadtplanes gelangte sie durch ein Gewirr von Gassen zu einem Platz, an dem sie bisher noch nie gewesen war. Irgendwo auf diesem Platz war das Geschäft. Sie drehte sich einmal im Kreis und schon hatte sie ein rotweißes Fahrrad entdeckt, das in der Luft über einem Geschäftsportal schwebte. Sie betrat das Lokal und stellte sich mithilfe eines uralten Dienstausweises – den aktuellen hatte sie ja anlässlich der Pensionierung abgeben müssen – erfolgreich als polizeiliche Ermittlerin aus Paris vor. Sie verfolge die Spur eines Mannes, der hier möglicherweise ein Fahrrad ausgeliehen habe. Ein eifriger junger Mann gab ihr bereitwillig Auskunft und es stellte sich heraus, dass am fraglichen Tag nur wenige Räder ausgeliehen worden waren. Sie gingen die Liste der Namen durch, aber keine der für den Mord unter Verdacht stehenden Personen war darunter. Einer der Namen kam ihr allerdings irgendwie bekannt vor. Bertrand Rousseau! Wo hatte sie diesen Namen zuletzt gehört? Es dauerte nur ein paar Sekunden, dann fiel es ihr wieder ein und sofort hatte sie das Gefühl, dass sie die Geschehnisse jenes Mordtages möglicherweise noch einmal in einem neuen Licht zu betrachten hatte. Sie verließ den Fahrradverleih und machte sich auf den Weg zu ihrer Pension. Natürlich konnte es ein reiner Zufall sein, dass ausgerechnet jener Cellist das rotweiße Fahrrad ausgeborgt hatte, mit dessen Saite der Kopf des Dirigenten beinahe abgetrennt worden war. Ein Cello am Fahrrad zu transportieren war vermutlich recht mühsam. Warum hatte der Musiker ausgerechnet am Tag der Ermordung von Lemercier ein Fahrrad ausgeliehen? Sollte eine Zusammenhang zur Tat bestehen, wäre es auch ziemlich ungeschickt gewesen, dabei den eigenen Namen anzugeben und auf diese Weise Spuren zu hinterlassen. Zur Kirche war er damit offensichtlich gefahren, denn immerhin hatte sie dort ein solches Fahrrad gesichtet. Gab es da tatsächlich einen Zusammenhang mit dem Mord? Noch hatte sie keine Idee dazu! Ihre lange kriminalistische Erfahrung hatte sie gelehrt, dass man auch scheinbar unbedeutenden Zusammenhängen nachzugehen hatte. Nicht selten hatten sich solche schließlich als der entscheidende „missing link" herausgestellt. Columbo, der Meisterdetektiv aus Hollywoods Traumfabriken, fiel ihr ein. Der war auf solche zunächst völlig banal wirkenden Hinweise spezialisiert gewesen. Dann würde sie jetzt eben auch ein wenig Columbo spielen müssen.

Am besten rief sie Chantal an. Die würde vermutlich wissen, wo man die Mitglieder des Orchesters derzeit erreichte.

„Die sind schon wieder in Paris", teilte diese ihr mit. „Dort sind sie irgendwo zusammen in Klausur gegangen. Wo, weiß ich leider nicht. Thomas ist nicht dabei. Der ist heute zu einem anderen Engagement nach Venedig geflogen. Ich gehöre als kleine Einspringerin natürlich nicht mehr zum Orchester. Aus der Traum von der Mitgliedschaft im berühmten Orchester OhLaMusique!"

„Das tut mir leid, Chantal." Florence wollte und konnte keinen billigen Trost bieten.

„Geht schon in Ordnung, Florence. Es wird sich schon etwas finden für mich! Hast du etwas von Papa gehört? Ich habe jetzt schon mehrmals erfolglos versucht, ihn zu erreichen."

Florence berichtete Chantal, dass sie ihren Vater zuletzt an der Seite ihrer Zimmerwirtin, Madame Robert, gesehen habe und dass er geplant habe, danach in seiner Buchhandlung einige administrative Arbeiten zu erledigen. Sie habe ohnedies vor ihn gleich anzurufen.

„Na, hoffentlich erreichst du ihn. Mir ist das bisher noch nicht geglückt. Vielleicht hat er vergessen, sein Handy aufzuladen. Bis bald!"

Florence rief Charles an und erreichte ihn tatsächlich nicht. Dasselbe mit Bruno Amontero. Wegen Charles machte sie sich noch keine Sorgen, aber mit Amontero war das etwas anderes. Könnte nun auch ihm etwas zugestoßen sein? Der Gedanke war äußerst beunruhigend, im Moment konnte sie aber nichts tun und so beschloss sie, noch eine Stunde zuzuwarten ehe sie wieder bei Lambert nachfragte. Obwohl sie im Gehen ungern länger telefonierte, wählte sie die Nummer von Mordent. Wenigstens er meldete sich sogleich und sie brachte ihn auf den neuesten Stand der Geschehnisse. Sie bat ihn, alles nur Mögliche über den Cellisten Bertrand Rousseau herauszufinden, was er bereitwillig versprach.

Ihr Weg führte sie erneut an dem kleinen Park mit Schachfiguren vorbei. Vielleicht half es, wenn sie noch einmal die großen Figuren benutzte, um sich wieder einmal einen Überblick über die Zusammenhänge dieses immer undurchsichtiger werdenden Geschehens zu verschaffen. Gerade als sie die Schachfiguren aus dem Metallkorb nehmen wollte, meldete sich auch schon wieder Mordent. Der war aber schnell gewesen!

„Du wirst es nicht glauben, Florence, halte dich fest! Bertrand Rousseau ist niemand anderer als der Sohn einer gewissen Madame Annie Mullier, verehelichte Rousseau, der Schwester des uns wegen seines frühen und tragischen Todes bekannten Gideon Mullier."

Die Überraschung war ihm tatsächlich gelungen. Der Cellist, der niemals als wirklich Verdächtiger gegolten hatte, war also ein enger Verwandter jenes Gideon, mit dessen Tod ihrer Meinung nach die ganze Tragödie ihren Anfang genommen hatte. Eine Theorie, die Mordent im Übrigen teilte.

„Ich werde umgehend Lambert davon in Kenntnis setzen", sagte Florence zu Mordent, nachdem sie seine neuen Entdeckungen ausreichend gewürdigt hatte. „Ich will jetzt wirklich keine Alleingänge mehr machen." Sie war entschlossen, ihr gestriges Versprechen gegenüber dem Kommissar einzulösen.

„Ja, tu das, meine Liebe. Es kann jedenfalls nicht schaden, wenn ich mich schon einmal mit Bertrand Rousseau unterhalte. Ja, ja, ich weiß, ich muss aufpassen. Er könnte vielleicht sogar unser Mörder sein. Ich werde das schon richtig einfädeln. Keine Sorge, Florence!"

Florence wusste, dass sie sich auf ihn verlassen konnte, bedankte sich, wünschte ihm viel Glück und hatte auch schon Lambert in der Leitung.

„Verdammt, Florence!", hörte sie ihn fluchen, nachdem sie ihn von der Neuigkeit in Kenntnis gesetzt hatte. „Die Geschichte vom Selbstmord dieses Gideon Mullier ist doch schon ewig lang her. Warum sollte jetzt sein Neffe auftauchen, der ihn gar nicht mehr persönlich gekannt haben kann, und einen früheren Freund und – zugegeben – Nebenbuhler seines Onkels ums Eck bringen?"

„Möglicherweise deshalb, weil wir wissen, dass sich die meisten Morde innerhalb von Familien abspielen, und weil sich oft über viele Jahre Ressentiments und Hass aufstauen, die irgendwann auch zu einer Mordtat führen können."

„Heißt das, dass du jetzt den Cellisten für den Mörder hältst?"

„Möglicherweise. Vielleicht, vielleicht auch nicht. Aber dass er in irgendeiner Weise in das Geschehen involviert ist, ist mehr als wahrscheinlich. Immerhin stammt die Mordwaffe von ihm, und wenn es da jetzt noch weitere interessante Zusammenhänge gibt ..."

„Na gut. Hoffentlich haben wir mit der frühen Entlastung dieses Rousseau keinen Fehler gemacht. Gib mir die Nummer von Mordent. Er soll keineswegs eigenständig handeln."

Der in den Pariser Zeiten so besonnene Lambert hörte sich schon wieder ziemlich genervt an. Kein Wunder! Mit dem Verschwinden von Madame Lemercier und ihrer Botschaft war diese schlimme Geschichte ja erneut aus dem Ruder gelaufen. Sie gab ihm die

Telefonnummer. Dann teilte sie ihm mit, dass sie Amontero noch immer nicht erreicht hatte.

„Mist! In diesem Fall scheinen sich ja tatsächlich sämtliche Verdächtige in Luft aufzulösen. Weder die Lemercier, oder was immer von ihr übrig ist, noch den Chauffeur haben wir bis jetzt gefunden. Du kannst dir vielleicht denken, wie mir die Staatsanwältin im Nacken sitzt. Wenn nicht alle im Urlaub wären, hätte sie mir den Fall wahrscheinlich schon entzogen. Also bitte Florence, finde mir wenigstens Amontero!"

Sie steckte ihr Telefon ein und merkte, dass sich die Nervosität Lamberts irgendwie auf sie übertragen hatte. Ihre Hände zitterten leicht, so als hätte sie zu viel Kaffee getrunken. Sie sah auf die Uhr. Es war schon bald Eins und sie war hungrig und hatte seit dem mageren Frühstück bei Madame Robert und einem Stück Croissant nichts mehr gegessen. Im nächsten Supermarkt erstand sie rasch ein beliebiges Brötchen und war schneller im Ciel Bleu als gedacht. Bevor sie sich in ihr Zimmer zurückzog, wollte sie aber noch Madame Robert nach Charles fragen. Ganz geheuer war es ihr mittlerweile nicht mehr, dass er sich noch immer nicht gemeldet hatte.

Sie fand sie in der Küche und wurde von ihr sogleich mit einer Lobeshymne auf den charmanten Monsieur Florentin überschüttet. Als Florence nachhakte und fragte, wie lange Charles am Morgen noch geblieben sei und ob sie vielleicht etwas über seine weiteren Pläne wisse, reagierte sie jedoch zugeknöpft. Sie wisse nicht mehr genau, wann er aufgebrochen sei, wahrscheinlich so zwischen neun und halb zehn. Was er dann vorgehabt habe, könne sie aber wirklich nicht sagen, denn natürlich habe sie ihm keine persönlichen Fragen gestellt. Florence hatte den Verdacht, dass Madame Robert nicht die volle Wahrheit sagte. Sie setzte ihr ganzes diplomatisches Geschick ein, und erfuhr schließlich, dass Madame Robert Charles sehr wohl noch ein wenig nachspioniert hatte und es ihr unangenehm war, dies zuzugeben. Sie gestand, dass sie von einem Fenster im ersten Stock ihres Hauses aus beobachtet habe, wie er unten auf dem Platz noch mit einem Mann sprach. Ohne ein Wort von dieser Unterredung mitzubekommen, versteht sich. Dann seien die zwei Männer zusammen in Richtung Innenstadt weggegangen. Mehr wisse sie leider wirklich nicht. Diese Information beruhigte Florence einigermaßen. Es sah so aus, als hätte Charles sich mit einem Bekannten aus der Stadt getroffen, da war es gut möglich, dass er danach sein Handy ausgeschaltet hatte. Dennoch fragte sie Madame Robert, wie dieser Mann ausgesehen habe.

„Ganz normal", war die Antwort, „ein älterer Mann in einem grauen Anzug mit leicht gebücktem Gang. Sonst ist mir nichts Besonderes an ihm aufgefallen. Na ja, schöne, dichte Haare hat er für sein Alter noch gehabt. Keine Glatze. Genau wie Monsieur Florentin, aber dunkle Haare. Das konnte ich natürlich vom ersten Stock aus gut beobachten."

Etwas gefiel Florence an dieser Sache nicht, aber sie hätte im Moment nicht sagen können, was es war. Sie dankte ihrer Wirtin, ließ sich vom Lift in ihr Zimmer hinauftragen und fühlte sich dort nach den Erlebnissen im Dachzimmer von Elena Gilbert sicher und gut aufgehoben. Schnell ein Wasser, dann das Sandwich und dann vielleicht doch ein kurzes Nickerchen. Das war etwas, was sie während ihrer aktiven Laufbahn überhaupt nicht gekannt hatte. Sie hatte noch nie so viel untertags geschlafen wie hier in Avignon. Sie hatte einmal gehört, dass Winston Churchill wahrscheinlich deshalb so brillant gewesen war, weil er sich auch untertags regelmäßig ein Schläfchen gegönnt hatte. „Power-Nap" nannte man das heutzutage. Na gut, vorsichtshalber stellte sie den Wecker ihres Handys. Mehr als zehn Minuten wollte sie sich nicht genehmigen. Was hatte sie Amontero versprochen? Am Dienstag würde sie den Fall gelöst haben. Wenn sich das nur noch ausging! Sie hatte noch einiges zu tun!

Der Wecker ihres Handys musste schon lang den „Frühling" von Vivaldi gespielt haben, bis sie endlich davon aufgewacht war. Sie hatte kurz, aber tief geschlafen. Auch die zwei Anrufe, die sie zusammen mit einer SMS in der Zwischenzeit erhalten hatte, hatte sie nicht gehört.

Die SMS kam von Amontero und lautete: „Bitte nicht nach mir suchen! Brauche Ruhe! Bin bis Dienstagabend endgültig abgetaucht. Melden Sie sich, wenn Sie den Täter haben! Ich bin es nicht!!!! Beste Grüße, Bruno Amontero."

„Na wunderbar", dachte sich Florence, „das macht ihn zu einem Verdächtigen im Fall der verschwundenen Madame Lemercier!" Gleichzeitig fiel ihr ein, was er in Saignon nach dem Konzert zu ihr gesagt hatte, er wolle am liebsten alle Konzerte hier im Süden absagen und nach Paris verschwinden. Vielleicht war es genau das, was er jetzt getan hatte.

Zehn Minuten später wusste sie jedoch, dass Amontero bestimmt nicht der Täter war, und sie wieder einmal recht behalten hatte. Was sie von Lambert über das Schicksal der Madame Lemercier erfuhr, war entsetzlich und hatte endlich den wahren Täter offenbart.

35

„Madame Lemercier hat gerade noch überlebt. Sie hat aber Furchtbares durchgemacht und einen schweren Schock", sagte Lambert aufgeregt zu Florence.

„Ich habe nicht viel Zeit, Florence! Wir organisieren gerade die Jagd nach dem Täter. Trotz ihres schlimmen Zustandes hat Madame Lemercier uns wenigstens noch so viel sagen können, dass wir ab nun von Georges André als Täter in allen drei Fällen ausgehen müssen."

Florence zog scharf die Luft ein, diese Nachricht hatte sie so rasch nicht erwartet.

„Legen Sie jetzt nicht wieder gleich auf, Lambert!", sagte sie in einem befehlenden Ton, „ich muss wissen, was genau passiert ist."

„Ich kann nicht, man wartet auf meine Anweisungen. Mein Mitarbeiter Pierre Caspari wird Sie gleich zurückrufen. Er war dabei, als wir Madame Lemercier gefunden haben, er soll Ihnen alles berichten."

Bis Caspari sie anrief, dauerte es einige Minuten. In der der Zwischenzeit sah Florence, dass der zweite Anruf von Chantal gekommen war. Sie traute sich aber nicht, sie sofort zurückzurufen, denn sie wollte den Anruf von Caspari keineswegs verpassen.

Es war Pierre Caspari anzuhören, dass ihn das Auffinden von Madame Lemercier arg mitgenommen hatte. Offensichtlich war er aber auch froh darüber, dass er das, was er soeben erlebt hatte, jemandem mitteilen konnte. So erfuhr Florence am Telefon jedes Detail der letztendlich erfolgreichen Suchaktion nach Madame Lemercier.

„Madame Beaumarie", begann Caspari seinen Bericht, „wir haben lange Zeit ohne Erfolg nach Eliette Lemercier gesucht. Genauso erfolglos war inzwischen auch unsere Suche nach ihrem Chauffeur. Schließlich haben wir aber die Adresse seiner Zimmervermieterin in Sanary-sur-Mer herausgefunden. Ich bin mit einem Kollegen zu ihr hin und ab da wurde es interessant. Sie hat uns erzählt, dass dieser Georges André am Vortag erst gegen Mitternacht in sein Quartier zurückgekehrt ist und das nur für kurze Zeit. Er bewohnt bei ihr ein kleines Gartenhäuschen. Sie war durch sein Kommen wach geworden und hatte nicht lange danach gehört, wie sein Auto wieder weggefahren ist. Mein Kollege und ich haben auf Anordnung des Chefs sofort das Gartenhäuschen durchsucht und in einer Lade mit Bastelmaterial schließlich auch zwei Plakate entdeckt. Auf einem stand in roten Buchstaben „Auch Ruhe kann tödlich sein!" Es sah genauso aus wie jene Plakate, die am Morgen vor dem Mord in Lerciers Hotel, auf seinem Auto und an der Kirchentüre aufgetaucht waren. Mit der „Ruhe" hat er es sich dann offensichtlich überlegt und stattdessen „Stille" geschrieben. Na, was sagen Sie jetzt?"

„Ich bin sprachlos", antwortete Florence wahrheitsgemäß. Im Hintergrund hörte sie Lambert rufen: „Ich habe gesagt, Sie sollen sich kurz halten, Caspari. Ich brauche Sie wieder!"

„Einen Augenblick noch, Commandant!", rief dieser und fuhr mit seinem Bericht fort. „Das war aber noch nicht alles, Madame! Das Beste kommt noch. Wir haben auch ein Wertkartenhandy entdeckt, das er nur einige Male benutzt hat. Einige aufschlussreiche SMS-Nachrichten waren auch darauf, darunter die Drohung, die Sie erhalten haben. Die zuletzt gesendete SMS war an das Handy von Madame Lemercier geschickt worden. Sie lautete: ‚Es tut mir leid, habe mich schlecht benommen, es wird nicht wieder vorkommen. Bleiben Sie, wo Sie sind, ich hole Sie wieder ab'."

„Caspari, Beeilung!", hörte Florence erneut jemanden im Hintergrund rufen, aber seine Geschichte war noch nicht zu Ende.

„Einen Moment noch!", rief Caspari zurück. Stolz darauf, seine Heldengeschichte erzählen zu können, fuhr er ungerührt mit seinem Telefonat fort.

„Ab da haben wir vermutet, dass der Täter und die hoffentlich noch lebendige Madame Lemercier irgendwo in Sanary-sur-Mer oder zumindest in der Umgebung sind, und wir haben recht behalten. Eigentlich hatten wir die Villa und das Bootshaus schon durchsucht, aber der Chef hat Befehl gegeben, dort auch an den unwahrscheinlichsten Orten nachzuschauen und das hat mich auf die Idee gebracht, mich auf den Bauch zu legen und unter die hölzerne Terrasse des Bootshauses zu schauen. Beinahe bin ich ins Wasser gefallen, so sehr bin ich erschrocken. Madame Lemercier hing an Seilen zwischen den zwei Pfeilern, auf der die Plattform errichtet worden war. So wie Madame Lemercier platziert war, wäre sie am Höhepunkt der Flut ertrunken. Und sie war schon nahe dran. Als wir sie fanden, hatte sie eine Menge Wasser geschluckt und war bewusstlos. Sie hatte ein fürchterliches Martyrium hinter sich. Es war schon nach elf Uhr und der Höchststand des Wassers wäre an diesem Tag exakt um 11:45 eingetreten. Jetzt muss ich aber wirklich auflegen, Madame, ich habe Ihnen alles erzählt."

„Einen Moment noch, Caspari! Was ist mit dem Chauffeur? Haben Sie ihn schon gefunden?"

„Leider nein, Madame! Weder ihn noch seinen Wagen. Es gibt aber eine Vermutung, dass er wieder nach Avignon zurückgefahren ist. Ein Zeuge hat ihn womöglich bei einer Tankstelle drei Kilometer vor Avignon gesehen. Au revoir Madame, ich muss!"

Schon hatte er aufgelegt und Florence, die sich zwischendurch in ihrem Sessel pfeilgerade aufgerichtet hatte, sank wieder gegen die Lehne zurück. Sie hatte also recht behalten. Dieser freundlich aussehende Georges André mit seiner berührend tragischen Lebensgeschichte hatte sich in ein regelrechtes Monster verwandelt und war noch auf freiem Fuß – und vermutlich wieder in Avignon. Was konnte das bedeuten? War er mit seinem Rachefeldzug noch nicht fertig? Wen könnte er noch im Visier haben? Ein Schauer durchlief sie! Sie konnte eigentlich nicht glauben, dass er es auf sie abgesehen hatte, denn sie gehörte doch nicht wirklich zu seiner Zielgruppe, aber das bedeutete jetzt natürlich überhaupt nichts mehr. Dass seine Opfer primär Personen aus seiner Vergangenheit waren, war offensichtlich. Auf Madame Lemercier traf das allerdings nicht zu. Eigentlich war auch Amontero eine Person aus seiner Vergangenheit. War dieser tatsächlich in Sicherheit oder war auch seine SMS gefälscht?

Florence war aufgestanden und ging unruhig im Zimmer auf und ab. Sie blieb am Fenster stehen. Friedlich lag der ihr schon vertraute Platz zu ihren Füßen. Ein Mann saß lesend vor dem Café auf der gegenüberliegenden Seite. Ein ziemlich großer, weißer Hund hatte es sich vor dem Portal eines geschlossenen Geschäftslokals bequem gemacht. So ähnlich muss es auch ausgesehen haben als Madame Robert am heutigen Vormittag Charles in einem Gespräch mit einem anderen Mann beobachtet hatte.

Wie hatte Madame Robert diesen Unbekannten beschrieben? Älterer Mann, grauer Anzug, klein, leicht gebückter Gang ... siedend heiß stieg der Verdacht in ihr hoch. Das konnte doch nicht ...!?? Die Beschreibung könnte passen! Warum aber sollte Georges André mit

Charles weggegangen sein? Hatte er dort unten auf sie gewartet und sich bei Charles nach ihr erkundigt? Ihre Fantasie lief aus dem Ruder. Was, wenn der Chauffeur Charles als Lockvogel eingesetzt hatte, um an sie heranzukommen? Dann hätte er ihr aber vermutlich eine Nachricht gesendet. Er besaß ja noch das zweite Handy, von dem aus er normalerweise mit ihr telefoniert hatte.

Sie musste Chantal anrufen. Vielleicht hatte diese ihren Vater schon längst ausfindig gemacht.

„Hallo Chantal. Hast du deinen Vater schon gefunden?" Die Antwort von Chantal kam wie aus der Pistole geschossen.

„Nein Florence. Ich mache mir Sorgen. Ich war sogar schon bei der Buchhandlung, kam aber nicht hinein. Es sieht so aus, als wäre von innen zugesperrt und der Schlüssel steckt noch. Das ist völlig unüblich. Wenn Papa dort ist, macht er das nie."

Florence wurde auf einmal kalt. „Wo bist du jetzt, Chantal?"

„Im Café de Sud direkt gegenüber von Papas Geschäft. Ich hatte gehofft, dass du bald zurückrufen würdest, aber es hat so lange gedauert!" Der Vorwurf in ihrer Stimme war verständlich.

„Bleib, wo du bist!" Florence war schon dabei, sich die Schuhe anzuziehen. „Ich komme, so schnell ich kann!"

36

Schon aus der Ferne erkannte Florence Chantal an einem Tischchen des Straßencafés. Noch einmal beschleunigte sie ihre Schritte, kam atemlos bei ihr an und ließ sich auf einen leeren Sessel niedersinken.

„Ich habe immer Papas Geschäft im Auge, aber ich sehe nichts Auffälliges. Was weißt du denn, was ich nicht weiß, dass du so schnell hierhergekommen bist?"

Wenn Florence gedacht hatte, dass sie hier ein kleines, verängstigtes Vöglein antreffen würde, hatte sie sich getäuscht. Natürlich war Chantal die Sorge um ihren Papa anzusehen, aber gleichzeitig klang ihre Stimme empört und entschlossen. Sie konnte sie jetzt so oder so nicht schonen und musste sie mit dem konfrontieren, was sie mittlerweile vermutete.

„Ich weiß gar nichts, Chantal", sagte sie, „außer, dass dein Papa heute zuletzt mit einem Mann gesehen worden ist, von dem ich vermute, dass er unser gesuchter Mörder ist. Es könnte sein, dass er über Charles an mich herankommen und mich irgendwie unter Druck setzen wollte und deinen Papa jetzt da drinnen festhält."

„Aber ..."

„Bitte keine Diskussion jetzt, Chantal! Ich will meine Hypothese auf der Stelle überprüfen. Vielleicht ist es ja auch nur ein Hirngespinst und dein Vater hat den Schlüssel irrtümlich stecken lassen und macht da drinnen gerade ein gemütliches Mittagsschläfchen. Schließlich hat er, wie er mir sagte, letzte Nacht wenig Schlaf gefunden."

Jetzt hatte sie also doch versucht, Chantal zu beruhigen. Diese hatte sich aber schon von ihrem Sessel erhoben und einen Geldschein auf das Tischchen gelegt.

„Okay, Florence", sagte sie und hörte sich an wie ein alter Haudegen auf dem Weg in die Schlacht. „Dann werden wir die Sache jetzt aufklären. Ich nehme mal an, du weißt, wie man ein Schloss öffnet, in dem von innen ein Schlüssel steckt."

„Ich kenne tatsächlich zwei Methoden, bei denen es mit einigem Glück und Geschick gelingt. Mein superkluger Sohn hat sie mir beigebracht und wir haben zusammen geübt. Ich probiere es zunächst mit einer Kreditkarte. Wenn das nicht funktioniert, dann eben mit der aufwendigeren Büroklammermethode. Warte noch einen Augenblick!" Sie war ebenfalls aufgestanden und hielt Chantal, die bereits losgestürmt war, an der Schulter fest. „Wir müssen unsere Vorgangsweise absprechen, ich brauche noch einige Informationen von dir."

Chantal bremste, drehte sich wieder um, starrte Florence mit gerunzelter Stirn an und ließ sich noch einmal in ihren Sessel fallen. In diesem Augenblick kam eine etwa fünfzigjährige Kellnerin an ihren Tisch und wandte sich an Chantal: „Kann ich noch etwas für euch tun, ist alles in Ordnung, Cherie?"

„Merci, Audrey, alles in Ordnung! Wir bleiben noch eine Weile." Die Kellnerin nickte und verschwand wieder im Lokal.

„Jetzt schieß los", wandte sie sich dann sogleich an Florence, „was ist dein Plan?"

Ähnlich wie vor drei Tagen in Saignon, als sie vom Mord an Anne-Marie Petermann erfahren hatten, nahm sich Chantal couragiert der Sache an, ganz Watson an der Seite von Sherlock Holmes! Die Ermittlerin selbst fühlte sich allerdings nicht besonders heroisch. Sie dachte, dass sich die junge Trompeterin wohl doch nicht vorstellen konnte, was sie möglicherweise da drinnen erwartete.

„Gut", sagte sie, „wir machen es folgendermaßen: Ich gehe jetzt da hinüber und versuche das Schloss zu öffnen. Dann gehe ich hinein und schau, was los ist. Keine Angst, ich kann gut auf mich aufpassen. Du musst hier die Stellung halten und alles im Blick behalten. Solange ich am Schloss rummache, gibst du mir Deckung. Dann setzt du dich hierher und behältst alles im Auge. Sollte ich nach fünf Minuten nicht zurück sein, rufst du Lambert an. Hier ist seine Nummer! Niemand anderen, nur ihn! Ich will keinen Polizeieinsatz, der mehr Schaden als Nutzen stiftet. Lambert wird die richtigen Leute schicken. Sag ihm bitte, kein Blaulicht und kein Spektakel! Wo könnte sich denn dein Papa da drinnen befinden? Du sagst, dass du von außen nichts gesehen hast?"

„Er hat hinten ein kleines Büro mit einem Schreibtisch und einem gemütlichen Lehnstuhl. Den liebt er und da könnte er tatsächlich eingeschlafen sein. Ich verstehe nicht ganz, warum du derartige Vorsichtsmaßnahmen triffst."

Florence ging nicht darauf ein.

„Hat das Büro Fenster? Gibt es einen Innenhof?"

„Leider nur einen engen und von Tauben verdreckten Lichthof. Es gibt nur zwei schmale Fenster hoch oben. Man kann von außen nicht hineinsehen."

„Dann bleiben wir bei meinem Plan. Ist dein Handy aufgeladen?"

Chantal nickte ergeben.

„Gut, dann gehen wir jetzt zusammen hinüber und du gibst mir Deckung."

Als sie von ihren Plätzen aufstanden, kam die Kellnerin und stellte den Tee samt zwei Tassen auf den Tisch.

„Merci Audrey", sagte Chantal erneut, warf sich einen großen schwarzen Beutel über die Schulter und fügte in einem lässigen Tonfall hinzu, „I'll be right back."

Trotz der ernsten Situation musste Florence beinahe lachen. Chantal hatte nun gar nichts mehr von einer Elfe an sich.

„Ich bin fertig", sagt Florence keine fünf Minuten später zu Chantal. Sie hatte das Schloss mit Hilfe ihrer Kreditkarte geknackt und Chantal hatte ihr perfekt Deckung gegeben.

„Pass bitte auf dich auf!", antwortete diese, drehte sich um und ging zurück auf ihren Beobachtungsposten. Florence drückte die Türschnalle so langsam hinunter, dass es ihr tatsächlich gelang, ohne jedes Geräusch einzutreten. Der ganz spezielle Geruch von alten Büchern empfing sie zusammen mit einer Stille, die sie so nicht erwartet hatte. Tatsächlich hatte es den Anschein, als ob die Räume der Buchhandlung menschenleer waren.

„Bonjour, Madame Florence!" Das kalte Rohr eines Revolvers bohrte sich in ihren Rücken. „Sie werden wohl nicht angenommen haben, dass ich tatenlos zusehe, wie Sie hier das Schloss aufbrechen. Das ist außerdem illegal. Das müssten Sie eigentlich wissen und Monsieur Florentin da drinnen in seinem Arbeitszimmer wird keine Freude haben, wenn er erfährt, dass Sie sein Türschloss zerstört haben."

„Sie waren also doch so klug", antwortete Florence, „Ihren drei Morden nicht noch einen weiteren hinzuzufügen!"

„Ich glaube, darauf käme es jetzt auch nicht mehr an." Die Stimme von Georges André klang plötzlich resigniert. „Aber warum sollte ich Ihrem Herrn Florentin etwas antun? Er ist mir heute schon sehr nützlich gewesen und muss es noch eine Weile sein. Vergeuden wir aber jetzt keine Zeit, Madame, Monsieur Florentin und ich haben ein Projekt und bis das erledigt ist, muss ich Sie genauso ruhigstellen, wie ich das mit Madame

Petermann und Madame Lemercier tun musste. Damen, die mir auf die Schliche kommen, kann ich nämlich ganz und gar nicht gebrauchen."

„Wer sagt Ihnen denn, dass ich Sie an Ihrem Projekt hindere? Was immer es ist, vielleicht kann ich Ihnen dabei sogar nützlich sein?"

Florence klang beherzter, als sie sich tatsächlich fühlte. Ihre Knie nahmen langsam den Zustand eines Wackelpuddings an. Eigentlich hätte sie dringend einen Platz zum Hinsetzen gebraucht. „So wird das nichts, Madame", flüsterte ihr eine innere Stimme mit heiserem Timbre zu. „Reißen Sie sich zusammen, Florence! Sie packen das!" Es war die Stimme ihres alten Boxtrainers Monsieur Atlas. An ihn hatte sie zuletzt am Gare de Lyon gedacht. Sie würde seine Anweisungen hier noch gebrauchen können. „Bauch und Gesäß anspannen, Fußsohlen fest gegen den Boden drücken, Kinn nach vorne! Fokussiiieeeeren! Radarblick!"

Wie sollte sie ihren Gegner ins Visier nehmen können, wenn der ihr von hinten eine Pistole in den Rücken drückte? Sie verstand noch immer nicht, wie er so plötzlich und lautlos aus dem Nichts auftauchen konnte. Allerdings lockerte sich der Druck der Waffe in ihrem Rücken gerade ein wenig. Ihre Worte hatten offensichtlich eine kleine Nachdenkpause bewirkt.

„Vielleicht haben Sie sogar recht", sagte er jetzt. „Vielleicht können Sie mir tatsächlich im Moment nützlicher sein als er. In dem Zustand, in dem sich Monsieur Florentin gerade befindet, ist er mir ohnedies keine große Hilfe mehr. Los!" Das harte Eisen drückte sich schon wieder fester in ihren Rücken. „Hinein mit Ihnen ins Büro zu Ihrem unvernünftigen Monsieur Florentin!"

Er war ihr mittlerweile ganz nahegekommen und trotz der Düsternis im Raum konnte sie sehen, wie sich sein Gesicht, das sie einst als hübsch bezeichnet hatte, in ein unheimliches und düsteres Zerrbild seiner selbst verwandelt hatte. Sein Atem roch nach Alkohol und mischte sich mit dem Geruch von Schweiß. Mit seiner zittrigen linken Hand drehte er den Schlüssel, drückte die Schnalle hinunter und stieß die Tür auf. Sogleich wurde Florence von grellem Licht geblendet, denn offensichtlich hatte der Chauffeur alle verfügbaren Lampen aufgedreht.

Der Anblick, den Charles Florentin bot, war seltsam und erschreckend zugleich und trieb Florence die Tränen in die Augen. Er saß an seinem Schreibtisch und konnte nicht sprechen, da er geknebelt war. Sein linkes Auge war blau und geschwollen, ein blutiger Kratzer lief ihm über die Stirn. Seine rechte Hand umklammerte einen Füllhalter und vor ihm lag ein zur Hälfte mit grüner Tinte beschriebenes Blatt Papier. Mehrere andere gleichfalls beschriebene Blätter lagen über die Tischplatte verstreut.

„Der Idiot besitzt nicht einmal einen Computer", schrie Georges André, „und dann wagt er es noch, mich anzugreifen und glaubt, er kann mich außer Gefecht setzen! Hinsetzen, Madame! Auf diesen Sessel hier!" Ein zweiter Sessel stand neben dem Schreibtisch und der Chauffeur stieß Florence die Pistole so fest in die Rippen, dass es schmerzte. Er zeigte auf eine dicke Rolle mit breitem, braunem Klebeband, die ebenfalls auf dem Schreibtisch lag, richtete den Revolver auf den bedauernswerten Charles und sagte:

„Sie machen jetzt genau, was ich Ihnen sage, sonst hat dieser Herr hier schneller eine Kugel in der Stirn, als er denken kann! Eigentlich brauche ich ihn jetzt nicht mehr, denn nun habe ich ja Sie und Sie können seine Aufgabe für mich bestimmt genauso beenden ... Wickeln Sie sich das Band um Mund und Kopf!" Er deutete mit dem Revolver auf eine Rolle Klebeband, die am Tisch lag.

Florence blieb nichts Anderes übrig, als seinen Anweisungen zu folgen und sich den breiten Plastikstreifen über die eigenen Lippen zu ziehen und die Haare mit dem Plastikband zu verkleben. Spätestens jetzt wurde ihr bewusst, dass der ehemals so freundliche Chauffeur eine sadistische Ader besaß, denn er befahl ihr mehrmals, das Band noch fester als nötig herumzuwickeln. Er schien diese Prozedur zu genießen. Danach musste sie sich mit dem Band auch noch derart an den Sessel fesseln, dass sie zuletzt nur mehr die rechte Hand frei hatte. All das hätte sie bestimmt nicht mit sich geschehen lassen, wäre die Pistole ihres Peinigers nicht permanent auf den armen Charles Florentin gerichtet gewesen.

„So, meine Herrschaften!", sagte der ehemalige Chauffeur und nunmehrige Mörder mit zufriedener Stimme. „Das wäre erledigt. Sie, verehrte Madame Beaumarie, zücken jetzt bitte Ihr Handy und senden eine Nachricht an die junge Dame, die da drüben vor dem Café auf Sie wartet."

Was blieb Florence anderes übrig? Lieber nahm sie mit ihrer noch freien rechten Hand selbst das Handy aus der Tasche ihrer Jacke, als sich von diesem Ekelpaket danach abtasten zu lassen. Dann diktierte er ihr und überprüfte das Geschriebene:

„KEINE POLIZEI! DAS GESCHÄFT IST MIT SPRENGSÄTZEN GESICHERT! WERDEN SOFORT GEZÜNDET, WENN EIN POLIZIST GESICHTET WIRD! FLORENCE"

Dann steckte er zuerst die Pistole in seine Hosentasche, wo sie eine hässliche Beule erzeugte, nahm dann

Charles Florentin den Füllhalter weg und drückte ihn Florence in die rechte Hand. Das Blatt, das nur zur Hälfte beschrieben war, wanderte ebenfalls zu ihr hinüber.

„Sie schreiben jetzt alles auf, was ich Ihnen diktiere! Dieser Büchermensch hier" – er zeigte auf den bedauernswerten Charles, der Florence aus dem nicht geschwollenen Auge einen verzweifelten Blick zuwarf – „hat bereits begonnen und war anfangs recht fleißig, dann aber ist er frech und ungehorsam geworden. Er hat geglaubt, er kann mich beleidigen und da habe ich ihn leider bestrafen müssen."

Während er dies sagte, hatte Florence bereits einen Blick auf das Blatt Papier geworfen und den letzten Satz gelesen.

„Ich habe Stephan Lemercier getötet, um den Tod an Gideon Mullier zu rächen und weil er sich selbstgerecht über alle anderen Menschen gestellt hat ..."

Florence fragte sich, ob es dieser Satz gewesen war, der die Auflehnung von Charles gegenüber seinem Peiniger ausgelöst hatte, aber Georges André ließ ihr keine Zeit für weitere Überlegungen.

„Ich sage Ihnen jetzt etwas, Madame", fuhr er fort, „ich war einmal ein herzensguter Mensch, aber damit ist es vorbei, denn ich habe viel Schlechtes und Ungerechtes erfahren müssen. Ich bin nicht der Einzige, dem so etwas widerfahren ist, aber die meisten Menschen, die Opfer von arroganten, überheblichen Erfolgsmenschen werden, lassen alles wie arme Opferlämmer über sich ergehen – bis sie auf der Schlachtbank enden. Stephan Lemercier, den ich einmal sehr bewundert habe, ist auch so ein Erfolgsmensch. Alle habt ihr ihn als das große und edle Genie gefeiert, aber als Mensch war er der letzte Dreck. Er war es, der Gideon in den Tod getrieben hat. Und dann hat er sich auch noch dessen

Freundin Anne-Marie Petermann unter den Nagel gerissen! Für das, was er getan hat, hat er nie bezahlen müssen! Ich habe ihm lange zugesehen, ihn sogar noch bewundert, aber eines Tages war das Maß voll. Ich habe beschlossen, dass er büßen und die Welt erfahren muss, dass es jemanden gibt, der im Stande ist, ein Unrecht zu rächen. Nämlich ich, Georges André! Deshalb muss alles, was geschehen ist, für die Menschheit festgehalten und aufgeschrieben werden. Das erste meiner Vorhaben ist erledigt, denn Stephan ist tot und Gideon gerächt. Das zweite harrt hier der Vollendung! Deshalb werden Sie mir gehorchen und schreiben, was ich diktiere! Ansonsten ergeht es Ihnen wie Anne-Marie und dieser Hexe Eliette. Hätten Sie sich nicht eingemischt, wären sie noch am Leben!"

André machte eine kurze Pause und sah Florence herausfordernd an. Selbst wenn sie den Mund nicht zugeklebt gehabt hätte, hätte sie ihm auf diese Worte nichts geantwortet.

„Sie fragen sich, warum ich mir ausgerechnet Ihren Freund hier geschnappt habe? Auch so ein selbstgefälliger Erfolgsmensch, der bestimmt Dreck am Stecken hat. Er ist mir zufällig über den Weg gelaufen, als ich heute Morgen zu Ihnen wollte. Jawohl. Sie waren dazu auserkoren, meine Botschaft an die Welt niederzuschreiben. Ich habe Sie ins Herz geschlossen und Ihre Hände sind bestimmt geschickter als meine. Die wurden bei dem Unfall damals für immer beschädigt."

Bedeutungsvoll hielt er seine rechte Hand in die Höhe. Dann sprach er weiter.

„Da Sie nicht anzutreffen waren, musste ich meinen Plan ändern, denn ich hatte es eilig. Er müsste mir eigentlich dankbar für diesen Auftrag sein."

Er lachte sarkastisch und fuhr fort.

„Ich liefere ihm einen Bestseller für seine Buchhandlung! Leider hat er mein Angebot nicht zu würdigen gewusst. Aber das Schicksal ist auf meiner Seite. Ich ging zum Schaufenster, um zu überprüfen, ob draußen die Luft noch rein ist und da habe ich gesehen, dass Sie sich gerade am Schloss zu schaffen machen. Ein Geschenk des Himmels! Wenn die Polizei versucht, das Geschäft zu stürmen, werden wir alle drei das nicht überleben. Ich will nicht in die Hände einer Obrigkeit fallen, die den kleinen Leuten keine Gerechtigkeit angedeihen lässt. Ihren Freund hier werde ich leider erschießen müssen, denn Strafe muss sein. Sie, verehrte Madame, werde ich vielleicht aber doch am Leben lassen, wenn Sie mir versprechen, meine Geschichte an die Öffentlichkeit zu bringen. Also schreiben Sie jetzt!"

Während der Chauffeur seine Rede gehalten hatte, war er direkt vor Florence gestanden. Mit den Händen auf den Schreibtisch gestützt, hatte er diesen mit feinen Speicheltröpfchen aus seinem Mund beschmutzt. Jetzt drehte er sich abrupt um, ging mit drei schnellen Schritten zu dem schräg gegenüberstehenden Lehnstuhl und ließ sich hineinfallen.

„Schreiben Sie! Und zwar nur, was ich diktiere. Denn sonst wird es auch Ihnen schlecht ergehen."

37

In der nächsten Viertelstunde diktierte Georges André Florence seine Geschichte von der Stelle an, an der Charles zu schreiben aufgehört hatte. Zunächst musste sie den von dem beklagenswerten Charles begonnenen Satz mit den folgenden Worten ergänzen:

„... und viele ins Unglück getrieben hat."

Sie konnte schnell schreiben – schließlich war sie einmal Sekretärin gewesen – und als André das sah, trieb er sie noch mehr an. Seine Worte kamen so flüssig aus seinem Mund, als hätte er diese Geschichte schon hunderte Male erzählt. Er erzählte von Gideon Mullier, der aus ärmsten Verhältnissen stammte und es trotz eines gewalttätigen Vaters geschafft hatte, am ehrwürdigen Konservatorium Cello zu studieren. Er erzählte von dessen Schwester, die ihren Bruder abgöttisch geliebt und ihn als Kellnerin in jeder Hinsicht unterstützt hatte und auch davon, dass Gideon jeden Morgen in den Markthallen arbeiten musste, um sein Studium zu finanzieren. Eine schwere Arbeit, die wahrscheinlich sein Vibrato versaut hatte. Wegen der Kritik an seinem Vibrato hätte er sich aber bestimmt nicht das Leben genommen! Stattdessen habe er beschlossen, eine Ausbildung zum Dirigenten zu machen. Natürlich habe ihm das Stephan sofort nachmachen müssen. An dieser Stelle steigerte sich Andrés Erregung. Es sei die alleinige Schuld Stephan Lemerciers gewesen, dass Gideon sich vom Dach des Konservatoriums gestürzt hatte.

„Er hat ihn in den Tod getrieben", schrie er, ergriff einen Briefbeschwerer, der auf dem Schreibtisch lag und schleuderte ihn donnernd in eine Ecke. Florence zuckte zusammen.

„Wenn Sie vielleicht geglaubt haben, den als Waffe gegen mich gebrauchen zu können, dann haben Sie sich getäuscht", fuhr er sie an. „Schreiben Sie, denn jetzt berichte ich, auf welche Weise Stephan seinen besten Freund aus dem Weg geräumt hat!"

Florence, die trotz der Situation, in der sie sich befand, neugierig auf die Geschichte war, nickte ergeben und Georges André diktierte.

„Es war der Tag der Aufnahmeprüfung. Von den Kandidaten wurde verlangt, ein kleines Musikstück einzustudieren und es so zu dirigieren, wie sie es eben schon konnten. Sie konnten dazu einfach eine Schallplatte verwenden oder auch Musiker mitbringen. Gideon kam auf die Idee, unser Quartett durch zwei weitere Mitspieler zu einem kleinen Kammerorchester zu erweitern und dieses zu dirigieren. Wir haben das gerne gemacht. Natürlich hat Stephan die Idee sofort aufgriffen und es ebenso gemacht. Er betrachtete Gideon mittlerweile als seinen Konkurrenten. Der Andrang zum Dirigierkurs war groß und nur wenige wurden aufgenommen. Für Stephan mussten wir ein Stück aus einem Brandenburgischen Konzert von Bach spielen, aber Gideon hatte die bessere Idee. In der Bibliothek des Konservatoriums entdeckte er ein Stück von Marin Marais, das einfach der reine Wahnsinn war, das aber niemand kannte. Stephan war sauer. Die Brandenburgischen Konzerte kennt jeder und deshalb können sie viel kritischer beurteilt werden als der Marin Marais und außerdem hat Stephan für Marais geschwärmt. Er hat Gideon aufgefordert, mit ihm zu tauschen, aber diesmal hat Gideon ihm Paroli geboten und sich nicht darauf eingelassen.

Einen Tag vor der Dirigierprüfung war die letzte Probe mit Stephan und Gideon. Sie haben jeweils im Ensemble mitgespielt, wenn der andere dirigierte. Wir haben zuerst den Bach geprobt und dann den Marais. Sie waren beide gut, aber ich war mir sicher, dass Gideon die besseren Chancen hatte. Das hat natürlich auch Stephan längst gewusst.

Jedenfalls ist plötzlich nach der Probe des Marais-Stückes ein Fotograf aufgetaucht und hat uns aufgefordert, nach draußen zu kommen. Er hätte den Auftrag, das Ensemble samt seinen beiden Dirigenten zu fotografieren. Draußen seien die Lichtverhältnisse besser. Wir sind alle hinausgestürmt und haben die Noten auf den Pulten liegen gelassen. Als wir zurückgekommen sind, waren sämtliche Noten von Marais verschwunden. In der Bibliothek des Konservatoriums hat es nur die eine Ausgabe gegeben und eine Kopie des Originals war in kurzer Zeit nicht zu beschaffen gewesen."

Gideon hat fieberhaft nach seinen Noten gesucht und wir anderen haben ihm dabei geholfen, aber sie blieben verschwunden. Die Zeit bis zur Prüfung war bereits knapp und Gideon wollte aufgeben. Da hat ihm Stephan großzügig angeboten, ebenfalls den Bach zu dirigieren und auch wir anderen haben ihn überredet, es zu versuchen. Immerhin hatten auch wir uns schon in den Bach eingespielt. Schließlich hat er den zweiten Satz des Konzertes gewählt, denn Stephan dirigierte den ersten. Es gab kaum mehr Zeit zum Proben und Gideons Prüfung war schließlich ein Desaster. Der Verlust der Noten hat ihn furchtbar mitgenommen und natürlich muss man ein Werk vorher gründlich studieren, bevor man es zur Aufführung bringt. Stephan hat bestanden, wie sich denken lässt, aber Gideon ist durchgefallen und war am Boden zerstört.

Ich hatte von Anfang an die Vermutung, dass es Stephan war, der die Noten hat verschwinden lassen. Den Konkurrenten war er jedenfalls los! Gideon hat versucht, sein Cellostudium noch fortzusetzen, aber er wirkte verstimmt wie ein kaputtes Instrument. Niemand hätte erwartet, dass Anne-Marie sich von ihm distanzieren würde, aber das hat sie tatsächlich getan. Stephan ist ihr zu Füßen gelegen und Gideon ist immer verdrossener geworden. Mir hat er furchtbar leidgetan, aber auch ich konnte nicht mehr wirklich zu ihm durchdringen. Zwei Monate später kam es zu einem Zwischenfall im Nachtlokal von Madame Martínez, bei dem Stephan mit der Polizei in Konflikt geriet. Danach hat sich Gideon geweigert, noch im Quartett mitzuspielen, und ab da ist das Quatuor nicht mehr zusammen aufgetreten. Eines Tages ist Gideon auf das Dach des Konservatoriums gestiegen und hat sich von dort in die Tiefe gestürzt."

André machte eine kurze Pause. „Oh ja", rief er und stieß ein unheimliches, höhnisches Gelächter aus. „Offiziell war es Selbstmord, aber die alleinige Schuld liegt bei Stephan Lemercier. Er hat Gideon die berufliche Zukunft gestohlen und dann auch noch die Frau weggenommen. Mehr als vierzig Jahre haben aber vergehen müssen, bis ich durch Zufall den endgültigen Beweis dafür in Händen hielt, dass es tatsächlich Stephan gewesen ist, der am Tag vor der Dirigierprüfung die Noten für das Stück von Marin Marais verschwinden ließ!"

Ganz unvermutet trat Georges André auf Florence zu und riss ihr das Klebeband vom Mund. Das geschah so schnell, dass sie sich nicht mehr wegdrehen konnte.

„Na, was sagen Sie jetzt, Madame? So ein Unmensch war Ihr geliebter Dirigent."

Florence antwortete nicht.

„Da fehlen sogar Ihnen die Worte, nicht wahr? Dann schreiben Sie halt weiter, aber schneller bitte, wir haben nicht ewig Zeit!"

Den heftigen Schmerz, den das Abreißen des Klebebandes verursacht haben musste, hatte sie kaum wahrgenommen. Sie war nur froh, wieder reden zu können, denn sie wusste, dass ihr Handlungsspielraum dadurch größer geworden war. Monsieur Atlas hatte sie gelehrt, dass man auch mit Worten einen Kampf gewinnen konnte.

„Ich schreibe, so schnell ich kann", sagte sie. „Und ich finde Ihr Vorhaben, diese ganze Geschichte zu erzählen, sehr gut. Wir wissen aber beide, dass wir nicht viel Zeit haben. Es wäre besser für Sie, jetzt aufzugeben. Dann könnten Sie Ihre Geschichte später in Ruhe fertig schreiben und Monsieur Florentin kann Ihnen behilflich sein, das Buch zu verlegen."

„Aha, Sie meinen, im Gefängnis kann ich die Geschichte fertig schreiben! Dort will ich aber nicht hin! Hier kommt keiner herein, wenn er nicht das Leben von drei Menschen riskieren will." Er hatte die Pistole wieder aus seiner Hosentasche gezogen und die Mündung auf Florence gerichtet. Sie war sich ziemlich sicher, dass das mit den Sprengsätzen ein Schwindel war, aber sie sah, dass die Pistole kein Spielzeug war, und traute ihm zu, sie zu gebrauchen.

„Die Waffe ist geladen Madame!", sagte er nun in drohendem Ton. „Also schreiben wir nun schön weiter. Ich habe mir das alles gut überlegt."

Florence musste sich erneut fügen und setzte den Stift auf das Papier. Andrés Wille, die Geschichte zu Ende zu erzählen, hatte auch Vorteile, denn so gewann sie Zeit. Hoffentlich machten Lambert und seine Leute keinen Fehler!

Wieder diktierte er.

„Die absolute Gewissheit, dass Stephan damals die Noten mit der Komposition von Marais gestohlen hatte, habe ich erst vor drei Monaten erlangt, als mich der Zufall nach all den Jahren zu Madame Martínez in ihr Nachtcafé geführt hat. Sie erinnere sich gerne an die alten Zeiten, hat sie gesagt, hat mich auf einen Drink eingeladen und so nebenbei erwähnt, dass auch Stephan sie kürzlich wieder aufgesucht habe. Stolz und überrascht war sie gewesen, dass der nunmehr berühmte Dirigent noch an sie denke. Als sie ihn aber um ein Foto mit Autogramm bat, habe er abgewunken. Er sei in Eile und wolle nur die Noten zurückhaben, die er ihr vor einer Ewigkeit zur Aufbewahrung gegeben hätte. Natürlich hatte sie sie noch und er hat sie ihr sofort aus der Hand gerissen, einen kurzen Dank gemurmelt und war auch schon wieder verschwunden. An dieser Stelle erhob André triumphierend seine Stimme. „Gut, dass diese alte Dame so ein grandioses Gedächtnis hat. Sie hat nämlich genau gewusst, welcher Name gedruckt auf den Noten stand. Natürlich Marin Marais!"

Er beugte sich zu Florence hinunter, senkte seine Stimme, näherte sein Gesicht dem ihren und sagte in bedeutungsvollem Ton: „Und ab da habe ich endlich gewusst, was ich zu tun habe!"

Ein Handy klingelte und alle drei zuckten zusammen. Florence hörte, wie Charles mit seinem geknebelten Mund einen gedämpften Schmerzenslaut von sich gab.

Georges André war kurz zusammengezuckt, machte drei Schritte rückwärts und ließ seine beiden Opfer nicht aus den Augen. Dann ging er neben einer auf dem Boden abgestellten Aktentasche in die Knie und holte sein Handy heraus. Das hatte inzwischen zu läuten aufgehört. „Verdammt!", stieß er nach einem kurzen Blick auf das Display hervor. Dann legte er das Gerät auf den Schreibtisch und setzte, ohne den Anruf zu kommentieren, mit seiner Erzählung fort. Er wirkte verunsichert und hörte auf zu kontrollieren, was sie geschrieben hatte.

38

Den Rest seiner Geschichte diktierte er in schnellen, abgerissenen Sätzen und erst später konnte Florence sich alles zusammenreimen. Er berichtete von seinem Rachefeldzug und förderte dabei interessante Details zutage. Dass er nach dem Besuch bei Madame Martínez an nichts Anderes mehr als an die Rache für Gideon denken konnte und dass der beste Zeitpunkt dafür das Festival in Avignon war, weil er da ständig in Lermerciers Nähe sein konnte. Dort hätten sich dann Dinge ereignet, die seiner Überzeugung, dass Stephan die schwerste aller Strafen verdient hatte, zusätzlich Nahrung gaben.

„Natürlich habe ich in Sanary nicht in der Villa gewohnt, aber zum Fest hat er mich eingeladen. Ich nutzte die Gelegenheit, konnte mich dort in sein Zimmer einschleichen und fand, was ich suchte. Sie lagen auf seinem Klavier. Jawohl die alten Noten von Marais. Ich habe sie in mein Pensionszimmer gebracht und bin dann wieder zurück zum Fest. Da habe ich gesehen, wie er mit Anne-Marie ins Bootshaus ist und habe ihnen nachspioniert. Ich bin dabei sogar noch bis zum Bootshaus geschwommen. Dort haben es die beiden Alten miteinander getrieben und ich hatte genug gesehen!"

„Also doch der Schwimmer, von dem Amontero berichtet", dachte Florence.

„Amontero war auch beim Fest ..." Konnte er jetzt schon ihre Gedanken lesen? Einen Augenblick lang hielt Florence im Schreiben inne.

„Weitermachen", blaffte er und redete weiter.

„... natürlich im Arm von Eliette. Da hatte ich die Idee, ihm den Mord in die Schuhe zu schieben. Und

Marin Marais würde mir dabei helfen ... ja, ja, das mit den überklebten Plakaten war ein Ablenkungsmanöver. Ich sah ja, dass der Theaterregisseur ziemlich sauer auf Stephan war ... einige Schauspieler konnte ich als Komplizen gewinnen."

Schon wieder meldete sich das Handy von Georges André. Übrigens mit einer Melodie, die ohne weiteres von diesem Marin Marais stammen konnte. Diesmal hob er ab, nahm es blitzschnell in seine linke Hand und richtete mit der Rechten erneut die Pistole auf Florence.

Seine leisen und für Florence unverständlichen Antworten auf die Worte des Anrufers ließen nicht erkennen, mit wem er sprach, aber das Gespräch erregte ihn. Die Hand mit dem Revolver begann zu zittern, und da er den Finger die ganze Zeit am Drücker hatte, begann sie ernsthaft, um ihr Leben zu fürchten. Gleich einer anrollenden Welle stieg die Angst in ihr hoch und schnürte ihr die Kehle zu. Sie hielt den Atem an, bis das Gespräch beendet war. Als er das Handy ablegte und die Waffe für einen Augenblick von ihr wegdrehte, wagte sie wieder auszuatmen. Aber die Gefahr war noch nicht gebannt. Erneut richtete er die Pistole auf sie und begann aufgeregt vor ihrer Nase damit herumzufuchteln.

„Sollten Sie, verehrte Madame, hinter dem stecken, was ich gerade erfahren habe, dann werden Sie dafür büßen. Damit kommen Sie mir nicht ungeschoren davon. Ich habe soeben einen Anruf von jemandem erhalten, der mir bei der Durchführung meiner Pläne eine außerordentlich wertvolle Hilfe war, und dieser jemand ist soeben in Paris von einem offensichtlich selbsternannten Schnüffler aufgesucht und auf das Unangenehmste befragt worden. Er hat natürlich nichts verraten und dieser Typ ist unverrichteter Dinge wieder abgezogen, hat aber meinen Freund in große Aufregung versetzt."

Trotz der Waffe vor ihrer Nase konnte Florence nicht anders: Sie musste die Situation nutzen, um die ganze Geschichte aus Georges André herauszuholen.

„Ich kann mir schon denken, wer Ihr Anrufer war. Ein gewisser Bertrand Rousseau vermutlich. Sie haben also die Ausführung Ihrer Tat jemand anderem überlassen."

Natürlich reizte ihn diese Behauptung nur noch mehr und das schien jetzt auch Charles zu denken. Seine entsetzten und hilflosen Bewegungen versetzten ihr einen Stich, aber sie musste jetzt alles wissen. Es gab kein Zurück mehr.

„Was heißt hier die Tat einem anderen überlassen!" Die Provokation hatte gewirkt. „Mit meinen eigenen Händen habe ich Stephan ermordet und mit meinen eigenen Händen musste ich Anne-Marie ins Jenseits befördern. Niemand wird dem braven Bertrand Rousseau diese Tat anhängen, obwohl er mir eine große Hilfe war."

Eben da machte der an seinen Stuhl gefesselte Charles eine so heftige Bewegung, dass der Stuhl zu schwanken begann und gegen ein danebenstehendes zierliches Tischchen stieß. Dabei wurden die darauf abgestellten Flaschen und Karaffen mit alkoholischen Getränken zu Boden befördert. Der Knall war dem aus einem Gewehr- oder Pistolenlauf nicht unähnlich und brachte Georges André derart aus der Fassung, dass er sich dem Geräusch zuwandte und die Hand mit der Pistole sinken ließ.

Im nächsten Augenblick hatte er selbst eine Pistole im Rücken und eine tiefe Männerstimme sprach die klassischen Worte: „Lassen Sie Ihre Waffe fallen, Monsieur André!"

Die Stimme gehörte Lambert, der die Situation genützt hatte und in zwei schnellen Schritten hinter dem Mann stand, der ihm soeben ein Geständnis geliefert hatte.

Später sagte Lambert zu Florence, dass er gerade rechtzeitig aus Sanary-sur-Mer zurückgekommen sei. Es war dann ein Leichtes gewesen, sich durch die Buchhandlung anzuschleichen, da die Teppiche und vor allem die mannshohen, mit Büchern vollgestopften Regale alle Geräusche gedämpft hätten. Er war auch nicht alleine gekommen. Auf seinen Befehl hin legten seine Leute Georges André, der im Schock sofort die Pistole fallen gelassen hatte, Handschellen an und führten ihn ab.

Florence hatte sich in der Zwischenzeit den Rest des Klebebandes vom Kopf gerissen, war aufgesprungen und zu Charles geeilt. Ein unendlich großes Schuldbewusstsein überkam sie, denn ohne sie wäre er niemals in eine solche Lage geraten. Sie befreite seine Hände und wollte dann vorsichtig das Klebeband von seinem Mund lösen, das einen Knebel aus Stoff fixierte. Er aber drückte ihre Hand sanft zur Seite und zog das Band mit einem energischen Ruck selber ab. Dann griff er sich in den Mund und förderte den Knebel zutage, der blutgetränkt war.

„Verdammt, ich habe mich in die Zunge gebissen", stieß er mit heiserer Stimme hervor und atmete tief ein und aus.

Das von Florence hilflos gemurmelte „Das tut mir leid, Charles" beantwortete er jedoch überraschend energisch mit den Worten: „Keine Notwendigkeit zur Entschuldigung, Florence. Einen Altachtundsechziger, der heldenhaft auf den Barrikaden der Sorbonne stand, bringt nichts so leicht um." Dann wurde er leichenblass, klappte zusammen und wäre fast vom Sessel gekippt, wenn Florence ihn nicht aufgefangen hätte. Lambert rief seine Leute. Die Sanitäter, die ihnen auf dem Fuß folgten, kümmerten sich um Charles und fuhren dann mit ihm ins Spital.

„Der Täter wird gleich im Revier sei", sagte Lambert zu Florence. „Wenn Sie wollen, können Sie gerne mitkommen. Sie haben uns sicher noch einiges zu erzählen."

Sie nickte und zeigte dann auf die auf dem Schreibtisch liegenden Papiere.

„Ein Teil des Geständnisses liegt hier, wie Sie sehen, bereits in schriftlicher Form. Habt ihr euch schon um diesen Bertrand Rousseau in Paris gekümmert?"

„Ja, Florence. Er dürfte dort mittlerweile in einem Verhörraum sitzen. Jetzt, wo wir hier unseren Mörder haben, wird er meinen Pariser Kollegen bereitwillig Auskunft geben."

„Was mich an diesem Fall von Anfang an verwirrt hat", sagte Florence nachdenklich, „war der Eindruck, dass niemand uns die ganze Wahrheit gesagt hat. Wer hätte gedacht, dass so viele Menschen aus dem Umkreis von Stephan Lemercier seinen Mörder mehr oder weniger gedeckt haben."

Lambert sah sie überrascht und fragend an.

„Sie werden schon selbst draufkommen, wen ich damit meine, mein Lieber", sagte sie verschmitzt lächelnd. „Sie haben einen geständigen Mörder und das ist momentan das Wichtigste."

Der Kommissar seufzte und nickte ergeben: „Und Sie, liebe Florence, haben einmal mehr recht behalten."

„Na ja, Sie wissen ja", antwortete Florence, „dass ich mir die Beteiligten an so einem Drama gerne als Schachspiel vorstelle. Diesmal hat allerdings lange ein imaginärer Schachpartner mitgemischt, der sich offensichtlich bestens auf die Kunst der Verschleierung verstand."

„Vielleicht war das ja Ihr genialer Sohn im fernen China!"

Florence gab sich einen Ruck. „Los", sagte sie „fahren wir auf das Revier! Um Charles Florentin wird sich inzwischen bestimmt Chantal kümmern."

In diesem Augenblick betrat der junge Pierre Caspari den Raum. Er salutierte erst vor Florence und dann vor seinem Chef. Dann berichtete er, dass Charles Florentin in Begleitung seiner Tochter auf dem Weg ins Krankenhaus und der Täter bereits im Revier eingetroffen sei.

Postludium

39

Das Fenster, von dem aus man in einen begrünten Pariser Innenhof blickte, stand weit offen. Florence Beaumarie lehnte sich in ihrem Schreibtischsessel zurück und blickte auf den Ahornbaum, dessen Blätter fantastisch Rottöne angenommen hatten. Unwillkürlich musste sie bei diesem Anblick an die Karte denken, die ihr Sohn ihr anlässlich des letzten chinesischen Neujahrsfestes geschickt hatte. Da hingen auf den knorrigen Ästen alter Bäume unendlich viele rotgoldene Lampions, die einen tiefschwarzen Nachthimmel erleuchteten und die Blätter in ein rötliches Licht tauchten. Jetzt, da sie endlich ihr grünes Clairefontaine schließen konnte, das Heft, in dem sie in den vergangenen Wochen ihren letzten Kriminalfall minutiös dokumentiert hatte, wurde es Zeit, die längst fällige Chinareise zu ihm und ihrer Enkeltochter, die sie nur von Fotos kannte, ins Auge zu fassen. Aber schon wieder verreisen? So sehr hatte sie sich noch einmal in diesen verrückten Kriminalfall vertieft, dass es ihr vorkam, als wäre die ganze Geschichte erst gestern zu Ende gegangen und würde nicht schon drei Monate zurückliegen.

Sie wandte sich vom Fenster ab und ging zu ihrem Schreibtisch. Wie Jagdtrophäen reihten sich auf dem Regal darüber grüne und rote Bände mit den von ihr dokumentieren Fällen aneinander. Sie stellte den Band mit dem hoffentlich allerletzten Fall dazu und war einmal mehr stolz darauf, dass es viel mehr von den grünen Bänden gab, denn diese beinhalteten die gelösten Fälle. Warum sie nicht daran denke, diese Berichte in Buchform zu veröffentlichen, hatte Charles Florentin sie bei einer ihrer Begegnungen in Avignon gefragt und sie hatte ihm keine befriedigende Antwort darauf geben können. Jetzt fand sie, dass ihr der Anblick der stattlichen Anzahl von Heften in ihrem Arbeitszimmer vollständig genügte. Sie strebte keinen Nachruhm an – so wie der zweifache Mörder Georges André.

Mittlerweile war sie überzeugt davon, dass die Rache für seinen Freund Gideon Mullier und der damit verbundene Hass gegenüber Stephan Lemercier nicht seine einzigen Motive gewesen waren. Es war ihm vielmehr darum gegangen, sich selbst ein Denkmal zu setzen. Nun war er tatsächlich als Mörder seines ehemaligen Freundes und Studienkollegen in die Geschichte eingegangen. Seit seiner Inhaftierung in Avignon und seinem plötzlichen Herztod bald darauf war der Name Georges André für immer mit dem des berühmten und in der Interpretation der Barockmusik wegweisenden Dirigenten Stephan Lemercier verknüpft. Als Florence am Tag nach den schrecklichen Ereignissen in Charles Florentins Buchhandlung von Kommissar Lambert über den plötzlichen Tod des Mörders von Stephan Lemercier informiert worden war, hatte sie dies nicht wirklich überrascht. Der Rachefeldzug dieses vom Schicksal schon früh auf grausame Weise getroffenen Menschen musste ein ungeheurer Kraftakt für ihn gewesen sein. Auf Florence hatte er von Anfang an einen fragilen und gebrochenen Eindruck gemacht. Von einer letzten Mission getrieben hatte er sein Werk zu Ende geführt. Unmittelbar danach kam der Zusammenbruch.

In gewisser Weise war das Schicksal dabei mit ihm gnädiger gewesen als mit dem Cellisten Bertrand Rousseau, der noch in einem Gefängnis in Avignon auf seinen Prozess als Mittäter in diesem spektakulären Mordfall wartete. Er war – neben dem Pfarrer Auguste Benoît – somit der einzige, der bei seinem Prozess zusätzliches Licht auf die Motive von Georges André werfen konnte.

Der Pfarrer hatte hingegen Glück gehabt. Auch wenn sein Verhalten rund um den Mord an seinem ehemaligen Studienfreund keineswegs korrekt gewesen war, war er nicht der Mittäterschaft angeklagt, sondern nur als Zeuge im Prozess gegen Bertrand Rousseau geladen worden. Das Versteckspiel mit der Geige und die Tatsache, dass er Anne-Marie Petermann nach der Entdeckung des Mordes nicht wahrheitsgemäß informiert hatte, waren nicht Gegenstand einer Anklage geworden.

Florence hatte noch viel über die Motive des Mörders und seines Mithelfers nachgedacht. Georges Andrés Bedürfnis, öffentliche Aufmerksamkeit zu erregen, war ein verrücktes Mordmotiv – kein Zweifel. Florence hatte aber die Bücher des Wiener Psychoanalytikers Alfred Adler ausreichend studiert, um zu wissen, was ein extrem ausgeprägter Minderwertigkeitskomplex alles bewirken konnte. Ein zutiefst gekränkter, ja traumatisierter Künstler, der vom frühen Wunderkind zum Chauffeur degradiert worden war, hatte mit seiner Tat einen auf den ersten Blick absurden und dennoch nicht unlogischen Ausweg gesucht.

Der Fall des Cellisten Bertrand Rousseau war hingegen anders gelagert. Ihm war es mit der Beteiligung an den Morden an Lemercier und der Petermann bestimmt nicht um die Aufmerksamkeit eines größeren Publikums gegangen. Im Gegenteil! Nachdem bekannt geworden war, wie er den Mörder Georges André bei der Durchführung beider Mordtaten unterstützt hatte, hätte er sich am liebsten in das letzte Mauseloch verkrochen. Er war in seinem Leben einer ganz anderen Obsession gefolgt – und die hieß Mutterliebe. Von Anfang an hatte er sich nach den Bedürfnissen seiner Mutter richten müssen, die den Tod ihres Bruders Gideon nie verwinden konnte. Sie hatte ihren Sohn seit seiner

Geburt als Ersatz für den verlorenen Bruder betrachtet, was man an seinem Namen erkannte, denn er hieß mit dem zweiten Vornamen Gideon. Bertrand Gideon hatte sich immer dem Ruf dieser lockenden und fordernden Mutterfigur gebeugt. Es war ein großes Glück für sie, dass ihr Sohn musikalisch ebenfalls außerordentlich begabt war. Seine Berufswahl war allerdings weniger seiner Leidenschaft für die Musik zuzuschreiben als den Bestrebungen, der Mutter in allem gefällig zu sein. In das Orchester OhLaMusique war er jedoch bestimmt nicht eingetreten, um seinen Onkel zu rächen. Dazu hatte es schon die Bekanntschaft mit Georges André gebraucht. Als dieser eines Tages entdeckte, wer hinter einem der Cellisten des Orchesters steckte, hatte er ihn angesprochen, ihm die ganze Geschichte von Gideon Mullier noch einmal aus seiner Sicht erzählt und ihn so zu einem zwar ängstlichen, aber dennoch willfährigen Komplizen gemacht. Seinen Vater hatte Bertrand Rousseau nie kennen gelernt, und so erfüllte er nun die Wünsche Georges Andrés in gleicher Weise, wie er schon immer die Wünsche seiner Mutter erfüllt hatte.

Florence genehmigte sich einen Schluck Muscat Beaumes-de-Venise, ihren Lieblingsaperitif. Während sie mit dem kleinen geschliffenen Glas in der Hand nachdenklich in dem geräumigen Wohnzimmer auf und ab ging, musste sie daran denken, dass die Mittäterschaft von Bertrand Rousseau wahrscheinlich die größte Überraschung in dieser ganzen Geschichte gewesen war. Nur dem Zufall war es zu verdanken, dass seine Beteiligung an der Tat aufgeflogen war. Hätte sie das Plakat mit dem Fahrrad nicht bemerkt, wäre er vermutlich ungeschoren davongekommen.

Lambert hatte Florence gestattet, nach der Festnahme des Täters dessen Verhör hinter der Einwegscheibe am Kommissariat von Avignon zu verfolgen. Allerdings hatte sie nicht bis zum Ende dabei sein können, denn plötzlich war die Staatsanwältin aufgetaucht und hatte sich empört darüber gezeigt, dass hier einer unbekannten Privatperson Zutritt erlaubt worden war. Florence hatte das Weite gesucht, aber noch mitbekommen, dass Bertrand Rousseau tatsächlich die Cellosaite eigenhändig an Georges André übergeben und ihm auch das Fahrrad geborgt hatte.

Georges André war noch über eine Stunde lang verhört worden und hatte auch noch den Mord an Madame Petermann und seine darauffolgenden Aktivitäten zur Beseitigung ihrer Leiche zu Protokoll geben können. Dann hatte er einen Schwächeanfall, ein Arzt musste geholt werden. Er wurde sofort unter schwerer Bewachung in das Krankenhaus von Avignon überführt, wo er bald darauf verstarb.

Florence gab sich einen Ruck. Es war Zeit, sich für den heutigen Abend zurecht zu machen. Das Gedenkkonzert für Stephan Lemercier und Anne-Marie Petermann würde um neunzehn Uhr im Théâtre des Champs-Élysées stattfinden und davor würde sie Charles Florentin zum Essen treffen. Erst heute gegen Mittag war er in seinem Hotel angekommen. Es würde ihr erstes Wiedersehen nach ihrer Abreise aus Avignon sein. Seine Tochter Chantal war nicht mit von der Partie. Sie hatte es geschafft, eine Stelle im berühmten Kammerorchester „Academy of St. Martin in the Fields" zu ergattern und war seit einem Monat in England.

Eigentlich wusste Florence noch immer nicht recht, wie sie Charles in Kürze begegnen sollte. In Avignon hatten sie sich nur mehr ein einziges Mal gesehen, aber als sie in Paris war, hatte er begonnen, ihr Briefe zu schreiben. Diese Briefe hatten eine beredte Sprache gesprochen. Trotz allem, was sie ihm während ihres Aufenthalts in Avignon zugemutet hatte, war er noch immer an ihr interessiert. Mehr noch, er war ganz offensichtlich in sie verliebt. Einmal hatte er einem seiner Briefe in blauer Tinte vier Verszeilen in Rot eingefügt:

Sans amour, sans amour,
Sans amour à venir,
Sans amour, sans amour,
Qu'est-ce que vivre veut dire?

Ohne Liebe, ohne Liebe
Ohne mir geschenkte Liebe
Ohne Liebe, ohne Liebe
Hätt' das Leben einen Sinn?

Als sie das zum ersten Mal gelesen hatte, ignorierte sie ihr Herzklopfen und machte sich geschäftig daran herauszufinden, von wem diese Zeilen stammten. Jacques Brel natürlich! Florence hatte Charles einmal gestanden, dass französische Chansons für sie nicht viel mehr als eine angenehme Hintergrundmusik darstellten. Er hatte ihr geantwortet, dass dies ein Fehler sei, insbesondere die Texte von Jaques Brel seien absolut großartig.

Jetzt, so kurz vor ihrem Treffen, hatte sie erneut diesen Text vor Augen. Nein, sie durfte sich nichts vormachen, dieser Mann war tatsächlich in sie verliebt.

Und sie selbst? Sie wusste es einfach nicht! Sie war nie ein schwärmerischer Mensch gewesen, der sich spontan verliebt hatte. Sie konnte all diese Frauen nicht verstehen, deren Lebensglück offensichtlich davon abhing, dass sie ihren Traummann fanden. Allerdings musste sie sich eingestehen, dass ihr Charles Florentin ziemlich gut gefiel und dass sie sich in seiner Gesellschaft bisher ungewöhnlich wohl gefühlt hatte. Aber diese Schmetterlinge im Bauch, von denen immer die Rede war? Für einen Moment versuchte sie zu spüren, was sie im Inneren fühlte. Ach – sie freute sich schon sehr darauf, ihn zu sehen. Eigentlich hatten sie in Avignon und Saignon gar nicht viel Zeit zum Kennenlernen gehabt. Damals allerdings, an jenem zauberhaften Abend in Saignon ..., wenn man dort noch einmal auf eine andere Weise weitermachen könnte ...

„Papperlapapp", schalt sie sich gleich darauf laut. „Das macht nur dieser Muscat, den du gerade getrunken hast. Der ist dir in den Kopf gestiegen und der macht sentimental."

Entschlossen nahm sie das leere Glas, ging damit in die Küche, wusch es ab und stellte es auf die Abtropftasse. Dann ging sie in ihr Schlafzimmer und betrachtete die Kleidung, die sie für den Abend vorbereitet hatte: schwarze Hose und Jacke, weiße Bluse. Gut, dass sie sich schon heute am Vormittag Zeit genommen hatte, um die dem Anlass entsprechenden Sachen herauszusuchen. Schließlich würde Amontero dort sein und für die Verblichenen ein Klavierkonzert von Carl Philipp Emanuel Bach spielen – eine große Verbeugung vor den beiden, denn dieses Konzert gehörte nicht in sein übliches Repertoire.

Aber nicht nur Bruno Amontero und Charles Florentin würde sie heute treffen. Sogar der Pfarrer, Auguste Benoît, würde da sein. Lambert hingegen hatte sich entschuldigt. Er sei schon wieder mit einem neuen Kriminalfall befasst und könne der Einladung zum Konzert in Paris bedauerlicherweise nicht folgen. Dafür hatten Honoré und Hélène Mordent ihr Kommen zugesagt. Das Gedenkkonzert für Lemercier würde allerdings ohne Madame Lemercier stattfinden, die sich nach ihrem schweren Trauma körperlich und seelisch noch nicht erholt hatte. Sie befand sich zurzeit in einer Privatklinik am Genfersee zur Rehabilitation.

Mittlerweile hatte Florence schon mehrmals mit Amontero telefoniert und einmal hatten sie sich zu einem Essen unter den Balustraden im Garten des Palais Royal getroffen. Damals hatte er ihr gestanden, dass er sich noch immer große Vorwürfe mache, weil er Eliette Lemercier am Morgen nach dem Konzert in La Roque-d'Anthéron mit dem Chauffeur hatte abreisen lassen. Amontero und Eliette hatten sich an jenem Morgen wegen einer Belanglosigkeit gestritten und er hatte keinen Versuch unternommen, sie zurückzuhalten. Zumindest indirekt hatte er sie dadurch einem grausamen Mörder ausgeliefert. Eliette hatte allerdings weder ihm noch sonst jemandem erzählt, dass sie schon seit geraumer Zeit Georges André, der ihr kurz vor dem Mord noch in der Nähe der Sakristei begegnet war, im Verdacht hatte, der Mörder ihres Mannes zu sein. Dass sie ihn damit auf der Fahrt von Lourmarin nach Sanary-sur-Mer konfrontiert hatte, ohne ihre Beobachtung der Polizei zu melden, habe dann zu den bekannten Folgen, ihrer Entführung und ihrem Martyrium unter dem Bootssteg, geführt.

„Der Tod von Lemercier ist bedauerlicherweise mehr als einer Person gelegen gekommen", dachte sich Florence wieder einmal und betrachtete sich in dem schwarzen Outfit im Spiegel ihres Schlafzimmers. Sollte sie Charles Florentin in diesem düsteren Aufzug entgegentreten? Soviel strenges Schwarz-Weiß stand ihr eigentlich überhaupt nicht und wohl fühlte sie sich so ganz gewiss nicht. Schon waren die Kleidungsstücke wieder achtlos über einen Sessel geworfen und Florence durchsuchte hektisch ihren Kleiderschrank. Zehn Minuten später war sie dann halbwegs mit sich zufrieden und bereit zum Gehen. Das Kleid, das sie trug, hatte ihr Madame Sarah Laurant für die Abschiedsfeier anlässlich ihrer Pensionierung geschneidert. Es war raffiniert und ungewöhnlich und genauso wollte sie sich jetzt Charles Florentin präsentieren.

40

Der Blick auf das nächtliche Paris von der Dachterrasse des Restaurants Maison Jaune aus, konnte wahrhaftig nur als atemberaubend bezeichnet werden. Eine kleine Gruppe von Freunden und Bekannten hatte sich dort nach dem Konzert im Theatre des Champs-Élysées versammelt. Die Idee, den Abend noch im kleinen Kreis ausklingen zu lassen, war spontan entstanden und auch von Bruno Amontero gerne angenommen worden. Das Restaurant in der Avenue Montaigne hatte Hélène Mordent vorgeschlagen und Amontero hatte das Unmögliche möglich gemacht. Ein kurzer Anruf des berühmten Pianisten genügte, um dort kurzfristig noch einen Tisch für sieben Personen zu bekommen. Die abendlichen Temperaturen waren zwar herbstlich kühl, aber zwei Heizschirme sorgten für ausreichend Wärme.

„Großartig sehen Sie heute wieder aus, Florence", sagte Amontero. „Niemand würde hinter so viel Eleganz eine so ausgekochte Ermittlerin vermuten. Kein Dessert für Sie?"

Mittlerweile hatten sich längst alle bekannt gemacht und ein größeres oder kleineres Abendessen genossen, das keine Wünsche offen ließ. Das Gespräch hatte hauptsächlich das gelungene Konzert sowie Anekdoten aus dem Leben des Verstorbenen zum Inhalt gehabt, die diesen würdigten und ihn in einem freundlichen oder auch amüsanten Licht erscheinen ließen. Nun warteten einige der kulinarisch unerschrockeneren Anwesenden noch auf ihr Dessert, unter ihnen Hélène und Honoré Mordent.

„Nein danke, Monsieur", Florence schenkte Amontero ein verschmitztes Lächeln, „leider lässt dieses Kleid keines dieser verlockenden Desserts mehr zu."

„Unser bedauernswerter Stephan hätte solche Köstlichkeiten bestimmt nicht verschmäht. Erinnerst du dich, Bruno", sagte Auguste Benoît an Amontero gewandt, „allem konnte er widerstehen, nur nicht seinen geliebten Macarons."

„Na ja", Amontero zwinkerte ihm zu, „es gab schon auch noch anderes, dem er nicht widerstehen konnte."

Benoît seufzte. „De mortuis nihil nisi bene. Wunderschön hast du heute gespielt, Bruno! Schade, dass du kein Gambist bist. Als Liebhaber der Barockmusik und in Andenken an unseren verstorbenen Dirigenten hätte ich heute gerne auch einen Marin Marais gehört."

Florence blickte sich im Kreis der Anwesenden um. Allen hier war die Bedeutung von Marin Marais für die Entwicklung der Ereignisse des vergangenen Sommers bekannt.

Der Pfarrer war mit dem Thema noch nicht fertig. „Ich muss gestehen, dass ich trotz meines törichten Verhaltens in dieser fatalen Geschichte großes Glück gehabt habe. Ich habe erfahren müssen, wie schnell man in etwas hineinschlittern kann, das man sein Leben lang bereuen wird. Für den Cellisten Bertrand Rousseau hoffe ich, dass er noch eine zweite Chance in seinem Leben bekommt. Warum er sich von Georges André so tief in die Sache hat hineinziehen lassen, ist mir dennoch unverständlich.

„Nun, Hochwürden", Honoré Mordent zog an einem kleinen Zigarillo, den er sich mit Zustimmung seiner Tischgenossen zwischen Hauptgang und Dessert genehmigt hatte, „dieser bedauernswerte Mann scheint leicht beeinflussbar gewesen zu sein. Seine Mutter dürfte ihn ein Leben lang mit ihrem Kummer um ihren verlorenen Bruder belastet haben."

„Dass er sich aber auch noch am Abtransport der Leiche von Madame Petermann beteiligt haben soll, ist doch wirklich nicht zu verstehen." Charles Florentin hatte diese Bemerkung an Florence gerichtet.

Die Antwort kam wieder von Mordent, der bedächtig seine Asche im Aschenbecher abklopfte.

„Wie heißt es so schön, meine Herrschaften, mitgefangen, mitgehangen! Wer einmal in einer Weise in ein Verbrechen hineingezogen wird, wie es bei Bertrand Rousseau der Fall war, hat kaum mehr eine Chance, ungeschoren herauszukommen. Wie wir wissen, war der Mord an Madame Petermann von Georges André nicht geplant. Er hat bei seinem Verhör ja zu Protokoll gegeben, dass sie es war, die ihn zwei Tage nach dem Mord spätabends angerufen hatte. Seiner Aussage nach soll sie betrunken gewesen sein. Sie habe mit ihm angeblich nur über die alten Zeiten reden wollen ..."

Ein silbernes Wägelchen wurde von zwei jungen Kellnern herangerollt und die ‚Ahs' und ‚Ohs' angesichts der kunstvoll arrangierten Desserts unterbrachen die Ausführungen Mordents.

„Nun iss brav deine Crème Brûlée, Honoré!" Hélène Mordent drohte ihrem Gatten mit der Dessertgabel. „Ich weiß wirklich nicht, ob noch jemand hier an diesem Tisch an den Details dieser schrecklichen Geschichte interessiert ist, und wenn, dann sollte eigentlich Florence die Geschichte erzählen, denn schließlich gebührt ihr der Ruhm, dem Mörder auf die Schliche gekommen zu sein."

„Da hast du wie immer recht, meine Liebe. Verzeih Florence! Du hast die Details sicher besser im Kopf als ich."

Florence hätte gut darauf verzichten können, sich zu dieser späten Stunde erneut mit diesem Thema zu beschäftigen, aber die Blicke aller Anwesenden waren nun erwartungsvoll auf sie gerichtet.

„Bitte, Madame Florence, erzählen Sie", sagte Benoît. „Ich denke, wir alle hier können in Zukunft wieder besser schlafen, wenn wir die ganze Wahrheit kennen."

Florence richtete sich auf, legte ihre Arme auf die Lehne des weiß lackierten Korbsessels, ordnete kurz ihre Gedanken und begann:

„Da die Toten leider nicht reden können, Monsieur, werden wir wohl auch in diesem Fall nie die ganze Wahrheit erfahren. Warum Madame Petermann ausgerechnet nach der Party in Sanary-sur-Mer nach Paris gefahren ist und sich bei Madame Martínez genauso wie Georges André schon einige Monate zuvor nach den Noten des Marin Marais erkundigte, wird für immer im Dunkeln bleiben. Wir können nur vermuten, dass ihr während dieser Party entweder Georges André oder sonst jemand einen diesbezüglichen Hinweis gegeben hat, und sie sich durch den Besuch selbst davon überzeugen wollte, dass Lemercier damals für das Verschwinden der Notenblätter von den Pulten verantwortlich gewesen war. Dass André das Notenblatt mit der Todesdrohung und der Aufforderung, es Lemercier zu übergeben, zunächst an Monsieur Amontero geschickt hat, war im Übrigen ein weiteres seiner typischen Spielchen. Wie er im Verhör erklärte, hatte er gehofft, Monsieur Amontero dadurch in die Nähe des Tatorts zu locken, um ihm auf die eine oder andere Weise den Mord in die Schuhe schieben zu können. Seine Pläne waren nicht immer so durchdacht, wie er behauptet. Er hat einfach auch viel Glück gehabt."

Die ganze Runde hing an Florences Lippen und mit Ausnahme von Mordent blieben die Desserts vorerst unangetastet. Sie fuhr fort.

„Aber jetzt zur bedauernswerten Madame Petermann. Hier wissen wir nur, was Georges André erzählt hat: Er hat ihren Anruf gegen Mitternacht erhalten. Sie hatte ja an jenem Abend noch die Oper dirigiert. Sie müsse mit ihm über die alten Zeiten reden, soll sie gesagt haben, und dass sie das jetzt, nachdem Stephan gestorben sei, mit niemand anderem mehr tun könne. Er hat sie dann mit dem Wagen der Lemerciers von ihrem Hotel abgeholt. Sie hat dann begonnen, ihm Vorwürfe zu machen. Sie wisse schon lange, dass er sie wegen ihrer Affäre mit Stephan hasse und ebenso, dass er sich vor einigen Monaten bei Madame Martínez in Paris nach den Noten von Marin Marais erkundigt habe. Sie hätte natürlich zwei und zwei zusammenzählen können und sei nun überzeugt, dass er der Mörder Stephans sei. Sie wisse aber auch, dass er ein bedauernswerter Mensch sei, und wegen der alten Zeiten würde sie ihn nicht an die Polizei verraten. Er solle so schnell wie möglich aus Avignon verschwinden und irgendwo untertauchen. Sie wolle ihn nie wieder sehen. Was hätte er tun sollen? Sie war ihm viel zu gefährlich geworden! Sie hatte diesen weißen Seidenschal umgehängt, den sie auch als Konzertmeisterin getragen hatte. Er konnte nun kein Risiko mehr eingehen und hat sie – wie wir alle wissen – damit stranguliert."

Florence war nun doch ganz in der Geschichte aufgegangen und hatte ihre Tischgenossen beinahe vergessen. Als sie in deren Gesichter blickte, wirkten diese in dem leicht bläulichen Licht der Heizschirme wie vom Blitz getroffen. Mit Ausnahme von Charles allerdings. Ein winziges Lächeln umspielte seine Lippen.

„Du servierst uns also eine Leiche zum Dessert, Florence", drohte er ihr mit dem Zeigefinger. „Entschuldigen Sie die unpassende Bemerkung, meine Herrschaften, aber als alter Cineast musste ich einfach an den Filmklassiker mit Peter Falk, David Niven und Alec Guiness denken."

„Und vergiss nicht Maggie Smith und Peter Sellers", ergänzte Florence wie aus der Pistole geschossen. Sie war durchaus dankbar für eine Bemerkung, die die angespannte Atmosphäre auflockerte.

Allerdings schienen das nicht alle Anwesenden so zu sehen. Amontero jedenfalls war nicht einverstanden mit diesem Zwischengeplänkel.

„Jetzt bitte keine Ablenkungsmanöver. Wir wollen endlich hören, welche Rolle genau der Cellist gespielt hat."

„Das ist eigentlich gar nicht so schwer zu verstehen." Florence nahm erneut den Faden auf. „Bernard Rousseau war schließlich Georges Andrés einziger Verbündeter. Entsprechend seiner Aussage ist André noch fast eine Stunde lang neben der toten Ann-Marie im Auto gesessen und hat schließlich einen Plan entwickelt. Er hatte – wie er erklärte – dem Tod der Frau, die er in jungen Jahren so geliebt hatte, noch einen höheren Sinn geben wollen. So war er auf die Idee gekommen, sie Madame Lemercier ins Bett zu legen und mit dieser Aktion mehrere Dinge auf einmal zu erledigen. Anne-Marie Petermann würde ein würdiges Totenbett erhalten, Eliette Lemercier würde durch den Schrecken für ihren Hochmut bestraft werden und die Tote wäre er los. Alleine hätte er das nicht durchziehen können. Zu diesem Zeitpunkt war der Cellist schon so tief in die Sache verwickelt, dass er trotz anfänglicher Weigerung schließlich habe mitmachen müssen. Sie hatten sich noch in der Nacht getroffen, seien zu einer verlassenen Baustelle gefahren und hätten gemeinsam die Leiche in die dort gefundene Baufolie gewickelt. Dann hätten sie diese in den Kofferraum verfrachtet. Georges André, der bei der Petermann auch den Schlüssel zu ihrem Zimmer gefunden hatte, war dann alleine noch in ihr Hotel gefahren, um einen Einbruch vorzutäuschen. Am nächsten Morgen sei Bertrand dann ihm – und mir – auftragsgemäß mit seinem Auto an die Mittelmeerküste gefolgt. Damit erklärt sich auch das bereitwillige Angebot Andrés, mich zur Villa der Lemerciers nach Sanary zu fahren. Er oder Bertrand Rousseau müssen mich dort die ganze Zeit beobachtet haben. Mit dem Transport der Leiche bis ins Schlafzimmer der Madame Lemercier war Andrés Geständnis dann auch zu Ende. Er hatte den bekannten Schwächeanfall und konnte nicht mehr weiter einvernommen werden. Einiges an dieser Geschichte wird daher wahrscheinlich nie ganz aufgeklärt werden. Dass André es war, der die Autoreifen von Ihnen beiden" – Florence zeigte auf Benoît und Amontero – „zerstochen hatte, wird vermutlich nie ganz zu beweisen sein. Auch nicht, aus welchen Motiven er dabei gehandelt haben könnte. Es gibt aber keine andere Erklärung dafür. Immerhin hatte er sich an diesem Wochenende die ganze Zeit irgendwo im Luberon aufgehalten."

„Es ist doch unglaublich, was für ein Glück dieser Verrückte gehabt hat." Hélène Mordent konnte nicht mehr an sich halten. „Ich habe durch meinen Mann schon genug der unglaublichsten Kriminalfälle mitbekommen, aber der hier übertrifft alles, was ich je gehört habe. Wie kann so ein kleiner Mann wie dieser André so ungeheure Verbrechen begehen?"

„Weil sich in diesem kleinen Mann eben Ungeheures aufgestaut hat", antwortete ihr Ehemann anstelle von Florence. „Wenn so eine Teufelsmaschinerie einmal in Gang gesetzt wird, muss das ganze Programm bis zum bitteren Ende ablaufen. Ich nehme an, das siehst du auch so, Florence! Aber verrückt ist es schon, dass du in dem Auto gesessen bist, in dem er die Tote hinunter in die Ferienvilla transportiert hat."

„Allerdings, Honoré! Ich habe auch noch des Öfteren darüber nachgedacht, warum er mich nach Sanary-sur-Mer gebracht und mir die Villa und das Bootshaus gezeigt hat. Wollte er mir damit imponieren oder wollte er mich dadurch besser unter Kontrolle haben?"

„Meiner Ansicht nach könnte es dafür noch einen anderen Grund geben", sagte Honoré. „Indem er dich dorthin gefahren hat, hat er doch eigentlich bewiesen, dass er mit der Leiche in Madame Lemerciers Zimmer nichts zu tun haben kann. Er hat dir demonstriert, dass er keinen Zugang zur Villa besitzt und indem er dir sogar noch den Schlüssel zum Bootshaus gegeben hat, hat er zusätzlich seine Ahnungslosigkeit gezeigt. Keine schlechte Strategie! Vielleicht hat ihn Lambert auch deswegen nie verdächtigt."

„Vielen Dank, meine Herrschaften!" Bruno Amontero hatte auf einmal genug von der Geschichte. „Mir dreht sich der Magen um und für heute reicht es. Die Lust auf dieses schöne Dessert hier ist mir leider auch vergangen. Ich glaube, wir haben genug gehört."

„Natürlich, Monsieur, ich verstehe. Bezüglich der Beteiligung von Monsieur Rousseau an der ganzen Sache ist alles gesagt. Ich muss gestehen, dass mir dieser Mann trotz allem leidtut. Es gibt Leute, die vom Schicksal nicht die Chance bekommen, Charakterstärke zu entwickeln, und damit zum Spielball anderer werden."

„So ist es", bestätigte Charles Florentin, gab sich mit diesem Ende jedoch nicht zufrieden und fuhr fort.

„Jetzt weiß ich aber noch immer nicht, wie dieses Monster bei dem Mord an Stephan Lemercier eigentlich genau vorgegangen ist. Ich habe für ihn ja die ganze Vorgeschichte aufschreiben müssen, aber bis zu dieser Stelle sind wir – Gott sei Dank, muss man sagen – nie gekommen. Aber vielleicht, Florence, werden wir ja irgendwann einmal alles, was du zu Papier gebracht hast, zu lesen bekommen?"

„Ab einem bestimmten Punkt ist es meiner Meinung nach besser, die Toten ruhen zu lassen und sich den Lebenden und der Gegenwart zuzuwenden."

Sie winkte den Kellner herbei.

„Darf ich Sie alle zu diesem Essen einladen? Es ist mein Bußgeld dafür, dass ich einige von Ihnen allzu sehr in die Sache hineingezogen habe."

Die nun folgenden Proteste ließ sie nicht gelten. Sie beglich die Rechnung, erhob sich und verabschiedete sich von ihren alten und neuen Bekannten.

Jetzt konnte sie es nicht mehr erwarten, endlich mit Charles allein zu sein. Die Freude, die sie beim Wiedersehen heute mit ihm verspürt hatte, war noch immer gegenwärtig.

„Mir scheint, ich schwebe tatsächlich auf einer Wolke", dachte sie, sprach es aber nicht aus. Zu Charles sagte sie: „Komm, mein Lieber, gehen wir noch ein Stück zu Fuß und tun wir genau das, was ich soeben vorgeschlagen habe: Lass uns die Gegenwart feiern und diesen milden Herbstabend in meinem schönen Paris miteinander genießen!"

Als sie ein wenig später an einer alten Kirche vorbeikamen, hörten sie die Klänge einer Orgel. Das breite Portal stand offen und Hand in Hand betraten sie den nur schwach erleuchteten Raum. Unter der Empore der Orgel blieben sie stehen und lauschten den Klängen. Zu so später Stunde schenkten diese ihnen das, was nur die Musik zu geben vermag: Das Gefühl, dass das, was wir soeben erleben, von etwas Höherem getragen wird und imstande ist, ewig zu währen.

Glossar

Au revoir: auf Wiedersehen
Bœuf Bourguignon: Rindfleisch auf Burgunder Art
Bonheur-du-Jour: zierlicher Damenschreibtisch, 18. Jahrhundert
Bonne journée: Guten Tag
Bonne nuit: Gute Nacht, direkt vor dem Zubettgehen gewünscht
Bouquiniste: Buchantiquar (in Paris am Seinequai anzutreffen)
Café au lait: Milchkaffee (vor allem zum Frühstück)
Capitaine: Vertreter des Commissaire in einer französischen Polizeidienststelle
Clairefontaine: französischer Markenname für Schulhefte, Spiralblöcke, etc.
Croque Monsieur: französisches, getoastetes Sandwich
Commandant: Titel des Chefs einer Polizeidienststelle/eines Kommissariats in Frankreich. Wird im Deutschen häufig mit Kommissar übersetzt. Der *Commissaire* ist jedoch ein untergeordneter Rang in Frankreich.
Commissaire: untergeordneter Dienstgrad in der französischen Polizei
Concierge: Hausbesorger/Hausbesorgerin in Frankreich mit eigener Loge am Eingang eines Hauses. Hat auch Wachfunktion, übernimmt Post, empfängt Besucher.
Enchanté: bezaubert, „sehr erfreut!"
Haricots verts: Fisolen gekocht, grüne Bohnen
Moules marinières: Muscheln in Weißwein
Millefeuille: „Tausendblatt", hier Bezeichnung für Blätterteigcremeschnitte
Orchestre pour la Musique Anthemic: Orchester für hymnische Musik

Plat du jour: Tagesteller

Quatuor Céleste: himmlisches Quartett

Quatuor Infernale: höllisches Quartett (als Gegensatz zum Obigen)

Saint Chapelle: Palastkapelle der ehemaligen königlichen Residenz in Paris

Tagine: aus dem Marokkanischen: Tongefäß zum Garen von Fleisch, Fisch und Gemüse. Auch Bezeichnung für das damit zubereitete Gericht

TGV/train (à) grande vitesse: Hochgeschwindigkeitszug

Ich danke meiner Freundin Erika Apfelbaum. Ohne ihre Gastfreundschaft im Süden Frankreichs hätte ich dieses Buch nie schreiben können.

Christine Anzengruber und Ulrike Strolz danke ich für ihre äußerst wertvollen Hinweise und Korrekturen.

Mein Dank gilt auch Anneliese Heilinger, Irmgard Winkler, Fritz Altrichter und meinem Mann Herbert Walther für ihre beständige Ermutigung und Unterstützung. Jutta Löderer und Paul Riss danke ich für ihre Unterstützung bei den Recherchen.